東洋文庫
866

江戸詩人評伝集 2

詩誌『雅友』抄

今関天彭 著
揖斐 高 編

平凡社

装幀　原　弘

凡例

一、詩誌『雅友』に掲載された、今関天彭執筆の江戸期漢詩人についての評伝を、漢詩人の生年順に配列し、附篇として江戸期の漢詩および漢詩壇を理解する上で参考になる二篇を補足した。

一、本文の仮名遣いは底本のまま歴史的仮名遣いを原則としたが、読み仮名は現代仮名遣いで付した。

一、字体は通行の字体を用いることを原則としたが、正字体を残した所もある。

一、底本に見られる明らかな誤記・誤植については、編者の判断で訂正した。なお、事実関係については、その後の研究によって訂正すべき箇所もなくはないが、他の部分に連鎖的に影響を及ぼす所もあるので、訂正は見送り、底本のままとした。

一、作品として紹介される漢詩は、底本では追い込みで引用されて返り点のみが付され、書き下されていないが、読解の便を図るため、原詩を一句一行で組み、原詩の一句毎に新たに書き下しを付した。なお、書き下しについては、底本の返り点と詩集板本との返り点が異なっている場合も少なくないので、必ずしも底本の返り点には従わず、詩意の取り易さを優先した。

一、詩の引用の末尾に補足的に詩題が記されている箇所もあるが、詩題が記されている場合は詩の引用の冒頭に一字下げで記す形に統一した。

一、地の文中において、資料として「　」の中に引用される漢詩文については、詩文の一部引用については原詩文の後に（　）を付して書き下したが、詩文の全体や長く詩文が引用されている場合は、前項に示した作品として紹介される漢詩と同様の処理をした。

一、引用資料は底本では原則として「　」を付して引用されている。短文の引用については底本のままの形にしたが、長文の引用については読み易さを考慮して二字下げにし、「　」を外した。

一、底本では時に片仮名で読み仮名が付されているが、読み仮名はすべて平仮名に改め、また編者の判断で読み仮名を増減した。なお、句読点についても編者の判断で修整・増減した。

一、底本では不統一であるが、書名には『　』を、地の文中に記されている詩題には「　」を付す形に統一した。

一、本書に収録した文章の『雅友』での掲載号数および表題については、それぞれの文章の末尾に注記した。

目次

附篇

第1巻目次

江《え》戸《ど》詩《し》人《じん》評《ひょう》伝《でん》集《しゅう》 2

詩《し》誌《し》『雅《が》友《ゆう》』抄《しょう》

今関天彭《いまぜきてんぼう》 著
揖斐《いび》 高《たかし》 編

梁川星巌

（一）

梁川星巌《やながわせいがん》の日本詩界に於ける業績は、江戸・洛西の両詩風を打つて一丸とした点が特に目に附く。而してその唱へた唐詩が実は清詩であつて、それが明治の詩風をなしたこと、もとより時代の然らしむるところといひながら、これまた星巌の流風余韻である。

星巌はただに詩人たるのみならず、年老いて後は道学者として刻苦奮励し、その領得したものを以て、直ちに実践躬行《きゆうこう》に移し、尊王攘夷の精神を鼓舞して維新志士の前頭に立つた。この点が花鳥風月の閒情と掩映《えんえい》してその一生が陸離たる光彩に包まれる。星巌は何といつても稀代の英霊漢である。

星巌、姓は稲津、早年には名を卯、字を伯兎、詩禅と号したが、後に名を孟緯、字を公図《こうと》、号を星巌と改めた。寛政元年（己酉）六月を以て、美濃の安八郡曾根村に生れ、十二歳、両親に訣《わか》るるの不幸があつた。その詩人として立つたのは、祖父の末弟なる太随和尚が、村の華渓寺の住職として読書を好み詩文に通じ、星巌の聡明を愛して幼時から学事に就かせたのに因縁がある。また同郡神戸《ごうど》の妙徳寺に義観上人がをり、中山と号して詩を能くした。星巌は十三歳の時、上人に就学したことがある。かういふ次第で漸次詩才を養つた。都会に遊学したい希望は早くからあり、一度京都に上つたが思つた程の良師もないので、郷里に屈して読書に専念した。

文化四年、星巌十九歳、かねての希望を達して江戸に遊学し、山本北山の奚疑塾《けいぎじゅく》に入つた。北山は井上金峨《きんが》の古学家で経義を専門としたが、天明二年三十一歳の時、『作詩志彀《しこう》』を著はし、一世流行した蘐園《けんえん》派（荻生徂徠の学派）の詩文を攻撃し、宋詩を主張して清新の詩風を標榜した。これは明末の袁宏道が李・王―滄溟・鳳洲―の修辞派を攻撃した故智に倣つたのであるが、それを一転機として江戸詩壇は新しい方向に向つた。北山は寛政異学の禁に遭つたけれど、もう二十年を経過してをるので下町儒者の筆頭となり、今年五十六歳、昨年の火災に罹つて金杉に移り、竹堤社はここで出来た。門下の詩人に大窪詩仏があり、今年四十歳、北山と同じく昨年の火災に罹つたが、北遊して金を集め、お玉ヶ池に江山詩屋《こうざんしおく》を新築した真盛りである。星巌は奚疑塾生として詩を先輩の詩仏に学び、竹堤社の一人となつた。

星巌は稲津なるにどうして梁川と称したのか。星巌の故郷曾根村東に揖斐川が流れ、その上流なる房島は、漁簗《ぎょりょう》の美観を以つて美濃九景の一つであるから、梁川とはこれを取つたといふ。

また星巌の号も、故郷金生山《きんしょうざん》上に明星輪寺《みょうじょうりんじ》があり、弘法大師の開基に係《かか》り、山門に明星閣の扁額を掲げ、山下の杭瀬川《くいせがわ》に明星津があり、それから取つたといふ。さうであらうが、かうした来歴がある。星巌は初め梁川といはずに、ただ梁の一字を用ひ、名を卯、字を伯兎といつた。思ふに星巌は後漢の梁鴻《りょうこう》の隠君子たるを慕ひ、梁鴻の姓の梁を取り、その名は鴻、字は伯鸞《はくらん》に対して、名は卯、字は伯兎と称した。伯兎は白兎に通じ、「旧事仙人白兎公（旧《も》と事《つか》ふ仙人白兎《せんにんはくと》公《こう》）」（『三体詩』七言絶句の初めに収めてある韓翃《かんこう》の詩）に掛けてをる。その意は恐らく美濃山中の白兎だとの事であらう。高田松屋の記するところによると、星巌を梁卯と書し、「やなのしげる」と読んでをり、梁は梁川の省約でないことは、星巌以外の人を記して、決して姓を省約してをらぬのを見ても明かである。その頃、大窪天民の別号を詩仏といふに対して、星巌は詩禅と号したが、二度目の江戸游学の後期に姓名を改めて、名は緯、字は公図、別号を星巌とした。これは何《いず》れも星から出た文字であつて、緯は星緯、公図は図象であり、公図の図はまた伯兎と同音の関係があるから、それは以前のを踏襲したまでである。さてからなつて始めて梁へ川の字を加へて、姓を梁川と称したのであらう。星巌の故郷に近い加納には、名高い詩人の梁田蛻《やなだぜい》巌《がん》がゐた。それに紛れやすい姓名を用ひることは不思議であるが、星巌は以前にも梁鴻を真似たことがあり、さうしたことが星巌の癖とも思はれる。

星巌が始めて江戸へ游学した当時の詩風如何（文化四年）。徂徠派の蘐園派詩風没落の兆を見るや、素早くその詩風から身を翻した市河寛斎は江湖詩社を作り、唐では白楽天・杜《と》樊川《はんせん》、宋では三大家―楊誠斎・范石湖・陸放翁―を主とし、門下に柏木如亭があり、また菊池五山（柴野栗山門）が来参して、かの大窪詩仏と共に新運動の中心となつた。寛斎も寛政異学の禁に遭ふたが、もと〳〵林家に関係があるので、いつしか官学の人々とも往来し、北山の純然たる下町儒者と違つた地位に立ち、今年は五十九歳、明年は盛大なる六十の賀筵を張り、子の米庵は書家として名を高くしつつある。門下の如亭は四方に流落して江戸にをらぬので、再び江戸に入つた五山を自派（詩壇）の主盟のやうな地位に置いた。五山はこの年三十九歳、去年より袁随園の『随園詩話』に倣つて『五山堂詩話』を出版し、正に売り出しの最中である。寛斎は葛《か》西因是《さいいんぜ》を引いて詩社の客分とした。因是は文人として名高く、清の金聖歎の説を取り入れて唐詩を主張したが、この年、如亭より一歳下で四十四歳。北山の同学たる亀田鵬斎《ぼうさい》は、異学の禁以来、学徒としてよりは詩・酒・書を以て下町の間に支持するものが多く、門下に巻菱湖《まきりょうこ》がある。今年鵬斎は北山と同年、菱湖は三十一歳。奚疑塾にゐたことのある大田錦城は、金峨の開いた折衷学の大家で今年四十三歳。また奚疑塾に於ける北山晩年の得意なる門人に朝川善庵がある―今年二十七歳。惣じてこれをいふ、当時徳川幕府の官学たる昌平校が学界の中心となり、古賀精里・侗庵父子が高く聳え、これに対して下町学者も多く、一般には異学者として圧迫を受けた北山・鵬斎の名が行き渡り、詩文に書画に汪洋《おうよう》として溢れてをるが、それ等もゝう老いて、今盛りとなつてをるのが詩仏・五山である。さうして時代は所謂る大御所時代の前期をなした文化の初年である。星巌は北山門となつた。

北山は蘐園派の詩風を攻撃して完膚なからしめ、宋詩を揚げて一世に呼号したが、自分は詩が下手であつたので、高弟大窪詩仏が詩の方面を受持つた。されば星巌は北山門といふものの実は名のみであつて、詩に於ては詩仏を先輩と仰ぎ、それに倣うて自分も詩禅と号したのである。大田淳軒は、「星巌、詩法を大窪詩仏に受く、而して其の詩の巧みなる、遠く天民の上に出でたり」（『旧聞小録』）といふた。淳軒は錦城の曾孫、晴軒の孫に当り、錦城・晴軒は何れも星巌の江戸游学時代を熟知してをり、淳軒の説はそれから来るものであるから、無論信用が出来るのである。

　時代は田沼時代の浮華を受け、寛斎の『北里歌』、如亭の『吉原詞』、五山の『深川竹枝』などが歓迎せられた。そこへ青年星巌が入つて来た。郷里にあつた時にも、已に身を持ち崩したことがある。まして花のお江戸で、如亭・五山等の風流才子と日夕相伴ふに於てをや。星巌は再び烟花の病に冒された。自ら髪を剃つて詩禅と称したことに就いて種々の伝聞があれども、何れも小説的に作りなして真相は今にはつきりせぬが、木蘇岐山の『五千巻堂詩話』に、岡鹿《ろく》門《もん》が大槻磐渓から聞いたといふものがある。「星巌、早年に笈《きゆう》を江戸に負ふ。其の山本北山の塾に在るや、磊落にして検せず、屢々《しばしば》北里に遊ぶも、値《あたい》を償ふこと能はず、遂に青楼に拘《とら》へらる。北山之を聞き、児緑陰を遣はして楼主と謀り、星巌をして髪を削り緇《し》（黒衣）を披き、日に里中に丐（乞）うて之を償はしめしが、しかも其の数を充たす能はず。数日の後、緑陰は更に主人に諭して、始めて脱することを獲たり。今、丙集に載する所の「衣緇小影十二首」は、此の本事を詠ずるなり」。北山特に緑陰は吉原遊廓に金を借し、その利によりて奢侈《しやし》の生活をしたといはれてをり、北山父子が顔を出したならば、よき処置法もあつたと思はれるが、星巌はまたこれを好機として薙髪《ちはつ》し、行事に検束なき明末文士の真似―特に唐伯虎《とうはつこ》の真似をして衒《げん》奇《き》売名の具としたとも見られる。星巌は一面劇《はげ》しい性質を持ち、かういふ事には少なからず興味があつた。後藤松陰は、「余聞く、昔、居士（星巌）の江戸に在るや、僅かに弱冠なるが、一大鉄扇を鋳て之を佩《お》びたり。人怪しみて問ふ。居士笑つて曰く、某先生嘗て衆のうちにて乃公《だいこう》を辱しめたり。若《も》し之に途に遇はば、まさに一撃を逞しうせんとす」といつたと伝へてをる。かくて星巌は詩禅といふ名を多少なりとも世間にのこして、游学三年にして故郷に帰つた。詩仏は送詩を作つて声援した。

送詩禅帰郷
衣錦帰郷世所栄
従来此是俗人情
不如吾党詩禅子
嚢裏都儲金石声

詩《し》禅《ぜん》の郷《きよう》に帰《かえ》るを送《おく》る
錦《にしき》を衣《き》て郷《きよう》に帰《かえ》るは世《よ》の栄《えい》とする所《ところ》
従来《じゆうらい》　此《これ》は是《こ》れ俗人《ぞくじん》の情《じよう》
如《し》かず　吾党《わがとう》の詩禅子《しぜんし》の
嚢裏《のうり》に都《すべ》て金石《きんせき》の声《こえ》を儲《たくわ》ふるには

文化七年、星巌二十二歳の九月、再び江戸に遊び、また以前の関係で北山の奚疑塾に入つた。江戸の郊外なる王子村の金輪寺《きんりんじ》欣上人の許、また日本橋檜物町《ひものちよう》に寓したりした。今回は前度とちがつて慎重の態度であつたと見え、程なく同郷の柴山老山と『宋三大家律詩』を選んで出板した。当時清新を標榜した北山側では、緑陰・詩仏が『宋三大家絶句』を選んで出板し、また寛斎にも『三家妙絶』の選があり、共に世上に流行して新詩風の指南車となつた。星巌は老山と共に更に三大家の律詩を出板して、その流に下りて舵を遣つた。北山は「詩禅、灑落不羈《しやらくふき》、詩は已に佳境に入る。今時の作家、詩禅あるを知らざるなし」といつて星巌を世間に紹介してをる。

星巌は『宋三大家律詩』を選んだ後、北原秦里・宮沢雲山と共に、『今四家絶句』を編輯した。今四家とは寛斎・如亭・詩仏・五山で、序文は鵬斎・因是が書いた。これがよく売れたので星巌は詩人として漸次認められて来た。

北山は文化九年に歿し、詩仏はその後を受けていよいよ盛んとなり、星巌はその門人後輩として行動し、五山・因是・菱湖・錦城・善庵等と周旋した。文化初年といはれる書画角力《すもう》番附に、どうした事か星巌—詩禅の名が載せられてをる。この番附は板を打ち割つたといはれてをるが、更にまた板にして売り捌かれていたのでないか。星巌は何時しか葛西因是の詩論を聞いて感服した。因是は清新詩派の主流が宋詩であるに拘はらず、是等と親しく交游しつつ、断然として詩は唐でなければならぬと主張し、清朝の初期に行はれた『水滸』・『西廂』などの小説・戯曲を批評して、縦横自在の妙筆を揮つた金聖歎《きんせいたん》の唐詩説を紹介し、更に我が意見を主張した。それは彼の得意の著述たる『通俗唐詩解』の序文に見える。

清新詩派の人々は江戸を地盤としてをる関係上、いつしか江戸の国学者及び歌人と往来するやうになつた。あたかも賀茂真淵が服部南郭と親しかつたやうに。真淵の門人加藤千蔭《ちかげ》・村田春海は江戸に於ける国学・和歌の双璧で、特に春海は詩文にも相当な手腕がある。門人高田松屋（与清《ともきよ》）は家道豊かに蔵書多く、詩文の方面にも趣味が深いので、自然に清新派の人々と往来した有様は、その著『松屋叢話』に見えてをる。而してこの書は星巌の校定で文化十一年に出板された。此の年星巌二十六歳、松屋三十二歳。

書中、星巌に関してから見える。

梁卯《ヤナノシゲル》、字は伯兎は美濃国人にて、詩をつくるわざにこよなうすぐれたり。日本橋檜物町に家ゐして読騒斎といふ。またみづからたたへて詩禅道人とも懶《ラン》和尚ともいひけり。それが「中秋対レ月有レ感」といへる詩に、

人間讌席自絃歌　　人間《じんかん》の讌席《えんせき》　自《おの》づから絃歌《げんか》
銀燭光中万綺羅　　銀燭光中《ぎんしょくこうちゅう》　万綺羅《ばんきら》
却是天辺風露冷　　却《かえ》つて是《こ》れ天辺風露《てんぺんふうろ》冷《ひや》やかなり
孀娥脈脈奈渠何　　孀娥《そうが》　脈脈《みゃくみゃく》　渠《かれ》を奈何《いか》ん

また「小游仙詞十首」の中に、

帝就仙班命法曲　　帝《てい》は仙班《せんばん》に就《つ》いて法曲《ほうきょく》を命《めい》じ
一時応詔董双成　　一時《いちじ》　詔《みことのり》に応《おう》ず　董双成《とうそうせい》
水晶宮裏月明好　　水晶宮裏《すいしょうきゅうり》　月明《げつめい》好《よ》し

十二参差作鳳鳴　　十二《じゅうに》の参差《しんし》　鳳鳴《ほうめい》を作《な》す

「題二呉主善画山居幽趣図一」に、

世上喧嘩不到耳　　世上《せじょう》の喧嘩《けんか》　耳《みみ》に到《いた》らず
渓雲野鶴伴琴書　　渓雲《けいうん》　野鶴《やかく》　琴書《きんしょ》に伴《ともな》ふ
人生若得間如此　　人生《じんせい》　若《も》し間《かん》なること此《かく》の如《ごと》きを得《え》ば
老死山中儘有餘　　山中《さんちゅう》に老死《ろうし》するも儘《まま》余《あま》り有《あ》り

などきこゆ。はじめ白楽天が「与二元九一書」を読みて、豁然《アキラカ》に詩趣をさとり、遂に文集の「秦中吟」・「琵琶行」以上を採つて、古詩の則《ノリ》とす。近体は温庭筠・李商隠により、また元《げん》人《ひと》元好問、明人《みんひと》高季廸《きてき》が体もまじへならひてぞつくり出でける。

これにより、当時星巌の詩に就いての意見が知られる。即ち白楽天の「与二元九一書」から詩趣を悟り、その「秦中吟」や「琵琶行」を古詩を作る法則とし、近体は温・李及び元遺山・高青邱をも参考とするといふのである。

白楽天の元九―元稹《げんしん》に与へた書は、『旧唐書《くとうじょ》』の本伝に見えて、「根レ情、苗レ言、華レ声、実レ義（情《じょう》を根《ね》にし、言《げん》を苗《なえ》にし、声《こえ》を華《はな》にし、義《ぎ》を実《み》にす）」といふものが詩の全体である。さうして詩趣は、「聖人、人心を感ぜしめて、而して天下和平なり」が目標となる以上、風雪を嘲り花草を弄するばかりであつては、ただ麗といふのみで、詩の趣意は達せられぬ。そこで諷諭を以てせねばならぬといふことになるのである。白楽天の「秦中吟」は諷諭として最も出色のものであり、「琵琶行」は白楽天自身では感傷の部中に入れてあるが、感傷とは楽天自身に「感遇に随ひて歎詠に形《あら》はる」といつてをるから、諷諭と違つても自己性情の正しいものである。

『松屋叢話』は星巌の江戸再游当時の蹤跡《しようせき》を見るに最もよい手がかりである。即ち松屋と親しいのは勿論、松屋に親しい人々はまた星巌の往来するものであり、大田錦城及びその子女―次子晴軒・四女蘭香・五子季喬、柏木如亭・大窪詩仏・巻弘斎（菱湖）・秦星池・菊池五山・中村仏庵・福田竹庵・山本緑陰・湘桃女史（緑陰の母）・松井梅屋・糸井榕斎《ようさい》等である。面白しと思ふのは佐羽《さば》淡斎や江馬細香の事であるが、細香は星巌の口から出たものであらう。細香は星巌に長ずること二歳、生地が近いから、能く知つていたのであらう。

星巌は因是によりて金聖歎を知り、尋で徐増の『徐而庵説唐詩《じよじあんせつとうし》』の巻頭にある友人に与へて詩を論じたのを抜いて傍訳を施し、『而庵詩話《じあんしわ》』と題して出版した。巻頭に因是の引がある。詩を学ぶには何といつても唐が主とならねばならぬ。徂徠の明を学んだのは、唐を学ぶのに就いては、明を学ぶのが最も正しいといふ見方からである。清新詩派が徂徠派の明詩を模擬頑冥として極力排斥して宋詩を標榜するといへ、唐詩を主とするといふものには、刃向ふものがないのである。さりながら唐が好いといつても余りに古く、世間は新しいものに向つて流れてをる。因是や如亭若《もし》くは星巌が清初の金聖歎・徐而庵を引くのは、新奇を逐《お》ふ人情と合致するので、唐を学ばんとせば、先づ清人の唐に対する意見を知る必要がある。それを知れば早く詩を手に著けることが出来るといふのである。

当時新奇を好むものは金聖歎を仰ぎ李笠翁《りりゅうおう》を慕うた。因是は金聖歎を仰ぐもの、如亭若《も》くは星巌は因是によりて明末清初の新説を渇仰するもの。そこで星巌は徐而庵の詩話を引き出して出版に及んだのである。これは文化十四年二月のことなるが、星巌はこの跋には星巌居士梁煒《りょうい》といつてをり、因是もまた星巌居士といつてをる。あたかもこの時、大田錦城が『星巌詩稿』序を書いたが、それにもまさしく星巌、名を自然といつてをる。自然は詩禅と同じ。星巌は因是の唐詩説を奉じ、『而庵詩話』を出版したのを機会として、今までの宋詩を抜け出して、唐詩を主とする詩人となつたのである。

錦城の序は大体かういふ主旨である。「我国では近代明詩が流行した。それを現代の詩人が排斥し、代ふるに宋詩を以つてした。明詩は典雅と見られるが、実は浮薄で造花の如く、宋詩は質樸と見られるが、実は鄙朴で枯れた竹に似てをり、何れも好いものではない。現代に於て宋詩を主張するものに二派あつて、一派は空疎を顧みず大言して無識のものを動かし、一派は浅薄を飾つて名を好むものを釣り、共に識者の慨嘆を買つてをる。星巌はその党中にをりながら、その有様を見て慨嘆し、唐詩を主張してこれ等の弊風を矯正しやうとしてをる。しかもその唐詩は明人のいふ唐詩にあらずして、真正なる唐詩であるから、見識の勝れたることが明かである」。

この中、現代宋詩の二流といふのは、㈠北山よりする詩仏、㈡寛斎よりする五山をいふのであつて、「自ら称して聖となし仏となす」とは明かに詩仏を指してをる。これが後日に頼山陽が余り筋骨を暴露して人の怒を招くものとして、星巌をしてこの序文を廃棄させることにしたのである。さりながら錦城の一文が今日に存してゐて、当時の詩壇の状態が闡明《せんめい》せられるのは、また快事といふべきである。

この前年（文化十三年）に高田松屋（与清）が書いた星巌の『中倫堂詩刪《しさん》』序があり、詩集の序を和文で書いたところが面白い。これは星巌が自作の詩中、あまりに時世風に偏したのを刪《さん》除《じょ》整理して幾巻の詩稿としたものの序であつて、錦城の序文を書いた『星巌詩稿』と同一のものであること無論である。その「李白・杜甫が跡をしたひ、元稹・白居易が風をついで、唐三百年の花実を拾ひあつめんとこころざす」と云ふのに注意せられる。

また松屋の『擁書漫筆』巻四（文化十四年の刊本）に星巌を叙して、

梁煒、字は公図、号を星巌といへるは、美濃人なり。いみじき詩人にて、『中倫堂詩刪』をあらはす。「贈㆓葛休文㆒五律」に、

面朋常相遇　　面朋《めんぽう》常《つね》に相遇《あいあ》へども
心知未易逢　　心知《しんち》未《いま》だ逢《あ》ひ易《やす》からず
何以定交契　　何《なに》を以《もつ》て交契《こうけい》を定《さだ》めん
山石与青松　　山石《さんせき》と青松《せいしよう》と
古来賢達士　　古来《こらい》賢達《けんたつ》の士《し》
韓雲逐孟龍　　韓雲《かんうん》孟龍《もうりゆう》を逐《お》ふ

今我得夫子　今《いま》我《われ》　夫子《ふうし》を得《え》たり
焉可不追従　焉《いず》くんぞ追従《ついじゅう》せざる可《べ》けんや

また「題㆓湘桃女史画竹㆒七絶」に、

此君意態一超然　此君《このきみ》の意態《いたい》　一《いっ》に超然《ちょうぜん》
軽帯清風淡帯煙　軽《かる》く清風《せいふう》を帯《お》び　淡《あわ》く煙《けむり》を帯《お》ぶ
最愛山陰人去後　最《もっと》も愛《あい》す　山陰《さんいん》　人去《ひとさ》つて後《のち》
氷霜千古節弥堅　氷霜《ひょうそう》　千古《せんこ》　節《せつ》　弥《いよいよ》堅《かた》し

と見え、また同書には文化十二年の三月、大田蜀山・山本清渓・岸本桩園（由豆流《ゆずる》）等が松屋に集りて『曾我物語』を研究しつつ居る中に、大窪行（詩仏）・柏木昶（如亭）・鳥海恭・梁卯《ヤナノシゲル》等が来たので、忍ケ岡へ花見に行かんとすると、柏木・梁の二人は、さりがたき用事ありとて行かず、以外の人々、三橋附近にて清水浜臣《はまおみ》に行きあひ、打ちつれて吉祥閣の東の山に席を設けて酒をくみ交したこともあり、『松屋叢話』巻二には、春三月、松屋は大田錦城・秦星池・星巌等を伴ひて深川あたりを逍遥し、木場を過ぐる比《ころ》、錦城が詩を作りしを星巌が次韻し、砂村附近で松屋が和歌を作りしを、錦城が詩で応酬したことを載せてをる。

星巌が詩仏関係から身を引き、別に一風を立てやうとすると、自然、詩仏は星巌に対して面白からぬ感情を持つて来る。試みに『詩聖堂詩集』を開き見るに、三編を通じて星巌の名の見えるのは、文化十一年、桐生へ行つた時より以外にはない。しかし詩仏の不満は『星巌集』丙集の序に少しく漏れた。「余嘗て江山詩屋を玉池に構へて宋元清新の詩を唱ふるや、一時、風を望みて来り和するもの頗《すこぶ》る多し。梁君公図《りょうくんこうと》もまた適々来りて社に参ぜしが、年僅かに冠字にして、詩才精敏、数々其の坐人を屈したり。余窃《ひそ》かに異日騒壇の主盟を以て期したり」。「公図復《ふた》たび東す。余其の造詣する所を叩くに、詩律益々細かに、隻字片句も敢へて軽々しく下さず、人またやや目を属《しょく》す」。「蓋し公図は専ら唐詩を宗とするも、余は兼ねて宋元を取る。趣向は小しく異なると雖も、しかも其の清新を以て主となすこと、未だ嘗て同じからずんばあらざるなり」と。これは天保七年詩仏七十歳、星巌四十七歳、三度江戸に入りて玉池吟社を詩仏の旧居附近に設けた三年目である。また『星巌集』を開くに詩仏の名は時々見え、詩仏老人・江山翁は尊称、大窪天民は池無絃・頼子成などと書すると一式、亡友大窪天民が一つある。一度教へを乞ふたものを亡友といふのは、何はあれその性質が宜しくないから問題となるのであるが、されど北山は井上金峨に学んで、吾が知るところの金峨井純卿と呼び、錦城は北山の塾に学んでしかも教を受けたといはぬのみか、却つて悪声を放つてをるのに比べては、星巌が詩仏に終生敬意を払つてをる有様が見えるから、「亡友」一つ位は坦懐にして置いて好いではないか。

　星巌は当時江湖詩人のやつたやうに、一つは試錬の為め、一つは衣食の為めに、江戸の近国を旅行した─駿河から上毛や信州の地名は、その詩集中に散見するところである。かくて八年後の文化十四年廿九歳の八月に帰郷した。星巌は歴代の詩集を多く買つて帰り、これが研究に没頭する傍ら、少年子弟を集めて教授し、その居を梨花村草舎、その室を中倫堂、その亭を心中倫は「之を言うて倫に中《あた》る」から出て、『而庵詩話』を出板した時に已に中倫堂といつてゐた。心遠は陶淵明の「心遠くして地自ら偏なり」から出るもの。この時、星巌は淵明気取であつたと思はれる。中倫堂には友人村瀬藤城の記があり、中に、「蓋し公図の学たる、尤も詩に長じ、欧公の本義に根据して、其の説以て人の頤《おとがい》を解くに足る。乃《すなわ》ち楚騒・六朝及び三唐の諸家を論じて、徐而庵・金聖歎に折衷す。曰く、某選は善し。然れども某集に於て某篇を遺す、是れ憾《うら》むべしとなす。其の集中に某々篇ありて最も妙なり。くの如くなるべし。某篇の章法は、まさに観てかくの如くなるべし」とある。これで星巌の詩説が一層明白となる。詩を論ずるには、何はあれ先づ『詩経』を始めとせねばならぬが、それに就いては当時一般に用ひた朱子の『集伝』を用ひずして、欧陽脩の『本義』を用ひたのは、その師北山の古学から来るものと思はれる。そして屈原《くつげん》の「離騒」から六朝及び三唐に及び、これを折衷するに金聖歎・徐而庵を以てしたこと─金聖歎や徐而庵の如き翩々《へんぺん》たる小才子の詩説を高く買つた星巌の見識は、正に噴飯にたえぬ─また歴代の詩選に就きて評論し、更に詩篇に就きて篇法や章法を論じ、かつ詩篇の意義をも自己の解釈法を立てたことが分り、詩人以外に詩学者としての面目が明かとなつて来た。

星巌はこの間に『晩唐李杜絶句』を撰したといふ。この李杜は、李義山と杜樊川である。これは近体に温飛卿・李義山を推した態度からして首肯せられる。『三野風雅』（津阪拙脩の編、拙脩は東陽の子）に依るに、当時星巌に『唐詩金針』三十巻の選があつたと見えるが、その成否如何、今は明かでない。

当時美濃の詞苑は、加納の宮田嘯台を老輩とし、大垣の菱田毅斎がこれに次ぎ、曾根の星巌、揖斐の柴山老山（星巌に長ずる一歳）となり、上有知《こうずち》（今の美濃町）の村瀬藤城（星巌より若きこと二歳）、森部（安八郡名森村）の後藤松陰（星巌より若きこと八歳）が出て、また大垣の巾幗《きんかく》詩人江馬細香（星巌に長ずる二歳）もある。ここに頼山陽が姿を現はした。山陽が菅茶山の塾を脱し京都に入りて塾を開いたのは、恰《あた》かも星巌が江戸再游の時に当るが、藤城は大阪で山陽を拝して師とした。その縁によりて翌年（文化十年）山陽は美濃に遊び、それから尾張・伊勢に向つた。この時、細香と松陰は門下となつた。星巌の游学中に、故郷はことごとく山陽の文風に化せられたのである。星巌は帰郷してこの有様を見、そして山陽の学才に深く傾倒した。星巌は老山・藤城・松陰・細香等と共に白鷗社といふ詩文の社を結び、日を期して大垣実相寺に会合した。

星巌の江戸時代にて最も関係あるのは柏木如亭である。星巌は如亭より二十六歳の年下、その剃髪を倣つたとも見られる。江戸再遊の翌々年（文化九年）、因是の『唐詩解』を読んで感服し、宋詩を捨て唐詩を主張した。この点は正に如亭と同一歩調である。翌年、星巌は宮沢雲山等と『今四家絶句』を編輯して、如亭をその一家としたが、この前後は両人度々出逢ふたと思はれる。

贈柏山人如亭　　柏山人如亭《はくさんじんじょてい》に贈《おく》る

注水懸河斟不竭　　水《みず》を注《そそ》ぎ　河《かわ》を懸《か》け　斟《く》めども竭《つ》きず
才思真足任斯文　　才思《さいし》　真《まこと》に斯文《しぶん》に任《にん》ずるに足《た》る
盧前王後占名位　　盧前王後《ろぜんおうご》に名位《めいい》を占《し》む
今日盈川恰是君　　今日《こんにち》　盈川《えいせん》　恰《あたか》も是《こ》れ君《きみ》

初唐四傑を今四家に見なして、盧照鄰と王勃の前後に位置する楊炯《ようけい》が、あたかも如亭であるといふのである。再度の帰郷中、

寄懐如亭柏山人　　如亭柏山人《じょていはくさんじん》に寄懐《きかい》す
同遊事往已三年　　同遊《どうゆう》　事往《ことゆ》き　已《すで》に三年《さんねん》
花下琴樽月下筵　　花下《かか》の琴樽《きんそん》　月下《げっか》の筵《えん》
贏得柏家安楽法　　贏《か》ち得《え》たり　柏家《はくか》の安楽法《あんらくほう》
日高方起夜深眠　　日《ひ》高《た》けて方《まさ》に起《お》き　夜深《よふ》けて眠《ねむ》る

といふ作がある。結末は朝寝夜深しは我が家の安楽法だといつた如亭の話を取り入れたのである。翌年（文政二年）星巌は勢北にて如亭と邂逅した。如亭に詩がある。

逢梁伯兎　　梁伯兎《りょうはくと》に逢《あ》ふ　　如亭
欣然一酔不縁花　　欣然《きんぜん》　一酔《いっすい》　花《はな》に縁《よ》らず
対酌心知豈憶家　　心知《しんち》と対酌《たいしゃく》すれば　豈《あ》に家《いえ》を憶《おも》はんや
満眼平蕪只春草　　満眼《まんがん》の平蕪《へいぶ》　只《た》だ春草《しゅんそう》

同君忘却在長沙　君《きみ》と同《おな》じく忘却《ぼうきやく》す　長沙《ちようさ》に在《あ》るを

この年七月、如亭は京都なる聖護院畔の寓所で歿した。星巌はまだ旅をつづけていたのでその訃を勢南で聞くや、遺稿の散亡を恐れて京都へ入り、更に浦上春琴を大阪に尋ねて遺稿と『詩本草《しほんぞう》』の出板に骨を折り、そして如亭の為めに不朽を謀つた。

遺著飄零何処尋　遺《い》著《ちよ》飄零《ひようれい》す　何処《いずこ》にか尋《たず》ねん
高山流水旧知音　高山流水《こうざんりゆうすい》　旧知音《きゆうちいん》
京華探遍浪華去　京華《けいか》探《さが》し遍《あまね》くして　浪華《なにわ》に去《さ》る
不負平生一片心　負《そむ》かず　平生《へいぜい》　一片《いつぺん》の心《こころ》

如亭は頼山陽と知合ふてゐた。星巌は山陽を慕ふていたので、山陽に如亭の遺稿の序文を頼んだ。星巌は前輩如亭の関係にて日比《ひごろ》傾倒した山陽と交ることを得た。好事は重なり合ふ。尋で才媛紅蘭女史との婚事となつた。星巌は三十一歳、紅蘭は十七歳。紅蘭は星巌の再従妹に当り、同じく稲津氏、名を景といふ。幼少、星巌の祖叔父なる華渓寺の太随和尚に就いて句読を受け、また星巌の梨花村草舎にてその教授を受け、頗る文墨を愛し、そこで婚事が完了されたのである。紅蘭、姓を張といふはいかなる故か、未だ明かならず。星巌は漫游癖がある。これは江戸の江湖詩人が糊口の為めに諸国を漫遊する習慣を倣ひ、星巌もそれをしてゐたところから、遂に第二の天性となつたと見られ、紅蘭と結婚しても宿習は止まず、しばしば旅行に出でて何時帰るともいはず、飄然たること雲の如き有様であつたが、婚後三年目の文政五年の九月九日、重陽《ちょうよう》の日に紅蘭を伴うて西游の旅に上つた。星巌三十四歳、紅蘭十九歳である。この時、紅蘭も已に旅行の経験も出来たので、まだうら若い女の身で、良人と共にといひながら行衛《ゆくえ》定めぬ風流の旅に上つた。

〔第五十八号「梁川星巌評伝（一）」〕

（二）

星巌夫妻は、先づ伊勢に入りて桑名に留まり、加太《かぶと》を越えて伊賀の上野に服部竹塢《ちくお》を訪ひ、ここにて越年。翌くる（文政六年）二月、梅花を月瀬《つきがせ》に賞し、大和から大阪に出で、市中に駱駝《らくだ》の牝牡《ひんぼ》を観せ物とするのを見て、我が身世に思ひをやり、「駱駝嘆」といふ一首の古詩を作つた。これより京摂の文人間には、夫妻相伴ふを駱駝といふ言葉が出来、山陽などはそれをよく使つてゐた。星巌夫妻は播磨洋を舟で岡山に著き、陸行して備中庭瀬に森岡足庵を訪うた。足庵は菊池五山の門、如亭と親しく、星巌もまた江戸で知り合ふていた。次に備後神辺《かんなべ》なる菅茶山をその黄葉夕陽村舎に訪うた。茶山は関西詩人の泰斗、今已に七十六歳となつたが、夫妻を懇《ねんごろ》にもてなして、「君是今時梁伯鸞（君《きみ》は是《こ》れ今時《こんじ》の梁伯鸞《りょうはくらん》）」といつた。梁伯鸞は星巌の理想とするものであり、それを茶山がいつてくれたので、星巌夫妻の欣び如何。それのみではなく茶山は夫妻に長崎旅行を勧めた。この時、紅蘭は旅行に倦んでゐたが、茶山の勧めによつて遊意が動き、尾道にて橋本竹下と逢ひ、海に航して広島着、頼杏坪等と応酬した。杏坪は山陽の叔父、関西にては茶山に次ぐ詩壇の老将である。星巌の広島滞在は意外に長くて三ヶ月に及び、三原にて越年、翌《あ》くれば文政七年となる。この三月に再び広島に遊び、五月に長崎に向ひ、赤馬関から海峡を越えて筑前に入り、亀井昭陽を福岡に訪ふた。昭陽は南冥の子、鎮西第一の名家、今年五十二歳となる。それより佐賀に出て、有明海を渡つて諫早に上陸し、六月長崎に入り、ここで清商の江芸閣《こううんかく》や沈綺泉《しんきせん》等と会合し、留まること三ヶ月余、幾多の詩篇が出来た。

山陽は六年前に長崎に遊んで江芸閣に逢はうとしたが、折悪しく帰国し、もう来る頃となつているが、風波の為めに来られぬので、水野媚川・游龍《ゆりゆう》梅泉等の取持で、その馴染なる丸山花月楼の妓袖笑《そできき》を酒席へ呼び、山陽は一絶を作り、袖笑が芸閣を憶ふに托して我が意を述べた。これが誤伝せられていろいろな話となつたが、それ等の事は田能村竹田の『卜夜快語《ぼくやかいご》』に詳かである。芸閣は字を大楣といひ、また辛夷と号し、蘇州長洲の人で稼圃の弟。前年市河寛斎が長崎に来た時、応酬の作多く、寛斎によりてその名を知られた。山陽が逢はうとしたのもそれから来るのであるが、星巌来游の時には幸ひ長崎にゐたので、度々出逢うたやうである。芸閣に「品花新詠《ひんかしんえい》」があり、それには丸山の妓が多かつた。しかるにこの頃となると、それ等の妓は多く落籍され、ただ芸閣馴染の袖笑が依然勤めに出ているのみであつたので、星巌は袖笑に詩を贈ると、袖笑に代つて芸閣が詩を返したりなどした。芸閣は青年時代の自像に題した七律を星巌に見せたが、少年時代には演劇唱歌が好きであったり、また相思の妓があり、情の為めに死なうとした事が詩中に見えている。星巌も江戸時代を想い出して興趣を呼び、雑憶五首を作つて芸閣と袖笑に贈りなどした。芸閣もよほど星巌の詩才には感服したと見え、

大楣（芸閣）多く貴邦の詩を読むに、才情の美なる、梁君星巌に過ぐるものなし。其の西征の詩、凡そ一百卅余篇、俊逸にして丰麗《ぼうれい》、晴空の飛隼、飈《ひょう》に乗じて盤旋するが如く、碧水の芙蕖《ふきょ》、粉沢を仮らずして婷婷《ていてい》愛すべきが如く、深く詩人の旨を得たり。まさに以て一代風騒の主となすべし。それ我に在らんか、また宜しく之を推して慊《けん》なかるべし。豈惟《あにた》だ貴邦のみならんや。

と書いて星巌に贈つた。「一代風騒の主」、何たる超特急の褒辞《ほうじ》ぞや。

その年九月、星巌は長崎を去り、諫早から舟に乗りて諸富《もろどみ》上陸、筑後川を渡りて久留米に出て、広瀬淡窓を日田に訪うた。淡窓は昭陽門下、咸宜園を開いて子弟を教へ、最も詩に長じ、九州切つての名家、今年四十三歳。それより路を中津に取りて耶馬渓を一游し、豊前鵜島《うのしま》を舟出して下関に着し、広江秋水の家に寓して越年。翌文政八年正月、三度広島に至りて杏坪等と応酬し、留まること半歳。六月、三原を過ぎ、また尾道に入り、意外にも山陽と逢ふたのである。それは山陽が叔父春風の喪に臨み、転じて母を広島に省し、まさに京都に帰らうとしてここに立ち寄つたからである。二人は手を握りて欣び、明春の花時、京都で逢はうと約束して別れた。

星巌は旅寝を常としているので、尾道の滞在も三ヶ月余となり、十一月、漸く出発して再び神辺に茶山を訪ひ（茶山、後二年にして歿す、八十歳）、玉島から舟に乗り、四国丸亀着。象頭山の金比羅に参拝して高松に出で、丸亀に帰り、舟で備前下邨《しもむら》に着し、再び庭瀬に足庵を訪いて岡山越年。翌文政九年の春、「金山鯛魚歌」を作り、陸路、風景を賞しつつ播州より大阪に入るや、花候の正に宜しと聞き、淀川をさかのぼり、三月、京都安着。とりあへず山陽をその水西荘に尋ね、山陽夫妻・大倉笠山《りゅうざん》夫妻と花を嵐山に観、四月、五年ぶりにて故郷に帰り、梨花村草舎に旅嚢《りょのう》を卸した。星巌の詩名を高くした西征はここに終つた。星巌三十八歳、紅蘭二十三歳。

西征後、星巌の詩風が大いに変つた。以前は口に唐詩を説くも、一見宋詩の影響多く、それへ清詩の趣向を取り入れてゐるから、藤城等は清詩だと評判してゐた。しかるに今度は全く清詩の風となつた。これは長崎仕込みで、王漁洋・厲樊榭《れいはんしゃ》に力を打入れ、特に樊榭に得るところあると見られるやうになつた。とまれ星巌の詩は一層の進歩を見せたのである。帰郷一年、またもや「正坐㆔家無㆓二頃田㆒（正《まさ》に家《いえ》に二頃《にけい》の田《た》無きに坐《ざ》せられ）」、京洛十丈の紅塵に分け入つた。幸ひ山陽のあるありて日毎に詩酒往来した。その日野南洞公の知遇を得たのも山陽の推輓である。

いくばくもなく星巌は大阪に入り、更に転じて広島に向つた。ここの書肆文華堂（米屋）の主人加藤王香は、『文政十七家絶句』を出版した。その編修は星巌門下の大塚雲渦《うんか》だと広瀬淡窓はいつてゐるが、星巌の意を受けたのは無論であるから、星巌のこの旅は、さやうの用事であらうと推想せられる。この時、星巌は西征の詩稿を整頓して出板に専念し、大田錦城が書いた序文をそれへ冠し、また山陽にも序文を徴した。山陽は錦城の序文を、あまり筋骨を表はして人の怒を招くと注意して不用とし、大いに趣向をこらして書き上げたのが「梁星巌西征詩序」である。かかる折しも江戸の詩仏が飄然として大阪に現はれた。その再度の上国《じようこく》漫遊である。星巌の詩に云ふ、

浪華客舎遇詩仏老人
題其画梅兼贈
霜鬢氷髯重見時
梅花仍是旧容儀
人間耆宿今無幾
珍重臨風玉一枝

浪華《なにわ》の客舎《かくしや》に詩仏老人《しぶつろうじん》に遇《あ》ひ、
其《そ》の画梅《がばい》に題《だい》し、兼《かね》て贈《おく》る
霜鬢《そうびん》　氷髯《ひようぜん》　重《かさ》ねて見《み》る時《とき》
梅花《ばいか》は仍《な》ほ是《こ》れ旧容儀《きゆうようぎ》
人間《じんかん》の耆宿《きしゆく》　今《いま》　幾《いくばく》も無《な》し
珍重《ちんちよう》す　風《かぜ》に臨《のぞ》む玉一枝《ぎよくいつし》

相見ざるもの已に十一年、詩仏も六十一歳の老人となつた。星巌は「人間耆宿」の字面を用ひて尊敬の意を表してゐるが、一面、詩道に於て別行動に出てゐる時であるから、心中無限の感があつたのであらう。またかの菊池渓琴も少年時代には詩仏門下の秀才であつたが、仁科《にしな》白《はっ》谷《こく》によりて詩は響がなければならぬことを知り、星巌に引き合はされて詩風が一変し、古体は唐詩、近体は元遺山・劉青田を学ぶやうになり——これは星巌の説によるものではなからうか——

また以前の面影がなくなつた。詩仏ははるばる紀州に遊んでその秀麗な山水に興をやるとはいへ、これまた古今に俯仰して無限の感に打たれたことと思はれる。

間もなく菱湖が上京した。星巌は自分の寓居に留めて手厚い世話をした。

題漁隠図贈菱湖老人
吟蓑酔笠釣魚舟
自是人間第一流
須記飛卿詩句好
莫抛菱棹謁王侯

漁隠図《ぎょいんず》に題《だい》し、菱湖老人《りょうころうじん》に贈《おく》る
吟蓑《ぎんさ》　酔笠《すいりゅう》　釣魚《ちょうぎょ》の舟《ふね》
自《おの》ずから是《こ》れ人間《じんかん》の第一流《だいいちりゅう》
須《すべから》く記《き》すべし　飛卿《ひけい》　詩句《しく》の好《よ》きを
菱棹《りょうとう》を抛《なげう》ちて王侯《おうこう》に謁《えつ》すること莫《なか》れ

かなり尊敬したものである。この時、二人の間に江戸詩壇の事が話しに上り、星巌江戸行の下相談も出来たのでなからうか。

星巌は西征後、『全唐詩』や『精華録』の翻刻を計画したり、長崎よりする唐本の売買、友人間の書画の周旋、さては骨董の世話までしたやうであるが、落拓詩人の生活としては、それもまたやむを得ぬ次第である。

程なく『西征集』四巻の刻が出来た。星巌の詩名は一時に揚つた。次で『文政十七家絶句』が出板された。十七家は茶山・寛斎・杏坪・柳湾・如亭・詩仏・五山・橘洲・竹田・菱湖・海屋・春樵・棕隠・山陽・星巌・星舲・松南で、何れも当代名高い詩人であり、しかもみな星巌の知り合つたものである。『西征集』の板下は、菱湖門下の萩原秋巌が書き、十七家の板下も同人の筆である。

小野湖山が星巌の性行三変化につき書いたものがある。

星巌翁、声誉籍甚《せきじん》、海内の知る所なれども、余は翁の壮年の比《ころ》より其の終りまでを記し居れば、或は世の知らざる所を知れる節もあるべく、今記憶に随いて其の一事を掲げんとす。翁は天性、一種剛毅の処あり、信ずる所は必ず成し遂げざれば止まず。一旦更に善きものありと認むる時は、果然之に遷り、君子豹変と云へる様あり。故に壮年志学の時より終り迄凡そ三変して、毎変一等を進めたり。

初年江戸に出て、山本北山の門に入り、大窪天民・柏如亭の後に追随し、詩仏・詩禅などの称を得、甚だ得意の状あり。当時殆ど遊蕩才子の行を極め、一旦髪を剃り、全く僧となれり。「自題衣緇《いし》小影」数首の詩は、其の時の人物を見るべきなり。其の比、都下に葛因是と云へる一名家あり、北山等の外にありて一旗幟を立て、頻りに唐律を講ぜしが、翁之を聴きて始めて当時の詩風、天民・如亭等の流派を厭ひ、是に於て自ら一派を開創せんとの思念を起し、先づ唐代大家の集及び後人の唐律を論ぜる類を買ひ集め、決然として旧里美濃に帰り、実弟の宅に在りて、杜門謝客、苦学数年、旧稿は悉く之を焚き、復《また》時風の詩を作らず。既にして自ら得る所あるを信じ、初めて西遊を試み、大に茶山・杏坪・山陽諸先輩の称許を得たり。此の時、『西征詩』二巻を著し、原名卯、字は伯兎、詩禅と号せしを改め、名は緯、字は公図、号を星巌と称し、少しも時人の毀誉を省みず、儼然一家を成すに至れり。是れ翁の第一変なり。

これによれば湖山は星巌が『而庵詩話』の出板を機会に唐詩を主張し、改名改号した事を忘却してゐると思はれるが、それは兎も角、さすがに星巌に親炙したものの言葉であるから、能く要領を得てゐるのである。

星巌は近江・伊勢の間を流寓し、或は斎藤拙堂等と梅を月ケ瀬に賞したり（再遊）、或は彦根城外の松原村に間居して山陽の来游を促したりして、凡そ四五年を経過したが、その間しばしば京都に出て芸苑の諸士と清遊をした。山陽は星巌にとりては莫逆の人であつた。木崎好尚の『山陽日譜』を披けば、文政十年より天保三年に至る間、往来の頻々たるものがある。今、山陽の書翰集から、星巌に宛てた長短手翰四篇を収める。

○

昨夕はよくぞや御話下され候。併し何の風情も無レ之候。今日、晴暄《せいけん》無レ風、柳渓子も折角遊びに来て居候事故、水亭も珍しからず、糺森《ただすのもり》紅葉応《まさ》に好かるべし、一観と存候。家人小盒《しょうごう》を具し候。㊁（銭）を遣はずに参可レ申候間、御出かけ成さるべく候。昨日よりは余程早きが可也。其節は申し残し候。

○

銅駝橋の夜、酔中分レ手後、杳然茫然、如何成され候哉、さぞ狐狸の窟捜し遍《あま》ねしと奉レ察候。今日細雨、文を論じ申すべく存候。晡《ほ》後《ご》より御来話下さるべく候。土木事竣《おわ》りて、しかも梅未だ残《そこな》われず、此の清福を分ち享《う》け仕度候。

○

園桂次第の花、今日盛んに開き、金粟、枝に糝《さん》し、秋香、院に満つ。加レ之盆蘭の晩華三茎、是れ又今日を盛りと開き申候。此の福独り享《う》くべからず、只今駱駝にて御来話下さるべく候。茉莉《まつり》十二絶も御持参、御示教下されたく候。僕、詩あり、未だ嘗て星巌に示さずんばあらず。星巌、詩あり、しかも未だ嘗て僕に示及せられざるは何ぞや。茶翁の小跋、竄定仕り置き候。此の便は片便、往くこと能はず。何ぞそれ姿致《しち》の楚々たるや。

○

此間両度、寸楮を呈し候。定めて絡繹《らくえき》相達し御覧下さるべしと存候。昨日は其方より御出の書、始めて落手、別後動履安佳なるを審かにし、欣慰《きんい》此事に候。霞山《かざん》一条は、さぞ此通りなるべしと拙も存じ居候。凡そ語と云ふもの面談に済せば、彼此《かれこれ》直に手軽く訳分り候もの也。一たび伝語を成すと、何か重く聞へ候もの也。一たび貴寓を訪はんと存候前に、霞山の説を聞き、其通りでは独り此の一僧のみにあらず、其の他倚頼《いらい》すべき人へも、其通りの事ありては、老兄の為め憂ふべき事と存候より、面上に可レ申と存候処、御留守故、令閨《れいけい》に申置き候也。令閨の常癖にて、涙に和して伝説ありしと存候。そこで老兄の肝にぐっとさはり候と見え候。面談に承れば、霞は此の通りの俗僧也。其の交際は此の通り也（自注—老兄も若きとも言ふべからず、今の内に身世の計御定めなければ、二如亭を成すと存候憂也。木俣の如き小野田の如き、其の歓心を失はず、どうぞ落著を御謀り成さるべく候。彦根の籍に貫せずして、其の禄俸を収め、時々入京、京人と云ふ事に成し置かれ候事手礙《さ》はり無きか。先づ僕の老兄の為めに謀るは、此の通り也）。已に相済み候事、言ふに足らずと云ふ事を聞くと、一《いっ》笑《しょう》して止む。それはそれでよけれども、外の信誼あり、恩意あり、終身倚頼すべきものの歓心を失はぬ様には成さるべき事と申候と、老兄もしれた事にても、謹諾々々と云うて済むべし。何分小生も是れに因つて省あり候。京儒餓鬼、田舎人に過ぐ。則ち聚《あつ》まりて食を求むと云ふは信に然る也。独り拙生は則ち然らず。是れは老兄も悉《つく》す所也。霞僧の餌に掣《ひか》れて、此の云々を為すなど仰せられ候は、悪口の甚しき也。拙もこれを肝にさえる日には、ぐつとさえねばならぬなり。老兄其の意でなきと云ふ事は存じ居り候故、何とも不レ存候。末尾の吾儘《わがまま》自ら許し、子孫の計を顧みざるの一条は、拙頂門の一鍼《いっしん》也。是は真知己が我を憂ふるの語、猶ほ拙生の老兄を憂ふるごとき也。傍人より之を観れば、皆猿の尻笑《しりわらい》と可レ申候。されども笑つた猿の言を、笑はれた猿は敬受服膺《ふくよう》致すべき事に候。併し老兄は一味嬾惰《らんだ》のみ。僕は倨傲と云ふ大病あり。人の憎怨を取る、必ず深しと存候。兄の所レ謂る交遊門人等の、是によりて離れ去るもの少きにあらずと云ふ事は気が付かず。亦其の誰某たるを知らざる也。猶ほ御用捨なく仰せ下さるべく候。巻紙を費すを厭ふ勿き也。僕よりも交る内は、やはり申上げ候ふ積り也。併し令閨に向ひて説く事は、御戒めの通り向後仕《つかまつ》るまじく、一度ならず二度ならず、拙生も真に懲毖《ちょうひ》を知らざるものと謂ふべき也。畢竟《ひっきょう》生の意は、老兄は嬾性、世話になつた先方へ、一々状をやることは出来まじ。そこを夫婦共に知音になり居り候こそ幸なれ、令閨より一紙遣され、上封だけを老兄を煩はし候へば、先方に得心する事也。独り一霞僧のみならず、近き内、世話になりし先なれば、其の通りに成され候へば、往きて世話にならずとも、後来の為にもなる事と申候。是は僕家に例ある事故申し候也。婦人の言を聴かざるは、御互ひに存知居候。併し是亦僕の入らざる左平治也と、今にては存候。又々巻紙を費し候。是にて擱筆。尚々大定研を目せざるを恨む。鼎《かなえ》を日中に一目せざるも恨み也。二条磧《がわら》納涼に、貴家へ御知らせ可レ申哉と存候処、浪華より未だ帰らせられざる事と存じ、其の義に及ばず。老兄物色相逢はざる大恨也。〇御立ての跡金下され、扨《さて》も老兄の朴実頭、感涙仕候。彼の写字生、滞留中の飯料未だ来らず、大事なけれども、其約なれば、それなるべしと存候処、何んぞ図らん兄の御恵也。決して之を空しくせず、近夕《きんせき》是にてどこぞへ駝を携へて一遊、対酌の想をなし可レ申候。兄甘物を好むと云ふ。一物、囉《もら》ひ物にあらざる也、買ひたる也。故に些《いささか》ながら上げ候。尚々甌北《おうほく》詩評、此の間申上げ候、如何。どうしても蔣心餘《しょうしんよ》よき様に存候。甌北も倉山《そうざん》よりはましなり。骨重神寒と云ふ事あり。此の輩の病、皆な重からず寒からざるに坐する也。今此の間と雖も、此の四字を下すべき者、兄の詩を除く外、僕未だ之を覩《み》ざる也。自愛々々。

この長翰は七月二十四日の日附ありて、その何年なるかを知らぬが、天保二年、彦根城北の松原村寓居に、霞山上人の来訪後なることは明かである。霞山は一地院日生《いっちいんにっしょう》で、山陽をも知り、浦上春琴に画を学んだもの。木俣・小野田は何れも彦根の家老で、前のが石香、後のが箇斎。『文政十七家』に校字者として名を出した大塚雲渦は、—伊勢雲津の人、広島・玉島・丸亀に遊び、後、木俣に仕ふ—木俣の家臣であるが、これが学問好きの箇堂に交渉があり、また岡本黄石の旧師たる関係で、星巌を彦根の重臣間に引きつけたものと思はれる。書翰に出た霞山の事情は分らぬが、それにより星巌の懶惰と紅蘭の神経質とがよく現はれるのみならず、山陽が星巌に対する友情が湧き出て、一読まことに愉快である。星巌が第二の柏如亭となる傾向があるので、それを心配するのは尤もである。また山陽の友情は星巌の詩から来る。前には神遠韻高と品し、ここには骨重神寒と評す。さういふところに星巌の詩風があると山陽は見て居るのである。

当時、星巌の交游は、山陽を筆頭として中島棕隠・貫名海屋《ぬきなかいおく》・梅辻春樵・摩島松南・仁科白谷・牧百峰等等があり、画家には中林竹洞・浦上春琴・小田海僊・大倉笠山夫妻があり、何れも京都芸苑の逸足である。また星巌は屢々《しばしば》伊勢に游び、往々長留滞した津の津阪拙脩はその東道主人で、外に斎藤拙堂・塩田随斎等があり、四日市には伊達箎亭・原迪斎（共に五山門）、それから伊賀の服部竹塢が親しい。彦根には小野田箇堂・木俣土佐の名族以外、岡本黄石・大塚雲渦等の門下等もをる。これへ芸備文墨関係の人々を加へると、星巌の交游は海内に遍《あま》ねしといふべきである。しかれども一寒依然として東西に飄泊する姿は、かねがね山陽の心配した如く、まさに第二の如亭が出来上らうとしてをる。疎懶なる星巌もそれにはよほど心を労したと見え、菱湖とも話し合ひ、江戸詩壇の形勢一変し、前輩は老ひ後継者には人物がないので、星巌は今一度江戸に出る心が動いたのであらうか、それとも菱湖等の心尽しか、老将五山とも話が附いたものと思はれ、琵琶湖上の間居を出て、江戸へ向ふ事となつた。—天保三年九月である。

星巌は京都に上つて山陽を訪うた。この時、山陽の肺患は已に重態となつてをる。星巌は再度往訪して東游の別れを告げると、流石《さすが》は山陽、病苦を排して一絶を作つた。

与星巌話別　　星巌《せいがん》と別《わか》れを話《わ》す　　山陽

燈在黄花夜欲分　　灯《ともしび》は黄花《こうか》に在《あ》りて　夜《よる》分《わか》たんと欲《ほっ》す
明朝去蹋信州雲　　明朝《みょうちょう》去りて蹋《ふ》む　信州《しんしゅう》の雲《くも》
一壺酒竭姑休起　　一壺《いっこ》　酒竭《さけつ》くるとも姑《しばら》く起《た》つことを休《や》めよ
垂死病中還別君　　垂死《すいし》の病中《びょうちゅう》　還《ま》た君《きみ》に別《わか》る

星巌は次韻を試みた。

談山話水到宵分　　山《やま》を談《だん》じ水《みず》を話《わ》して宵分《しょうぶん》に到《いた》る
大堰奔流函嶺雲　　大堰《おおい》の奔流《ほんりゅう》　函嶺《かんれい》の雲《くも》
翻恐郵亭孤枕夢　　翻《かえ》つて恐《おそ》る　郵亭《ゆうてい》　孤枕《こちん》の夢《ゆめ》
屋梁落月見夫君　　屋梁《おくりょう》の落月《らくげつ》　夫君《ふくん》を見《み》んことを

別れを告げた後六日目九月廿三日の夕、山陽は長眠に就いた。星巌は遠州掛川の旅宿にてその病歿を聞き、涙を揮いて三律を作つた。その中、

万事悠悠付逝波
哲人無命欲如何
憂懐略似長沙哭
楽府如聞勅勒歌
生硬骨将同北地
瑰奇才殆亜東坡
一編政記尽心血
灑到民痍痕更多

万事《ばんじ》悠悠《ゆうゆう》　逝波《せいは》に付《ふ》す
哲人《てつじん》命無《めいな》し　如何《いかん》せんと欲《ほっ》す
憂懐《ゆうかい》略《ほ》ぼ似《に》たり　長沙《ちょうさ》の哭《こく》
楽府《がふ》聞《き》くが如《ごと》し　勅勒《ちょくろく》の歌《うた》
生硬《せいこう》骨《ほね》は将《まさ》に北地《ほくち》に同《おな》じからんとし
瑰奇《かいき》才《さい》は殆《ほとん》ど東坡《とうば》に亜《つ》ぐ
一編《いっぺん》の政記《せいき》　心血《しんけつ》を尽《つ》くし
灑《そそ》いで民痍《みんい》に到《いた》りて　痕更《こんさら》に多《おお》し

賈誼《かぎ》の長哭、蘇軾の奇才、山陽を評してまた余蘊《ようん》がない。自注に云ふ、「子成の著、『外史』・『通議』・『政記』等あり。但だ『政記』一書、最後に作る所の者。其の病牀に在る、尚ほ筆を輟めず、且つ草し且つ呻《しん》し、病ひ革《あらた》まる日に迄《いた》りて方《まさ》に稿を脱す、自ら跋語百有余言を書し、筆を擲《なげう》つて逝く矣」。その臨歿の状が手に取る如く見える。

前輩として良友としての山陽は已に逝いたが、因縁は尽きず、山陽の子鴨厓は星巌に詩を学び、そして共に国事を憂へて幕末に一大悲劇を展開した。

〔第五十九号「梁川星巌評伝（二）」〕

（三）

星巌は十六年目に江戸に入りて菱湖の宅に寓し、詩人として門戸を張つた。二十九歳の壮年が今や四十四歳となつてゐた。しかも世上の変転極りなく、市河寛斎は文政三年、葛西因是は同六年、大田錦城は同八年に歿し、鵬斎・詩仏は已に老い、ひとり五山が詩壇の老将として勢力を揮つてをるが、しかも門下にこれといふ人もなく、僅《わずか》に指を屈するものは塩田随斎である。この間にありて岡本花亭が年老いて身いよいよ健かに詩壇に雄を称してをる。また官学方面を見ると、佐藤一斎・松崎慊堂《こうどう》・安《あ》積《さか》艮斎《ごんさい》などがをるが、何れも学問・文章の達人で、詩の方面に雄を称するものがない。ここに星巌の立つ足場があつた。とかうする中、菱湖の宅から八丁堀に居を卜した。この時は余程窮したと見えて、紅蘭の鈿釵《でんさい》衣裳を質に入れ、「脱㆓君裙衩㆒抜㆓君鈿㆒（君《きみ》が裙衩《くんさい》を脱《だつ》し君《きみ》が鈿《でん》を抜《ぬ》く）」。翌年（天保四年）の春、自ら衣緇《いし》の小影―二十年前に江戸で烟花の癖の為め髪をそりこぼつた時の姿を画きて詩を題していふ、

矍然風骨宛貧緇　　矍然《くぜん》たる風骨《ふうこつ》　宛《あたか》も貧緇《ひんし》
雲水千重杖一枝　　雲水《うんすい》　千重《せんちょう》　杖一枝《つえいっし》
莫怪尚餘脂粉気　　怪《あや》しむこと莫《なか》れ　尚《な》ほ脂粉《しふん》の気《き》を余《あま》すを

也曾乞食到歌姫　也《ま》た曾《かつ》て食《しょく》を乞《こ》ひて歌姫《かき》に到《いた》る

当年の才子も今や漸く老いんとし、上野の花、墨陀の月、景に触れ風に臨み、見るもの聞くもの、何れも限りなき情思を添へる。

この秋、藤田東湖の詩に次韻した。星巌は東湖を直接知つてゐたかといふと、さうではないやうだ。どこかで東湖の詩を見て次韻したと思はれる。東湖は今年二十八歳。昨年、定《じよう》江戸通事となつて水戸藩邸にゐたのである。ここで思ひ出すのは高田松屋の事である。松屋は星巌が以前江戸にをつた時、よほど親しくした人であるから、今度江戸へ来て必ず尋ねたのであらう。松屋は水戸藩に関係深く、この頃はその依頼を受けて、『八洲文藻《はつしゆうぶんそう》』の編纂にかかつてゐた時で、今年五十一歳、東湖とはかなり親しいので自然その詩を書き留めてあり、それを星巌が見て次韻して東湖に贈つたのであるまいか。翌年の大火災に焼け出されたのを、東湖の好意によつて、江東小梅なる水戸藩邸の一小舎を借りて雨露を凌いだと伊藤竹東は書いてをるが、何れも拠りどころはなく、星巌の詩に「幸有㆓小窓明近㆒㆑水。金龍山色送㆑青来（幸《さいわい》に小窓《しようそう》の明《あか》るくして水《みず》に近《ちか》き有《あ》り。金龍《きんりゆう》の山色《さんしよくあお》青を送《おく》り来《きた》る）」とあるのが向島の景色であるから、これから想像したものであらう。さりながら星巌が東湖に心酔してをる有様は詩中に現はれてをる。星巌は東湖の父幽谷の事を大田錦城から聞いてゐたと想像され、従つて水戸の学風を欽慕《きんぼ》してゐた事も想像され、その幽谷の子が丈夫児の資格を具へて今より五年前—文政十二年、水戸侯斉脩《なりのぶ》薨《こう》じて嗣《し》なく、江戸藩邸の家老等が幕府の意を迎へて前将軍家斉の子息を継嗣となさんとするや、東湖等は死を決して江戸に出て、斉脩の弟なる敬三郎を継嗣とすべく奔走して功を奏し、敬三郎が水戸の封を襲《つ》ぎ、名を斉昭《なりあき》、号を景山と称し、君臣水魚の交りをなし、今や水戸の藩治は隆々として盛運に向ひ、全国の輿望が一斉にこれに向ひつつをるから、星巌が傾倒するもまた宜《む》べなりである。しかも星巌は以後水戸学風の尊王攘夷を以て思想学説としたのみならず、継嗣・密勅の問題までも、水戸を主として終始したのである。これは星巌を研究するものの牢記せねばならぬ事である。

九月の晦、山本徳甫といふ琴客がその琴法の祖たる心越禅師の命日に当るからとて追薦の筵を設け、星巌も列席した。この因縁からだと思ふが、星巌は児玉空々《くうくう》門人の仁木《にき》三岳《さんがく》といふ琴客と知り合ひ、やがて知り合ひとなつた佐久間象山が琴を学びたいといふので、それへ紹介した。象山はこの冬、故郷松代から江戸へ遊学し、佐藤一斎の塾に入り、今年二十三歳、星巌より年下であるが、二人は已に知り合つてゐたのである。十月十四日の夜―即ち蘇東坡の赤壁後游の前の夕に、石田醒斎（伯孝）といふ人が、岡本花亭・柴野碧海《へきかい》（栗山の養子）・安積艮斎・稲垣研嶽・塩田随斎・大久保学海・江藤子西及び星巌等を招き、「風清月白、如二此良夜一何（風《かぜ》清《きよ》く月白《つきしろ》し、此《こ》の良夜《りようや》を如何《いかん》せん）」の九字を韻として詩を作つた。星巌は白字を得て七古の長篇を作つたが、力量手腕、江戸詩壇の主盟たるべきものを示した。かくて星巌は漸次売り出さうとする時に、天保五年二月、大火にかかつて困苦を歴《へ》たが、いくばくもなく華頂宮尊超法親王の知遇を得る事となつた。法親王は光格天皇の御養子、将軍家斉の猶子《ゆうし》、実は有栖川《ありすがわ》織仁《おりひと》親王の御子、芝増上寺の真乗院にをられ、文墨を好まれて玉龍と号し、詩仏も菱湖も知遇を得てをり、高田松屋もまた奉仕してゐたのであるが、星巌が知遇を得たのは恐らく松屋の推薦に依るのであろう。この頃、星巌は増上寺の附近にゐた。それは「寓楼雑吟」に「楼窓対面是三縁（楼《ろう》窓対面《そうたいめん》するは是《こ》れ三縁《さんえん》）」とあるので分るが、やがて神田お玉ヶ池の地面をかり受けて小《ささや》かな建築をした。お玉ヶ池は以前、寛斎の江湖詩社、詩仏の江山詩屋があり、何れも一世に名高いものであつたが、度々の火災で池も埋まり、そことも知れぬやうになつてゐた。そこへ星巌は新しく池をほり竹を種《う》ゑて以前の名地を再興した。名高い玉池吟社は即ち是れ。「崇厦豈能安二鳥雀一。把茅取レ足レ庇二琴書一（崇厦《すうか》豈《あ》に能《よ》く鳥雀《ちようじやく》を安《やす》んぜんや。把茅《はぼう》琴書《きんしよ》を庇《ひ》するに足《た》るを取《と》る）」。「魚弄二軽氷一光瞥々。雲籠二残日一影凄々（魚《うお》は軽氷《けいひよう》を弄《ろう》して光瞥々《ひかりべつべつ》。雲《くも》は残日《ざんじつ》を籠《こ》めて影凄々《かげせいせい》）」。玉池吟社の光景が想見せられる。この頃、『名家評判記』が出板され、中に星巌の評判がある。

上々吉　　梁川新十郎

（頭取）北山の御門下でござりましたが、近来京摂の間で御名が高うござります。今に江戸の大家になりませう。

（わる口）鳥なき里の蝙蝠《こうもり》で、京摂の間で評判のよきを自負し、新下りに下りしに、誰も服する人なく、久しく蟄《ちつ》してやうやう顔見世したが、どうも覚束《おぼつか》ない。今に夜逃げするだらう。

星巌の一寒、骨に到る情況はこの末語で分る。されど星巌は詩人として時に入らうとして苦心した。「十春詞」「美人風箏」等々、苦心の痕跡が明かだ。八月、上州に一遊を試み、足利学校に留寓し、行道山にも遊んだ。足利留寓中、星巌は画を書いて索《もと》むるものに与へたが、星巌は二十年前、伊勢で檀三坡《だんさんぱ》から墨法を受けた事があつた。三坡は備後の人で名を謙蔵といひ、釧雲泉の門下（雲泉の墓碑は三坡と行田仲粛が建てた）。この旅行に星巌は芳川襄斎《よしかわじょうさい》を忍《おし》に訪ひ、宮本茶村と逢つた。茶村は下総潮来《いたこ》の人、兄を篁村《こうそん》といひ、襄斎の近隣に寓居したが病歿したので、茶村が故郷から出て来たのである。この三人は北山の奚疑塾生で星巌と同門である。

八年の二月、詩仏が歿した、享年七十一歳。星巌は挽詩を二首作つたが、一首しか録してをらぬ。録せぬ方には詩仏に対して何かいはうとしたのがあるのではないか。この時、大塩後素の事件があつた。星巌の詠詩二首は全くこれに関したもので――「君子原レ情定二功罪一（君子《くんし》は情《じょう》を原《たず》ねて功罪《こうざい》を定《さだ》む）」、「為惜先生空講レ道（為《ため》に惜《お》しむ先生空《せんせいむな》しく道《みち》を講《こう》ずるを）」とあるより、星巌の心事が推定せられる。昨年は天保の饑饉である。星巌は白楽天の諷諭を宗とし更に熱血に富んだもの、「苦霖行」「後苦霖行」や「七月十八日風」「八月朔復風」などの作のあるのも、またそのところである。

詩会の方も漸次忙しくなつて来た。氷華吟社・五山堂・緑天居、それに自分の玉池吟社の仕事もある。六月、大沼枕山は星巌を初めとして宮沢竹堂・比志島文軒《ひしじまぶんけん》・嶺田楓江《みねたふうこう》等を不忍池畔の分香亭に招いて蓮花を賞した。枕山は二十歳、楓江も同年である。枕山は尾張丹羽村なる鷲津幽林の孫に当り、父竹渓も詩人として名を知られ、少年高才、已に『房山集』を著し、楓江は丹後田辺の藩士、今は佐藤一斎の塾にをるが、いくばくならずして藩籍を脱して安房の東条に行つた。枕山が安房に遊んでからこの地は詩人のよく遊ぶ地となつた。

翌天保九年は、星巌五十歳となる。

已非四十九年春　已《すで》に非《ひ》なり　四十九年《しじゆうくねん》の春《はる》
仍是東西南北人　仍《な》ほ是《こ》れ東西南北《とうざいなんぼく》の人《ひと》
莫笑風姿似麋鹿　笑《わら》ふこと莫《なか》れ　風姿《ふうし》の麋鹿《びろく》に似《に》たるを
也勝臺閣楦麒麟　也《ま》た勝《まさ》れり　台閣《たいかく》　麒麟《きりん》を楦《けん》するに

今年は青年詩人が続々として玉池吟社に集つた。二十五歳の横山（後の小野）湖山、二十四歳の竹内雲濤、二十九歳の遠山雲如などで、これ等が後に星巌門を代表するのである。六月、星巌は『星巌集』の丙集を出板した。乙集の『西征集』後の作を集めたもの――『梨花村草舎支集』『京甸《きようでん》集』『帰省集』『問津《もんしん》集』『京甸支集』『蠡湖客漁《しゆうこかくぎよ》集』『竹兜《ちくとう》集』『夷白盦《いはくあん》集』『余燼集』等である。序文は詩仏・拙堂が書いた。詩仏は歿する前年に書いたので、一読胸を打つものがある。詩仏は曾てお玉ヶ池へ江山詩屋を構へ、宋元清新の詩を唱へて一世を風靡した。その時に世話をした星巌が、自分と趣向を異にして専ら唐詩を唱へ、今や自分の旧居お玉ヶ池に吟社を建て、まさに盛運に向はうとしつつある。さりながら二人は趣向を異にするといへ、清新の詩旨に於ては異なるものがないといつて、多少弁解を試みてゐるが、詩仏が天性の好い点を没却せず、星巌の成熟を願ふところに好感が持てる。

九月、『天保三十六家絶句』が出板された。広瀬淡窓の日記に、静一道人―三上松亭―の編修となつてをるが、実は星巌の手に成るものと見える。この三十六家は当時に於ける全国の詩人で、江戸には⑴朝川善庵、⑵大窪詩仏、⑶岡本花亭、⑷菊池五山、⑸西島蘭渓、⑹山地蕉窓、⑺宮沢雲山、⑻梁川星巌、⑼塩田随斎、⑽諸葛中如、⑾守村鷗嶼《おうしよ》、⑿館《たち》柳湾、⒀牧野黙庵、⒁門田樸斎《もんでんぼくさい》等がをるのである。から並べるとこの中に星巌が特に聳えてをるのが見える。

天保九年六月、和蘭《おらんだ》のカピタンが風聞書を幕府に呈出し、明年中にイギリス人が我が漂流者を引連れて江戸近海に乗り入れ、和親交易を請ふ由を申し出た。幕府は文化年間に露西亜と絶つた前例を引いて、これを謝絶する意向を一決した。この事が蘭学者間に漏れるや、憂慮するものが多く、高野長英は『戊戌《ぼじゆつ》夢物語』を著し、渡辺崋山は『慎機論』を作らうとして半ばほど書きかけ、それを目付鳥居耀蔵が摘発し、所謂る蛮社事件となつた。星巌に「読二弘安紀一二律」があるが、それを指してをるのである。但し大槻磐渓も同題の古詩があり、無論同時の作である。星巌の「人間儘有二多言鬼一。天上能無二附耳星一（人間儘《じんかんま》多言《たごん》の鬼有《おにあ》り。天上能《てんじようよ》く附耳《ふじ》の星無《ほしな》からんや）」は崋山や耀蔵をいひ、「山君長酔東西玉。海怪来探赤白丸（山君長《さんくんなが》く酔《よ》ふ東西玉《とうざいぎよく》。海怪来《かいかいきた》りて探《さぐ》る赤白丸《せきはくがん》）」は将軍の酔態と今度来航すべく伝へらるるモリソンの事をいふ。

かくて年は暮れ、天保十年となる。六月、星巌はお玉ケ池を去りて、酒巻釣翁《ちようおう》の蓮塘《れんとう》に暑さをさけて殆んど半年もをり、『蓮塘集』が出来た。「寓園雑吟」はその優游自適の状を見るべく、「龍吐水歌」や「書二楠河州公碑拓本後一」は蔣蔵園を、「題二氷華吟館壁一十首」は呉梅村を、宋金元明清諸家の集後に書した絶句は王漁洋の「論詩絶句」を学んだのである。これ等を一読して星巌の最も影響を受けたものは、梅村・漁洋・蔵園なることが明かとなつた。しかるに蔵園と似た点のある厲樊榭をいつてないのはどうした事か。星巌は最も樊榭に似たものではないか。

十一月、星巌は再びお玉ヶ池に帰つたが、其の前、星巌が不忍池上に行つた間もなく、佐久間象山が再び江戸へ出てお玉ヶ池に寓居して子弟に授けたが、それが星巌の隣家であつたので、詩文を談じ時事を論じ、帰郷するまで八年間、至つて仲能く往来した。翌年—天保十一年—星巌は自作を取りまとめて出板すべく準備を始めた。象山は年若ながら、学問・文章に感服してをるので、詩集の序文を頼んだ。象山の手翰に依るに、星巌は詩集新刻の後、支那へ送る希望があつたと見える。それは旧友朝川善庵が清人顧禄《ころく》と知り合ひ、その仕へてをる大村藩が長崎と近いので、善庵を通じて支那へ送るといふのであらう。当時は著述を支那へ送り賞賛を博するのを名誉とした—山井崑崙《やまのいこんろん》の事は暫く置き、市河寛斎や朝川善庵もさうであつたので、星巌もそれを希望したのである。象山の序文に紅蘭の事を書き、その詩を誉めてをる。紅蘭は象山に七歳の年長なるが、象山から詩書の講議を聞いてゐたやうである。紅蘭と象山は能く引合ひに出される。『東都名家鑑』に、「御玉ヶ池の紅蘭が女だてらの勝気にて、牝雞《ひんけい》の時つくり、夫婦喧嘩の度毎に、隣家修理（象山）が飛び込んで仲裁役つとむる由」とあるのもその一つ。

天保十二年の二月、星巌は年来の志望が遂げて、『星巌集』甲・乙の両集を出版し、三月、更に丁集と閏集及び紅蘭の『紅蘭小集』をも附けて出版した。文化七年九月の江戸再游から始つて、天保十年十一月の玉池寓居の時に至る二十九年間の詩、総計二千余首を刪《けず》りて、一千二百三十七首を存した。この中、甲集二巻は僅かに一百余首のみ存したのは、意に満たぬものが多くしてこれを捨て、乙集四巻は已に刊行したが、更に訂正して体裁を一つとした。甲集は林檉宇・朝川善庵・篠崎小竹・広瀬旭荘の序文題詩及び星巌の五十歳小像、乙集は日野南洞公と頼山陽の序文、それへ菅茶山の跋、佐久間象山のをも添へ、丙集は大窪詩仏と斎藤拙堂・後藤松陰の序跋、丁集は拙堂の「玉池吟築記」、閏集は大槻磐渓の序・福田半香の蓮塘小寓図・大沼枕山の題詩、また『紅蘭小集』には星巌の曹全碑字を集めた題籤《だいせん》、小野湖山の題詩を載せた。

　この前後から星巌の詩興は非常に昂揚して来た。詩人としての自覚も出来、また時代は変化して西洋の勢力が怒濤の如く押し寄せて来て、志士の憂憤激昂を禁じ得られぬこととなつた。血性の星巌も無論である。

　古俠行
角鷹垂翅鳴饑吻
吾徒何処洩幽憤
大呼痛飲劇孟家
興酣一擲百万尽
山可抜兮虎可擒
海怪果来可韲粉

　古俠行《こきようこう》
角鷹《かくよう》　翅《つばさ》を垂《た》れて饑吻《きふん》を鳴《な》らす
吾《わ》が徒《と》　何処《いずこ》にか幽憤《ゆうふん》を洩《も》る
大呼《たいこ》して痛飲《つういん》す　劇孟《げきもう》が家《いえ》
興酣《きようたけなわ》にして一擲《いつてき》　百万《ひやくまん》尽《つ》く
山《やま》は抜《ぬ》く可《べ》く　虎《とら》は擒《とりこ》にす可《べ》し
海怪《かいかい》　果《はた》して来《きた》らば韲粉《せいふん》す可《べ》し

霜風颯颯打寒更
腰下宝刀躍有声

古歌
窓間兀兀老何苦
謂是下筆有千古
誰歟豪者云卓羅
綺食彫盤戛鐘鼓
黄金太重天下軽
高冠貴爵如泥土
嗟呼淫霧塞八荒
我心明明白日光

霜風《そうふう》　颯颯《さつさつ》　寒更《かんこう》を打《う》つ
腰下《ようか》の宝刀《ほうとう》　躍《やく》して声《こえ》有《あ》り

古歌《こか》
窓間《そうかん》　兀兀《ごつごつ》　老《お》いて何《なに》をか苦《くる》しむ
謂《い》ふ　是《こ》れ筆《ふで》を下《くだ》して千古《せんこ》有《あ》りと
誰《た》そや　豪《ごう》なる者《もの》ぞ　卓羅《たくら》と云《い》ふ
綺食《きしよく》　彫盤《ちようばん》　鐘鼓《しようこ》を戛《かつ》す
黄金《おうごん》は太《はなは》だ重《おも》く　天下《てんか》は軽《かる》し
高冠《こうかん》　貴爵《きしやく》　泥土《でいど》の如《ごと》し
嗟呼《ああ》　淫霧《いんむ》　八荒《はつこう》に塞《ふさ》がる
我《わ》が心《こころ》　明明《めいめい》　白日《はくじつ》光《ひか》る

あたかも杜少陵の詩を読むやうである。

やがて星巌は紅蘭を携へて房総游歴の途に上つた。房総が海防の要所であるからである。先づ利根川を下りて潮来に宮本茶村を訪ふた。茶村は藤田東湖と最も親しいものである。星巌は香取・鹿島の神廟に謁し、更に利根川を下りて銚子に達し、転じて上総に入り、門人遠山雲如に迎へられて東金郭外の八鶴湖に游び、九十九里に出て、大東崎に登つて大海を望み、「翀レ霄赤羽三竿日。劈レ海金支万里風（霄《そら》に翀《あが》る赤羽《せきう》三竿《さんかん》の日《ひ》。海《うみ》を劈《さ》く金支《きんし》万里《ばんり》の風《かぜ》）」と高吟しつつ房州に入り、天に倚る峭壁を凌ぎ、鏡浦の壮観を恣《ほしいまま》にし、鋸山の勝光を探り、羽倉簡堂を富津の官舎に尋ね、行徳から船で江戸に帰り、その間五ケ月を閲し、従つて詩作も多くて『浪淘《ろうとう》集』一巻となつたが、この漫游中に得るものの大なるのは、門下に鱸松塘《すずきしょうとう》を収めたことである。松塘は安房の人、十九歳の青年詩人である。

〔第六十号「梁川星巌評伝（三）」〕

（四）

星巌は玉池吟社に帰つた後、何となく疎懶に見えて来た。「問レ奇客至多佯病。遣レ興詩成半健忘（奇《き》を問《と》ひて客至《きやくいた》れば多《おお》くは佯病《ようびょう》。興《きょう》を遣《や》りて詩成《しな》れば半《なかば》は健忘《けんぼう》）」。「師懶門生多削レ迹。家貧郷俗不レ留レ情（師懶《しらん》にして門生多《もんせいおお》くは迹《あと》を削《けず》り、家貧《いえひん》にして郷俗情《きょうぞくじょう》を留《とど》めず）」。さうかとすると「与三其懐レ刺干二時貴一。不レ若披レ書対二古人一（其《そ》の刺《し》を懐《いだ》いて時貴《じき》を干《おか》さん与《より》は、書《しょ》を披《ひら》いて古人《こじん》に対《たい》するに若《し》かず）」、「人老未レ明通塞理。時清誰問短長書（人老《ひとおい》て未《いま》だ明《あき》らかにせず通塞《つうそく》の理《り》。時清《ときききよ》くして誰《たれ》か問《と》はん短長《たんちょう》の書《しょ》）」ともいひ、仏典を探り性理の書を読まうとする心が已に動いて来たと思はれ、帰隠の志が漸く明かとなつて来た。

この頃、英国と清国の戦争―阿片戦争が伝へられ、志士の憂慮は非常なものであつた。星巌もその一人である。天保十三年末と思はれる詩に、「このころ英吉利《いぎりす》連《しき》りに支那を犯す。近ごろ聞く戦艦海上に往来す」と注し、同十四年の「新正口号」に、

満城争賀太平春　満城《まんじよう》　争《あらそ》ひ賀《が》す　太平《たいへい》の春《はる》
梅柳雲霞共一新　梅柳《ばいりゆう》　雲霞《うんか》　共《とも》に一新《いつしん》す
不信天西氛祲熾　信《しん》ぜず　天西《てんせい》　氛祲《ふんしん》熾《さか》んにして
妖鯨翻海欲揚塵　妖鯨《ようげい》　海《うみ》を翻《ひるがえ》して塵《ちり》を揚《あ》げんと欲《ほつ》するを

といひて―世人の無関心を冷笑してをるが、帰志は年と共に急となつて来た。

この頃「題画絶句十首」を作り、首々みな佳。その中「杏花双燕」にいふ、

山僧常説有無漏　山僧《さんそう》　常《つね》に説《と》く　有無漏《うむろ》
海客善談天地球　海客《かいきやく》　善《よ》く談《だん》ず　天地球《てんちきゆう》
不及画梁双燕子　及《およ》ばず　画梁《がりよう》の双燕子《そうえんし》
杏花風暖話春愁　杏花《きようか》　風暖《かぜあたた》かくして春愁《しゆんしゆう》を話《わ》するに

仏教の空理や世界広遠の事柄も、画梁の双燕が春愁を話するのに及ばずといふのは真に面白い詩趣である。後年、桃花会の席上で、永坂石埭《ながさかせきたい》の詩を小野湖山が叱りつけた時、森春濤がこの詩を引いて湖山と論戦したといふ。ただ時事を慷慨するのみが詩の道でなく、却つてかういふところに温柔敦厚の旨があるのである。また、

詠史
帷幕運籌無等倫
用兵百万捷如神
淮陰是獣留侯草
天下英雄蓋両人

詠史《えいし》
帷幕《いばく》　籌《ちゅう》を運《めぐ》らすに等倫《とうりん》無《な》し
用兵百万《ようへいひゃくまん》　捷《はや》きこと神《かみ》の如《ごと》し
淮陰《わいいん》は是《こ》れ獣《けもの》　留侯《りゅうこう》は草《くさ》
天下《てんか》の英雄《えいゆう》　蓋《けだ》し両人《りょうにん》

というのがあり、何を云つたものやら分らぬが、この年五月、将軍家慶は水戸景山の政治に励精するのを賞して、親しく宝刀・鞍・鎧及び黄金を給ひ、老中また書翰を以て嘉賞の詞を致し、水戸の得意絶頂の時となつたので、星巌は淮陰（韓信）を景山、留侯（張良）を東湖に推しあて、今日天下の英雄は蓋しこの両人であらうといふ意味とも思はれる。そもそも水戸は徳川三家の一つとして、家格が全国諸藩の上に聳え立つ上に、元禄年間に義公《ぎこう》があつて武備を盛んにしたのは勿論、学問を尊び、京都から学者を呼びよせ、『大日本史』の編輯をして大義名分を明かにし、そして水戸の学風を全国に耀かしたことは余りに名高きことである。しかるに景山は封を襲ぐや、積年の奢侈・因循の弊風に反対して陸上の武備に心を用ふるのは勿論、海防に力を尽したことも水戸が最も早く、大艦を造り大砲を鋳ると共に、義公の意志を継紹するのを以つて自ら任じ、神道と儒教を合一し、鹿島祠や聖廟を水戸に建立し、学校を設けて弘道館と名づけ、自らその記を作り、東湖がその述義を作つて水戸の学風を一目瞭然たらしめ、文武の寮を設けて演習を怠らずして、藩政を一新したのにより、名声は全国に響き渡つた。また当時の最も大問題は海防であるが、水戸には義公以来の尊王学説と、それより今日の実務を取り扱ふ攘夷説の大本山となり、水戸中納言の名声は日本全国に瀰漫して、その勢力おさおさ幕府を凌ぐものがあつたのである。而して東湖が景山の智嚢たることは已知の次第である。

得意絶頂の時は已に失意の深淵に落下する時でもある。翌年（天保十五年即ち弘化元年）五月、景山は幕命を以て驕慢の罪によりて隠居を命ぜられ、家老戸田銀次郎（蓬軒）、寺社奉行今井金右衛門及び側用人東湖は禁錮の罰を受け、かくて多年の経営も一朝にして頓挫した。かやうになるには種々なる事情があり、水戸に対する幕府の疑念と共に水戸藩内の内訌があつた。さりながらこの事があつてより後、景山の評判はいよいよ高く、水戸の隠居といへば全国尊崇の目的となつて来た。

この頃、星巌は「三弔詩」を作つた。三弔の三人は何人を弔ふのであるかハッキリ分らぬが、戸田と今井・東湖だと推想せられる。「天下英雄蓋両人」と歌うて景山・東湖の人物に傾倒せる星巌が失望の程、想像に余りある。かの宮本茶村は東湖の自殺を伝ふるものあるにより、急走して江戸に入り、暮夜窃《ひそ》かに東湖を尋ねて、国の為めに自重せよと懇談し、爾来江戸に留りて、藩主景山公の冤《えん》を訴へんとし、水戸封内の農民も紛々として起ちて雪冤運動に出た。茶村はその先頭に立つたので、藩庁から悪《にく》まれて二年程牢獄に投ぜられた。

今年七月、和蘭の使節が長崎に来て、その国王より幕府に致せし国書を呈し、鎖国攘夷の不可を説き、近き例を英清戦争に引いて警告するところがあり、星巌は非常に注意を払つた。この前後、門人斎藤竹堂は『阿片始末』を著はして、英清間なる阿片戦争の始末を明かにした。星巌は十五首の絶句を作りて読後の感想を述べ、清朝の官吏が一日の苟安《こうあん》を貪りて和親を謀るのを指し、その余波が我が国に及ばんことを恐れるが、しかも我が国には巨砲もなく大艦もなく、敵国と戦ふ準備とては皆無であるから、先づ敵情を知らねばならぬと同時に寺院の鐘など集めて戦具を整へ、我が短を捨て敵の長を取り、全国を打つて一個の八陣図とし、戎夷《じゅうい》の窺窬《きゆ》を防がねばならぬ、といふのであつて、全く当時に於ける水戸一流の時局意見である。

翌《あ》くる弘化二年星巌五十七歳、年来の志願遂げて故山に帰るべく決意した。

欲従居山中有作示諸友　　山中《さんちゅう》に従居《しょうきょ》せんと欲《ほっ》し、作有《さくあ》り、諸友《しょゆう》に示《しめ》す

朝昏眠食未曾違　　朝昏《ちょうこん》の眠食《みんしょく》　未《いま》だ曾《かつ》て違《たが》はず
誰道衰翁生計非　　誰《たれ》か道《い》ふ　衰翁《すいおう》　生計《せいけい》非《ひ》なりと
一息猶存須努力　　一息《いっそく》猶《な》ほ存《そん》す　須《すべか》らく努力《どりょく》すべし
八方多事欲何帰　　八方《はっぽう》事多《ことおお》し　何《いず》こにか帰《かえ》らんと欲《ほっ》す
鯨鯢絶海妖氛熾　　鯨鯢《げいげい》海《うみ》を絶《わた》りて妖氛熾《ようふんさか》んに
霹靂轟天礮火飛　　霹靂《へきれき》天《てん》に轟《とどろ》きて礮火《ほうか》飛《と》ぶ
好巻百編芸葉去　　好《よ》し　百編《ひゃっぺん》の芸葉《うんよう》を巻《ま》き去《さ》り
渓山深処養真機　　渓山深《けいざんふか》き処《ところ》　真機《しんき》を養《やしな》はん

六月俄かに玉池吟社を閉ぢて西帰の途に上つた。隣家の象山は「別㆓梁公図㆒序」を作つたが、

中に星巌の言を載せて—江戸の人民は五百万に上り、一人が一日に五合の米を食するとすれば、一ヶ月に要するところは七十万石を下らぬが、この米は多く海運によるのである。しかるに近年英夷が横行して近隣の諸国を併呑し、香港を侵略した。殷鑑《いんかん》遠きにあらず、一朝戦艦を連ねて我が房総の地を襲ふ時は、海運の便が忽《たちま》ち絶えて、五百万の饑餓は必然である。今や幕府は富強であつて、無論さういふことはないが、自分は老年ゆゑ故山に帰り、冥然としてこの世を忘れたいといつたとある。前詩の慷慨と全く反したものであるが、さういふところもまた星巌の風貌が窺はれる。但し江戸食糧問題は当時能く取り上げられた議論であつて、星巌独得の見識ではない。

星巌は出発に臨んで左の四絶を作つた。友人の問に答へて、

文章不値半文銭　文章《ぶんしょう》は値《あたい》せず　半文《はんもん》の銭《ぜに》
才到曹劉也等間　才《さい》は曹劉《そうりゅう》に到《いた》りて也《ま》た等間《とうかん》
収拾声名便帰去　声名《せいめい》を収拾《しゅうしゅう》して便《すなわ》ち帰《かえ》り去《さ》る
一簪白髪旧青山　一簪《いっしん》の白髪《はくはつ》　旧青山《きゅうせいざん》

「才到二曹劉一也等間」、何等の自負ぞ。帰るに先だつて故山の友に寄せて、

売講侯門両鬢皤　講《こう》を侯門《こうもん》に売《う》りて両鬢皤《りょうびんしろ》し
書生往往死奔波　書生《しょせい》往往《おうおう》　奔波《ほんぱ》に死《し》す
帰来我且誇郷友　帰来《きらい》　我且《われまさ》に郷友《きょうゆう》に誇《ほこ》らんとす

留得十年餘地多　十年《じゅうねん》の余地《よち》を留《とど》め得《え》て多《おお》しと

儒生の一生を痛罵して我が得意の所を誇り、諸門生に別れては、

成立宛如新竹繁　成立《せいりつ》　宛《あたか》も新竹《しんちく》の繁《しげ》るが如《ごと》し
自矜才俊聚吾門　自《みずか》ら矜《ほこ》る　才俊《さいしゅん》の吾《わ》が門《もん》に聚《あつま》るを
一朝決別能無涙　一朝《いっちょう》　決別《けつべつ》　能《よ》く涙《なみだ》無からんや
看取斑斑満袖痕　看取《かんしゅ》せよ　斑斑《はんぱん》　満袖《まんしゅう》の痕《こん》

才俊を多くし立てた決別の悲しさはまた格別。寓館に留題しては、

臨別誰能不黯然　別《わか》れに臨《のぞ》みて誰《たれ》か能《よ》く黯然《あんぜん》たらざらん
無情花竹亦纏綿　無情《むじょう》の花竹《かちく》も亦《ま》た纏綿《てんめん》
空桑一宿人猶恋　空桑《くうそう》　一宿《いっしゅく》　人《ひと》猶《な》ほ恋《こ》ふ
況我淹留十五年　況《いわん》や我《われ》　淹留《えんりゅう》すること十五年《じゅうごねん》

一読我もまた黯然を免れぬ。

かくて星巌夫妻は枕山・湖山等多数の門人知交に送られて中山道《なかせんどう》を故山に向ひ、鱸松塘・橘湖雲等は、はるばる送りて美濃に向つた。

〔第六十二号「梁川星巌評伝（四）」〕

（五）

星巌の帰郷が決定してをるので、玉池吟社の同人は、諸同人の作を一本に集めて出版しやうとした。尤もさういふ計画は雲如・雲濤等によつて企てられ、林鶴梁が序文を書いたこともあつたが、今度は湘雲・楓江の手によつて再興され、多数なる同人中、一百人―実は八十人―の詩を編修して五巻として『玉池吟社詩一集』といひ、二集・三集に及ばうとしたが、それは編修せられなかつた。

星巌夫妻は十五六年ぶりで帰郷して、親戚の情話と旧友の往来にしばし清間を楽しんだが、翌年―弘化三年―の春は岐阜の桜花を賞して一時帰郷、更に南遊の途に上り、伊勢の津にて斎藤拙堂・誠軒父子を中心として旧友と応酬し、この間、紅蘭は心越禅師伝来の琴法を学び、朝夕習玩して寝食を忘るるに至つた。九月、上野《うえの》（伊賀）に入りて服部竹塢を訪ひ、十二月に入京、二条木屋町に寓居した。

　　重入京有感賦二絶句　　　重《かさ》ねて京《きよう》に入《い》りて感有《かんあ》り、二絶句《にぜつく》を賦《ふ》す

三 千 里 外 重 游 客　　　三千里外《さんぜんりがい》　重游《じゆうゆう》の客《きやく》

二 十 年 前 旧 夢 場　　　二十年前《にじゆうねんぜん》　旧夢《きゆうむ》の場《ば》

襁褓而今皆七尺
争教双鬢不為霜

襁褓《きょうほ》 而今《じこん》 皆《み》な七尺《しちしゃく》
争《いか》でか双鬢《そうびん》をして霜《しも》と為《な》さざら教《し》む

旧朋凋落半帰泉
重到京華一悵然
但喜衰躬遭盛典
新皇登極在明年

旧朋凋落《きゅうほうちょうらく》し半《なか》ば泉《せん》に帰《き》す
重《かさ》ねて京華《けいか》に到《いた》れば 一《いっ》に悵然《ちょうぜん》
但《た》だ喜《よろこ》ぶ 衰躬《すいきゅう》の盛典《せいてん》に遭《あ》ふを
新皇《しんこう》の登極《とうきょく》 明年《みょうねん》に在《あ》り

遠き東の空から重ねて京華に来て見れば、旧友は凋落し、我が衰朽を思はれるが、明年挙げさせ給ふ新天皇登極の大典に逢はれるとは、さても有難き事である。

星巌は翌弘化四年の正月より冬に至る間に「鴨水寓楼雑吟」三十首ほど出来た。

神仙眷属楼居好
合座占来春已多
四面垂楊三面水
東風吹緑上簾波

神仙《しんせん》の眷属《けんぞく》 楼居好《ろうきょよ》し
合座《ごうざ》 占《し》め来《きた》れば 春已《はるすで》に多《おお》し
四面《しめん》の垂楊《すいよう》 三面《さんめん》の水《みず》
東風《とうふう》 緑《みどり》を吹《ふ》いて簾波《れんぱ》に上《あ》がる

文章人物聚関左
山水画図屯洛浜
山可遊観文可友

文章《ぶんしょう》 人物《じんぶつ》 関左《かんさ》に聚《あつま》り
山水《さんすい》の画図《がと》 洛浜《らくひん》に屯《あつ》まる
山《やま》は遊観《ゆうかん》す可《べ》く 文《ぶん》は友《とも》とす可《べ》し

只嗟無計得分身　只《た》だ嗟《なげ》く　計《けい》の身《み》を分《わ》かち得《う》ること無《な》きを

江都の人才、洛陽の風光、一身を分ちて両地に置くことは出来ぬのは誠に致方《いたしかた》がない。

翌くる嘉永元年は星巌六十歳、この頃詩文を談ずるものは自分を推して東方第一手とするのを聞きて一笑、詩を作つていふ、

百歳浮生水上漚　百歳《ひやくさい》の浮生《ふせい》　水上《すいじよう》の漚《あわ》
従他呼馬又呼牛　従他《まか》す　馬《うま》と呼《よ》び又《ま》た牛《うし》と呼《よ》ぶに
誰伝虚誉煩間耳　誰《たれ》か虚誉《きよよ》を伝《つた》へて間耳《かんじ》を煩《わずら》はす
章句東方第一流　章句《しようく》　東方《とうほう》の第一流《だいいちりゆう》と

澆俗紛紛逐末忙　澆俗紛紛《ぎようぞくふんぷん》として末《すえ》を逐《お》ひて忙《いそが》しく
士農往往落工商　士農《しのう》は往往《おうおう》にして工商《こうしよう》に落《お》つ
一枝毛穎間生活　一枝《いつし》の毛穎《もうえい》　間生活《かんせいかつ》
派作詩人也未傷　派《わか》れて詩人《しじん》と作《な》るも也《ま》た未《いま》だ傷《いた》まず

大息広陵散亦絶　大息《たいそく》す　広陵散《こうりようさん》も亦《ま》た絶《ぜつ》するを
竈絲鼠沫旧琴絃　竈糸《ちゆし》　鼠沫《そまつ》　旧琴絃《きゆうきんげん》
只縁一世知音少　只《た》だ一世《いつせい》知音《ちいん》の少《ま》れなるに縁《よ》りて
可是嵆康斬不伝　是《こ》れ嵆康《けいこう》の斬《おし》みて伝《つた》へざるなる可《べ》し

詩人として世に立つのもまた悪いでもないが、知音のないのは心細いことでもある。

この十二月、移りて瑞龍山麓なる黄葉山房に寓し、我我周旋処《ががしゅうせんしょ》と名づけた。南は華頂山に対し、北は南禅・北禅・若王・永観の諸名刹に連なり、園は泉石の勝に富み、境が頗る幽邃、彷徨吟詠、聊《いささ》か以て自ら娯しんだ。この間星巌は宋・明の書を読み、禅・道の秘冊を抜き、『黄葉山房別集』三巻・『香厳集』四巻を著した。門人松橋江城の作にいふ、

題星巌先生黄葉山房図　星巌先生《せいがんせんせい》の黄葉山房《こうようさんぼう》の図《ず》に題《だい》す　江城《こうじょう》

矯健曾摩鵬背天　矯健《きょうけん》　曾《かつ》て摩《ま》す　鵬背《ほうはい》の天《てん》
逍遥今詠卜居篇　逍遥《しょうよう》　今詠《いまえい》ず　卜居《ぼくきょ》の篇《へん》
白雲影裏支筇立　白雲影裏《はくうんえいり》　筇《つえ》を支《ささ》へて立《た》ち
黄葉声中聴雨眠　黄葉声中《こうようせいちゅう》　雨《あめ》を聴《き》きて眠《ねむ》る
万巻精華帰卓識　万巻《まんがん》の精華《せいか》　卓識《たくしき》に帰《き》し
一家風味似枯禅　一家《いっか》の風味《ふうみ》　枯禅《こぜん》に似《に》たり
平生吾有猶龍嘆　平生《へいぜい》　吾《われ》に猶龍《ゆうりゅう》の嘆《なげ》き有《あ》り
呼作詩人恐未然　呼《よ》びて詩人《しじん》と作《な》すも　恐《おそ》らくは未《いま》だ然《しか》らず

万巻の精華を集めて卓識を立て、一家の風味を譬《たと》ふれば枯禅に近い。世人が先生を詩人と呼ぶのは恐らく当らぬ。孔子が老子を評した猶ほ龍の如きかといつた言葉が先生に当るといふのであるが、星巌の人柄をカナリ能く見てをるのである。

この秋、門人森田梅磵（土佐の人）が入洛して、或る日、頼鴨厓・藤井竹外・佐々原梅操等と星巌を訪ひ、席上「幽磵泉鳴二深秋一」の六字を分ちて詩を賦した。梅磵は磵字を得た。

我我周旋処与星巌先生紅
蘭女史及藤井頼佐々原諸
子同賦幽磵泉鳴深秋句得
磵　　　　　　梅磵
星翁手炷香一瓣
塵談入禅説夢幻
紅蘭女史貧素慣
抜鈿觴客煮藜莧
頼生気豪笑斥鷃
営利未嘗回一眄
慷慨父風論辺患
雨香（竹外）飄逸忘在宦
詞壇求師執羔雁
風月之楽不可簒
宣明（梅操）文章七歩辨

我《が》我周旋処《がしゅうせんしょ》、星巌先生《せいがんせんせい》、紅蘭女史《こうらんじょし》及《およ》び
藤井《ふじい》・頼《らい》・佐々原《ささはら》の諸子《しょし》と、同《おな》じく
「幽磵《ゆうかん》の泉《いずみ》、深秋《しんしゅう》に鳴《な》る」の句を賦《ふ》し、
磵《かん》を得《え》たり　　　　梅磵《ばいかん》
星翁《せいおう》手《て》づから炷《た》く　香一瓣《こういちべん》
塵談《じんだん》　禅《ぜん》に入《い》りて夢幻《むげん》を説《と》く
紅蘭女史《こうらんじょし》は貧素《ひんそ》に慣《な》れ
鈿《かんざし》を抜《ぬ》き客《きゃく》に觴《さかずき》して藜莧《れいかん》を煮《に》る
頼生《らいせい》は気豪《きごう》にして斥鷃《せきあん》を笑《わら》ひ
営利《えいり》　未《いま》だ嘗《かつ》て一眄《いちべん》を回《めぐ》らさず
慷慨《こうがい》　父《ちち》の風《ふう》にして辺患《へんかん》を論《ろん》ず
雨香《うこう》（竹外《ちくがい》）は飄逸《ひょういつ》にして宦《かん》に在《あ》るを忘《わす》れ
詞壇《しだん》に師《し》を求《もと》めて羔雁《こうがん》を執《と》り
風月《ふうげつ》の楽《たの》しみ　簒《うば》ふ可《べ》からず
宣明《せんめい》（梅操《ばいそう》）文章《ぶんしょう》　七歩《しちほ》に辨《べん》じ

四似昔時人姓晏
誰居就中貌尤慢
可知酒客田梅磵

四似《ひつじ》す　昔時《せきじ》の人《ひと》　姓晏《せいあん》に
誰居《たそ》や　中《なか》に就《つ》いて貌尤《かおもつと》も慢《まん》なるは
知《し》る可《べ》し　酒客《しゆかく》の田梅磵《でんばいかん》

杜子美の「飲中八仙」に倣つて作つたもの、主客六人の人物がよく見える。

九月、星巌は川端丸太町東側の廃園を買ひ、徙《うつ》りて聊逍遥処《りようしようようしよ》といひ、鴨沂小隠《おうきしよういん》の扁額を室中に掛けた。後に吉村秋陽が過訪して「鴨沂小隠記」を作り、その風景を記していふ、「星巌先生、居を京城東北の郊に卜す。鴨水演洋、門を過ぎて南に注ぎ、比叡の嶽は其の後に直《あた》りて、簷際《えんさい》に臨むが如く、其の麓は綿亘《めんせん》数里、丹崖蒼阜《そうふ》、浮屠《ふと》の宮、錯峙《さくじ》映帯して画の如く、疇塍《ちゆうしよう》の間、時に村墟小聚《しようしゆう》を見る。而して人煙蕭散《しようさん》、花竹清閟《せいひつ》、所謂る寛間の野、寂寞の浜、逸民高士の足を託するの所、昔より然りとなす」とある。而して星巌は如何。

　先生已に之を楽しみ、其の室に扁して鴨沂小隠と曰ひ、香を焚いて洒掃《さいそう》し、書を其の中に読み、昕夕《きんせき》、几案を離れず。尤も思を心性の説に潜め、凡《およ》そ宋明諸儒の緒言は包羅参究し、洞として掌を指すが如し矣、傍《かた》ら釈老に及び、亦能く其の旨帰を繹《たず》ね、其の異同を較べ、(略)既にして自ら歎じて曰く、吾幾《ほと》んど斯の生を錯過せんとす。今にして而して後、学の以て已《や》むべからざるを知れり。

心性の説より仏教・道教に汎濫し、形而上の根柢に触れるものがあり、自ら歎ずる言葉となつたのである。されば秋陽は星巌を董蘿《とうら》石《せき》に比べた。年老いて王陽明の説を聞き、深く得るところがあつたからである。而して星巌はこの学問思想の為めに非常なる風格を養ひ見識を深うし、江戸時代に比しては非常なる人物の相違となつて来た。「聊逍遥処雑吟十五首」は、江戸時代の「題氷華吟館壁十首」と共に記念されるべき作である。星巌はまた読書して得る処を詩にまとめた。「縦筆三十六首」は陳白沙の詩体に倣つたもの、「後縦筆一百首」は加賀の田中順夫に与へたもの、「雑言一百六十四首」は姪長虔《おいちょうけん》に与へたもの、外に「謾題一百首」がある。この三種を『星巌詩外』三巻とし、また『紫薇仙館集』と題した。

この頃、佐久間象山に与へた書翰中に、

京都及び浪花両地共、儒者は一向に無レ之、去年九月、引き移りの節より、未だ面会せず候得共、久我家の諸大夫に春日某有レ之、此人は程朱及び陽明へ入り、門戸を立てず、至《いたつ》て沈実に読書致し居候。行状も宜しく、この一人は京摂の儒者に御座候。今年四十に候。仙釈二子へも入候に付、性理を窮め心術を明かにし候も、此一人に及ぶもの無レ之候。此の外に交はりて益あるものは半人も無レ之候。○公卿中に一人有レ之、堤民部卿と申し、西洋学に通じ、勿論海防の事は第一に心懸け居られ候。老兄の御事も能々存じ居られ候。此度西洋訳御開刻の事も存じ居られ候。毎度過訪致され候に付、西洋の話のみ仕候。此の外一人も西洋の話など致すものは無レ之、此人国家の為めに大に憂ひ居られ候。機変に臨み候はゞ、随分御用に立ち可レ申候。

とある。春日某とは春日潜庵、堤民部卿とは哲長卿《あきなが》。また西洋訳御開刻の事とは、ハルマの辞書を増補訂正して、これを『増訂和蘭語彙』と名づけて出版を謀つてをるのをいふのである。象山は星巌の西帰後、専ら蘭学と砲術に専念し、松代に帰りてその名次第に揚りつつあつたので、星巌はこの時、門人小原鉄心を象山に紹介した。鉄心は大垣藩の執政、文武に心を懸け、特に国防に心を労してゐたからである。

春日潜庵は京都の人、世々久我家の諸大夫、讃岐守に任ぜらる。十八歳にして鈴木恕平（遺音、山崎派の学者）に従うて朱子を奉じたが、王陽明の書を読んで疑念を生じ、二十七歳その全書を得て断然王学を奉じ、また劉念台の『人譜』を読んで一層信念を深くし、後に『人譜』を校刻した。二十四歳、主人通明の信任を受けて家政を改革し、使用の人を換へなどしたところから、その憎悪を受けて毒殺せられんとしたこともあり、遂に讒言《ざんげん》の為めに閉居十年に及んだが、建通の家を嗣《つ》ぐや再び信任を受け、家政もまた整頓を見た。潜庵の王学に転じたのはその閉居時代であつた。星巌と親交を結んだのは嘉永初年からで、潜庵が再び久我家から信任を受けた時であらう。星巌より若きこと二十二歳。後、叛逆の四天王といはれた星巌・梅田雲浜《うんぴん》・池内陶所・頼鴨厓との関係は、鴨厓が最も古く―玉池時代の門人―次に陶所、最も新しいのが雲浜である。

池内陶所は名を奉時、字を士辰、通称を大学といひ、京都智恩院門跡の寺侍である。智恩院門跡は即ち華頂宮法親王で、星巌の最も久しく眷遇《けんぐう》を得てをるところ。従つて陶所は星巌の玉池時代にも、時々江戸に往来した。星巌の象山に与へた書翰に―此の者、京師にて開業を致し、公卿の教授に日夜奔走、頗る有志にて、殿下（九条尚忠）・大閤（鷹司政通）・三条（実万《さねつむ》）・中山（忠能）に出入、青蓮院宮へは月に六回進講仕候―と見え、公家関係者としては潜庵に次ぐ有力者である。

　鴨厓は山陽の三男、星巌と山陽との関係は已に述べたところであるが、鴨厓は山陽の歿した時は僅か八歳の頑童であったが、十九歳、羽倉簡堂に随行、江戸に入りて昌平黌に入学中、粗暴の為めに退寮を命ぜられ、京都へ帰らずに直ちに東北游の旅に上った。北門の鎖鑰《さやく》たる蝦夷地に重大なる関心があったからである。発するに臨んで星巌に別るゝ詩を作った。

倏忽相逢鷺与鷗　　倏忽《しゅっこつ》相逢《あいあ》ふ　鷺《さぎ》と鷗《かもめ》
炉辺一夜興還幽　　炉辺《ろへん》一夜《いちや》　興還《きょうかえ》つて幽《ゆう》
一杯芳茗添珍話　　一杯《いっぱい》の芳茗《ほうめい》　珍話《ちんわ》に添《そ》ひ
三酌濁醪減旅愁　　三酌《さんしゃく》の濁醪《だくろう》　旅愁《りょしゅう》を減《げん》ず
身似桔槔低又昂　　身《み》は桔槔《きっこう》に似《に》て低《ひく》く又《ま》た昂《たか》く
心共舟艇去復流　　心《こころ》は舟艇《しゅうてい》と共《とも》に去《さ》りて復《ま》た流《なが》る
爾雖落魄志何屈　　爾《しか》り　落魄《らくはく》すると雖《いえど》も　志《こころざし》は何《なん》ぞ屈《くつ》せん
学欲直窮古大洲　　学《まな》びて直《ただ》ちに窮《きわ》めんと欲《ほっ》す　古大洲《こたいしゅう》

　星巌は鴨厓の詩の疵が多いのを能く叱ったと伝へられるが、この詩は如何にも疵が多い。鴨厓は日光より会津に入り、仙台・盛岡を経て陸奥三厩《みんまや》の湊から松前へ上陸し、江差《えさし》に逗留し、蝦夷地に居ること約一ヶ年、再び弘前に帰り、羽州街道を秋田に向ひ、庄内・上の山を経て越後を縦断して金沢から江州に入り、嘉永二年正月、七年ぶりで京都に帰つた。これより星巌・鴨厓の往来が頻繁となつたのは想像される。また紅蘭女史と梨影未亡人の往来も想像される。

　雲浜は通称を源次郎といひ、若狭小浜の藩士。十六歳江戸に出て、崎《き》門《もん》学派の山口菅山に学び、二十七歳父に従つて関西・九州地方を游歴し、帰来近江大津の上原玄斎—崎門学者—に学び、傍ら帷《い》を下して子弟に授け、いくばくならずして京都に移り、望楠軒《ぼうなんけん》の講主となつた。望楠軒は闇斎《あんさい》の大弟子浅見絅斎《けいさい》の尊王的学脈を伝へた若林強斎の学塾で、望楠とは楠公を仰望する意を寓したのである。雲浜自ら持すること高く、極貧に居ても更に屈する心なく、藩政に就いて意見書を書いて酒井家の臣籍を削られたが、浪人儒者として熱烈なる尊王攘夷の主張者として、京都にては隠然として一の勢力をなした。年齢は星巌より二十六歳年少である。

　翌々年—嘉永四年—の七月、星巌は鴨水東岸なる丸田町巷北の故宅を買うて住まうとすると、知人がその凶宅なるを知らせて止めやうとしたので、一篇の古詩を作り、吉人が居れば吉宅、凶人が居れば凶宅なりとて遂に買ひ受けた。「禍福無レ門人自召。死生有レ命我奚疑（禍福《かふく》に門無《もんな》く人自《ひとおのずか》ら召《め》し、死生《しせい》に命有《めいあ》り我奚《われなん》ぞ疑《うたが》はん）」。自信の堅きこと此《か》くの如し。しかるに星巌はこの家に従《うつ》つて間もなく大患にかゝり、百八日間も病蓐《びようじよく》に就いたのであつた。ある日星巌は亡友山陽の墓を弔ふて、「豈料北邙来薦レ菊。曾於二東野一欲レ為レ雲（豈《あ》に料《はか》らんや北邙《ほくぼう》に来《きた》りて菊《きく》を薦《すす》めんとは。曾《かつ》て東野《とうや》に於《お》いて雲《くも》と為《な》らんと欲《ほつ》す）」と吟じ、山陽の隣居の約束を憶ひ出して無限の感に打たれた。星巌の貧は余程ひどかつたと思はれ、「四囲牆倒窺二全室一。百結衣摧露二両肩一（四《し》囲《い》の牆《かき》は倒《たお》れて全室《ぜんしつ》を窺《うかが》ひ、百結《ひやくけつ》の衣《ころも》は摧《くだ》けて両肩《りょうけん》を露《あら》はす）」。買ひ入れた故宅の様子や星巌自身の様子が目に見える如く描き出されてをる。さりながら「余生戢レ影尚嗟レ晩。老学究レ源寧厭レ深（余生影《よせいかげ》を戢《おさ》めて尚《な》ほ晩《おそ》きを嗟《なげ》き、老学源《ろうがくみなもと》を究《きわ》めて寧《なん》ぞ深《ふか》きを厭《いと》はん）」。生死に超然として学問の源を究め「洛下先生歌二撃壌一。柴桑処士命二巾車一（洛下《らくか》の先生撃壌《せんせいげきじょう》を歌《うた》ひ、柴桑《さいそう》の処士巾車《しょしきんしゃ》を命《めい》ず）」。胸中に別乾坤を蔵《おさ》め、時々勝地に吟行して花月の興を遣つたが、高風自ら扇ぎ清誉うたゝ響き、所司代脇坂安宅（淡路守）に知られ、町奉行浅野長祚《ながよし》（中務少輔）に招かれて、風流の交りを訂しなどした。

　王羲之が蘭亭の修禊《しゆうけい》を去る一千五百一年―廿五回の癸丑《きちゆう》は嘉永六年に当るので、牧野青霞の発起で曲水流觴《きよくすいりゆうしよう》の故事を修め、次で京都の諸名士は桂川に会合し、舟を浮べて詩酒管絃の游びを催ほした。星巌は何れへも出席して詩を作つた。翌年（安政元年）の春、星巌夫妻は南遊して吉野の花を賞した。―星巌六十六歳、紅蘭五十一歳―

吉野懐古
今来古往事茫茫
石馬無声抔土荒
春入桜花満山白
南朝天子御魂香

吉野《よしの》懐古《かいこ》
今来古往《きんらいこおう》　事茫茫《ことぼうぼう》
石馬《せきば》　声無《こえな》く　抔土荒《ほうどあ》る
春《はる》は桜花《おうか》に入《い》りて満山白《まんざんしろ》く
南朝《なんちょう》の天子《てんし》　御魂香《ぎよこんかんば》し

不知何処古行宮　　知《し》らず　何《なん》の処《ところ》ぞ　古行宮《こあんぐう》
飄瞥春空羅綺風　　飄瞥《ひょうべつ》として春《はる》は空《むな》し　羅綺《らき》の風《かぜ》
今日誰為奉陵者　　今日《こんにち》　誰《たれ》か奉陵《ほうりょう》の者《もの》と為《な》す
夕陽僧掃落花紅　　夕陽《せきよう》　僧《そう》は掃《は》く　落花《らっか》の紅《こう》

前詩は芳山三絶の一つとして、門人の藤井竹外・河野鉄兜の作と共に伝唱されたものである。但しこれを選したのは鉄兜の友人柴秋村である。

この翌々年—安政三年の正月には、星巌が詩人としての業績たる『星巌集』の戊集四巻—『玉池生後集』三巻、『浪淘集』一巻を出版した。天保十年十一月から起り、弘化二年六月まさに帰郷せんとする時に終り、三百九十二首から删りて二百八十首を存し、序文は斎藤拙堂の子正格が書いた。同時に前年出版を計画して中止した『玉池吟社詩一集』五巻が出版さるゝに至つた。

〔第六十三号「梁川星巌評伝（五）」〕

（六）

ここに星巌の詩に対して概評を試みる。

星巌の詩は、初め詩仏・如亭・五山等の如く宋詩―楊誠斎・范石湖・陸放翁の三家―から入つたのであるが、後に因是の説を聞いて、唐詩でならねばならぬと思ひ立つた。しかしその唐詩とは主として中唐の白香山、晩唐の李義山・杜樊川あたりであつて、実は宋詩から抜けぬのみか、新たに流行の状にある清詩風のものが多い。長崎に游んで呉梅村・王漁洋の詩を読み、殊に『精華録』（漁洋の）には感服したやうだ。また厲樊榭《れいはんしゃ》の詩集を見たと思はれる。樊榭の詩は宋詩から来るので、それは星巌のもと好んだものであるから、自然に趣味が合ふ。星巌が僻典や瑣末の文字を好んで使ひ、しかも調子が何となくぎこちないのは、樊榭を学んだ為めであらう。漁洋の調子もある、のびやかなものがあるのがそれだ。梅村の詠物に似たものも往々見える。星巌は長崎で浙派の詩風に接触した。同地の清商中の文字を解するものは蘇州・杭州人である。蘇州では江芸閣の兄弟、杭州では譚竹庵等であるが、竹庵の岳父は浙西六家の呉穀人である。浙西六家の中、最も挺出したのは樊榭と穀人であり、星巌は樊榭の詩集を帳中の秘とし、また竹庵によりて穀人の詩集も見たであらう。

星巌は『西征集』で一時に名声を挙げた。それは詩風が清詩と変り、造句も用字も苦心を重ねたので、時流をぬきんでると共に時代の趣巧に合致するところがあつたからである。『京甸《きようでん》集《しゆう》』・『鍫湖客漁集《しゆうこかくぎよしゆう》』などは油の乗つたのを認める。それから東下して『夷《い》白盦《はくあん》集《しゆう》』となり、また一変し、今まで練りに練り骨を折り過ぎた位に見えたのも多少なげやりとなり、性情をむき出したものも出て来た。『蓮塘集』は力量があり、調子も能く、以前の如く小さなものではなく、漁洋ばりとなり、大家の面目を備へ、氷華館の十律は大いに佳。戊集以後は何れもよく、『浪淘《ろうとう》集《しゆう》』が特によい。

京都帰隠以後の遺稿は、音調も強くなり、老気横空の概があり、儒酸禅障の多い中に一気直往、五分の金的を射るものもあり、以前のものと大いに違い、一読して感ずるのは邵逍遥《しようしようよう》や陳《ちん》白沙《はくさ》の作に影響あることである。但し以前のものと変らぬのは、奇字僻典を好む癖である。森槐南《かいなん》は遺稿について、星巌は晩年、楊誠斎を愛し、五山・詩仏と傾向を同じうし、多数の門人と別れを告げたと云つてをるが、さうではない。星巌は逍遥・白沙に向ふと共に、孟東野の強い調子を好んだのであつて、楊誠斎とは全く別である。槐南がさう思つたのは、節義を論じて楊誠斎を誉めたことがあつたからであらう。

詩は性情から発し、感興の強く深いものは、何れも盛り上り中高となるものであるが、星巌の詩は平板なる上、却つて下くぼなるを感ずる。これは何故かといふと、無理に文字を集めて苦心して作り上げるから来るのではないか。星巌の愛した李義山や厲樊榭は、文字を切り出し即ち撏撦《じんしや》するのと典故を沢山使用する本山である。文字を切り出しても、典故を沢山使用しても、それが能く知れわたつたものであつたらよろしいが、僻典や瑣末の文字であつたら一般には不向であるが、さりながら好奇心をそゝるものがあるから、一派の人々には却つて愛せられる。星巌は元来好奇心に富んだ上に骨董癖もかなり深い。詩もまたそれが特徴となつたのである。そこで率直に云ふと、星巌の詩は一種変つた詩で、前輩の山陽や後輩の旭荘に比べると雄渾なる点を欠き、従うて家数の小なるものが目に著く。

少しく山陽と星巌の比較を試みる。

山陽の『西遊稿』は、その一生の詩中に於て最も傑れ、以後のものは円穏甜脆《えんおんてんぜい》、放翁・青邱から来る平俗なる調子が多く、まゝ佳きものがあるけれど、それは至つて寡《すくな》い。

星巌の名は『西征集』からである。それは力を極めて清詩—特に厲樊榭を摸擬したものなるが、力を極むる割に整はぬものが多く、何となく未熟で全体がぎこちない調子であるが、これより後の『問津集《もんしんしゆう》』あたりから脂が乗つて来て、玉池吟社時代となると全体に調整が取れ、呉梅村特に王漁洋の華麗な点が目立つて来た。即ち山陽は『西遊稿』を最高点として、以後は力を尽してをらぬので下り坂であるが、星巌は『西征集』から段々歩を高めてゆき、そして鬱乎《うつこ》たるものを作り出した。全く山陽と行方を異にして、後になるほどしかいと足を踏みしめたのである。これが二人の相違点である。さりながら山陽の詩才は史学と相応じて見識があり気焔も盛んなる上、杜・韓・蘇を手本として、兼ねて明・清に及んでをる。しからば星巌は如何と見ると、厲樊榭を秘本として王漁洋や蔣蔵園に及び、更に中晩唐・南宋に材料を取つたのであるから、気格・力量に於て、全く山陽と同日に談ずべきものではないが、たゞその努力の一点をば認めねばならぬ。

星巌に論詩がある。元遺山・王漁洋に倣つたので、さして力の籠つたものではないが、さりながらその見識が知られる。

読宋金元明清諸家集各書後　宋金元明清《そうきんげんみんしん》の諸家《しよか》の集《しゆう》を読《よ》み、各《おのおの》後《あと》に書《しよ》す

蘇東坡　蘇東坡《そとうば》

大筆林離才最奇　大筆林離《たいひつりんり》　才《さい》最《もつと》も奇《き》なり
当家本色自相宜　当家《とうけ》の本色《ほんしよく》　自《おの》づから相宜《あいよろ》し
千年李杜文章在　千年《せんねん》　李杜《りと》　文章《ぶんしよう》在《あ》り
枉巻波瀾入小詩　枉《ま》げて波瀾《はらん》を巻《ま》いて小詩《しようし》に入《い》る

李杜の後に出て、大才を小詩の中に現はしたといふて蘇東坡を誉め、

虚襟推譲古来有　虚襟《きよきん》　推譲《すいじよう》するは古来《こらい》有《あ》り
韓孟同朋能耐久　韓孟《かんもう》は同朋《どうほう》にして能《よ》く久《ひさ》しきに耐《た》ゆ
不怪眉山絶大才　怪《あや》しまず　眉山《びざん》　絶大《ぜつだい》の才《さい》
一生低首拝黄九　一生《いつしよう》　首《こうべ》を低《た》れて黄九《こうきゆう》を拝《はい》するを

韓退之が孟東野を推賞した如く、東坡もまたよく黄山谷を推賞したのは、その虚襟の態度が

ゆかしいと、これも東坡を誉め、

陸放翁
鉄馬氷河気象雄
褒然猶見大家風
順陽雖正範模小
南渡而還数乃公

陸放翁《りくほうおう》
鉄馬《てつば》　氷河《ひようが》　気象雄《きしようゆう》なり
褒然《ほうぜん》　猶《な》ほ見《み》る　大家《たいか》の風《ふう》
順陽《じゆんよう》は正《せい》なりと雖《いえど》も範模《はんも》小《しよう》なり
南渡《なんと》して而還《このかた》　乃公《だいこう》を数《かぞ》ふ

南宋にては陳簡斎の規模が小であるから、何としても陸放翁が大家だと云ひ、

今人喜倣渭南翁
句句円成字字工
我把済南相比例
十篇以上半雷同

今人《きんじん》　喜《よろこ》んで倣《なら》ふ　渭南翁《いなんおう》
句句円成《くくえんせい》し　字字《じじ》工《たく》みなり
我《われ》　済南《さいなん》を把《と》りて相比例《あいひれい》すれば
十篇以上半《じつぺんいじようなかば》は雷同《らいどう》す

これも放翁を評したもので、その詩が円熟し今人は喜んで真似をするが、李攀龍《はんりよう》の例の如く、雷同の作の多いのは疵であると云ふのであるが、朱竹坨の意見を借用したもの。

元遺山
万里江河筆底流
胸襟落落気横秋
金元行輩誰同輩

元遺山《げんいさん》
万里《ばんり》の江河《こうが》　筆底《ひつてい》に流《なが》れ
胸襟落落《きようきんらくらく》として　気《き》　秋《あき》に横《よこた》はる
金元《きんげん》の行輩《こうはい》　誰《たれ》か同輩《どうはい》

坡谷前頭出一頭　　坡谷前頭《はこくぜんとう》に一頭《いっとう》を出《いだ》す
野史有亭伝逸事　　野史《やし》　亭《てい》の逸事《いつじ》を伝《つた》ふる有《あ》り
累臣無策復中州　　累臣《るいしん》　策《さく》の中州《ちゅうしゅう》を復《ふく》する無《な》し
読書漂寄聊相得　　読書《どくしょ》　漂寄《ひょうき》　聊《いささ》か相得《あいえ》たり
正好山名是繋舟　　正《まさ》に好《よ》し　山名是《さんめいこ》れ繋舟《けいしゅう》

東坡・山谷の前に頭を出したと云ひ、頗る元遺山を誉めてをる。

虞道園　　虞道園《ぐどうえん》

春雨江南廻白首　　春雨《しゅんう》　江南《こうなん》　白首《はくしゅ》を廻《めぐ》らす
奎章学士声名久　　奎章学士《けいしょうがくし》　声名久《せいめいひさ》し
健児百戦女簪花　　健児《けんじ》は百戦《ひゃくせん》し　女《おんな》は花《はな》を簪《かんざし》にす
能抵漢庭老吏否　　能《よ》く漢庭《かんてい》の老吏《ろうり》に抵《あた》らんや否《いな》や

百戦の健児の楊仲宏、美女簪花《しんか》の范徳機も、漢庭老吏の道園に及ぶ事を得るや否やと云ひて、虞道園を誉め、

楊鉄崖　　楊鉄崖《ようてつがい》

楽府翻成気激昂　　楽府《がふ》　翻《ひるがえ》し成《な》して　気激昂《きげきこう》
蛇神龍鬼見飛揚　　蛇神《じゃしん》　龍鬼《りゅうき》　飛揚《ひよう》を見《み》る
一篇客婦存貞正　　一篇《いっぺん》の客婦《かくふ》　貞正《ていせい》を存《そん》す

喚做詩妖也未傷　喚《よ》びて詩《し》妖《よう》と做《な》すも也《ま》た未《いま》だ傷《いた》まず

楊鉄崖の楽府を誉め、一転してその明の太祖に聘せられたが、「客婦謡」を賦して前朝即ち元代の遺老たるを忘れぬ態度が好い。詩妖と云ふ人もあるが何も心配するに及ばぬ。

高青邱　高青邱《こうせいきゆう》

末唐五代事紛然　末唐《まつとう》　五代《ごだい》　事紛然《ことふんぜん》
試士場亡法不伝　試士《しし》の場《ば》は亡《ほろ》びて　法《ほう》は伝《つた》はらず
惟我有明高太史　惟《た》だ我《わ》が有明《ゆうみん》の高太史《こうたいし》
欲排両宋到開天　両宋《りようそう》を排《はい》して開天《かいてん》に到《いた》らんと欲《ほっ》す

高青邱が宋詩を排斥して、盛唐に溯らんとするのを賞揚し、

陽春白雪浪矜夸　陽春白雪《ようしゆんはくせつ》　浪《みだ》りに矜夸《きようこ》す
優孟衣冠奈汝何　優孟《ゆうもう》の衣冠《いかん》　汝《なんじ》を奈何《いかん》
不見鳳臺音節美　見《み》ずや　鳳台《ほうだい》　音節《おんせつ》の美《び》なるを
文房夢得不争多　文房《ぶんぼう》　夢得《ぼうとく》　多《おお》きを争《あらそ》はず

再び青邱を賞揚して、李太白の声調があるといひ—鳳台は李太白の「鳳皇台上鳳皇遊」の詩をさす—李太白の声調がいかにそれ美しき、あたかも劉長卿（字は文房）や劉禹錫《うしやく》（字は夢得）の如く、何も詩は多作を要せぬのである。

李北地　李北地《りほくち》

今古誰其作長句
杜陵一去杳冥冥
我於北地差強意
後五百年見典型

今古《きんこ》　誰《たれ》か其《そ》れ長句《ちょうく》を作《つく》る
杜陵《とりょう》一《ひと》たび去《さ》りて杳《よう》として冥冥《めいめい》
我《われ》　北地《ほくち》に於《お》いて差《や》や意《い》を強《つよ》くす
後五百年《のちごひゃくねん》　典型《てんけい》を見《み》る

李北地—空同—を評して、杜少陵の後、この人のあるのは意を強うするに足ると云ふのであるが、星巌には少しも北地を読んだ気配が見られぬ。

呉梅村

史事入詩伝痛声
豈惟長慶末風清
滄桑小劫従来感
絲竹中年以後情
一代文章工儷体
千秋忠孝奈偏名
淮王雞犬餘哀涙
灑向空山卞玉京

呉梅村《ごばいそん》

史事《しじ》　詩《し》に入《い》りて痛声《つうせい》を伝《つた》ふ
豈《あ》に惟《た》だ長慶末風《ちょうけいまつぷう》の清《せい》なるのみならんや
滄桑《そうそう》　小劫《しょうごう》　従来《じゅうらい》の感《かん》
糸竹《しちく》　中年《ちゅうねん》　以後《いご》の情《じょう》
一代《いちだい》の文章《ぶんしょう》　儷体《れいたい》を工《たく》み
千秋《せんしゅう》の忠孝《ちゅうこう》　偏名《へんめい》を奈《いか》ん
淮王《わいおう》の雞犬《けいけん》　哀涙《あいるい》を余《あま》し
灑《そそ》ぎて向《むか》ふ　空山《くうざん》の卞玉京《べんぎょくけい》

以下は清代の詩人で、これは呉梅村の事を叙したが、その詩の評ではない。

王漁洋

王漁洋《おうぎょよう》

氷壺秋月澹如空　氷壺《ひょうこ》　秋月《しゅうげつ》　澹《たん》として空《くう》の如《ごと》し
栗里輞川同一工　栗里《りつり》　輞川《もうせん》　同一《どういつ》の工《こう》
読到蜀山諸詠古　読《よ》みて蜀山諸詠古《しょくさんしょえいこ》に到《いた》りて
丰神髣髴浣花翁　丰神《ふうしん》　髣髴《ほうふつ》たり　浣花翁《かんかおう》

王漁洋を評するものなるが、その詩は清澹で陶淵明・王輞川と同体なるが、蜀道の諸作は杜少陵に似て居ると云ふまでで、漁洋を評したものとしては物足らぬ。

高才相忌今猶古　高才相忌《こうさいあいい》まる　今猶《いまな》ほ古《いにしえ》のごとし
壇坫声名冠一時　壇坫《だんてん》の声名《せいめい》　一時《いちじ》に冠《かん》たり
謗焔百年終不熄　謗焔《ぼうえん》　百年《ひゃくねん》　終《つい》に熄《や》まず
談龍人去又袁絲　談龍《だんりゅう》　人去《ひとさ》れば　又《ま》た袁絲《えんし》

漁洋の声名が高いので、歿して百年に至るまで、高才を忌むものが相次ぎ、趙秋谷が『談龍録』を著はして謗《そし》り、袁随園が「一代正宗才力薄。望渓文集阮亭詩（一代《いちだい》の正宗才力薄《せいそうさいりょくうす》し。望渓《ぼうけい》の文集阮亭《ぶんしゅうげんてい》の詩《し》）」と云ひ、これまた謗つてをる。（阮亭は漁洋の別号）

蔣心餘　蔣心餘《しょうしんよ》

袁趙堂堂旗鼓当　袁趙堂堂《えんちょうどうどう》として旗鼓《きこ》当《あた》り
夢楼風裁另開張　夢楼《むろう》の風裁《ふうさい》　另《べつ》に開張《かいちょう》す
才情雖遜較深厚　才情《さいじょう》　遜《ゆず》ると雖《いえど》も較《や》や深厚《しんこう》

巨 擘 我 推 忠 雅 堂　　巨擘《きょはく》　我《われ》は推《お》す　忠雅堂《ちゅうがどう》

これは蔣蔵園を評したのだ。乾隆年間、袁随園と趙甌北が相対峙し、王夢楼が別に詩鋒を張つてをる。しかるに蔵園は才情劣るも人物が深厚であるから、自分は蔵園を推すと云ふのであるが、これには異論がある。随園・甌北・蔵園は所謂る乾隆の三大家で、しかも蔵園は随園に次ぐもので、甌北もそれをよく知つていて、自ら第三位に就いてをる。夢楼は一種の風格あると、随園・甌北と並べて評するのはおかしいのみならず、蔵園を以て三人に比べて劣るも人物が能いから自分はこの人に推服するといふのでは、星巌の眼識が疑はれる。星巌は長崎で蔵園の『忠雅堂集』を読み、古詩は多くこれを学んでをるところを見ると、「巨擘我推忠雅堂」とは実事を述べてをるのである。

小野湖山は星巌の性行三変を説き、第一変は已に掲げた。その第二変に云ふ、

其後再び江戸に出て、玉池吟社を開き、余も此時其塾に在りしが、或時、翁、余に語りて云ふ、我死するとも碑文など無用なり、「星巌詩老梁府君墓」八字を題して足るなりと。当時全く詩を以つて終る考へと察せられしに、其後、事に感じ西帰の念を発し、「一簪白髪旧青山」等数首の作ありしが、帰郷後、伊勢より京都に遊び、遂に此《ここ》に住し、間に乗じて仏典を誦し、仏典の興味ある事など屢々《しばしば》江戸なる余輩の許に示されたり。其際、『香厳集』の著あり。仏典より進みて王陽明の学を研究し、深く劉念台を信じ、念台の事につき、郵報せられしことまた少からず。後には自信の篤きより、己れ既に念台の地位に至りたる

如くに思はれ、其の自賛の文に「内聖外王の流か」といふに至り、復た詩老とはいはれざりけり。是れ其の第二変、詩境の進みて道徳の学に入りしなり。『春雷余響』は此の時の作なり。

〔第六十五号「梁川星巌評伝（六）」〕

（補篇）梁川星巌の学風

（上）

梁川星巌の人となり、高弟小野湖山がその性行の三変化を説き、第一変は詩、第二変は仏典より進みて陽明学を研究し、内聖外王の流かと自賛したと云つてをる。ここに少しく星巌の学風を尋ねて見ることとする。

星巌は詞章を学ぶ傍ら、仏典をも繙《ひもと》き、禅機に就いて会得するところがあつたと自ら云つて居る。仏典に関して作つたものを『香巌集』と題し、二百六首を存し、未刊のまま江馬天江の孫務氏の許に襲蔵せられて居る。この書は嘉永元年、星巌が瑞龍山下に病を養つて居た時、華頂宮法親王から、霊元法皇の旧物たる名香を下賜せられた光栄を記念すべく、居室を天香と名づけ、この書も之れに因んで香巌と名づけたのである。その中、最も力を用いたのは、「六十偈《げ》」「一百八偈」「後一百八偈」等である。星巌の仏教に対する意見は、儒仏一揆と云ふ意見である。即ち儒の世間法と仏の出世間法とは無論相異して居るが、しかれども宋元の諸儒は何れも道教・仏教の二つを兼ね修め、そして後に至つて儒となつたのであつて―心性の本源を推究める点が儒仏の結局で、従つてまた道教も同一であると見た。これは全く明末に流行した三教合一の思想と同一である。「後一百八偈」は、病気となつて恢復に至るまで一百八日程かかり、一日に一偈を作り、一百八偈を得たのがそれである。

この書の出版とならなかつたのは、恐らく星巌の意から来たものと思ふ。何となれば、これにも我我周旋処の図を自ら画いた事を記した小引あるが、『黄葉山房集』の同題と大同小異なるのみか、全く前の文字を精錬したものに相違ない。して見るとこの書の出版とならなかつた訳が分るのではないか。また『自警編』一巻―詩一百四十四首―の未刻となつたのも、同一の訳であらう。

次に『星巌遺稿』に別集四巻があり―『星巌詩外』の第一集、第二集としてある。その第一集は『黄葉山房集』で、七絶九十五首を収める。

我我周旋処

梁子素《もと》より煩を喜ばず、百事擺落《はいらく》し、人と対して晷《とき》を移せば即ち病み、游宴、夜に入るも亦然り。居常書を読むに課程を立てず、ただ意の適するまゝにす。今年正に六十、懶倍々《ますます》加はる、遂に寓を瑞龍山麓に移し、門を杜《とざ》して却掃し、其の居に顔して我我周旋処と曰ふ。清泉嘉樹、茅衡《ぼうこう》に暎帯《えいたい》し、窓明かに几《つくえ》浄く、香を焚き茗を瀹《に》て以て自ら娯しむ。或は雲破れ月来り、或は花笑ひ鳥歌ふ。方《まさ》に一起して彷徨し、否《しか》らざれば則ち匝月兀坐《そうげつこつざ》するのみ。自ら我我周旋図を造り、係《か》くるに小詩若干首を以てす。嘉永戊申蠟月上浣《ろうげつじょうかん》、天谷道人自引

星巌は黄葉山房の居室に我我周旋処と云ふ額を掛け、そして自ら図を書いて詩を題し、

余平生、書を読むに、会心の処に遇へば、輙《すなわ》ち其の語を手抄したるもの、年を累《かさ》ねて筐《はこ》に盈《み》てり。今の斯《こ》の集を編むに及びて、試に諸《これ》を各章の間に置くに、便《すなわ》ち幽意微旨、自ら相映発し、安排を用ふるに遑《いとま》あらず。気類感通して然るに似たり。噫《ああ》、此れ亦偶然興に到りて之を為し、只自《みずか》ら怡《よろこ》ぶのみ。

と注し、古人の語で会心のものを詩と詩の間に置き、幽意微旨をして自然に映帯せしめたのが、これもまた一つの工夫である。

満朝金紫尽王公　　満朝《まんちょう》の金紫《きんし》尽《ことごと》く王公《おうこう》
何似藍衫白髪翁　　何《なん》ぞ似《に》んや藍衫《らんさん》白髪《はくはつ》の翁《おきな》
三尺孤琴一壜酒　　三尺《さんしゃく》の孤琴《こきん》一壜《いったん》の酒《さけ》
箕山潁水自春風　　箕山《きざん》潁水《えいすい》自《おの》づから春風《しゅんぷう》

に始まり、一間の茅屋はあたかも小蓬莱であり、さうして野蔬《やそ》山筍《さんじゅん》もたゞ一飽を取れば足る。曾ては虚名が天下に満ちたこともあるも、それが幾文銭に値ひするものぞ。天地の妙、山水の景、春夏秋冬無量無尽の風光に逍遥しながら、大化に乗じて游び居ることは何と云ふ幸福であ

らう。さりながら、

松風謖謖水冷冷
高臥恬然養性霊
口業未除詩百首
自家吟詠自家聴

松風《しようふう》謖謖《しよくしよく》　水冷冷《みずれいれい》
高臥《こうが》　恬然《てんぜん》として性霊《せいれい》を養《やしな》ふ
口業《こうぎよう》　未《いま》だ除《のぞ》かず　詩百首《しひやくしゆ》
自家《じか》の吟詠《ぎんえい》　自家《じか》に聴《き》く

文字の宿業まだ消えずして、今猶残つて居るとは、一旦造つたものは容易に除くことの出来ぬものであると、自ら呆れて終りとなる。

詩外の第二集は『紫薇仙館集』三巻である。

第一巻の開巻は、「縦筆倣㆓陳白沙体㆒三十六首」である。自引に云ふ、

　穉子《ちし》の影を弄する、影の弄する所たるを知らず。老僧の法華《ほつけ》を転ずる、法華の転ずる所たるを知らず。吾輩の詩を賦して以て風花雪月を嘲ける、亦風花雪月の嘲る所たるを知らず。均しく是れ本心、蔽塞《へいそく》して、我、迷《まよい》を取るのみ。豈に反観内省して以て之が妖霧を撥《はら》はざるべけんや。偶々白沙子の集を読むに、長篇短章皆な道妙を事物に寓し、潑潑然として魚龍の波濤に出没するが若し。静養して端倪《たんげい》を出づるの力にあらざるよりは、焉《いずく》んぞ運用此の如きを得んや。余窃かに感ずるあり。因つて其体に倣うて五言小詩如干篇を賦したり。所謂る至る能はずと雖も、心之《これ》に嚮往《きようおう》するもの、請ふ諸《これ》を大方に質《ただ》さん。嘉永庚戌正陽月、天谷老人自引

陳白沙は明人で、王陽明の学問はこの人から出たと云はれ、静坐して心を静め、さうして居ると自然に吾が心の本体が見られ、それが聖人になる端緒だと云ふのであるが、禅に近いと評判せられる。その詩は心境が虚明なると共に、弁才が自在を極め、俚言鄙語、口を衝いて出て、妙義微言、機に応じて発する有様、星巌が一読して心服したのも無理はない。

　青山与主人　　青山《せいざん》と主人《しゅじん》と
　相対両忘言　　相対《あいたい》して両《ふた》つながら言《げん》を忘《わす》る
　無山亦無主　　山《やま》無《な》く亦《ま》た主《あるじ》無《な》し
　大笑倒匏尊　　大笑《たいしょう》して匏尊《ほうそん》を倒《たお》す

　夢中人拊琴　　夢中《むちゅう》　人《ひと》　琴《きん》を拊《う》つ
　夢破有餘音　　夢破《ゆめやぶ》れて余音《よいん》有《あ》り
　寂寂虚簷雨　　寂寂《せきせき》たり　虚簷《きょえん》の雨《あめ》
　寥寥太古心　　寥寥《りょうりょう》たり　太古《たいこ》の心《こころ》

「後縦筆一百首」　加賀の田中順夫が聖学を問ふに対《こた》へたもの。道学に就きて星巌の意見が那辺にあつたかゞ分る。

　論列心性気　　心《しん》・性《せい》・気《き》を論列《ろんれつ》するは
　吾之所不喜　　吾《われ》の喜《よろこ》ばざる所《ところ》

有赤子心存
養之唯一耳

出不忘山沢
処不忘廟堂
至哉邵子学
其内聖外王

明有王劉出
猶宋有程朱
白沙近周邵
皆是聖人徒

存養与省察
是第一功夫
省察有時有
存養無時無

人人有明鑑

赤子《せきし》の心《こころ》有《あ》りて存《そん》し
之《これ》を養《やしな》ふて唯《た》だ一《いつ》ならんのみ

出《いで》て山沢《さんたく》を忘《わす》れず
処《お》りて廟堂《びょうどう》を忘《わす》れず
至《いた》れるかな　邵子《しょうし》の学《がく》
其《そ》れ内聖外王《ないせいがいおう》なり

明《みん》に王劉《おうりゅう》の出《い》づる有《あ》るは
猶《な》ほ宋《そう》に程朱《ていしゅ》有《あ》るがごとし
白沙《はくさ》は周邵《しゅうしょう》に近《ちか》し
皆《み》な是《こ》れ聖人《せいじん》の徒《と》

存養《そんよう》と省察《せいさつ》と
是《こ》れ第一《だいいち》の功夫《くふう》なり
省察《せいさつ》は時《とき》有《あ》りて有《あ》るも
存養《そんよう》は時《とき》として無《な》きは無《な》し

人人《ひとびと》に明鑑《めいかん》有《あ》り

立志当卓犖
専読聖賢書
不主一家学

只常虚常寂
涵養固根基
臨機不費力
感応自然宜

未発已発際
不容一毫末
何暇功夫到
功夫在平日

乾坤一元気
聚散在須臾
誠敬以存外
更無別功夫

志《こころざし》を立《た》つるは当《まさ》に卓犖《たくらく》たるべし
専《もっぱ》ら聖賢《せいけん》の書《しょ》を読《よ》み
一家《いっか》の学《がく》を主《しゅ》とせず

只《た》だ常《つね》に虚《きょ》にして常《つね》に寂《じゃく》
涵養《かんよう》　根基《こんき》を固《かた》くす
機《き》に臨《のぞ》んで力《ちから》を費《つい》やさず
感応《かんおう》　自然《しぜん》に宜《よろ》し

未発《みはつ》と已発《いはつ》の際《きわ》
一毫末《いちごうまつ》を容《い》れず
何《なん》ぞ功夫《くふう》の到《いた》るに暇《いとま》あらんや
功夫《くふう》は平日《へいじつ》に在《あ》り

乾坤《けんこん》は一元気《いちげんき》
聚散《しゅうさん》は須臾《しゅゆ》に在《あ》り
誠敬《せいけい》　以《もっ》て存《そん》するの外《ほか》
更《さら》に別《べつ》の功《く》夫無《ふうな》し

第二巻「雑言一百六十四首」は、姪長虔が京都に来て、去るに臨んで言を請ふたので、雑言一百首を録して贐《はなむ》けとし、更に六十四首を作つて、その修養に資したもの。前者は講学の語中、自家の心事を物語つて居る。

寒士能受苦
貧人不辞労
知足心常慊
無求品自高
不能行小慧
不能屈両膝
天地以為家
百年為一日
吾未見剛者
雖古亦稀乎
豈敢云剛者
庶免郷愿徒

寒士《かんし》は能《よ》く苦《く》を受《う》け
貧人《ひんじん》は労《ろう》を辞《じ》せず
足《た》るを知《し》れば心《こころ》は常《つね》に慊《かな》ひ
求《もと》むること無《な》ければ品《しな》自《おの》づから高《たか》し
小慧《しょうけい》を行《おこ》なふこと能《あた》はず
両膝《りょうひざ》を屈《くつ》すること能《あた》はず
天地《てんち》を以《もっ》て家《いえ》と為《な》し
百年《ひゃくねん》を一日《いちにち》と為《な》す
吾《われ》 未《いま》だ剛者《ごうしゃ》を見《み》ず
古《いにしえ》と雖《いえど》も亦《ま》た稀《ま》れなるか
豈《あ》に敢《あえ》て剛者《ごうしゃ》と云《い》はんや
庶《こいねが》はくは郷愿《きょうげん》の徒《と》たるを免《まぬか》れん

臨国家危変　　国家《こつか》の危変《きへん》に臨《のぞ》みては
也不得不論　　也《ま》た論《ろん》ぜざるを得《え》ず
小杜能解事　　小杜《しようと》は能《よ》く事《こと》を解《かい》し
自題曰罪言　　自《みずか》ら題《だい》して罪言《ざいげん》と曰《い》ふ

君臣分已定　　君臣《くんしん》の分《ぶん》　已《すで》に定《さだ》まり
用心必良苦　　心《こころ》を用《もち》ふること必《かなら》ず良《まこと》に苦《くる》しむ
可見百歳奴　　見《み》る可《べ》し　百歳《ひやくさい》の奴《やつこ》
能事三歳主　　能《よ》く三歳《さんさい》の主《あるじ》に事《つか》ふるを

平生無所為　　平生《へいぜい》　為《な》す所無《ところな》く
推懶詠小詩　　懶《らん》を推《お》して小詩《しようし》を詠《よ》む
客至問時事　　客至《きやくいた》りて時事《じじ》を問《と》へば
也佯為不知　　也《ま》た佯《いつわ》りて知《し》らずと為《な》す

後者は家姪《かてつ》の為めに作つたもので、教訓と共に情愛深く、中根東里が幼姪の為めに著した『新瓦《しんが》』を思ひ起させる。

聞事莫浪説　　事《こと》を聞《き》きて浪《みだ》りに説《と》くこと莫《なか》れ
無事早帰来　　事無《ことな》ければ早《はや》く帰《かえ》り来《きた》れ

雖俚言可践
否則成禍胎

人不瘖不聾
未堪作家翁
雖国事亦爾
不能成一功

責己天反怒
傷人天発嗔
須苦心責己
勿辣手傷人

間事且莫管
杜門繙書看
見有急便赴
莫袖手傍観

路行常落後

俚言《りげん》と雖《いえど》も践《ふ》む可《べ》し
否《しか》らずんば則《すなわ》ち禍胎《かたい》を成《な》さん

人《ひと》は瘖《いん》せず聾《ろう》せずんば
未《いま》だ家翁《かおう》と作《な》るに堪《た》へず
国事《こくじ》と雖《いえど》も亦《ま》た爾《しか》り
一功《いっこう》を成《な》すこと能《あた》はず

己《おのれ》を責《せ》むれば　天《てん》は怒《いか》りを反《かえ》し
人《ひと》を傷《きず》つくれば　天《てん》は嗔《いか》りを発《はっ》す
須《すべから》く苦心《くしん》して己《おのれ》を責《せ》むべし
辣手《らっしゅ》もて人《ひと》を傷《きず》つくること勿《なか》れ

間事《かんじ》は且《しばら》く管《かん》すること莫《なか》れ
門《もん》を杜《とざ》し書《しょ》を繙《ひもと》きて看《み》よ
急有《きゅうあ》るを見《み》れば便《すなわ》ち赴《おもむ》け
手《て》を袖《そで》にして傍観《ぼうかん》すること莫《なか》れ

路《ろ》行《こう》　常《つね》に後《しりえ》に落《お》ち

舟 渡 不 争 先　　舟渡《しゅうと》　先《さき》を争《あらそ》はず
何 惟 無 躓 溺　　何《なん》ぞ惟《た》だ躓《ち》溺無《できな》きのみならん
楽 亦 莫 大 焉　　楽《らく》も亦《ま》た焉《これ》より大《だい》なるは莫《な》し

第三巻「謾題一百首」は星巌晩年の作で、儒仏道の三教合一的思想が十分に発揮され、その著作中に於て最も意義あるものである。星巌は江戸遊学時代に、金聖歎・徐而庵に接触し、晩年再びそれ等と同流にしてしかも才識の卓《すぐ》れたる李卓吾・林龍江と、儒禅を一つにしたやうな—陽明学の出自と云はれる陳白沙に接触した。わたくしは陽明学派としての星巌よりも、三教合一の思想が最も星巌の星巌たる所ではないかと思ふ。

道学家としての星巌は、『春雷余響』十巻に於てこれを見る。『春雷余響』は安政元年正月、星巌六十六歳の自序あるが、それは全部出来た時のもので、星巌が京都へ来て一心に講学を続けたものが即ち是れ。自序に云ふ、

余已に詩人を以て自ら命じ、世の所謂る経学者流を知らず。亦未だ其の訓詁と云ひ、性理と云ひ、折衷考証と云ひ、幾宗派を分ち、幾門戸を立て、孰《いず》れを是と為し、孰れを非となすかを知らず。然らば則ち言を出さゞるが可なり。而かも吾が志の之く所、生機運動、忽然として声を発して、自ら以て之を制止する能はず。一吟一詠、口を矢《つら》ねて文を成す。遂に小詩若干首を得、名づけて『春雷余響』と曰ふ。夫れ道は一のみ。其の理自ら分明なり。但だ学者習うて察せず。是《ここ》を以て大本立たず、聵々矇々《かいかいもうもう》として一生を誤了すること、

固より其の然るを怪しむなきなり。あゝ能く地下に雷声あるを知らしめば、方《まさ》に春光の宇宙に弥《わた》るを悟り得ん。時に安政元年甲寅啓蟄後三日、星巌六十六翁梁孟緯、鴨沂小隠の老龍庵に識《しる》す。

星巌は詩人を以つて自ら命ずるもの、従つて世間に云ふところの経学者の中に於て、訓詁とか性理とか折衷考証とか云ふものゝ、どう宗派を分つか、どう門戸を立てるか、何れが是で何れが非かなど無論不レ関焉で好いのであるが、どうしたものか自然に志がおもむいて、忽然声を発して出来たものがこの書であると、先づ由来を述べ、しかる後道は一つのみ、その理は甚だ分明であるとして、自己の見地を標榜して居る。この見地が星巌をして従来の詩人と云ふ位地から向上させ、遂にこれを実行に移して、確乎として変ぜざるものがあつた――即ち尊王攘夷の大義に外ならぬ。されば星巌を研究するものは、ただ詩人としてこれを見ずに、道学者としてこれを見て、始めて真面目を見、真本領を明かにすることが出来る。

この書は星巌が道学関係の書籍を読んで、心に浮んだものを詩にし――一百五十四首――、それに関する古人の意見六百二十八条を記録してあるから、対照して読むときは星巌の意見が分明となる。開巻第一に云ふ、

末路光陰不忍捐　　末路《まつろ》の光陰《こういん》　捐《す》つるに忍《しの》びず
老眸常注向陳編　　老眸《ろうぼう》　常《つね》に注《そそ》ぎて陳編《ちんぺん》に向《む》かふ
一朝便得一朝力　　一朝《いっちょう》　便《すなわ》ち一朝《いっちょう》の力《ちから》を得《え》て

若到十年加十年　　若《も》し十年《じゅうねん》に到《いた》らば十年《じゅうねん》を加《くわ》へん

一朝一朝静かに基礎―定力を作つて涵養を続けて行く時は、一つの理―大本があつて、万事万物はみなそれより貫通して居ることが分り、また人の心がそれの小さなものと云ふことも分る。かくして六経―易・書・詩・礼・楽・春秋等々及び『論語』を精読し、従つてそれ等に対する漢唐の訓詁と宋明の義理とは必要なもので、決して一方を廃するものでない事が分つて来る。

六経雖読半不信　　六経《りくけい》読《よ》むと雖《いえど》も半《なかば》は信《しん》ぜずと
一語断然何達哉　　一語断然《いちごだんぜん》として何《なん》ぞ達《たつ》するかな
須見子才才子最　　須《すべから》く見《み》るべし　子才《しさい》　才子《さいし》の最《さい》たるを
迂儒争及子才才　　迂儒《うじゅ》　争《いか》でか及《およ》ばん　子才《しさい》の才《さい》

子才は袁枚―袁随園の字。袁随園は乾隆三詩人の一人で、我国の詩壇に与へた影響は甚大なもの。さてこの袁随園が「六経雖レ読半不レ信」と断然云ひ放つたのは、いかにも達識で、それが袁随園の才子中の才子なる所以であつて、迂儒の徒輩の到底及びもつかぬ点であると星巌は誉めたゝへるのである。この頃我国では随園流行で、大田錦城は支那近世の三才子として随園及び紀暁嵐・趙甌北を評し（『梧窓漫筆』）、頼山陽は口で悪く云つても実は全く随園に傾倒して居たと篠崎小竹は見取つて居た。星巌も当然それと同一であつたと思はれるが、しかも「六経雖レ読半不レ信」と云ふ随園の語及び思想は、その全集に渉つて見当らぬのは、どうした事か。

恵定宇に答へた書などから想像して、星巌はかう云つて居るのでないかとも思はれる。若しさうであつたなら、星巌の人柄に関係する。それは真面目な学問に関する事であるからである。

これより一転して、孟子・荀子及び漢では董仲舒《とうちゆうじよ》を揚げて、揚雄《ようゆう》が王莽《おうもう》に屈下したのを惜み、更に文中子（王通）の著述を疑案なりとし、韓退之（愈）の「原道」、李翺《りこう》の「復性書」を賛し、さて宋となると、孟子以来の学統を続《つ》ぐ周濂渓《れんけい》（敦頤《とんい》）が現はれ、門下に二程（明道・伊川《いせん》）の兄弟が出た。濂渓を評して、

光風霽月無辺際
想見平生灑落心

光風霽月《こうふうせいげつ》　辺際《へんさい》無《な》く
想《おも》ひ見《み》る　平生《へいぜい》　灑落《しやらく》の心《こころ》

明道を評しては、

観魚自得草生意
惟此襟懐無等倫

魚《うお》は自得《じとく》し草《くさ》の生《しよう》ずる意《い》を観《み》る
惟《た》だ此《こ》の襟懐《きんかい》は等倫《とうりん》無《な》し

明道・伊川の兄弟には、

由来蘭桂同馨烈
二体併看算一儒

由来《ゆらい》　蘭桂《らんけい》は馨《かお》りの烈《はげ》しきを同《おな》じくし
二体《にたい》　併《あわ》せ看《み》て一儒《いちじゆ》に算《かぞ》ふ

さりながら、

一頭微仄一頭正
終不能無些子差

一頭《いつとう》は微《かす》かに仄《かたむ》き　一頭《いつとう》は正《ただ》し
終《つい》に些子《さし》の差《さ》無《な》きこと能《あた》はず

次に張（横渠《おうきょ》、載）を評して邵逍遥（雍）に及び、

安楽窩中日月間　安楽窩中《あんらくかちゅう》　日月間《じつげつかん》なり
不論賢否与怡顔　賢否《けんぴ》を論《ろん》ぜず　与《とも》に顔《かお》を怡《よろこ》ばす
居然至静一観万　居然《きょぜん》として至静一《しせいいつ》もて万《ばん》を観《み》れば
赤手打開天地関　赤手《せきしゅ》　打開《だかい》す　天地《てんち》の関《かん》

一心もて万心を、一身もて万身を、一物もて万物を、一世もて万世を観ると云ふが逍遥の数の学である。数と道とは同一で、一理了然すると万理皆な通ずる。これから云ふときは、学術は宋の五子（周・二程・張・朱）を正統と称すべきも、決してこの邵逍遥を除外せられぬ。

月到天心風水面　月《つき》は天心《てんしん》に到《いた》り　風《かぜ》は水面《すいめん》
先生胸宇若為量　先生《せんせい》の胸宇《きょうう》　若為《いか》なる量《りょう》ぞ
臨終善謔無足怪　終《おわり》に臨《のぞ》み　善謔《ぜんぎゃく》　怪《あや》しむに足《た》る無《な》し
十二万年游戯場　十二万年《じゅうにまんねん》　游戯場《ゆうぎじょう》

逍遥の胸中は、いつも「月到㆓天心㆒、風吹㆓水面㆒」やうに、静かにしてしかも広大で、その説『皇極経世《こうきょくけいせい》』による——天地の一期たる十二万年、実は十二万九千六百年は、真に游戯場と見られるではないかと、星巌は逍遥を揚げて居る。これは江戸に居た時、隣家の佐久間象山が易の学者で、しかも邵逍遥を尊敬した影響もあると思はれる。また星巌は逍遥の『伊川撃壌集』を愛読し、更にその函三《かんさん》の説を信じて自家を函三書院と称して居たのを見ると、いかに逍遥に就

いて敬慕したかゞ分る。

これより楊亀山（時）・羅予章（従彦《じゅうげん》）・李延平（侗）を評して、朱（晦庵《かいあん》、熹《き》）に至り、

五経四子皆訂正　　五経四《ごきょうし》子《し》　皆《み》な訂正《ていせい》す
集大成名洵不虚　　集大成《しゅうたいせい》の名《な》は洵《まこと》に虚《むな》しからず

と云ひ、更にまた、

気宇堂堂塞両間　　気宇《きう》堂堂《どうどう》として両間《りょうかん》を塞《ふさ》ぎ
儒流孰不仰容顔　　儒流《じゅりゅう》　孰《たれ》か容顔《ようがん》を仰《あお》がざらんや
隠然敵国尚餘二　　隠然《いんぜん》たる敵国《てきこく》　尚《な》ほ二《に》を余《あま》す
面有龍川背象山　　面《おもて》に龍川《りゅうせん》有《あ》り　背《せ》に象山《ぞうざん》

尚ほ陳龍川（亮）と陸象山（九淵）と二人の敵国があるとして、全く朱子を許さぬところがある。晦庵の友人呂東萊《りょとうらい》（祖謙）兄弟は何れも大慧《だいけい》和尚に疑を質して居るのみか、張南軒（栻《しょく》）に一籌《いっちゅう》を輸すると見られる。しかも晦庵の門流には才俊多く、その中真西山（徳秀）の『読書記』、陳北渓（淳）の『字義』、程勿軒《ぶつけん》（若庸《じゃくよう》）の『増広字訓』の三書は、後学の便利とするものである。かやうに星巌は云つて居るが、これ等の書籍を星巌が一渉したとは思はれぬ。元には儒者としてたゞ許魯斎（衡）と呉草廬（澄）の二人あるのみなるが、その出でゝ元に仕へるに就いては、みな疑ふべきことがあるが、魯斎が死に臨んで愧恨《きこん》の語があるのを見れば、また恕《ゆる》すべき点がある。から星巌は見るのであるが、その奉ずる尊攘の大義から云ふ時は、魯斎の行動は全

くいかぬ。

さて明となる。方正学（孝孺）に就いて星巌はあまりに熱情がないと見え、

人人各有活周礼　人人各《ひとびとおのおの》　活周礼有り《かつしゆらいあ》

底用区区文字為　底《なん》ぞ区区《くく》たる文字《もじ》を用《もち》ふることを為《な》さん

と云つて居る。これは正学が権略に欠けて居るのに遺憾を表して居るのではないか。さう云ふ点で星巌が権略を有することも分り、従つて『靖献遺言《せいけんいげん》』を真向に振りかざす志士と多少の逕《けい》庭《てい》があるのを思はせる。次に薛敬軒《せつけいけん》（瑄《せん》）の学風を評して、「死前争得㆓性天通㆒」と云つたのは、敬軒に多少不満があるからであらう。次に陳白沙（献章）となる。白沙は星巌の最も欣ぶところ、その学風は自然を尊び、その詩はまた自己の性情を何のこだはりもなく表現して居る。

羅浮四百三十二　羅浮《らふ》　四百三十二《しひやくさんじゆうに》

朶朶峰高掃紫氛　朶朶《だだ》　峰《みね》は高《たか》くして紫氛《しふん》を掃《はら》ふ

欲問鉄橋迷去路　鉄橋《てつきよう》を問《と》はんと欲《ほつ》して去路《きよろ》に迷《まよ》ふ

不知何処覓飛雲　知《し》らず　何《なん》の処《ところ》にか飛雲《ひうん》を覓《もと》めん

白沙は広東の人、広東に羅山・浮山の四百三十二峰があり、鉄橋は両山相接する所にありて橋のやうに横たはり、飛雲はその山頂にある。白沙は曾つて「臥游羅浮四首」を作り、道体を以つて飛雲にたとへ、道に入るの路を鉄橋にたとへたことがある。即ち羅浮諸峰の多数なる、道に入る鉄橋を何処に求むべきか。かの道の浩々たる、著手の何処なるを知らざるが如くであ

るが、道を求むる著手点は、確乎としてあるのである。

琴到無絃音有餘　琴《きん》は無絃《むげん》に到《いた》りて音《おと》に余《あま》り有《あ》り
本来道体是玄虚　本来《ほんらい》　道体《どうたい》是《こ》れ玄虚《げんきよ》
石翁詩意君須会　石翁《せきおう》の詩意《しい》　君《きみ》須《すべから》く会《かい》すべし
只対青山不著書　只《た》だ青山《せいざん》に対《たい》して書《しよ》を著《あら》はさず

白沙の学術は虚を本とし静を門とする。その詩に「寄レ語了心人。素琴本無レ絃（語《ご》を寄《よ》す了心《りようしん》の人《ひと》。素琴《そきん》本《も》と絃無《げんな》し）」。無絃の琴から至妙の音が出る。それは果して何ものか。「他年儻遂ニ投間計一。只対ニ青山一不レ著レ書（他年《たねん》儻《も》し投間《とうかん》の計《けい》を遂《と》ぐれば、只《た》だ青山《せいざん》に対《たい》して書《しよ》を著《あらわ》さず）」（白沙の詩）。即ち虚即ち静で、すべて自得から来る。

学須自得始完功　学《がく》は自得《じとく》を須《ま》ちて始《はじ》めて功《こう》を完《まつと》うす
此旨誰知惟石翁　此旨《このむね》　誰《たれ》か知《し》る　惟《た》だ石翁《せきおう》のみ
只破迂儒門戸見　只《た》だ迂儒《うじゆ》の門戸《もんこ》の見《けん》を破《やぶ》れば
入賢入聖立談中　賢《けん》に入《い》り　聖《せい》に入《い》るは立談《りつだん》の中《なか》

白沙はまた石翁とも号した。自得と云ふは静坐中より端倪―何者かを養ひ、それから自得の機が来るのであつて、それを得ると賢聖の域に入られると云ふ。こゝに白沙は禅と見られる点がある。

王陽明（守仁）は如何。

「一点良知吾本体（一点《いってん》の良知吾《りょうちわ》が本体《ほんたい》）」。その説は孔孟より出て、遠く精一の伝にさかのぼるが、陽明の主張は人欲を去りて天理を存するにありて、要するに致良知の三字となる。しかもそれは多聞多見からではなく、専ら涵養の功夫《くふう》によつて、人々何れも入聖の機があるのである。陽明の説くところは、これ以外にないのに拘はらず、門下諸子の説くところは、紛々として多様なるのは何たることぞ。陽明門下の大弟子は王心斎（艮《こん》）・王龍渓（畿）の二王で何れも悟を主とし、かの陸象山の門下楊慈湖（簡）に累せられたと同じい観があるが、心斎から出た羅近渓（汝芳）の舌―弁舌は、龍渓の筆―文章と並び伝へられるが、筆舌兼ね忘れるもの丶少ない中から聶双江《しょうそうこう》（豹）は取り上げらるべく、また陽明門下の老荘若くは禅学に流れるものの多い中から、羅念庵（洪先）は取り上げらるべきである。ここで星巌は陽明の『稽山書院尊経閣記』を持つて来て（経は常道なり。其の天に在る、之を命と謂ひ、其の人に賦する、之を性と謂ひ、其の身に生ずる、之を心と謂ふ。心、性、命は一なり）、その純粋なる点を指摘して居る。

星巌は儒仏道の三教合一論に耳を傾けたと見え、林龍江（兆恩）や李卓吾（贄《し》）に言及して居る。羅整庵（欽順）の『心性記』を抜いて、「緒論毋乃相矛盾（緒論《しょろん》は毋乃相矛盾《むしろあいむじゅん》す）」と評するのは頗る浅薄で、全く黄梨洲《こうりしゅう》の説から出たものに過ぎぬ。恐らく『困知記』を読まぬではなからうか。

星巌は黄梨洲（宗羲《そうぎ》）の説に従ひ、明代の学術は陳白沙から起り、王陽明に盛んに、劉念台を後勁《こうけい》とし、特に念台を尊信した。劉念台（劉宗周また蕺山《しゅうざん》と云ふ）、陽明歿後その末弊が随処に随生した時に当り、実―慎独の工夫を以て、虚妄の弊を救つたのみならず、明の亡ぶるに際し、食を絶つて国に殉じた。この点が特に星巌の敬服するところとなつたのである。

君臣之義重山邱　君臣《くんしん》の義《ぎ》は山邱《さんきゅう》よりも重《おも》し
敢曰羈旅無所拘　敢《あえ》て曰《い》はんや　羈旅《きりょ》　拘《こう》する所無《ところな》しと
絶食居然終正命　食《しょく》を絶《た》ちて居然《きょぜん》として正命《せいめい》を終《お》ふ
司空図後有宗周　司空図《しくうと》の後《のち》　宗周《そうしゅう》有《あ》り

学者分門各主張　学者《がくしゃ》　門《もん》を分《わか》ち各《おのおの》主張《しゅちょう》するも
到生死際総茫茫　生死《せいし》の際《さい》に到《いた》りて総《すべ》て茫茫《ぼうぼう》たり
而今而後吾知免　而今而後《じこんじご》　吾《われ》　免《まぬ》かるるを知《し》る
可見曾参有厥常　見《み》る可《べ》し　曾参《そうしん》に厥《そ》の常《つね》有《あ》るを

仁を成し義を取るのは、死を看るの軽きにあらずして、死を見るの重きによるから来る。即ちこの身を以つて綱常名教の身となすことは、その生たるや虚生にあらず、その死たるや徒死にあらざる為めであつて、是れ誠に大丈夫ではないか。かくて星巌は顧亭林（炎武）を挙げて、

博学多才称到今　博学多才《はくがくたさい》　称《しょう》せられて今《いま》に到《いた》るも
無人知得顧亭林　人《ひと》の顧亭林《こていりん》を知《し》り得《え》たる無《な》し
君看二聖孤忠対　君看《きみみ》よ　二聖孤忠《にせいこちゅう》の対《つい》

一片厳霜凜烈心　一片《いっぺん》厳霜凜烈《げんそうりんれつ》の心《こころ》

亭林の博学多才を世人は称するが、しかもその真実を知るものはない。二姓に事《つか》へるなと云ふ母の遺言を守り「六十年前二聖升遐《しょうか》の歳。三千里外孤忠未死の人」の一対、何ぞそれ厳霜凜烈の心ぞや。親に事へて孝なるは、君に仕へて必ず忠である。

波波泯泯委流塵　波波《はは》泯泯《びんびん》として流塵《りゅうじん》に委《ゆだ》ね
坐不知吾本有仁　吾《われ》に本《もと》と仁有《じんあ》るを知らざるに坐《ざ》す
亦但自家分内事　亦《ま》た但《た》だ自家分内《じかぶんない》の事《こと》
忠臣孝子豈天人　忠臣《ちゅうしん》　孝子《こうし》　豈《あ》に天人《てんにん》ならんや

明の滅ぶる時に当り、大節を持して完人となつたものは、寧都の三魏—際瑞《さいずい》・禧《き》・礼の兄弟、特に叔子の禧は名高い—浙東の三黄—宗羲・宗炎・宗会が名高い等々あるが、宗羲はまた南黄と呼ばれて、西李—李二曲（顒）、北孫—孫夏峰（奇逢）と相対し、その門人万季野（斯同《しどう》）は清に入りて『明史』を修むる時、清の官職を受けず、布衣を以つて故国に対する一片の丹心を寄せた。傅《ふ》青主（山）の逃避、函可（祖心）の剃髪、何れも忠臣孝子でないのはない。吾道の広大なる、何処に行くとして自如たらぬものがあらう。しかるに儒門の中では、往々その学風を異にするより、攻撃し排斥して止まぬものがある。清になつて陸稼書（隴其《ろうき》）が湯潜庵（斌《ひん》）を排擠《はいせい》した如きである。陸は朱学を正学なりとし、陽明学攻撃の手を緩めぬのは、湯が初め陽明学を奉じ、後に朱学に転じたからである。かく云ふ星巌の本意は、陸に対する満腔の不平があるのである。

赤口囂囂罵不休　赤口囂囂《せきこうごうごう》として罵《ののし》りて休《や》まず
也知大樹着蜉蝣　也《ま》た知る　大樹《たいじゅ》に蜉蝣《ふゆう》の着《つ》くを
君看抜本塞源論　君看《きみみ》よ　抜本塞源《ばっぽんそくげん》の論《ろん》
豈是陽儒陰釈流　豈《あ》に是《こ》れ陽儒陰釈《ようじゅいんしゃく》の流《りゅう》ならんや

陸は「学術弁」を作り――陽明が禅の実を以つて儒の名に託し（即ち陽儒陰釈）、その学風が全国に流行した為めに、学術壊れて風俗頽れ、遂に明の滅亡となつたのだと云つて居る。さりながら陽明の作つた抜本塞源の論を能く見たならば、それがどうして陽儒陰釈など〻云ふて軽々に排斥することが出来やうと云ふのである。陽明の抜本塞源の論は、三代の学術政治が天地万物一体と云ふ点から来たものなるが、後世になるとそれが忘れられ、たゞ是れ功利の一念となつて仕舞つたので、この功利の一念の本を抜き源を塞がねば、聖人の政《まつりごと》を行ひ天下の民を安ずることが出来ぬが、人には猶ほ良知があるから、それが出来ぬこともあるまいと云ふのであつて、劉念台は孟子の大議論以後、万古の人心を扶《たす》くるものは、僅かに此の篇などを見ると云つて居るので、星巌もかう云ふ主張をしたものと思はれる。

『春雷余響』の九・十両巻は主として議論を立て〻居るが、それも多くは劉念台の議論から来るのである。巻末の詩に云ふ。

吾道行蔵不自期　吾《われ》は道《い》ふ　行蔵《こうぞう》　自《みずか》らは期《き》せずと

山林朝市総相宜　山林《さんりん》　朝市《ちょうし》　総《すべ》て相宜《あいよろ》し
世間未必皆聾瞶　世間《せけん》　未《いま》だ必《かなら》ずしも皆《み》な聾瞶《ろうかい》ならず
或恐門前荷蕢知　或《あるい》は恐《おそ》る　門前《もんぜん》　荷蕢《かき》の知《し》るを

用ふれば行く、張子房・諸葛孔明に見るべく、舎《す》つれば蔵《かく》れる、陶淵明・邵逍遥に見るべし。星巌の自ら期するところは果して如何。しかれども世間はすべて聵々者流《かいかいしゃりゅう》ではない。どう云ふ処にどう云ふものが居るかも知れぬ。星巌はかく云つて、知己を天下後世に待つたのである。

〔第七十号「梁川星巌の学風（上）」〕

（下）

『黄葉山房集』『春雷余響』を通覧して、星巌の読んだ書籍を見ると、主要なものは『明儒学案』―『宋元学案』は未見か―『理学正宗』で、邵康節・陳白沙・王陽明・劉念台を熟読翫味し、之を助くるに来瞿《らいく》塘《とう》（知徳）・郝《かく》京山（敬）の著述以外、李卓吾（贄）の『焚書』、林龍江（兆恩）の『全集』、焦弱侯《しょうじゃくこう》（竑《こう》）の『筆乗』、呂新吾（坤）の『呻吟語《しんぎんご》』、袁石公（宏道）の『雑著』、蓮池《れんち》大師の『竹窓随筆』、紫柏大師の『全集』等々を以てし、更に博覧を務めて、謝在杭（肇淛《ちょうせい》）の『文海披沙』、何孟春の『余冬序録』、高深甫（濂）の『遵生八牋《じゅんせいはっせん》』、徐𤊹《じょほつ》の『筆精』、袁漫恬《まんてん》（棟）の『書隠叢説』、張和仲（燧《すい》）の『千百年眼《せんひやくねんがん》』、李日華の『六硯斎筆記』、陸紹珩《りくしようこう》の『酔《すい》古堂剣掃《こどうけんすい》』等より、（清）王漁洋の『池北偶談』、朱竹垞の『静志居詩話』等多数の雑書随筆に及んで居るのが知られ、それは世間から「明儒の全集、世に珍らしき物を多く蔵せり」と云はれるもので、そこに星巌独自の境界があるのであるが、大括して云ふ時は、明代特に万暦以来の雑著を渉猟し、王陽明から出た王龍渓や王心斎に関係深き三教合一の思想を受けたと見るべきである。星巌は陳白沙・劉念台を中心として居るか、林龍江・李卓吾や紫柏老人・蓮池大師に興味を持つて居るからである。龍江・卓吾は三教合一の主張者として名高く、紫柏・蓮池の両大師は、何れも儒仏両教に就きて新しき見解がある。星巌は龍江・卓吾を評して、「谷子（龍江はまた子谷子と号す）谷乎何洞豁。卓吾非レ卓乃顢頇（谷子《こくし》は谷《たに》か何《なん》ぞ洞豁《どうかつ》たる。卓吾《たくご》は卓《たく》に非《あら》ず乃《すなわ》ち顢頇《まんかん》たり）」と云つて、龍江を誉めて卓吾を譏つて居るものゝ、その思想中には、この二人に傾向して居るものゝ多きことを認めざるを得ぬ。蓋し星巌の性格がこの二人に似て居るのである。

一、林龍江

林龍江の事歴は、黄梨洲の書いた「林三教伝」に見えるが（『南雷文案』）、名は兆恩、字は懋《ぼう》勛《くん》、龍江と号し、また三教先生と称せられ、福建甫田の人、年少にして釈老二氏に従うてその大旨を会得し、三教合一の説を立てた。嘉靖の末年、倭寇の乱後に家財を出して貧民を救ひ、死人を埋むること数万の多きに至つた。耿《こう》天台（定向）の推薦ありしも出でず、青陽洞中にありて道家錬丹の業を修め、また艮背法《こんはいほう》を行ひ、病を治して奇蹟があり、従游するもの頗る多く、袁宗道―宏道の兄―蕭挙等の名士も加はり、遂に当局から邪教として弾劾せられんとした。万暦二十六年を以て歿す、享年八十二。風を聞いて起るものに程雲章・朱方旦があり、著述数十万言あり。儒を立本とし、道を入門とし、釈を極則とするが、その得るところの結丹出神を観れば、道家の旁門たるに近い。著述数十万言は、『四庫全書提要』に『林子全書』四十巻とあるがそれで、星巌の見た『存初総集』は恐らく同一のものであらう。

二、李卓吾

李卓吾の事歴は、私は年少の時、陸羯南《くがかつなん》翁の言に興味を覚えて諸書を渉猟して綴り上げ、当時東正堂の主宰した『陽明学』に連載した。

李卓吾は、名を贄、字を宏甫と云ひ、龍江と殆んど同時―四歳の年下―しかも同じく福建生れ―泉州の晋江―雲南に官となり、官を辞して湖北の麻城に寓し、講学求道、禅徒と往来し、ある時、髪をそり落して禿となつたり、仏寺を立て、多く門人を集め、中に傑出した女弟子もあつた。当時の風習として、俗人が剃髪したり、女弟子を仕立てたりする事は、最も不可思議の事であつたので、左道で衆を惑はすものと見られ、終《つい》に妖人として下獄したが赦され、北京に近き通州―北通―にて自殺した。時に万暦三十年、享年七十六歳、龍江の歿を去ること僅かに四年後である。

卓吾の学問は、陽明門の大弟子王心斎から出て、また王龍渓・羅近渓等にも教を受け、特に耿天台・楚空の兄弟に親炙した外、臨済の的派、丹陽の正脈、一言の道に幾《ちか》きを聞く時は尋ねて行つた。—即ち儒・仏・道の三教合一を目標として居たのみか、利瑪竇《りまとう》—伊太利人《いたりあ》マテオ・リッチ—とも交際して、西洋の耶蘇教とも接触したのである。

卓吾が妖人として一世の指弾を受けたのは、六経四書を評して「聖人の医薬は病に仮る、その法たるや、定執し難し。是れ豈万世の至論となすに足らんや」と云ひ、孔子を評して「天の一人を生ずる、自ら一人の用あり、給を孔子に待たずして足る。若し必ず給を孔子に待たば、千古以前、孔子なくんば終に人たるを得ざるか」と云つた。万世の師表と仰がれる孔子にかゝる評語を下したものは、実に破天荒の事であるから、一世の指弾を受けたのも無理はない。しかるに我国に於ては、卓吾が『水滸伝』を評したりなどした以外、あまり知られて居なかつたので、小説の批評家位にしか見て居なかつたのである。

三、蓮池大師

雲棲袾宏《うんせいしゆこう》は浙の杭州の人。もと諸生であつたが、隣家の老嫗が念仏を日課とするのを見て発心し、西山の無門性天に投じて薙染し、諸方を参し、北京にて遍融・笑巌等に謁し、浙に帰りて雲棲寺の旧跡に茅を結び、胸に鉄牌を掛け、題して「鉄若し花を開かば、方《まさ》に人と説かん」

と云ふ。雲水来り集まり、遂に叢林となる。袾宏は律制を以て第一とし、また念仏によりて力を得たので浄土一門を開き、禅浄双修の義を明にし、これにより道風が大に起つた。『禅関策進』『竹窓随筆』同『二筆』『三筆』の著述がある。万暦四十三年示寂、寿八十一、蓮池大師と称せらる。門下の居士には厳訥《げんとつ》（吏部尚書）・厳澂《ちょう》（中書舎人）、唐廷住・戈《か》以安・孫叔子等がある。

四、紫柏老人

達観真可、晩年に紫柏老人と号す。蘇の呉江の人。年十七、塞上に功名を立てんと家を出で、蘇州虎丘の明覚と知り合ひ、その寺で所持した金で斎を設けて薙髪を請ひ、それより偏参し、匡山で法相《ほっそう》を究め、五台山から北京に入りて、大千仏寺の遍融に華厳《けごん》を習つた。南に帰りて嘉《か》禾《か》まで来ると、こゝに稜厳寺《りょうごんじ》があり、むかし長水が経疏を書いた所であるが、廃寺となつて居たので恢復の志があり、新に築いた禅堂の一聯を血書し、二十余年の後に全く恢復した。

真可は仏教の衰微を哀しみ、大法負荷を以つて自ら任じ、蔵経の巻帙が浩大で普及に不便なるを思ひ、方冊に刻して流通に便ならしむべく、万暦十七年、募縁して有力者の賛成を得た。時に憨山《かんざん》徳清の道風を開き、之を山東登萊《とうらい》の境なる牢山の那羅延窟《ならえんくつ》に尋ねやうとし、萊州で大水に遭ひ、衣を解いて押渡つた。折しも徳清は長安に旅行中であつたが、真可の訪問を聞いて日夜急行し、大水を犯して帰つて来て、両人一見大に歓び心々互に許した。已にして真可は北遊して北京を去ること遠からぬ房山の石径山を尋ねた。こゝは晋の琬公《えんこう》が石刻蔵経を蔵してある所であるが、荒廃してをるので恢復の志を起し、石室を開くに仏舎利のあるを見た。たま／＼皇太后の斎供を致すあるのに依り、仏舎利を大内に入れて供養三日、石窟に帰し蔵めた。この時慈寿寺に寓して居た徳清がその記を作つた。真可は徳清を訪ひて対談すること四十昼夜に至つた。二人に取りては大快事である。この時、二人は『明伝燈録《みんでんとうろく》』を編修せんと相談し、また曹渓に赴いてその法脈を開く約束をしたが、徳清は故ありて神宗の怒に触れて雷州に流された。やがて礦税《こうぜい》の令が下り、南康太守が令を奉ぜずして逮捕せられ、その妻は哀しみて縊死《いし》を遂げた。真可は聞いて大に憤り、北京に入つて種々に奔走して太守を獄より出したが、尋《つい》で妖書事件が起つた。それは太子を易へる事で、神宗の震怒甚しかつた。真可は俗弟子の因縁から嫌疑を受け、縛せられて訊問を受くるや、たゞ三負を以つて答へた以外は一言も云はぬ—一、徳清を雷州から救ひ出さねば我が出世の一大負、二、礦税を止めねば我が救世の一大負、三、伝燈を続かねば我が慧命《えみよう》の一大負—刑部に送られて苛酷な訊問にも少しも屈せぬ。曹学程と云ふものが建言によりて獄中に居たが、真可は為めに説法した。これが『圜中語録《かんちゆう》』である。後に補修して『紫柏心要』四巻とし、現行の『紫柏老人集』中に収めてある。執政の間に真可を殺さうとするものもあつた。真可は之を聞き、世法此くの如し、久住何為《なんす》れぞと浴を求め飲食を退け、微笑して示寂した。時に万暦三十一年、寿六十一。門下に知名の居士が多い、馮夢禎《ふむてい》(万暦の進士、国子祭酒)、瞿汝稷《くじよしよく》(太僕少卿、『指月録』を著はす)、王肯堂(翰林検討・福建参政、

『唯識証義』を著はす）、董其昌（礼部尚書）等々。

真可の豪宕《ごうとう》は明末の偉観である。其の友憨山徳清は是れまた明末の大徳で、六祖の居た曹渓を再興したのは名高い。門下の居士としては羅近渓門の楊起元・周汝登や銭牧斎（謙益）等があり、著した『夢遊集』は今猶ほ行はれてをる。

〔第七十一号「梁川星巌の学風（下）」〕

広瀬旭荘

（上）

文化年間、広瀬淡窓がその郷里なる豊後の日田に咸宜園を開いて子弟を教授して以来、四方より来り学ぶもの前後四千余人に及び、かかる事は我国では未曾有なりと云はれている。而してその教育法に詩を用ひた淡窓自身は詩の名家である。旭荘《きょくそう》は淡窓の弟、少年、詩を淡窓に学び、嶄然《ざんぜん》として頭角を現はした。

淡窓の詩学は、六則から成立する。㈠遠く両漢にさかのぼり、㈡本を三唐を取り、㈢陶淵明の淡泊、王・孟・韋・柳の雅趣、㈣蘇東坡の変化、㈤袁・蔣・趙・張の材料、これを取舎分別して渾然一如の境地に置くことは頗る容易ならぬ業であり、古来幾人、さう云ふ標準に達したものがあらう。しかるに旭荘はこれを実行に移して、何はあれ一家を成立したのであるから、宜園詩学の大成と云はずして何であらう。

旭荘は長篇を得意とした。藻思滾々《こんこん》として溢れ出て、綺語紛々として乱れ飛び、情として言はれぬ情とてなく、景として写されぬ景とてなく、しかも学問博く、見識高く、その才筆麗情と相伴ふものがある。清末の兪曲園《ゆきよくえん》は『東瀛《とうえい》詩選』を編修し、選んだ百数十家の中、一人にして二巻を占むるものは僅かに四人を算ふるに過ぎぬが、旭荘はその一人で、しかも東国詩人の冠冕《かんべん》と誉めてをる。これから見ても旭荘の詩人としての才力地位が推想せられる。

淡窓の言にある王・孟・韋・柳とは、唐代の王維、孟浩然、韋応物、柳宗元の四人であり、袁・蔣・趙・張とは、清代の袁随園、蔣蔵園、趙甌北の所謂る乾隆の三大家と、張船山を云ふのであるが、旭荘の苦心は乾隆の三大家と張船山の四人を目標とし、更に蘇東坡に及ぼうとしたことであつて、最も能く似てをるのは趙甌北で、その音節の響かぬのは、蘇東坡から来るのでなくして、趙甌北から来るのである。また張船山を倣つたのは、新を好み奇を愛する錯誤から来る。

旭荘の時代―幕末となると、清代の詩風が非常な勢で流れて来た。唐と云ひ宋と云ひ、すべて古くさくなつて来た。旧を厭ひ新を好むのは人情である、そこに世風の変遷がある。旭荘は清代の文学が乾隆時代を極盛期とし、已後は漸次衰微して尾小となつたことを能く知つてをる。そこで乾隆の三大家を目標として進んで行つた。しかるに当時の清詩を奉ずる人々は、これまた新を競う心から、乾隆よりは嘉慶、嘉慶よりは道光と、時代下りに下り行き、尾小なるほど最新なりと錯認して、森春濤一派に至りては陳碧城《ちんへきじょう》・呉蘭雪《ごらんせつ》・郭頻伽《かくひんが》等を極力模倣し、それが一大流行となつたので、旭荘は何時しか時勢に取り残されたのであつた。さりながら清代の文学は、今日已に明白となつて居る。陳・呉・郭等に美点のあるのは勿論なるも、袁・蔣・趙の大家なるは云ふまでもなく明白なる次第である。旭荘は是等の人々にない、いな古いとて棄てた唐宋の美点をも併せて持つてをる。しからば旭荘は宜園詩風の大成者たると共に、日本詩界に於ける有数の大家たること、是れまた明白なる次第である。

旭荘は淡窓の季弟で二十五歳も違つてゐた（文化四年五月生）。生れたとき、日田代官羽倉権九郎の子外記（簡堂）はまだ部屋住で、淡窓に就いて学問してゐたが、前途を祝う意から、旭荘に明の李夢陽《むよう》の字なる献吉と名を付けた。父桃秋はそれは余りに好過ぎるとて、謙にして吉なると云ふ意を取り、文字を換へて謙吉とした。そこで名は謙、字は吉甫、別号を旭荘また梅《ばい》墩《とん》とも云つた。

旭荘十歳、兄淡窓に従ひて学に就き、十四歳のとき初めて詩を学び、代官の席上にて茶碗に録した唐詩を読んで絺《ち》衣を賞せられた。この前後に父は家を仲兄南陔《なんがい》に譲り、南陔は家を興すに専念したので、旭荘もその産業を手伝ひつつ読書を勉めてゐたが、十七歳（文政七年）叔兄棣園《ていえん》と同じく、質を取ることを始めた。南陔は子がないので旭荘に跡を嗣がせる意があつた。しかるに父は旭荘の学問好きなのを見て、伯兄淡窓の跡を嗣がせたしと思ひ、塩谷代官に願つて許可を得た。そこで旭荘は淡窓の準養子となり、始めて読書に専念するやうになつた。この年九月、旭荘は福岡に赴き、亀井昭陽の門に遊び、留まること百日ばかり、その時、昭陽は愛子を失ひ、『傷逝録』を作つて自ら慰めてゐたが、旭荘にも弔詩を作らせて見ると、十七歳の青年のとしては頗る佳いものを作つた。昭陽は大いに賞嘆して批評数百言を書いた。これから旭荘の名が起つた。

『梅墩詩鈔』初編の巻一は、文政十一年、旭荘廿一歳の四月、初めて四国・中国に游歴した時のもの。而して巻二・三は四五年前なる十六七歳から廿一歳に至り——中間、四国・中国游歴の詩を除く——廿四歳に終る。

十八歳の作と思はれる「論詩」と題する五古は一百二十韻に及ぶ長篇で、支那歴代の詩風を概論し、さて我国正徳・享保頃の詩風が唐と明の模倣に過ぎぬのを嘲りて、一転して現時代の詩人がただ是れ宋詩の唾余を拾ふのみで、唐も明も知らぬのみか、風騒・漢魏などに至つては夢にも知らうとせず、瑣末に走り、歩む足取もたどたどしく、敦厚の情は地を払ひ、平坦の途は荊棘《けいきょく》の場となつた。それはあたかも南宋の後に、中国と誇る支那が夷狄となつて仕舞ふたと同じである。誰れか能く恢復の志を起して、雅頌の盛時となすものぞと、慷慨淋漓《りんり》の筆を収めてをる。かう云ふ議論は正論たるに相違ないが、当時の詩界に対しては容易ならぬ雄志である。淡窓も曾つて詩界刷新の志を抱いて、「誰明㆓六義要㆒、以起㆓一時衰㆒（誰《たれ》か六義《りくぎ》の要《よう》を明《あき》らかにし、以《もつ》て一時《いちじ》の衰《おとろ》へを起《おこ》す）」と歌つたが、後になると詩は人々の志を述ぶるもので、人々の志の同じからざるは、その面の同じからざるやうである。従つて詩もまた同じからざることは勿論、己れ一人の好むところを人に施して、同調と云ひて兄弟よりも親しく、同調ならざるものを排斥して仇讐《きゆうしゆう》の如くすることは、古来の悪習なりと云ふに至つた。詩も実際になると、から云ふ具合となつて行くのが争はれぬ事情である。さりながらこの詩に於て、旭荘の青年時代から懐いていた意見が能く分り、慕ふていた詩人も明かとなる。—即ち晋の陶淵明、宋の謝康楽、唐の李・杜・韓・白及び韋・柳・王・孟、宋にては蘇・黄と放翁、元にては元遺山、明にては高青邱と李空同・何景明などであつて、大体淡窓の説に従つてをるが、ただそれのみではなく、余程拡大せられてをるのは、淡窓と性質の相違から来るのであらうが、旭荘としても已に淡窓の遣《や》つて来た道を践《ふ》むのは面白くないから、務めて反対に出て、短い五古に対して長い七古を作り、簡古なるに対して新奇複雑、しかも長篇大作を出して、一家の詩風を作り上げるに務めたことは已にこの時から試みられた。

淡窓が重病にかかつた。所謂る三大厄の一で、しかも最も重く、冬となるともう見込みがなくなつた。旭荘は塾生中村直衛と下僕藤右衛門と共に、日の夕暮から秋月の医師加藤磻梁《はんりよう》を迎へに行き、大仏越で風雪に逢ひ、山の間に伏して夜の明くるを待つ中、雪が二尺余りも降り積り、寒威厳しく、殆んど死に瀕する程であつた。淡窓の病が幸に好くなつたので、翌々年文政十年、旭荘二十一歳、讃岐の金毘羅に参詣した。淡窓の病中、父や兄弟が祈願した代拝に立つたのであるが、序《つい》でに三備の地を游び、神辺に立ちよりて菅茶山を訪はんとした。『梅墩詩鈔』初篇の巻一はそれから始まる。

四月二十九日発薬　　四月二十九日《しがつにじゆうくにち》、薬師寺《やくしじ》

師寺村恒真卿兄弟
別直夫兄弟岡養静
送而到松江
乱峰撃晨曦
遠城鳴早鼓
時哉天正明
束装出蓬戸
相送人多少
行色満林塢
朝颸飄客衣
楓露飛如雨
取路沿海浜
渺茫逞遠覩
山軸蟠湾陰
潮頭蝕沙浦
影尽天際帆
声来霧中艪

村《むら》を発《はっ》し、恒真卿兄《こうしんけいきょう》
弟《だい》・別直夫兄弟《べっちょくふきょうだい》・岡養《こうよう》
静《せい》、送《おく》りて松江《まつえ》に到《いた》る
乱峰《らんぽう》　晨曦《しんぎ》を撃《かか》げ
遠城《えんじょう》　早鼓《そうこ》鳴《な》る
時《とき》なる哉《かな》　天《てん》　正《まさ》に明《あ》け
束装《そくそう》して蓬戸《ほうこ》を出《い》づ
相送《あいおく》る人《ひと》　多少《たしょう》
行色《こうしょく》　林塢《りんお》に満《み》つ
朝颸《ちょうひょう》　客衣《かくい》を飄《ひるがえ》し
楓露《ふうろ》　飛《と》びて雨《あめ》の如《ごと》し
路《みち》を取《と》りて海浜《かいひん》に沿《そ》へば
渺茫《びょうぼう》として遠覩《えんと》を逞《たくま》しうす
山軸《さんじく》　湾陰《わんいん》に蟠《わだかま》り
潮頭《ちょうとう》　沙浦《さほ》を蝕《むしば》む
影《かげ》は尽《つ》く　天際《てんさい》の帆《ほ》
声《こえ》は来《きた》る　霧中《むちゅう》の艪《ろ》

波耀眼花迸
松爽頭風愈
磯白海鷗群
洲黄野花吐
西行景更佳
宛如閲画譜
道遠日将沈
乃於村端祖
臨別而乞言
我意欲学古
大恒進贈言
勿為怨之府
勿禦好友規
勿受悪友蠱
勿愛繁絃声
勿耽長袖舞
直尺師鄒賢

波《なみ》は耀《かがや》きて眼花《がんか》迸《ほとばし》り
松《まつ》は爽《さわや》かにして頭風《ずふう》愈《い》ゆ
磯《いそ》は白《しろ》し　海鷗《かいおう》の群《むれ》
洲《す》は黄《き》なり　野花《やか》の吐《と》
西行《さいこう》すれば景《けい》は更《さら》に佳《よ》し
宛《あたか》も画譜《がふ》を閲《み》るが如《ごと》し
道遠《みちとお》く　日《ひ》は将《まさ》に沈《しず》まんとす
乃《すなわ》ち村端《そんたん》に於《お》いて祖《おく》る
別《わか》れに臨《のぞ》んで言《げん》を乞《こ》ふ
我《わ》が意《い》は古《いにしえ》を学《まな》ばんと欲《ほっ》す
大恒《だいこう》　進《すす》みて言《げん》を贈《おく》り
怨《うらみ》の府《くら》と為《な》ること勿《なか》れ
好友《こうゆう》の規《き》に禦《さから》ふこと勿《なか》れ
悪友《あくゆう》の蠱《こ》を受《う》くること勿《なか》れ
繁絃《はんげん》の声《こえ》を愛《あい》すること勿《なか》れ
長袖《ちようしゆう》の舞《まい》に耽《ふけ》ること勿《なか》れ
尺《しやく》を直《ただ》して鄒賢《すうけん》を師《し》とし

惜寸則神禹
小恒進贈言
動宜踏規矩
与有武仲聖
寧為参也魯
迂事休屠龍
英気除暴虎
吉人之言寡
故無我敢侮
大別進贈言
黽勉福所聚
或縄于其頸
或錐于其股
呂蒙期刮目
馬卿曾題柱
待子帰来時
一戦伯藝圃

寸《すん》を惜《お》しみて神禹《しんう》に則《のっと》れと
小恒《しょうこう》　進《すす》みて言《げん》を贈《おく》り
動《うご》きは宜《よろ》しく規矩《きく》を踏《ふ》むべく
武仲《ぶちゅう》の聖有《せいあ》る与《より》は
寧《むし》ろ参《しん》や魯《ろ》と為《な》れ
迂事《うじ》　屠龍《とりょう》を休《や》め
英気《えいき》　暴虎《ぼうこ》を除《のぞ》け
吉人《きちじん》の言《げん》は寡《すくな》し
故《ゆえ》に我《われ》敢《あえ》て侮《あなど》ること無《な》しと
大別《だいべつ》　進《すす》みて言《げん》を贈《おく》り
黽勉《びんべん》は福《ふく》の聚《あつま》る所《ところ》
或《あるい》は其《そ》の頸《くび》に縄《なわ》し
或《あるい》は其《そ》の股《もも》に錐《きり》す
呂蒙《りょもう》は刮目《かつもく》を期《き》し
馬卿《ばけい》は曾《かつ》て柱《はしら》に題《だい》す
子《し》の帰来《きらい》する時《とき》を待《ま》たん
一戦《いっせん》して芸圃《げいほ》に伯《はく》たれと

小別進贈言
学文猶用武
読書似得人
聞教如得土
失土且失人
不過為亡虜
少年不可誇
英才豈可怙
一敗塗地人
古来以千数
岡生進贈言
養生以為主
若欲立功名
当先安腹肚
志雖在三餘
身或困二竪
過食与過眠

小別《しょうべつ》　進《すす》みて言《げん》を贈《おく》り
文《ぶん》を学《まな》ぶは猶《な》ほ武《ぶ》を用《もち》ふるがごとし
書《しょ》を読《よ》むは人《ひと》を得《う》るに似《に》たり
教《おし》へを聞《き》くは土《つち》を得《う》るが如《ごと》し
土《つち》を失《うしな》ひ且《か》つ人《ひと》を失《うしな》ふは
亡虜《ぼうりょ》為《た》るに過《す》ぎず
少年《しょうねん》　誇《ほこ》る可《べ》からず
英才《えいさい》　豈《あ》に怙《たの》む可《べ》けんや
一敗《いっぱい》して地《ち》に塗《まみ》れる人《ひと》
古来《こらい》　千《せん》を以《もっ》て数《かぞ》ふと
岡生《こうせい》　進《すす》みて言《げん》を贈《おく》り
養生《ようじょう》　以《もっ》て主《しゅ》と為《な》せ
若《も》し功名《こうみょう》を立《た》てんと欲《ほっ》せば
当《まさ》に先《ま》づ腹肚《ふくと》を安《やす》んずべし
志《こころざし》は三余《さんよ》に在《あ》りと雖《いえど》も
身《み》　或《あるい》は二竪《にじゅ》に困《くる》しむ
過食《かしょく》と過眠《かみん》と

皆是剪性斧　皆《み》な是《こ》れ性《せい》を剪《き》る斧《おの》
唯須強骨筋　唯《た》だ須《すべから》く骨筋《こっきん》を強《つよ》くして
而済風塵苦　風塵《ふうじん》の苦《く》を済《すく》ふべしと
五賢言雖殊　五賢《ごけん》の言《げん》は殊《こと》なると雖《いえど》も
一一皆可取　一一《いちいち》皆《み》な取《と》る可《べ》し
服膺若無隕　服膺《ふくよう》して若《も》し隕《うしな》ふこと無《な》ければ
豈謂啻小補　豈《あ》に啻《ただ》に小補《しょうほ》と謂《い》はんや
言談未及終　言談《げんだん》　未《いま》だ終《おわ》りに及《およ》ばざるに
放舟出水滸　舟《ふね》を放《はな》ちて水滸《すいこ》を出《い》づ
遠雲接鼇身　遠雲《えんうん》　鼇身《ごうしん》に接《せっ》し
積水沈鵬羽　積水《せきすい》　鵬羽《ほうう》を沈《しず》む

旭荘の詩はこの東游よりして一家の詩風が出来て来た。あたかも頼山陽の詩が西游から出来たと同様である。それゆゑ年次を顚到して、東游の作を初篇の第一巻に置いたのである。

旭荘は瀬戸内海に浮んで多度津に着き、それより金毘羅に参詣し、「夜登㆓象頭山㆒」「象頭山上作」を作り、再び多度津より舟で三備の地に渡り、備後の神辺なる菅茶山を訪問した。茶山は実際にては淡窓の師とも云ふべきもので、旭荘も幼年時代から仰望してゐたこととて、その歓待に接しては、本懐の至りであつた。淡窓の『懐旧楼筆記』（巻二十六）に記して云ふ、謙吉（旭荘）行く時、余、茶山に書を寄せて紹介す。時に茶山、病に在り、勉強して書を作り、余に答へられたり。令息来訪、その才気驚くに堪へたり。暫く滞留あるべき由、拙塾の光華、之に過ぎたるはなし、誠に欣躍の至りなりと。謙吉未だ帰らざるに、幸便に托して、其書を贈れり。

廉塾に於ける旭荘の情況は如何。淡窓云ふ、

謙吉、彼塾に留まること数月、時に茶山、病既に重し。毎夕、病床に看侍して、談話深更に及べり。家人皆謝して曰く、主人病中無聊なれども、共に語るべき人なし。貴君来り玉ひて後は、殆んど鬱悶を忘るるに至れり。家人も亦君の恵を荷《にな》へり。豈唯主人のみならんやと。謙吉、中頃、備中・備前に游ぶ。茶山より数ヶ所に添書したり。中に云ふ、この人年少といへども、詩才と談論は当世無双なりとぞ。

旭荘が茶山の添書《そえがき》にて逢うた人々の中、備前の真波甚太郎・小原大之助がある。それは万波《まんなみ》醒盧《せいろ》・小原梅坡《ばいは》で、何れも備前屈指の学者、詩人である。

九月、旭荘は故郷に帰つた。嚢中《のうちゅう》に茶山が淡窓の詩集に題した七絶二首があり、また病中なれば、自ら書することの出来ぬ伝言もあつた。これは旭荘が淡窓に代つて詩集の序跋を求めると、今、病重くして文を作る気力なき故、先づ詩を作らん、もし天幸あつて病愈えしならば、改めて序跋を作らんと云ひ、程なく二絶を贈られたが、旭荘は帰路、広島に頼杏坪を訪問し、話が右の二絶に及んだ時、杏坪は先頃、茶山より此の題にて七首を送りて推敲を求めたが、さ

てはこの二首を存せしか、但し字句は頗る改つたと云ふ。これを聞いた淡窓は、死を去ること遠からぬ時にありても、なほ苦思推敲すること斯くの如し。名家の用心は我等の及ぶところにあらずと痛く感服した。茶山は旭荘の帰郷する一ヶ月前に歿した。尋《つい》で十一月、樺島石梁《かばしませきりょう》が歿した。かく老宿が相次で凋落した。

翌年九月、旭荘は豊後高田に赴いた。これは兄南陔が新田開発の事にて高田の海辺に居り、留寓の家を浮殿《うきどの》に築いたが、その地静幽、頗る読書に適する為めに、旭荘をしてここに塾を開かせたのである。間もなく淡窓は肥前田代の東明館と云う学校より招かれて赴いたが、病気で帰り、その後を旭荘に譲つた。旭荘は浮殿の新塾を廃して田代に赴き、一ヶ月程経つたとき、罪人七十余人を縛して街上を過ぐるのを見て、この地に何か事の起るべく思はれたので、家に帰ると程なく事が起り、東明館関係のものも罪を得たので、館もまた衰へた。これより旭荘は家に居り、淡窓の退隠と共に咸宜園の主人となり、婚事も初縁は諧《ととの》はずして、再縁に合原氏を娶つた。『梅墩詩鈔』二編は、天保二年旭荘二十五歳から始まり、同九年三十二歳の四月に終る。

旭荘は咸宜園の若先生となつて前途に洋々たるものがあつたが、好事に魔多く障碍は目前に起つた。それは塩谷《しおのや》代官に忌まれたからである。塩谷代官は旭荘十四歳の時から目にかけていたのであるが、如何なる仔細があつてか、二十一二歳の頃より忽ちにして賞賜があつたかと思ふと忽ちにして譴斥《けんせき》を蒙むるやうになつた。咸宜園の当主となつて間もなく、その寵人《ちょうじん》の宇都宮伝蔵を入門させた。しかるに伝蔵は懶惰で読書を好まぬところから、その真相を隠すべく、却つて旭荘の事を代官に讒言し、代官の骨を折つてをる新田開発を悪く云ひ、主としてそれに当つてをる南陔の仕事に邪魔を入れるやうに云つたので、代官は大いに立腹した。旭荘は記して云ふ、

県令（代官）殊の外怒りて、屢々人を以て余を罵らしめ、縛して獄に下せと云はれしこともあり、又汝は本家の丁稚役を勤めたる者なり、腹は切り得まじと云ふに至る。又刀をとり上げられしこともあり、其他詬辱《こうじよく》至らざる所なし。先考（桃秋）歿せられし後に、淡窓公・南陔兄始め県府に願ひ、余を逐出し、寧ろ一人を棄て一族を全うせんと云はれたれども、県令、我、彼が先翁（桃秋を指す）に何とか謂はんと云つて許し玉はず。乙未の年（天保六年）、余、長崎に游ぶ。或人、江戸に行きたりと讒したり。県令大に疑ひ玉ひ、一族に日を限りて余を呼返さしむ。余帰りたるとき、県令大に悦び、種々の物を賜へり。其年、県令、江戸に徴され玉へり。余が郷里を去るの志は、此時に起れり。

塩谷代官は屢々塾の内事に干渉し、また塾生にも好からぬものがあつて、一時塾も衰へた。代官は旭荘を推し退けて、淡窓の再出を勧告した。かかる間に旭荘の詩は熟して行つた。「桑原子華の天草に帰るを送る」の作は二百六十二句から成り、旭荘作中の最長篇であるが、当時に於ける古い漢方、新しい蘭方と並べて、花や棋に熱中し、貧家を顧みずして富人に媚を献ずる俗医の有様を写し、一転して宜園の書生の乱暴なる行動を写し、子華―君は医師となる準備として宜園に入り、乱暴なる間に在りて勉強してゐたが、一旦故山の親を憶ひ出すや、六月の

炎天に拘はらず、遠路を跋渉して天草に帰るのである。天草では疱瘡にかかるものがあると、人里遠きところに棄てるので、斃《たお》れるものが甚だ多い。かかる陋習は必ず打破せねばならぬ。それは医術を学ばうとする君の仕事ではないか。しかし君は性来多病であるから、雄志を遂げるには先ず自身を医するのが必要であるとて懇々として説いて、門人に対する温情を披瀝し、叙事・議論併せ叙して、誠に面白いものである。

旭荘は塩谷代官の容るるところとならず、始終ふさぎ勝ちに日を送つてゐたが、父も歿したので天保六年二十九歳の正月、長崎一游の志を起し、先ず福岡に赴いて昭陽先生の安否を伺ひ、それより佐賀に古賀穀堂を、多久に草場珮川《はいせん》を尋ねた。昭陽は翌年（天保七年）五月、六十四歳で歿し、穀堂もその九月、五十八歳で歿した。穀堂は精里の長子、九州切つての文人として聞え、珮川は今年四十九歳、精里の門人として詩文の名が隆々として起りつつある時である。それより旭荘は長崎に到り、松春谷に導かれて唐館・蘭館を見物した。帰郷した後、幾何《いくばく》ならずして代官は出府の命を受けて江戸に上つたが、部民から訴へられたのが主因である。淡窓は記して云ふ、

明府（代官を云ふ）始めて我県に臨み玉ひしより、此に至つて十九年なり。其始めて至り玉ふ時、恭倹自ら守り、且つ老を敬し善を褒《ほう》し頗る佳声あり。既にして威罰頻《しき》りに起り、罪を得るもの相続けり。其始めて東上し玉ふとき、懐《なつ》くものと怨むるものと、蓋し相半ばせり。再び西下し玉ふに及んで、意を鋭くして興利の役をなし玉ふ。新渠《しんきょ》あり、新道あり、

浚河・通船の事あり。其他、橋梁を通じ、倉廩《そうりん》を造り、祠廟を修し、寺院を営み、経営の雑役紛然として並び起れり。新田の役起るに及んで、事体尤も大なり。此に於て民力尽き、民財窮し、万口咀呪《そじゅ》せり。且隣国の封内に於て新田を開かんとするより、怨を諸侯に結び、不令の聞え、遠近に施せり。此度東上し玉ふこと、侯国の中よりも窃かに訟《うった》へしものもある由聞及べり。畢竟の所、諸役一旦民を労すと雖も、又百世の利益なり。漫《みだ》りに議すべきに非ず。唯新田の役、民を労すること多くして成功に及ばず、反つて累を後人に貽《のこ》せり。惜哉。（『懐旧楼筆記』巻三十五）

塩谷代官の事業を評して公平を極めをる。

予が始めて府（代官を指す）に謁せしは西下の第三年にして、此に至つて十七年なり。久兵衛（弟南陔）才幹を以て寵遇をうけ、諸役関らざる所なし。是故を以て苗字御免の事あり。先考（父桃秋）耆徳《きとく》を以て重んぜられ、三老の首にをり、礼遇極めて重し。予は用人格を賜はり、長臣の次席たり。謙吉は近臣の冠に擢《ぬき》んでらる。其他家人門生、皆接見寵遇を蒙る。我家、官府に出入すること八九十年に及べども、此等の事は前後に例なし。此公の恩遇、我家に於ては長く忘却すべからざるなり。恨むらくは予が退隠の後、塾政此が為に攪乱せられ、遂に家業衰微に及びしこと、歎ずべし。然れども所謂る一眚《いっせい》不レ足三以掩二大徳一也。要するに先考と久兵衛とは、寵を得ることとあつて辱を得ることなし。予と謙吉とは、寵あり辱あり。予は寵を得ること辱より多く、謙吉は辱を得ること寵より多し。然れども謙吉は後年江戸に至り、羽倉外記君に見えしに、羽倉曰く、先年塩谷東帰せし時、相見て西州に異事ありやと問ひしに答へて、広瀬謙吉と云ふ者あり。年少なりと雖も異日必ず天下の大器とならん。外には申すべき事なしと云へり。予此時始めて吾子あることを知れりとぞ。此の言によれば、亦知己にあらずと云ふべからず。

塩谷代官と我家の関係を考察してその恩遇を牢記する、これまた至つて公平なものである。旭荘は遠游の志があり、長崎一游の翌年（天保七年）三十歳の四月、九州の地を離れて、遠く京阪の旅に出た。当時、堺にて医業を開いてをる小林安石が淡窓門下の士で、東道の主となつたのである。

旭荘は専修寺で帷を垂れて子弟を教へ、再び同地の甲斐町に移つて越年、翌年（天保八年）三十一歳の二月、江戸に向つて出発した。堺に居ること半年に余り、その間に大阪・京都を歴游して、一通り学界諸子と交を通じた。大阪では老大家の篠崎小竹、山陽門下の後藤松陰、京都では旧知の大含上人（雲華）は勿論、小石元瑞・浦上春琴・摩島松南・仁科白谷などである。旭荘は京阪の学界の有様を淡窓に報じて、「京阪は借宅万端困難、頼（山陽）篠崎（小竹）等商人の風を成し候も、皆雑費多に因る也。私在国の時は、此両人のみ商風有レ之と心得候処、京摂の人は猪飼（敬所）始め残らず其通り、殊に二人は其魁也」と云ひ、さて自家の抱負を述べて、「敦厚を以て人気《じんき》を挽回し、商風を止めて古道に復し、他人に声援を求めずして一家を成すこと私今日の所志なり」と云つてをる。南陔・棣園の二兄は、早く帰国するやう督促するので、旭荘も去留を決しかねたが、たまたま家難が起り、南陵は勘定所から不審を蒙つた。これは南陵が塩谷代官の信用を受けて事業の経営に当つたので、自然諸人の嫉視となつたのである。旭荘は家難を救解すべく、二月、堺を発して江戸に赴いた。この間に大阪では大塩後素《こうそ》の変があつた。後素の門人に淡窓の旧門生が居り、それが旭荘と往来して居たので、堺に居たら株連《しゆれん》の恐れもあつたけれど、をり好《よ》く不在で難を免れた。

旭荘は江戸到着、浅草の證願寺に寓し、尋で羽倉簡堂の下谷の屋敷に客となつた。簡堂は旭荘を見て許すところあり、また旭荘は昭陽先生以来第一の知己と云つてをる。そしてその紹介に依つて、林藕潢《ぐうこう》（式部）の八宜楼《はちぎろう》に游んで、藕潢と応酬した。この席上、林家の世子たる檉《てい》宇《う》（左近将監）を知り、招かれてその詩会に列し、「荘園諸勝二十四首」「巽園《そんえん》七勝」を作つた。当時の祭酒は八代述斎なるが、逢ふ機会はなかつた。佐藤一斎・松崎慊堂・古賀侗庵・岡本花亭及び館柳湾・塩田随斎等に逢ふた中、花亭によほど傾倒したと見え、「翁（花亭）は茶山先生以後の一人と相見え候。謙譲の君子にて英気あり、茶山と伯仲の人物也。最早七十三四の由。大人（淡窓を指す）よりも、御作御寄せなされ候ふ方宜しかるべしと奉レ存候。私、江戸に来り候後、敬服仕り候は此人第一也。大人の詩を当今第一と申す事は、花亭首《はじ》めに唱へられ候」と淡窓に向けて書束を出してをる。

八宜楼の宴席は旭荘終生の佳話である。檉宇の山水好きから話がはずんで、旭荘は我が郷里なる耶馬《やば》渓《けい》・日向岩・長岩などの勝景を話した。安積艮斎の「酒方《まさ》に酣《たけなわ》なり。吉甫（旭荘）本州山水の勝を談ずること甚だ奇なり。一座之が為に傾倒す」と云つたのが即ち是れ。耶馬渓は頼山陽の文章で名高く、日向岩は筑後金屏山の東南、山脈絶ゆる処にあり。その東北、日田に接した処が長岩で、大友氏の時、問注所《もんちゆうじよ》氏の住んだ古城、その奇は耶馬渓に劣らぬ。林家の中で最も旭荘の才を認めたのは藕潢である。藕潢は後に本家を襲いで十一代の大学頭となり、幕府の外交に相当な働きをした復斎その人である。旭荘は「此君、第一の知己」と云つてをる。

旭荘の江戸一游は、思ひの外の仕合せとなり、家難の救解もほぼ目鼻がついたと見えて、急ぎ帰郷した。この時、大阪で上梓した『遠思楼詩鈔』を持ち帰つて、淡窓の病懐を慰めた。旭荘の帰郷と前後して、日田の新代官たる寺西蔵太が著任となり、淡窓等に対しては塩谷氏の旧例によることとなつたのは、旭荘江戸一游の効果とも見られる。

旭荘は江戸を出る前に梁川星巌の詩集に題する長篇を作り、我が国古来の詩界を縦横に論評し、さて星巌に及んで、

誰覧八紘開別寰　　誰《たれ》か八紘《はつこう》を覧《み》て別寰《べつかん》を開《ひら》く
廼従星巌梁子始　　廼《すなわ》ち星巌梁子従《せいがんりようしよ》り始《はじ》まる
乾坤雷硍巨刃揚　　乾坤《けんこん》　雷硍《らいろう》　巨刃《きよじん》揚《あ》がり
一闢千古詩道否　　一《ひと》たび闢《ひら》く　千古《せんこ》　詩道《しどう》の否《ひ》なるを
穿得天心出月脇　　天心《てんしん》を穿《うが》ち得《え》て　月脇《げつきよう》を出《いだ》し
化工喪秘万象死　　化工《かこう》　秘《ひ》を喪《ほろ》ぼして万象死《ばんしようし》す

言を極めて称揚してをるが、この詩は『梅墩詩鈔』三編に収めてをらぬのを見ると、旭荘自身で取舎したのであらう。旭荘は星巌とこの時逢つてをるのみならず、再度の江戸住居の時も、また晩年京都隠棲の時も、詩人として交渉があつたのであるが、どうしたものか筆まめの旭荘も、星巌関係の紀述は至つて少ない。

かくて旭荘は故郷で越年し、明くれば天保九年（三十二歳）の仲春、日田を発し赤馬関《あかまがせき》で病にかかり、明石で颶風《ぐふう》に遇ひ、初夏に大阪に入つた。『梅墩詩鈔』二編はここで終る。

〔第三十三号「広瀬旭荘（上）」〕

（下）

『梅墩詩鈔』三編は、旭荘の大阪西横堀新居から始まる。

旭荘は大阪に居をトして従前通り子弟の教育に当ると同時に、『宜園百家詩』の編修校刊に没頭し、また小竹等大阪学界の諸子と程よく往復し、これよりしばらく間寂の境遇となつたが、昨年、江戸の形勢を目撃して功名の念躍々として起り、鬱抑《うつよく》の情に堪へざるものがあつた。旭荘は菊池渓琴と交り、その郷里なる紀伊に一游を試みたり、川西士龍の紹介により、その主内藤丹波守に謁見したりなどした。当時丹波守は大阪城の加番であつた。士龍は三河挙母《ころも》藩士、奇節に殉じた竹村悔斎《かいさい》の門人。久しく聖堂に学び、中国・九州を漫游して日田の咸宜園にも来たことがあり、あたかも旭荘が大阪にゐたので紹介の労を執つたのであらうが、後また悔斎と同じく奇節に殉じた。

天保十二年の初め、大御所家斉薨去、水野忠邦（越前守）が老中の筆頭として政治の革新を謀り、文学の士を挙用した。旭荘の熟知した羽倉簡堂も岡本花亭も重用されて来た。旭荘もまた大村侯から招請の話が出て来たので相談すべく帰郷した。この時『宜園百家詩』の刻本が出来たので持つて帰つたが、故郷に在ること一ヶ月未満で大阪に帰つて来た。その時に淡窓は赤馬関まで送り、一生の中に始めて本州の土を踏んだと欣んだ。大阪に帰つた旭荘は以前と違つて自重するやうになつた。即ち「秋懐」の詩には、庭上の一大石を以て自ら期し、また太宰春台の『経済録』を読んで、その時勢に顧みずして礼楽政治を行はんとする意見に対し、「百年毀議知音少。一部論言覇気多（百年《ひやくねん》の毀議《きぎ》知音《ちいん》少れに、一部《いちぶ》の論言《ろんげん》覇気《はき》多《おお》し）」と同情するところも見えてゐる。

翌年三月（天保十三年、旭荘三十六歳）帰郷、それより大村へ赴いた。旭荘に『学校議』と云ふ教育意見書があるがこの時に書いたものであらう。居ること半年、再び長崎に游んで高島秋帆を尋ね、大阪へ帰ると間もなく淡窓は幕府より苗字帯刀差免の恩命に接した。これは簡堂が水野忠邦に淡窓及び旭荘の学行を吹聴してこの恩命となつたのであるが、旭荘には何の恩命もない。年が換つて天保十四年となる。旭荘の「新年偶成」に、「滔々塵路誰間客。渺々烟波独釣舟（滔々《とうとう》たる塵路《じんろ》誰《たれ》か問客《かんきやく》。渺々《びようびよう》たる烟波《えんぱ》独《ひと》り釣《つ》る舟《ふね》）」。悠然たる態度を装うてはをるが、何か無理をしてをるやうにも見える。五月、旭荘は江戸へ出発した。淡窓の『筆記』に云ふ。

謙吉（旭荘）江戸に行くこと、羽倉君の意によるなり。予、恩命を蒙むりし後、羽倉君より、謙吉及び予に来書あり。水野侯、謙吉を聘《へい》し玉はんとの望みなり。此人、賢相にして且つ天下の政その掌握にあり。為すことあらんとするもの、此の機会を失ふべからずと。謙吉答へて曰く、小生仕官の望みなし。然れども家父（淡窓）寵命を蒙むれり。正に東都に赴いて謝せんことを思ふ。もし処士と云ふを以て門下に伺候し、拝謁を得、顧問に備はることは命を奉ずべしと。其後、羽（倉）君来書あり、唯々早く来るべしと。此に於て東行を存じ立てり。

この時に兄南陔も同行した。南陔は塩谷代官退職の後、府内藩に重用せられてゐた。簡堂は今月生野銀山の検分、大阪に於ける用金徴募の命を受けて、六月三日、江戸出発。京都を経て大阪に下り、篠崎小竹等と再三会談し、さて生野に向ひ、九月二十日に東下の途に就き、閏《うるう》九月十五日、江戸に到着した。この間の記事が『西上録』である。旭荘は簡堂の江戸出発前に江戸到着、無論面会した。九月、南陔と同伴して下総印幡沼の開鑿を見て日光を見物し、足利学校にも立ち寄りて江戸に帰り、閏九月、病気にかかつて一時重体となつた。しかるに簡堂は江戸に到着して僅かに七日目、まだ復命にも及ばざる時に、水野は俄かに職を免ぜられ、余波は簡堂にも及んで俸禄を半減されて小普請入《こぶしんいり》となつた。簡堂は大阪出張中に母を喪ひ、今またかう云ふ次第となつたのである。かうなると旭荘の望んだ東游も已に一場の春夢となつたのである。水野はどうして退けられたか。「去年以来、大君（家慶《いえよし》将軍）精を励まして治を為し玉ひ、尽《ことごと》く先朝（家斉将軍を指す）の弊を改革し玉ふこと全く水野侯の議に因れり。然るに其後、興利の議漸く興り、郡県の賦税を益し、また新田開礦《かいこう》の諸役並び興る。また大名旗本の領地を削るの説あり、人心洶々《きょうきょう》として定まらず」（以上、淡窓の語）。特に諸侯換地の政策に祟られたのであつた。旭荘の淡窓に宛てた九月六日附の手柬に江戸の実情を詳述して後、「時事如ㇾ此、此地不ㇾ如㆓速去㆒と一決仕候へども」、「何分八年の辛苦、此節の東游にて空しく相成、心痛仕候。此事、南陔は絶えて意味合を知らずして、最初より同人東下の上、一左右を待ちて、私、浪華発足は万全と申候へども不ㇾ聴、同行仕候。私共当時の声価の意味は、俗人は迚《とて》も分り候事には無ㇾ之。昨今京阪より来る者、皆な私生平の山悉く破れ、江戸にて敗績と申す評判遍ねく、容易に取返し六ヶ敷と申候」とある。これが簡堂が江戸到着前のものとすると、旭荘の東游は確《たしか》に山があつたのである。水野忠邦が罷免となり、阿部正弘が代つて老中となつた時、旭荘は「読㆓宋名臣言行録㆒」一篇を作つて感想を寄せ、忠邦の改革が余りにも急激に過ぎる故に失敗した。范純仁の「宰相の職は人を求むるにあり。法を変ずるは先んずるところにあらず」と云つたのは、全く以て然りと云ふのである。

旭荘は大阪へ帰らうか江戸へ留らうか去留に就いて頗る心を悩ました。この時親交を結んだ坪井信道が江戸に留まることを勧めたので遂にそれに従つた。信道は誠軒と号し、当時は伊東玄朴・戸塚静海と共に蘭方の三大家と云はれてゐたが、旭荘はこの人により伊東玄朴とも親交を結んだ。『梅墩詩鈔』の校者となつてゐる坪井信良・伊東子高は、信道・玄朴の子弟で旭荘の門人となつたのである。かくて旭荘は浜町の久松河岸に家を構へて子弟を教授した。この家は羽倉簡堂の持家で市河米庵が住んでゐたのを玄朴の意見で買収することとなり、頼鴨厓（当時十九歳）に頼んで簡堂に相談させた。鴨厓は今夏簡堂に連れられて京都から来たのである。

弘化元年六月、水野忠邦は再び出でて老中となつた。旭荘の胸中に何か知らぬが動くものがあつた。「漢廷」と題する七律は、今年五月に江戸城火災に遭ひ、それが忠邦再出の機となり、直ちに城普請に取りかかつたことを云ひ、「不似」と題する七律は、我が国体は君臣の大義一定して渝《かわ》らず、支那の争奪相つぐものと似もつかぬけれど、さりとて覇業を立てた斉桓・晋文をも賤しむことは出来ぬ。誰れか巨筆を揮ひて煌々たる我が国史を著はすものはないか。―それは自分の業であるとの意味にも取れ、また「擾擾《じようじよう》」と題する七律には「紅欲レ溢レ渓霜後草。青如レ滴レ地雨餘山（紅《くれない》は渓《けい》に溢《あふ》れんと欲《ほっ》す霜後《そうご》の草《くさ》。青《あお》は地《ち》に滴《したた》るが如《ごと》し雨余《うよ》の山《やま》）」。家郷に好い詩料が沢山あつても、天外に旅寝して猶ほ未だ帰らぬのについて、帰りたいとも云つてをらぬのは、果して何の意味であらうか。何か待つものがあるではないか。果然―忠邦は家臣春田玄蔵をして召聘の内意を伝へしめた。

十二月、継室合原氏が歿した。林外の母である。この夏、日田より江戸に来て、間もなく病となつて遂に歿したのである。旭荘の悲嘆は恰《あた》かも狂せんばかりであつた。―「朋友皆諍《いさめ》て、一代の儒宗にて是の如くなるは、荀粲《じゅんさん》の毀《そし》りは免れ難しと云ふ、余（旭荘）答へて、荀粲は平生婦に厚くして身を失へり。余は平生婦に薄きを以て世間の毀りを得たり。今又喪に臨んで悲まずんば、終身、前愆《ぜんけん》は補はざるべし。且我、天命を知らずして妄に悲しむに非ず。実は天を畏れ、今まで父兄の戒を忽《ゆるがせ》にせしことを深く悔ひ重く恨み、自ら堪ゆること能はざるなりと云ふ」。『追思録』はその追思を書いたもの。旭荘の燥急なる性質と烈々たる熱情が赤裸々に現はれて、一読、涙の流るるを禁じ得ぬ。

翌年（弘化二年）二月、水野忠邦は再び罷免されたのみならず、禄を削られて遠州浜松より奥州棚倉へ移封された。淡窓は記して云ふ、「越前侯、初め首相として甚だ令声ありしが、毀謗に逢ひて黜《しりぞ》けられ、後に府城炎上あり。経営万端、常人の堪ふる所に非るを以て、また越侯を起して其事を掌らしむ。既にして宮闈《きゅうい》の間に怨むるもの多く、高島四郎太夫が事に就いて其の短を媒蘖《ばいげつ》し、又々免職あり、終に封を削らるるに至る。此公極めて幹局あり、能く天下を以て任とす。他相の及ぶ所に非ず。惜しい哉。羽倉簡堂君、此公の吹嘘《すいきょ》によりて升進《しょうしん》ありしが、公の前の免職の時に同じく黜けられ、其後再任に及んで、羽公も亦追々出仕あるべしと沙汰ありしが、未だ其機に至らずして越公再び免職あり。羽公も遂に湮淪《いんりん》し玉へり」と。ここに至つて旭荘が青雲の宿志も全く蹉跎《さた》して仕舞つたのである。旭荘は已に青雲の志を失うた。この除夜に旧作の詩を祭り、そして詩をもまた廃せんとした。

除夜《じょや》に詩《し》を祭《まつ》る

除夜祭詩

我年十四初学詩
爾来二十六年役神思
寝而不眠食忘味
未至強仕鬢成絲
楽天長短三千首
我詩之数遠軼之
短篇二十字
長篇一千八百字有奇
諸体無不具
然而古律殆倍蓰
世好趨絶句
誰観如是聱牙巨什為
千載子雲難必得
到底我詩唯我知
忽有一我来箴我
自君耽詩浩気飢
書易礼楽久抛棄

我《われ》　年十四《としじゅうし》にして初《はじ》めて詩《し》を学《まな》び
爾来二十六年《じらいにじゅうろくねん》　神思《しんし》を役《えき》す
寝《い》ねて眠《ねむ》らず　食《くら》ひて味《あじ》を忘《わす》る
未《いま》だ強仕《きょうし》に至《いた》らざるに　鬢《びん》　糸《いと》と成《な》る
楽天《らくてん》　長短三千首《ちょうたんさんぜんしゅ》
我《わ》が詩《し》の数《かず》　遠《とお》く之《これ》を軼《こ》ゆ
短篇二十字《たんぺんにじゅうじ》
長篇一千八百字有奇《ちょうへんいっせんはっぴゃくじゆうき》
諸体《しょたい》　具《そな》はらざるは無《な》く
然《しか》して古律《こりつ》殆《ほとん》ど倍蓰《ばいし》す
世《よ》は好《この》みて絶句《ぜっく》に趨《はし》る
誰《たれ》か是《かく》の如《ごと》き聱牙《ごうが》の巨什《きょじゅう》を観《み》んや
千載《せんざい》　子雲《しうん》　必《かなら》ずしも得難《えがた》し
到底《とうてい》　我《わ》が詩《し》は唯《た》だ我知《われし》るのみ
忽《たちま》ち一我《いちが》の来《きた》りて我《われ》を箴《いまし》むる有《あ》り
君《きみ》は詩《し》に耽《ふけ》りし自《よ》り浩気《こうき》飢《とぼ》し
書易礼楽《しょえきれいがく》　久《ひさ》しく抛棄《ほうき》し

烟花雪月日追随
多少精神耗無益
何不早悔少壮時
栩栩自安見量狭
只須聖賢奉為師
聞此慙恨容無地
欲投火中棄水涯
又有一我来諭我
詩是旧交無相遺
君無一事勝庸衆
君之為君独在茲
桃李無花同樗櫟
虎豹作鞹毋乃痴
外趨道学内行背
不如詩名千古垂
儒林文苑名雖異
要之学在不自欺

烟花《えんか》　雪月《せつげつ》　日《ひび》に追随《ついずい》す
多少《たしよう》の精神《せいしん》　無益《むえき》に耗《ついや》す
何《なん》ぞ早《はや》く悔《く》いざる　少壮《しようそう》の時《とき》
栩栩《くく》として自《みずか》ら安《やす》んじ　量《りよう》の狭《せま》きを見《み》る
只《た》だ須《すべから》く聖賢《せいけん》を奉《ほう》じて師《し》と為《な》すべしと
此《これ》を聞《き》き　慙恨《ざんこん》　容《い》るるに地《ち》無《な》し
火中《かちゆう》に投《とう》じ水涯《すいがい》に棄《す》てんと欲《ほっ》す
又《ま》た一我《いちが》の来《きた》りて我《われ》に諭《さと》す有《あ》り
詩《し》は是《こ》れ旧交《きゆうこう》　相遺《あいわす》るること無《な》かれ
君《きみ》　一事《いちじ》の庸衆《ようしゆう》に勝《まさ》る無《な》く
君《きみ》の君為《きみた》るは独《ひと》り茲《ここ》に在《あ》り
桃李《とうり》　花無《はなな》ければ樗櫟《ちよれき》に同《おな》じく
虎豹《こひよう》　鞹《かく》と作《な》らば乃《すなわ》ち痴《ち》なること毋《な》からんや
外《そと》に道学《どうがく》に趨《おもむ》きて　内《うち》に行《おこな》ひの背《そむ》くは
如《し》かず　詩名《しめい》の千古《せんこ》に垂《た》るるに
儒林《じゆりん》　文苑《ぶんえん》　名《な》は異《こと》なると雖《いえど》も
之《これ》を要《よう》するに　学《がく》は自《みずか》ら欺《あざむ》かざるに在《あ》りと

聞此我心還一変
欲棄欲存幾狐疑
又有一我勧中立
或存或棄分醇疵
両我所言有偏頗
一我所勧似無私
乃艾蕪雑棄廿巻
輯存数巻恰得宜
作詩祭詩詔詩曰
久矣哉君惑我教我羸
既交之君吾不拒
未交之君吾将辞
明年丙午吾不惑
君欲惑我術難施
次年丁未吾未怠
遠君応如旨酒与妖姫
今日以往君無至

此《これ》を聞《き》きて我《わ》が心《こころ》　還《ま》た一変《いっぺん》し
棄《す》てんと欲《ほっ》し　存《そん》せんと欲《ほっ》して　幾《いく》たびか狐疑《こぎ》す
又《ま》た一我《いちが》の中立《ちゅうりつ》を勧《すす》むる有《あ》り
或《あるい》は存《そん》し　或《あるい》は棄《す》て　醇疵《じゅんし》を分《わ》かてと
両我《りょうが》の言《い》ふ所《ところ》　偏頗《へんぱ》有《あ》り
一我《いちが》の勧《すす》むる所《ところ》　私《わたくし》無《な》きに似《に》たり
乃《すなわ》ち蕪雑《ぶざつ》を艾《か》り　廿巻《にじっかん》を棄《す》て
輯《あつ》めて数巻《すうかん》を存《そん》し　恰《あたか》も宜《よろ》しきを得《え》たり
詩《し》を作《つく》りて詩《し》を祭《まつ》り　詩《し》に詔《つ》げて曰《いわ》く
久《ひさ》しい哉《かな》　君《きみ》　我《われ》を惑《まど》はし我《われ》をして羸《つか》れ教《し》む
既交《きこう》の君《きみ》　吾《われ》は拒《こば》まず
未交《みこう》の君《きみ》　吾《われ》は将《まさ》に辞《じ》せんとす
明年《みょうねん》は丙午《へいご》　吾《われ》は不惑《ふわく》
君《きみ》　我《われ》を惑《まど》はさんと欲《ほっ》すれども　術《じゅつ》は施《ほどこ》し難《がた》し
次年《じねん》は丁未《ていび》　吾《われ》は未《いま》だ怠《おこた》らじ
君《きみ》を遠《とお》ざくること応《まさ》に旨酒《ししゅ》と妖姫《ようき》との如《ごと》くなるべし
今日以往《こんにちいおう》　君《きみ》至《いた》ること無《な》かれ

君至将捕附於丙丁児　　君至《きみいた》らば　将《まさ》に捕《とら》へて丙丁児《へいていじ》に附《ふ》さんとす

『梅墩詩鈔』の三編はこれで終つた。

『梅墩詩鈔』四編は弘化三年から始まる。此の年、旭荘四十歳。元日に昨年除夕の長篇に対して、また長篇を作つて詩を廃せぬ意を歌つた。

丙午元日　　丙午《へいご》の元日《がんじつ》

除夕已作祭詩詩　　除夕《じょせき》　已《すで》に詩《し》を祭《まつ》るの詩《し》を作《つく》れば
詩来入夢述答辞　　詩《し》来《きた》りて夢《ゆめ》に入《い》り　答辞《とうじ》を述《の》ぶ
梅墩子　梅墩子　　梅墩子《ばいとんし》　梅墩子《ばいとんし》
与我絶交一何痴　　我《われ》と交《まじわ》りを断《た》つ　一《いつ》に何《なん》ぞ痴《ち》なる
読否南華斉物論　　読《よ》むや否《いな》や　南華《なんか》の斉物論《せいぶつろん》
天籟之説知不知　　天籟《てんらい》の説《せつ》　知《し》るや知《し》らずや
明鏡常応未曽倦　　明鏡《めいきょう》は常《つね》に応《おう》じて　未《いま》だ曽《かつ》て倦《う》まず
卮言日出無已時　　卮言《しげん》は日《ひび》に出《い》でて　已《や》む時《とき》無《な》し
達人所観即如是　　達人《たつじん》の観《み》る所《ところ》は即《すなわ》ち是《かく》の如《ごと》し
何用抵死殫神思　　何《なん》ぞ用《もち》ひん　死《し》に抵《いた》るまで神思《しんし》を殫《つく》すを
無心作詩詩自至　　詩《し》を作《つく》るに心無《こころな》ければ　詩《し》は自《おの》づから至《いた》る
其快也可怡　　其《そ》の快《こころよ》き也《や》　怡《よろこ》ぶ可《べ》し

譬如雲破明月現
暑去清風吹
有心作詩為詩縛
其苦也可悲
譬如聚蛍照闇室
揺扇求微颸
梅墩子　梅墩子
汝言千載子雲難得期
口雖云爾心則否
好名一念毫不衰
与其与我成契闊
不如与名相忘無所縻
興来一日百召我
我輒相応不遅遅
無興一年不召我
我永屛跡竄天涯
胡為棄我旧来好

譬《たと》へば雲破《くもやぶ》れて明月現《めいげつあらわ》れ
暑《あつ》さ去《さ》りて清風吹《せいふうふ》くが如《ごと》し
詩《し》を作《つく》るに心有《こころあ》れば　詩《し》に縛《ばく》せ為《ら》る
其《そ》の苦《くる》しき也《や》　悲《かな》しむ可《べ》し
譬《たと》へば蛍《ほたる》を聚《あつ》めて闇室《あんしつ》を照《て》らし
扇《おうぎ》を揺《ゆ》らして微颸《びし》を求《もと》むるが如《ごと》し
梅墩子《ばいとんし》　梅墩子《ばいとんし》
汝《なんじ》は言《い》ふ　千載《せんざい》　子雲《しうん》を期《き》すること得難《えがた》しと
口《くち》は爾云《しかい》ふと雖《いえど》も　心《こころ》は則《すなわ》ち否《しか》らず
名《な》を好《この》むの一念《いちねん》　毫《ごう》も衰《おとろ》へず
其《そ》の我《われ》と契闊《けいかつ》を成《な》す与《より》は
如《し》かず　名《な》と相忘《あいわす》れて縻《つな》ぐ所無《ところな》きに
興来《きょうきた》れば一日《いちにち》に百《ひゃく》たび我《われ》を召《め》せ
我輒《われすなわ》ち相応《あいおう》じて遅遅《ちち》たらじ
興無《きょうな》ければ一年《いちねん》も我《われ》を召《め》さざれ
我永《われなが》く跡《あと》を屛《しりぞ》けて天涯《てんがい》に竄《かく》れん
胡為《なんす》れぞ　我《わ》が旧来《きゅうらい》の好《よし》みを棄《す》て

比以旨酒与妖姫
今後以我為紅友
不至使君酔如泥
以我為翠袖
不至蠱君為画眉
密于酒色淡于水
近之遠之莫不宜
我絶子乎子絶我
他日噬臍何可追
蘧然危坐吾忘我
今之責余者為誰
四顧尋索終不見
呼童出戸走跡之
童復命曰天方旦
応天門外万人馳
公兮侯兮具鹵簿
峨冠衝雲粛威儀

比《ひ》するに旨酒《ししゅ》と妖姫《ようき》とを以《もっ》てするや
今後《こんご》　我《われ》を以《もっ》て紅友《こうゆう》と為《な》すも
君《きみ》をして酔《よ》ひて泥《どろ》の如《ごと》くなら使《し》むるに至《いた》らじ
我《われ》を以《もっ》て翠袖《すいしゅう》と為《な》すも
君《きみ》を蠱《まどわ》して為《ため》に眉《まゆ》を画《えが》くに至《いた》らじ
酒色《しゅしょく》よりも密《みっ》に　水《みず》よりも淡《あわ》く
之《これ》を近《ちか》づくるも之《これ》を遠《とお》ざくるも　宜《よろ》しからざる莫《な》し
我《われ》　子《し》を絶《た》つか　子《し》　我《われ》を絶《た》つか
他日《たじつ》　臍《ほぞ》を噬《か》むも何《なん》ぞ追《お》ふ可《べ》けんと
蘧然《きょぜん》として危坐《きざ》し　吾《われ》は我《われ》を忘《わす》る
今《いま》の余《よ》を責《せ》めし者《もの》は誰《だれ》とか為《な》す
四顧《しこ》して尋《たず》ね索《もと》むるも　終《つい》に見《み》ず
童《どう》を呼《よ》び　戸《と》を出《い》で　走《はし》りて之《これ》を跡《たず》ねしむ
童《どう》　復命《ふくめい》して曰《いわ》く　天方《てんまさ》に旦《あ》け
応天門外《おうてんもんがい》　万人《ばんにん》馳《は》す
公《こう》や　侯《こう》や　鹵簿《ろぼ》を具《そな》へ
峨冠《がかん》　雲《くも》を衝《つ》きて威儀《いぎ》を粛《ととの》ふ

夫子之門無人跡
又無紅刺貼門楣
賀客総向朱門往
君言有客吾誰欺
噫嘻嗚呼我知矣
急掃書室具酒巵
呼曰今朝一年第一日
一家安穏百事熙
請先至者為上客
詩忽告曰某在斯

夫子《ふうし》の門《もん》　人跡《じんせき》無《な》く
又《ま》た紅刺《こうし》の門楣《もんび》に貼《は》る無《な》し
賀客《がきやく》は総《すべ》て朱門《しゆもん》に向《む》かひて往《ゆ》く
君《きみ》は客《きやく》有《あ》りと言《い》ふも　吾《われ》は誰《たれ》をか欺《あざむ》かんと
噫嘻《ああ》　嗚呼《ああ》　我知《われし》れり
急《きゆう》に書室《しよしつ》を掃《は》いて酒巵《しゆし》を具《そな》へ
呼《よ》びて曰《いわ》く　今朝《こんちよう》は一年《いちねん》の第一日《だいいちにち》
一家《いつか》安穏《あんのん》にして百事熙《ひやくじやわ》らぐ
請《こ》ふ　先《ま》づ至《いた》る者《もの》を上客《じようきやく》と為《な》さんと
詩《し》忽《たちま》ち告《つ》げて曰《いわ》く　某《それがし》は斯《ここ》に在《あ》りと

旭荘は詩と離れられぬ―即ち名利の妄想を断切して、全く詩人となるのであつた。

旭荘の心は大阪へ帰ることと一決した。その準備中に金を盗まれたりなどして、一層江戸に気を悪くしたやうに見え、坪井・伊東両老の強いて引止めるのを聞かず、今年八月、江戸を出発して大阪到着、淡路町に卜居して、以前の如く帷を垂れて子弟に教へた。

旭荘の江戸生活は足掛四年となる。その間最も親しく往来したのは坪井信道で、これに次ぐのが隣家の塩田順庵である。順庵は松園と号し、幕府の外班直医で、『海防彙議』四十巻を著はしたもの。増島蘭園の高弟であつたから、詩文の造詣も頗る深く、旭荘より二歳の年長。旭荘の詩を評して、「言はざるの情なく、写さざるの景なし。独り我が邦に比類なきのみか、これを海外に求むるも、また得やすからず」と云つてをる。この時、筒井鑾渓《らんけい》もまた旭荘の詩の長所を知つてゐた。『梅墩詩鈔』初編の序がそれである。旭荘は詩界の方面では、菊池五山や梁川星巌とも知り合ひ、斎藤拙堂・野田笛浦《てきほ》、特に大槻磐渓と親しかつた。磐渓は旭荘に長ずること七歳で、蘭学の元祖と云はれる玄沢老人の子、詩文では人に許さぬ頼山陽に許されたとて早くから名高く、識見もあり議論も逞しく、詩はまた長篇を好んで作つて、旭荘の行き方と同じものがあつたので、旭荘は力を極めてその詩を誉めてをる。が、実は旭荘に匹敵することは出来ない。当時の江戸詩界は、菊池五山が七十八歳の老宿、梁川星巌が玉池吟社を設けて覇権を握り、もう五十五六歳で、やがて「収㆓拾声名㆒便帰去。一簪白髪旧青山（声名《せいめい》を収拾《しゅうしゅう》して便《すなわ》ち帰《かえ》り去《さ》る。一簪《いっしん》の白髪旧青山《はくはつきゅうせいざん》）」と吟じて西帰したので、以後は二十七八歳なる大沼枕山が詩界の主盟の形になつたのである。もし旭荘が坪井・伊東の勧めによつて江戸に定住することとなつたなら、江戸詩壇は自然にその掌中に帰するのであつた。旭荘に匹敵するものがないからである。

さりながら旭荘の江戸生活にも大なる所得があつた。「須原屋茂兵衛に依りて、我朝一千年前の『類聚国史』等を始めとして、近世の『翁艸《おきなぐさ》』等に至るまでの写本四百余種凡そ数千冊を渉猟し、また筒井紀州の蔵書をかりて、『津逮秘書《しんたいひしょ》』『啓禎野乗《けいていやじょう》』等を始め、邦典漢籍二百余種を読み、また諸家に就いて西洋の訳書百余種を抄録せり」（旭荘の語）。これが大なる所得でなくて何であらう。

大阪に帰つた旭荘は、以前の豪爽に打つて換つて全く詩人の生活となつた。寓宅の世話を龍護上人にされて、

請看詩客飄零甚　　請《こ》ふ看《み》よ　詩客《しかく》の飄零《ひようれい》甚《はなは》だしきを
却使高僧覓我棲　　却《かえ》つて高僧《こうそう》をして我《わ》が棲《すみか》を覓《もと》め使《し》む

と吟じ、

愁如川至断時少　　愁《うれい》は川《かわ》の至《いた》るが如《ごと》く　断《た》ゆる時少《ときすく》なく
債似影随行処生　　債《さい》は影《かげ》の随《したが》ふに似《に》て　行《ゆ》く処《ところ》に生《しよう》ず

窮況想ふべく、

孤墳留恨在天涯　　孤墳《こふん》　恨《うらみ》を留《とど》めて天涯《てんがい》に在《あ》り
開至梅花又一期　　開《ひら》きて梅花《ばいか》に至《いた》る　又《ま》た一期《いつき》
寄語重泉須慰意　　語《ご》を寄《よ》す　重泉《ちようせん》　須《すべか》らく意《い》を慰《なぐさ》むべし
阿児今日已能詩　　阿児《あじ》　今日《こんにち》　已《すで》に詩《し》を能《よ》くす

何等の鍾情《しようじよう》ぞ。

酒醒窓未曙　　酒醒《さけさ》めて　窓《まど》は未《いま》だ曙《あ》けず
寥落雨中春　　寥落《りようらく》たり　雨中《うちゆう》の春《はる》
莫話升沈事　　升沈《しようちん》の事《こと》を話《はな》す莫《なか》れ
残燈愁殺人　　残燈《ざんとう》　人《ひと》を愁殺《しゆうさつ》す

一読暗愁自ら起る。

青雲悔夙企　青雲《せいうん》夙《はや》く企《くわだ》つるを悔《く》やみ
玄理喜晩聞　玄理《げんり》晩《おそ》く聞《き》くを喜《よろこ》ぶ
懲往書咄咄　往《ゆ》くに懲《こ》りて咄咄《とつとつ》と書《しょ》し
毖来欲云云　来《きた》るを毖《つつし》みて云云《うんうん》せんと欲《ほっ》す

ここに至りて我もまた身を顧みて無限の感に打たれる。

詩人として世に立つとすると、自作の詩集を印刷する必要がある。旭荘は窮乏の中に詩集の印刷に取りかかり、大阪へ帰つた翌年（弘化四年、四十一歳）十二月には『梅墩詩鈔』初編三巻の印刷が終り、二編三巻、三編三巻も続々としてその翌年（嘉永元年）の七八月頃迄に出来上つた。これと前後して『摂西六家詩鈔』『摂東七家詩鈔』が出板された—当時、清朝の『浙西六家詩鈔』が我国に渡つて流行して居たので、大阪書肆が早速利用して、浙を摂にふり向けて、摂津以西即ち大阪以西と、摂津以東即ち大阪以東と日本を二つに分けて、東西の詩人を撰択した。それにて撰択されたのが無論大家であるのである。摂東の七家は菊池五山を筆頭として、中島棕軒・梁川星巌・安積艮斎・斎藤拙堂・野田笛浦・大槻磐渓であつた。五山は年輩が高いが、その作に見るに足るもの少なく、棕軒・星巌は好敵手であるが、棕軒は星巌の錬に劣り、艮斎・拙堂・笛浦は何れも文章家で詩人ではない。摂西六家は篠崎小竹を筆頭として、広瀬淡窓・草場珮川・後藤春草・広瀬旭荘・阪井虎山で、この中に春草・虎山はさしたるものでなく、筆頭の小竹とて五山と対峙する上から来るだけで、詩人としては淡窓・旭荘・珮川の三人で、推し詰めると旭荘の才力が挺出してをる。そこで旭荘は摂西方面のみでなく、摂東に於ても、堂々たる詩人となるのである。同家の青村に「摂西六家詩評」があり、旭荘評に云ふ。

旭荘

先生の詩は、援引浩博にして、史伝を駆使する融洽《ゆうこう》極めて至り、痕迹《こんせき》を見《あら》はさず、奇正互ひに生じ、巨細皆な挙がり、俊爽整麗、音節琅然《ろうぜん》たり。要するに皆な一気単行して支蔓《しまん》を生ぜず。豈に其の家範を以て之を行ふにあらずや。五古は武将の髪を薙《な》ぎ、強いて数珠を撚《ひね》り、時に眼を張り臂《ひじ》を擐《かか》ぐる如く、また肉山脯林《ほりん》に入り、反つて菜俎《さいそ》を思ふが如し。七古は閣龍（コロンブス）の北亜墨利加《あめりか》を闢《ひら》くが如く、千古鑿空《さくくう》、博望（漢の張騫《ちょうけん》）の河源を視ること、真に児戯に類す。七律は桜花の清高は梅に遜《ゆず》り、富麗は牡丹に遜るも、しかも一種の気韻ありて、嫣然《えんぜん》一笑すれば百花色を失ふが如し。五律は釅蔑《そうべつ》が一言して善きが如く、五七絶は湖魚の井に入るが如く、鼻を傷つくを免れず。

と云ひ、六家の総評には、宋の六大文家を引きあて、小竹を欧陽永叔に、淡窓を蘇老泉に、珮川を曾南豊に、春草を蘇穎浜《そえいひん》に、旭荘を蘇東坡に、虎山を王半山に似てをると云つた。さう云ふ点もあるのである。

この時、『京摂名家評判記』が出て、京摂の名家小竹等十六人をこき下し、旭荘には―兄貴のかげで名高いが、詩は一向出来ぬが、家を大きくして山する事はお上手だ。―と云ふのである。

小竹や梅辻春樵・梁川星巌などは更にひどかつたので、星巌は町奉行に訴へて出た。作者は小田海僊・森田節斎だと云はれてをる。

旭荘は大阪再住以来、頗る窮迫を告げた。彼自ら記して云ふ――江戸の借財と通じて前後四百五六十金となれり。是に於て衣服膳椀を始め書籍に至るまで、悉く之を売れり。其時に一親交、困窮を哀訴し、金五両を借りて返さず。また一人、賊に逢うて官府に入るに衣なき由にて、金四両を借りて返さず。此二件などは、極々厄窮の中より人に借りて是を借し、他時の四五十金にもかへがたき程のことなれども、借れる者は左程には思はず。戊申（嘉永元年）の冬に至りては、我も詮方尽きて屢々死せんと思ふ程の苦なり。因て朋友格別の交りある人にも談じたれども、金銭のことに至りては、世話する風のみにて、実は一両も借す人なし。ただ菊池渓琴、三十両を借したり。翌年（同二年）は、大村侯より五十金程を賜はり、是れ債を償ふの始めとなりたり。其前より痛く倹を守り、飯を一日二合五勺に限り、冬は一綿衣、夏は一絺《ち》衣にして、辛亥（同四年）四十五歳の六月までに、五百余金の借財、一銭も遺さず悉《ことごと》くかへしたり。余が記憶薄くなりたるも、子を喪ふより起りたれども、半は借財に苦しみし故なり。――かくて旭荘は借財の処理をつけ、大阪を発して府内に至り、府内侯の為めに『克己編』を著はし、程なく帰郷した。この時に淡窓養子の身分を改めて本来の弟となり、子の林外を淡窓の養子として、家事についても一段落をつげた。村上仏山の詩集を読む長篇は、大阪に帰る舟中の作である。仏山は豊前稗田《ひえだ》の人、旭荘よりも三歳の年下。亀井昭陽の塾に時を同じうして居たこともあり、故郷に塾を開いて多数の門人を養成し、淡窓の宜園に次ぐ評判があつた。その詩は旭荘と同じく長篇が多いが、才力は旭荘に匹敵すべくもない。この年、旭荘はまた草場珮川の詩集に題する長篇を作つた。珮川は淡窓と最も親しく、年配・文学並び高く、無論旭荘の大先輩である。

この年（嘉永四年）五月、篠崎小竹が歿した、享年七十一歳。旭荘は小竹を知己と云つてゐたから、寂寞の感に打たれたと思はれる。当時大阪の芸苑は、懐徳書院衰微して小竹の擅場《せんじょう》であつた。養父三島が安永年間に梅花社を開いて後、小竹に至つては詩・文・手蹟の三拍子が揃つて居り、ことに頼山陽の歿後は京摂に肩を比べるものとてなく、従つて収入も多くなり、銅臭儒者との評判も高いが、その才学は何と云つても相応である。門人が多く、中に四天王とて奥野小山・安藤秋里・橋本香坡・加藤訥堂《とつどう》がある。訥堂は小竹の養子となり、竹陰と号を改めた―山陽門の後藤春草（また松陰と号す）は小竹の愛壻《あいせい》で、小竹の歿後は大阪の文権を握る程に見えた。外には藤沢東畡《とうがい》がをり、泊園書院を開いたが、文名はさまで高くなかつた。

『梅墩詩鈔』四編は、嘉永六年―旭荘四十七歳―の年末に至つて終を告げた。私もここで一応擱筆する事とする。

旭荘は『梅墩詩鈔』四編の終つた嘉永六年より後十年間は依然として筆硯生活を続け、文久三年八月、大阪池田の寓居で歿した、享年五十七歳。茶臼山の邦福寺に葬る。この十年間は徳川幕府が瓦解して王政維新となる最も複雑な最も困難な時であつた。旭荘の意見は羽倉簡堂等と大体同じく、皇室を尊崇して幕政を維持し、そして外国と交渉し、時に依り勢を利して、開港か鎖国かを決定せんとしたのであるまいか。その著した『識小篇』は、かかる問題の解決に役立つものと思はれるが、私は一見の機会がないので何とも云はれぬ。もしさうだとすると、尊攘の志士から白眼《にら》まれる虞《おそれ》がある。旭荘に歴代の御謚号を製定せんとする意見があつたと思はれるが、さう云う虞の為め予防線を張つたのではなかつたか。『梅墩詩鈔』五編三巻は編修已に終り、藤森弘庵の序文もあり、出板の手配となつてゐたが、遂に出板しなかつたのは時勢に顧慮するところから来たのであらう。

旭荘晩年の十年間

安政元年（四十八歳）米国使節再び浦賀に来る、和親条約締結。越前に游び、また播磨・美作・伯耆・出雲に游ぶ。
〃　二年（四十九歳）越前に游ぶ。
〃　三年（五十歳）淡窓病あり、見舞の為め帰郷、大阪に帰るや、その病歿を聞いて再帰郷。
〃　四年（五十一歳）大阪に帰り、更に山陽諸国に游ぶ。
〃　五年（五十二歳）安政の獄起る。梁川星巌歿す。帰郷、尋で大阪に帰る。
〃　六年（五十三歳）越前・加賀に游ぶ。
万延元年（五十四歳）桜田門の変。能登・飛驒に游ぶ。
文久元年（五十五歳）日田に帰り、別宅を会所山に築く。
〃　二年（五十六歳）坂下門の変、生麦の変。大阪に帰る。羽倉簡堂歿す。

〃　三年（五十七歳）家茂将軍入京。加茂・石清水行幸。長藩、外国軍艦砲撃。英艦、薩摩に入る。八月歿。

旭荘は大阪・江戸にをり、北越・山陰・山陽を游歴した。これは宜園の宣伝に効果のあつたのは無論である。また晩年の十年間は多事多難の時局であつたので、その懐抱した意見に相当のものもあつたと思はれる。しかのみならず、交游に俊才が多く、—長州方面に交游が多かつたから、これを調べたならば何か発見するものがあらう。旭荘の人となりに就き、淡窓は蕭穎《しようえい》士《し》の風ありと云つてをる。蕭穎士は唐の玄宗時代の名高い系図学者、能く奴僕を鞭《むち》つが、奴僕は決して逃げ去らぬ。主人の美点を知つてをるからであつた。旭荘の燥急な性質は、亡妻記念の為めに書いた『追思録』に見える。一家は何れも世故に長け、そして実務に堪能である。この方面で傑出したのが次兄南陔で、よほどの手腕を持つてゐた。旭荘が少年時代より経世に志があつたのは、さう云う家風から来るのであつて、従つて学究迂遠の弊がなく、活識に富み、当時に於て西洋の訳書を博く読んだ。五古の「放言」は旭荘見地の一斑を見るに足りる。

旭荘の晩年は、游歴と共に人才の取立に心を労した。柴秋村や長三洲等がその撰である。

柴秋村　阿波徳島の人。年少、江戸に出て大沼枕山に学んだが才を認められず、困窮して羽倉簡堂の門を敲《たた》き、簡堂より紹介せられて旭荘に従游した。旭荘はその才を愛して、自分の少年時代の号「秋村」を与へて寵異《ちようい》した。詩才俊敏、長篇を得意とし、河野鉄兜《てつとう》と親交を結んだ。明治四年、四十二歳の壮年で歿したのは惜しい。

長三洲　豊後日田の人。祖・父（梅外）三代を通じて淡窓に学んだ。河野鉄兜が西游して三洲の才学を認めて旭荘に話したので、旭荘は三洲を大阪に呼びよせて、塾の都講とした。『九桂草堂随筆』は旭荘の口授を三洲が筆受したものである。三洲は後に長藩の明倫館に関係し、更に奇兵隊に入り、明治の初めには越後口に向ふなどの戦功もあり、文人としては珍しい経歴を持つた人である。詩は淡雅の趣に富み、淡窓の衣鉢を伝へたと云はれ、書も画も何れも好い。木戸松菊に知られ、その歿後は官海を去りて文墨生活に入り、明治二十八年六十三歳で歿した。

宜園門下でなく、しかも能く旭荘と提携してゐたのは河野鉄兜である。鉄兜は播磨林田の人。旭荘は手柬を林外に与へて云ふ―時に播州林田の儒官河野俊蔵（鉄兜）今年廿九、誠に英物也。星巌の入室弟子、詩は出藍と申す評判、文も相称ひ、天下の諸儒を歴詆《れきてい》、詩は星巌を揚げて、我社を毀り候。六郎（秋村）度々出会ひ論じ候。互に相畏れ候。屢々来訪、退いて、旭翁の詩は何れ白石・蜺巌等同様に後世人申すべし。しかし乍《なが》ら我は取らざる也。但『川浚へ』其外、『学校議』『識小篇』『克己編』等の書を読んで、其学問の切実掩通は、当今無双也と申候由。是も其方共（林外等を指す）の畏友。六郎（秋村）は、生涯未見の英才は此人也と毎度申候。―鉄兜は九州に游んで日田に淡窓を訪ひ、その時に三洲と出逢うたのであつた。この人は三人の中、年は最も長じてゐた。惜しいことには慶応三年四十三歳で歿した。

英才と云ふと旭荘の子林外はなかなかの英才であつた。旭荘の歿した時は已に二十七歳となり、淡窓の養子として宜園を管理してゐた。詩は淡・旭二翁と異なりて唐調を学び、沖淡の中に一種の雅麗があり、文は簡潔を主とし、しかも筆力あるものであるが、三十九歳で歿したので、その才華を尽さぬものがあり、実に惜しむべし。

旭荘の著述は、前記『梅墩詩鈔』十二巻が出板された外、『九桂草堂随筆』十巻、『塗説』二巻、『追思録』一巻が『日本儒林叢書』に収められてゐる。林外の手記に拠れば、『梅墩詩鈔』五編三巻、『梅墩文鈔』六巻、『梅墩随筆』二巻、『明史小批』二巻、『克己編』一巻、『識小篇』一巻、『日間瑣事備忘録』二百巻、未脱稿十余種とある。これ等の遺稿は一つも遺失せずして日田の広瀬氏に保存せられてをると聞く。好き機会に未刊著述を成るべく多く出板せんことが望ましい。

旭荘の事蹟は、『日間瑣事備忘録』を見るのが何より好い。これは旭荘が二十七歳（天保四年）から筆を起し、四十九歳（安政二年）に至るまで、世道の変革、交游の存歿等、遺すところなく書き留めたもので、写本が大阪図書館にあるから閲覧に便利がある。次に『九桂草堂随筆』は『瑣事録』の補遺で、往事の追叙と議論を多く書いたのが違ふ点である。また前年出版された『広瀬淡窓旭荘書簡集』は、晩年の旭荘を知るに就いて絶好の資料である。

〔第三十四号「広瀬旭荘（下）」〕

遠山雲如

私は柏木如亭を書いて間もなく遠山雲如《とおやまうんじょ》を書かうとした。遠山雲如は梁川星巌門下の詩人で、四傑といはれたものであるが、この人も如亭と同じく江戸の人で、詩を生命となし、また如亭と同じく花月の遊に耽り、如亭と同じく地方を漫遊し、最後にまた如亭と同じく京都で歿した。その性質は如亭ほどに辛辣でなけれども、その一生が余りにも能く似通つたものがあるのである。

雲如は如亭を慕つていた。京都に遊ぶや先づ鳥部山なる如亭の墓を訪うて一詩を賦してその霊を弔うた―如亭歿後の三十七年―。

　訪如亭山人埋骨処
落魄燕都全盛春
千春買笑不憂貧
青山傲骨終堪瘞
紅粉奇才儘可親
座遇迂儒多罵詈

　如亭山人埋骨処《じょていさんじんまいこつしょ》を訪《と》ふ
落魄《らくはく》す　燕都《えんと》全盛《ぜんせい》の春《はる》
千春《せんしゆん》　笑《わらい》を買《か》ひて貧《ひん》を憂《うれ》へず
青山《せいざん》　傲骨《ごうこつ》　終《つい》に瘞《うず》むるに堪《た》へたり
紅粉《こうふん》　奇才《きさい》　儘《ま》ま親《した》しむ可《べ》し
座《ざ》に迂儒《うじゆ》に遇《あ》へば　罵詈《ばり》多《おお》く

詞無套語見精神　詞《し》に套語《とうご》無《な》く　精神《せいしん》を見《み》る
也応泉下憐同病　也《ま》た応《まさ》に泉下《せんか》に同病《どうびょう》を憐《あわ》れむべし
短視如今有替人　短視《たんし》　如今《じょこん》　替人《ていじん》有《あ》り

この詩、六句は如亭の人となりを述べ、末の二句にて、能く似通つた性質でしかも短視の点までも似た自分を、如亭は我が二代目だと泉下に同病を憐んでをるであらうといふのであるが、如亭の短視は頼山陽も書いてをり、菊池五山は富士山の半腹で雨に逢つて大いに苦しんだ如亭をからかつて、

短視先生凭几時　短視先生《たんしせんせい》　几《つくえ》に凭《よ》る時《とき》
熒熒三寸紙相離　熒熒《けいけい》たる三寸《さんずん》　紙《かみ》と相離《あいはな》る
而今誤用看書法　而今《じこん》　誤《あやま》りて書《しょ》を看《み》るの法《ほう》を用《もち》ひ
不道看山遠自宜　道《い》はず　山《やま》を看《み》るに遠《とお》きこと自《おの》づから宜《よろ》しと

といつてをる。雲如は如亭の二代目と思つてをるらしい。但し雲如のこの詩は『京塵集』にも『遺稿』にも見えぬが、中根香亭はどうして手に入れたのか、その『零砕雑筆』に収めてある。私の持つてをる雲如の材料は、上総流転以来京都臨歿までの詩集であつて、それ以前に初集・第二集との二つが上木されてをるが未だ手に入らぬので、雲如の前半生―三十歳以前の事蹟は、家里松嶹《いえさとしょうとう》の書いた小伝に依る外はない。

雲如、名は濬《たん》、別号は裕斎、江戸の人。父を小倉大輔といひ、もと越中の人であるが、江戸

に移住して家道が盛んだといふから、或は富商でなからうか。文化七年その第三子として生れた。如亭よりは四十歳ほど年齢の差がある。遠山を称するのは母方の附籍となつていたからで、母は上総長生郡東郷村の生れである。幼年の時から詩が好きで、大窪詩仏や菊池五山の門に出入し、十六歳の時には『寰内奇詠《かんないきえい》』を著はした。それから道士となるとあるが、修験者となつたのか、いくばくならずして再び書生となつて長野豊山の門に入つた。藤森弘庵が雲如の十六七歳の頃を知つてをるのはこの時の事であつた。一二年後、蔵前の小吏となつたが、当時梁川星巌は玉池吟社を神田お玉ヶ池に設けて詩名が一時に喧伝された。詩の好きな雲如は持つて生れた性質を発揮して役人を罷《や》め、星巌の門に入つて吟詠に耽つたのみならず、花柳の巷に出入し、妓を連れて各所に遊びまわるといふ有様であつたので、家産は忽ち蕩尽して仕舞つた。

雲如が星巌の門に游んだのは何時頃かといふと、はつきり分らぬが『星巌丁集』に、天保九年、「満城風雨近㆓重陽㆒」を首句として遠山雲如・横山子達（後の小野湖山）と詩を作つた事が見える。これが雲如の名の『星巌集』に見えた初めであつて、星巌は五十歳、雲如は二十九歳である。歳晩には雲如が祭詩会を催し、星巌も赴き会して、「枯魚濁酒貧家祭。山性雲情隠者詩（枯魚濁酒貧家《こぎよだくしゆひんか》の祭《まつり》。山性雲情隠者《さんせいうんじよういんじや》の詩《し》）」といつてをるところを見ると、雲如の生活が想見される。それから二年後の天保十一年には、雲如は江戸を去つて上総の長柄《ながら》郡一松《ひとつまつ》へ行つた。中村敬宇の「片岡篤庵墓銘」に、上総長柄郡一松の人、兄鶴栖《かくせい》と共に水雲吟社といふ詩社を結んで、竹内雲濤《うんとう》や遠山雲如を聘したとあるが、雲如の『水雲吟社詩』に、片岡鶴栖の弟に洗耳《せんじ》・蟹村《かいそん》の二人あり。篤庵はその中の誰なるかが分らぬ。また片岡氏には、晩晴・松宇の兄弟と鼇山《ごうざん》といふ人もあるが、何れも一松の人であらう。雲如が此の地へ来た因縁は、彼が母の出生地であることがその一つであつて、そしてこれ等一団の田舎詩人の聘を受けたのであらう。さりながら雲如等が率然としてこの一団から聘を受ける事もあるまい。篤庵は市河米庵の門に入つて書を学んだといふ事であるから、この人が江戸に游学していて、星巌の玉池吟社にも知人があつて、それから雲如等を聘する因縁となつたのであらう。而して雲如が先づ游び、次に雲濤が游んだ事は小野湖山の雲濤を送つた詩で分る。

雲如は一松に来てから幾程もなく本納（帆丘《ほのお》）へ移り、また川場へ移つた。何れも一松に遠からぬ処である。星巌が訪うた雲如の寓居は川場であつて、後、森春濤が上総へ游んで、雲如の故寓を過ぎて詩を作つてをるのを見ても明かである。雲如の川場へ移つたのは、東金の人河野秋錦と懇意となり、またその附近に詩の門人も多くなつたので、東金へ近くまた一松とも余り遠からぬ川場へ移つたのである。東金には八津《やつ》の池とて、山の間に水を瀦めて置く池があり、春夏の交、柳枝は煙の如く、蓮花は白玉を散すが如く風光の佳いところであるから、雲如はこの池を八鶴湖《はつかくこ》と命名した。津は鶴と邦訓が通ずるから、かく風雅な字面を借用したのである。雲如はこの池の詩を作り「東金郭外小西湖」を結句とした。

天保十二年、星巌東遊の折、雲如の案内で東金に遊び、この結句を自作の結句に用ひ、また雲如の寓居に題する七律を作つた。その小序にいふ―雲如嘗つて予が玉池吟社に参ぜしが、甚だ書を読まず、しかも詩才は清穎絶倫なり。酒を飲むこと度なし。一旦、家を携へて南総に薄遊し、遂に海澨《かいぜい》に卜居して漁人と混処し、酔吟して日を渉《わた》る。また一個の賽天随《さいてんずい》なり―雲如の面目が躍々としてをる。星巌と共に八鶴に遊んだ河野士貞は即ち秋錦であつて、家は土地の素封家、星巌が東金で杜詩を講じたのは、秋錦の静観楼ではなかつたか。

星巌の遊んだ翌年、雲如は川場から蟹路《かにみち》に卜築し、蟹紅魚白処《かいこうぎよはくしよ》と名づけた。『卜居集』はその記念である。蟹路といふのは一松附近の小字である。この集の開巻第一に在る五古は、七律を工みにして古体を多く作らなかつた雲如としては誠に能く出来てをる。

蟹紅魚白処卜築功
成因述其事以代簡
寄江戸諸故人

宦海何其危
風波不可渡
至哉天随子
畢生交鷗鷺
我亦澹蕩人
倏然揮袂去
買此二頃田

蟹紅魚白処《かいこうぎよはくしよ》、卜築功成《ぼくちくこうな》る。因《よ》
つて其《そ》の事《こと》を述《の》べ、以《もつ》て簡《かん》に
代《か》へ、江戸《えど》の諸故人《しよこじん》に寄《よ》す

宦海《かんかい》　何《なん》ぞ其《そ》れ危《あや》うき
風波《ふうは》　渡《わた》る可《べ》からず
至《いた》れる哉《かな》　天随子《てんずいし》
畢生《ひつせい》　鷗鷺《おうろ》に交《まじ》はる
我《われ》も亦《ま》た澹蕩《たんとう》の人《ひと》
倏然《ゆうぜん》として袂《たもと》を揮《ふる》ひて去《さ》る
此《こ》の二頃《にけい》の田《た》を買《か》ひ

聊成物外趣
当窓濃澹山
繞屋扶疎樹
平居何所親
時与樵漁遇
礼法已不問
寧復有毀誉
筆硯亦無用
只能設釣具
維舟密竹湾
沽酒津橋路
一曲滄浪歌
我其与誰晤

聊《いささ》か物外《ぶつがい》の趣《おもむき》を成《な》す
窓《まど》に当《あ》たる　濃澹《のうたん》の山《やま》
屋《おく》を繞《めぐ》る　扶疎《ふそ》の樹《じゅ》
平居《へいきょ》　何《なん》の親《した》しむ所《ところ》
時《とき》に樵漁《しょうぎょ》と遇《あ》ふ
礼法《れいほう》　已《すで》に問《と》はず
寧《なん》ぞ復《ま》た毀誉《きよ》有《あ》らん
筆硯《ひっけん》も亦《ま》た用無《ような》く
只《た》だ能《よ》く釣具《ちょうぐ》を設《もう》く
舟《ふね》を維《つな》ぐ　密竹《みっちく》の湾《わん》
酒《さけ》を沽《か》ふ　津橋《しんきょう》の路《みち》
一曲《いっきょく》　滄浪《そうろう》の歌《うた》
我其《われそ》れ誰《だれ》と晤《あ》はん

雲如は蟹紅魚白処に幾年を過ごした後、またしても広瀬へ移転し、嘉永二年の秋ここから江戸へ帰つたのである。上総へ来てから、江戸へは二十里程のところであるから、幾度か帰つたと思はれるが、前後十年間を此の地に過ごして、三十歳の壮年も、両鬢《りょうびん》に霜を見る四十歳で漸く江戸へ帰つたのである。

この十年間、雲如を尋ねて来た江戸の友人も多かつたが、嶺田《みねた》楓江《ふうこう》が最も注意される。楓江は田辺藩士で江戸で生長し、星巌の玉池吟社の一人なるが、雲如の玉池吟社に入つた天保九年には藩を脱して浪人となり、その歳晩には房州の海岸にいた。この年、小野湖山は始めて漫遊を試みて常陸に行き、歳晩に江戸へ帰つたが、大へん苦労をしたので、旅の苦労を知らぬ楓江を懐ひ出して六律を作り、翌年には房州へ二度も遊んで楓江を東条村に尋ねた。楓江が雲如を尋ねたのは、その翌年か翌々年—天保十一年或は十二年—で、雲如の上総へ行つて間もない時であらう。十二年の冬、大沼枕山は「苦寒歌」を作つて楓江の松前に在るのに寄せてをるが、楓江の松前へ行つたのは蝦夷地の情況を視察するにあつて、それから間もなく長崎遊学に出かけたからである。後に楓江は（雲如の江戸へ帰つた年）『海外新話』を著はし、官許を待たずして出板した咎《とが》に依つて押込められ、赦に遇うて上総の木更津附近なる請西村《じようざい》に来たのも、前に房州にいた関係からであるまいか。かくて楓江は上総に長く居住して子弟を教育し、門下に幾多の俊秀を出し、明治十六年に物故した。その記念碑は魏然《ぎぜん》として東金に近い茂原に建立されてをる。竹内雲濤は幾度か遊びに来たやうだ。最初は湖山の「若見二遠生一煩二寄語一莫下将二踪跡一学中浮萍上（若《も》し遠生《えんせい》を見《み》て寄語《きご》を煩《わずら》はさば、踪跡《そうせき》を将《も》て浮萍《ふひよう》を学《まな》ぶこと莫《なか》れと）」といふ詩を作つて、雲如に寄せた時である。この人は小倉藩医の子であるが、籍を削られて四方を漫游し、非常な酒好きで、自ら酔死道人と号した。詩を星巌に学び、作るところは飛動の趣がある。雲如と親しかった上総の詩人は、前に述べた秋錦の外、斎藤拳石《けんせき》・安川柳渓・飯高霞丘などが地方人として相当なる人物である。拳石は四天木《してんぎ》の土豪で、美濃の斎藤道三の後裔と称せられ、地曳網の網主で書画を好み、書家・画家・詩人等何れもこの家に足を留めていた。その画は今日に於て南画の高い処へ上つているといふ事である。また柳渓・霞丘も詩を能くし画にも精しく、山水も花鳥もよほど手に入つたものである。

田園の生活を叙した雲如の詩はなか〳〵好い。

新居雑詠

野意村情日日濃
種花移石未曾慵
喜他問字頻齎酒
咲我非官亦勧農
山雨催詩鳴密竹
渓風吹夢入疎松
誰云道地閑難得
抛擲浮名便可逢

新居雑詠《しんきよざつえい》

野意《やい》　村情《そんじよう》　日日《ひび》に濃《こま》やかに
花《はな》を種《う》ゑ石《いし》を移《うつ》して　未《いま》だ曾《かつ》て慵《ものう》からず
喜《よろこ》ぶ　他《た》の字《じ》を問《と》ひて頻《しき》りに酒《さけ》を齎《もたら》すを
咲《わら》ふ　我《われ》の官《かん》に非《あら》ずして亦《ま》た農《のう》を勧《すす》むるを
山雨《さんう》　詩《し》を催《うなが》して密竹《みつちく》に鳴《な》り
渓風《けいふう》　夢《ゆめ》を吹《ふ》いて疎松《そしよう》に入《い》る
誰《たれ》か云《い》ふ　道地《どうち》　閑《かん》を得難《えがた》しと
浮名《ふめい》を抛擲《ほうてき》して便《すなわ》ち逢《あ》ふ可《べ》し

水村夜帰

釣罷江村興有餘

水村夜帰《すいそんやき》

釣罷《つりや》めて　江村《こうそん》　興余《きようあま》り有《あ》り

清沙試歩落潮初
両三点火是撈蟹
五六隻船皆売魚
莎露褰裳侵厭浥
水風吹酒任銷除
帰来也愛吾廬好
半壁月明桐葉疎

夏日寓居雑題

世事飛蠅過耳喧
我能揮袂在山村
蘋風冉冉香侵席
秧水看看緑到門
悟後何求仙術誕
眼前只識布衣尊
農書一巻供窓課
亦道先生不素飧

清沙《せいさ》　歩《ほ》を試《こころ》む　落潮《らくちょう》の初《はじめ》
両三《りょうさん》の点火《てんか》　是《こ》れ蟹《かに》を撈《すく》ひ
五六《ごろく》の隻船《せきせん》　皆《み》な魚《うお》を売《う》る
莎露《さろ》　裳《も》を褰《かか》げて厭浥《ゆうゆう》を侵《おか》し
水風《すいふう》　酒《さけ》を吹《ふ》いて銷除《しょうじょ》に任《まか》す
帰来《きらい》　也《ま》た愛《あい》す　吾《わ》が廬《ろ》の好《よ》きを
半壁《はんぺき》に月《つき》は明《あか》るく　桐葉疎《とうようそ》なり

夏日寓居雑題《かじつぐうきょざつだい》

世事《せじ》　飛蠅《ひよう》　耳《みみ》を過《す》ぎて喧《かまびす》し
我《われ》　能《よ》く袂《たもと》を揮《ふる》ひて山村《さんそん》に在《あ》り
蘋風《ひんぷう》冉冉《ぜんぜん》として香《かおり》は席《せき》を侵《おか》し
秧水《おうすい》看《み》る看《み》る緑《みどり》は門《もん》に到《いた》る
悟後《ごご》　何《なん》ぞ求《もと》めん　仙術《せんじゅつ》の誕《たん》なるを
眼前《がんぜん》　只《た》だ識《し》る　布衣《ふい》の尊《とうと》きを
農書一巻《のうしょいっかん》　窓課《そうか》に供《きょう》し
亦《ま》た道《い》ふ　先生《せんせい》　素飧《そそん》ならずと

九十九里の魚獲の状は、写し得て真に迫る。

九十九里雑吟

怒鯢相逐躍潮頭
魚気吹腥紛不収
漆黒漁郎何胆力
攙先一走上漁舟

瞥見瓜皮擲浪堆
櫓枝声急水煙開
誰将巨網幾千丈
包括銀鱗万斛来

粉壁青松漁長家
漁児来報獲殊多
盛装闊歩出門去
意気逢人問奈何

九十九里《くじゅうくり》雑吟《ざつぎん》
怒鯢《どげい》相逐《あいお》ひて潮頭《ちょうとう》に躍《おど》り
魚気《ぎょき》　腥《せい》を吹いて紛《ふん》として収《おさ》まらず
漆黒《しっこく》の漁郎《ぎょろう》　何《なん》の胆力《たんりょく》ぞ
攙先《ざんせん》　一走《いっそう》して漁舟《ぎょしゅう》に上《あが》る

瞥見《べっけん》す　瓜皮《かひ》　浪堆《ろうたい》に擲《なげう》つを
櫓枝《ろし》　声急《こえきゅう》にして　水煙《すいえん》開《ひら》く
誰《たれ》か巨網《きょもう》幾千丈《いくせんじょう》を将《もっ》て
銀鱗万斛《ぎんりんばんこく》を包括《ほうかつ》し来《きた》る

粉壁《ふんぺき》　青松《せいしょう》　漁長《ぎょちょう》の家《いえ》
漁児《ぎょじ》来《きた》り報《ほう》ず　獲《う》ること殊《こと》に多《おお》しと
盛装闊歩《せいそうかっぽ》して門《もん》を出《い》で去《さ》り
意気《いき》　人《ひと》に逢《あ》へば奈何《いかん》を問《と》ふ

雲如は十年振りで故郷なる江戸へ帰つて来た。その土産ともいふべきは『雲如山人集』二巻、七律一百首・七絶一百余首である。そして谷中に卜居した。星巌は五年前（弘化二年）帰郷して、間もなく京都に居を構えた。江戸では枕山が下谷にいて、詩人として売り出した。そこで雲如は枕山に相談して生計を立てやうとした。翌年の春、『墨水四時雑詠』三十律を作つて出板した。この年、雲如は夫婦で伊香保へ一遊を試みた。森春濤の贈詩があるからそれと知れる。夫婦で漫遊に出かけるのは星巌からであるが、雲如も真似てをるのである。春濤は枕山の友人で、始めて東遊を試み、函根《はこね》で長槍大馬《ちようそうたいば》の詩を作つて江戸へ入り、枕山を尋ねた時に雲如と交訂したと思はれる。

いくら大江戸でも詩人としては生計の立てやうがない。雲如はまたしても地方へ出遊せねばならなくなつた。相模の厚木に斎藤湘翁といふ人があり、二人の子藍江《らんこう》・硯農《けんのう》がみな詩が好きだ。雲如は湘翁を東道の主人として、厚木に移住する事となつた。この二十一二年前に、渡辺崋山が厚木に游んだ日記がある。それに依ると、厚木は相模川の船便を土台として、薪炭を山口から積出して江戸へ送り、また塩や乾鰯《ほしいわし》を三浦半島・房総地方から受け取つて、信甲の山中に運び、なか〳〵富裕の町である。雲如の東道の主人となつた湘翁は三十歳位の手習師匠で、唐沢蘭斎という医者の外、この町では眼に文字あるものが無かつたとのことである。しかるに雲如の編んだ『湘雲詩鈔』には、詩を作るものが三十四五人も出来たので、時代の進歩は争はれぬものである。翌くる六年の六月、アメリカ使節のペリーが浦賀に来た。雲如も時局の影響を受けて、「夷船来」などの詩を作つて緊張したやうだが、熱海温泉に浴したり、杉田に梅花を賞したりする余裕もあつた。厚木に於ける彼の情況はかうである。

冬日客寓雑興

妻能兼婢事還便
一任寒厨午未煙
懶性却成高士態
狂懐敢受俗人憐
松窓闘茗妨僧定
山市屠猪費酒銭
霜色無端触奇気
饑鷹眼鋭草枯天

冬日雑吟

老懶経旬閉戸居
畏寒我更愛吾廬
探梅有約期何緩
乞米無方帖漫書
葉積墻凹栖乳犬
萍枯水裔認跳魚

冬日客寓雑興《とうじつきゃくぐうざっきょう》

妻《つま》は能《よ》く婢《ひ》を兼《か》ねて　事《こと》還《ま》た便《べん》なり
一任《いちにん》す　寒厨《かんちゅう》　午《ひる》に未《いま》だ煙《けむり》たたざるを
懶性《らんせい》　却《かえ》って成《な》す　高士《こうし》の態《たい》
狂懐《きょうかい》　敢《あ》へて受《う》く　俗人《ぞくじん》の憐《あわれみ》
松窓《しょうそう》　茗《ちゃ》を闘《たたか》はせて僧定《そうじょう》を妨《さまた》げ
山市《やまいち》　猪《いのしし》を屠《ほふ》りて酒銭《しゅせん》を費《ついや》す
霜色《そうしょく》　端無《はしな》くも奇気《きき》に触《ふ》る
饑鷹《きよう》　眼鋭《まなこするど》し　草枯《くさか》るる天《てん》

冬日雑吟《とうじつざつぎん》

老懶《ろうらん》　旬《じゅん》を経《へ》て戸《と》を閉《と》ぢて居《お》る
寒《かん》を畏《おそ》れて　我《われ》　更《さら》に吾《わ》が廬《いおり》を愛《あい》す
梅《うめ》を探《さぐ》る約有《やくあ》り　期《き》　何《なん》ぞ緩《ゆる》めん
米《こめ》を乞《こ》ふ方無《ほうな》し　帖《じょう》　漫《まん》に書《しょ》す
葉《は》　墻凹《しょうおう》に積《つ》みて乳犬《にゅうけん》を栖《す》ましめ
萍枯《ひょうか》れて　水裔《すいえい》　跳魚《ちょうぎょ》を認《みと》む

冬烘始信黄綿煖
坐到西窓夕照餘

冬烘《とうこう》 始《はじ》めて信《しん》ず 黄綿《こうめん》の煖《あたたか》きを
坐《ざ》して到《いた》る 西窓《せいそう》 夕照《せきしょう》の余《よ》

雲如の厚木で出来た詩を『湘雲詩鈔』といひ、それに門下の詩を幷《あわ》せ録して、文久三年に出板した瀟洒な小本四巻がある。安政二年には八王子に転居した。同地の槍隊士に門人が多かつた。翌三年日光山に游び、山を下つて足利に行き、高久隆古《たかくりゅうこ》に逢つた。館林に出ると、ここには曳尾《えいび》吟社があるので、吟社の諸子と応酬し、一先づ八王子へ帰つたが、四月再び日光に游び、「日光山七瀑《しちばく》」の詩を作り、更にまた館林に行って曳尾吟社の諸子と応酬し、冬、これ等の詩を一纏《ひとまと》めとし、『晃山游草《こうざんゆうそう》』と題して出板した。巻中の詩は、范石湖の「夏日田園雑興」に次韻したものが面白い。この年臘月《ろうげつ》、雲如は詩を又山《ゆうざん》詩屋に祭つた。恐らく八王子の寓居であらう。その詩の中に京都へ游ばうとする意が明かにされてをる。彼は江戸へ帰り、弟の家に宿した詩があるが、この年の事であらう。

翌安政四年、雲如は老師星巌の起居を候し、かつ上国の風光を賞すべく京都に向ひ旅立つた。山妻も無論伴なつてをる。尾張一ノ宮で森春濤を尋ねたと思はれ、春濤が雲如に贈つた六律がある。春濤は藤本鉄石と因縁がある。雲如が京都に行つて鉄石を東道主人としたのは、恐らく春濤の紹介であろう。この年、星巌は江戸より西帰して最早や十三年となつた。詩名益々高く芸苑称して第一人とするに至つたが、それにて満足すべくもなく、仏書をも読み、特に陽明学に心酔して研究するところがあり、また老来熱血愈々《いよいよ》熱を加へ、尊王攘夷の実際方面にも深く立ち入り、星巌の真骨頂は明々白々となつて来た。

雲如の京都に入つたのは、この年の春であろう。

入京日偶題酒家壁

跡趁萍蓬不在家
半生閲歴付空花
風雲関左説形勢
絲竹鴨東歎鬢華
隔水青山含宿雨
倚欄紅袖奪残霞
旗亭題壁同鴻爪
珍重何求掩碧紗

京《きよう》に入《い》る日《ひ》、偶《たまたま》酒家《しゆか》の壁《かべ》に題《だい》す

跡《あと》は萍蓬《ひようほう》を趁《お》ひて家《いえ》に在《あ》らず
半生《はんせい》の閲歴《えつれき》　空花《くうか》に付《ふ》す
風雲《ふううん》　関左《かんさ》　形勢《けいせい》を説《と》き
糸竹《しちく》　鴨東《おうとう》　鬢華《びんか》を歎《なげ》く
水《みず》を隔《へだ》つる青山《せいざん》　宿雨《しゆくう》を含《ふく》み
欄《らん》に倚《よ》る紅袖《こうしゆう》　残霞《ざんか》を奪《うば》ふ
旗亭《きてい》の題壁《だいへき》　鴻爪《こうそう》に同《おな》じ
珍重《ちんちよう》　何《なん》ぞ求《もと》めん　碧紗《へきさ》を掩《おお》ふを

鉄石は雲如を紹介するため三本木の月波楼に京都の諸名士を招いて一夕の筵を張つた。星巌はこれに出席して席上三絶句を賦した。一尊十年、相思の心を話し尽すといつてをれど、実は星巌が雲如を上総に尋ねてから、驚くべし早くも十七年の昔となり、面は枯葉の如く、髪は氷霜の如くなつて来た。されどその詩力の盛んな事は以前よりも倍加してをる。雲如も男児にして骨があらば、京華の春色にあこがれず、去つて鳴門海上の飛濤を看られよと、激昂の調子で雲如を鼓舞してをる。これは雲如に游蕩癖があつて鬱勃悲壮の態度に乏しい欠点があるから斯うふのであるが、また雲如が淡路に行かうとしてをるのを指して居るのである。雲如は京都の春色に吟腸を養ひ、初夏淡路へ向つたのである。

雲如は明石の風景を賞し、船を買うて淡路に入り、忍頂寺士崇を尋ねた。士崇は海辺の別業を修繕して款待《かんたい》し、しばらく逗留する事となつた。

鷗鷺無声夢自回　　鷗鷺《おうろ》声無《こえな》く　夢自《ゆめおの》づから回《めぐ》る
断霞紅閃浪花堆　　断霞《だんか》紅《あか》く閃《ひらめ》き　浪花《ろうか》堆《うずたか》し
老漁挈網知魚聚　　老漁《ろうぎょ》網《あみ》を挈《たずさ》へて魚《うお》の聚《あつま》るを知《し》り
小艇収帆報酒来　　小艇《しょうてい》帆《ほ》を収《おさ》めて酒《さけ》の来《きた》るを報《ほう》ず
此日晴光揩大鏡　　此日《このひ》晴光《せいこう》　大鏡《たいきょう》を揩《ぬぐ》ひ
有時潮勢闘奔雷　　時有《ときあ》りて　潮勢《ちょうせい》　奔雷《ほんらい》を闘《たたか》はす
山妻不厭腥気襲　　山妻《さんさい》　腥気《せいき》の襲《おそ》ふを厭《いと》はず
又就筠籃揀膾材　　又《ま》た筠籃《いんかん》に就《つ》いて膾材《かいざい》を揀《えら》ぶ

淡路に於ける星巌門下の詩人は伊藤聴秋があり、雲如の世話を焼いた事と思はれる。雲如は聴秋の為めに「聴松閣八詠」や山水画の題詠を作つてをるが、何れも好い。雲如の淡路漫游中に作つた詩は『島雲漁唱』一巻で、張り切つたものがある。星巌が鳴門百尺濤を見て来いといつた為めでもあらうか。

題立田藍川天風海濤処　　立田藍川《たつたらんせん》の天風海濤処《てんぷうかいとうしょ》に題《だい》す

至竟境奇人必奇
胸襟惜只白鷗知
松撑危桟石斜抱
浪撲懸崖風倒吹
瓊島舟帰残雨歇
歌山城現夕陽移
詩成傾尽紅螺酒
不管龍涎灑硯池

至竟《しきよう》　境奇《きようき》なれば人《ひと》必《かなら》ず奇《き》
胸襟《きようきん》　惜《お》しむらくは只《た》だ白鷗《はくおう》の知《し》るを
松《まつ》は危《き》桟《さん》を撑《ささ》へて　石《いし》　斜《なな》めに抱《いだ》き
浪《なみ》は懸崖《けんがい》を撲《う》ちて　風《かぜ》　倒《さかさ》まに吹《ふ》く
瓊島《けいとう》　舟《ふね》帰《かえ》りて残雨《ざんう》歇《や》み
歌山《かざん》　城《しろ》現《あらわ》れて夕陽《せきよう》移《うつ》る
詩《し》成《な》りて傾《かたむ》け尽《つ》くす　紅螺《こうら》の酒《さけ》
管《かん》せず　龍涎《りゆうぜん》の硯池《けんち》に灑《そそ》ぐを

雲如の明石へ帰つたのは晩秋の頃と見える。この十一月、星巌が湖山に与へた書翰にかうした一節がある。「老拙碌々《ろくろく》無事、十月十日に東三本木に移居致候。此頃諸事紛冗。扨《さて》遠山生も上京にて、諸方共に受け宜しく、且つ淡路一遊、少々貰物入手の処、例の癖差し起り、煙花場のみ入り、路費迄も蕩尽の由に候。来春再遊の趣に候へども、酒色を禁じ、其上にて再遊然るべく存じ候。最早歳も幾んど五十に候。警戒すべき事に候」。この書翰によつて雲如が如亭に比してはいふに足らぬも、それでも江戸の遊蕩児たる本領は十分に備へていたのが分る。翌くる安政五年（戊午）は、近代日本の歴史で最も意義ある年である。九月二日、星巌は時疫に罹り、泊然として瞑目した、星巌の歿後三日、所謂る安政の大獄が起つたのである。

輓星巌先生
星巌先生《せいがんせんせい》を輓《ばん》す

豪気平生忘老孱
何図抜宅出塵寰
時多妖祲談殊激
胸抱奇憂意未間
当世才人趨絳帳
千秋吟骨葬青山
不知誰是伝衣鉢
空立苔香漠漠間

豪気《ごうき》　平生《へいぜい》　老孱《ろうせん》を忘《わす》る
何《なん》ぞ図《はか》らんや　宅《いえ》を抜《ぬ》けて塵寰《じんかん》を出《いで》んとは
時《とき》に妖祲《ようしん》多《おお》く　談《だん》　殊《こと》に激《げき》し
胸《むね》に奇憂《きゆう》を抱《いだ》きて　意《い》　未《いま》だ間《かん》ならず
当世《とうせい》　才人《さいじん》は絳帳《こうちょう》に趨《おもむ》き
千秋《せんしゅう》　吟骨《ぎんこつ》は青山《せいざん》に葬《ほうむ》る
知《し》らず　誰《たれ》か是《こ》れ衣鉢《いはつ》を伝《つた》ふる
空《むな》しく立《た》つ　苔香《たいこう》漠漠《ばくばく》の間《かん》

かうしたものを作るとすると、雲如は詩人星巌の衣鉢を伝へると思つていたかも知れぬ。江戸にては枕山や雲濤は雲如の事を心配し、近況を尋ねて来た。雲如はそれに答ふる三律あるが、末の一律は生活の実際を告白してをる。

枯筆難支桂玉艱
眼前未見一銭間
暫留老鶴護松竹
又趁浮萍向海山
島月涼生吟硯底
澗花香迸酒杯間

枯筆《こひつ》　支《ささ》へ難《がた》し　桂玉《けいぎょく》の艱《くるしみ》
眼前《がんぜん》　未《いま》だ見《み》ず　一銭《いっせん》の間《かん》なるを
暫《しばら》く老鶴《ろうかく》を留《とど》めて松竹《しょうちく》を護《まも》らしめ
又《ま》た浮萍《ふひょう》を趁《お》ひて海山《かいざん》に向《む》かふ
島月《とうげつ》　涼《りょう》は生《しょう》ず　吟硯《ぎんけん》の底《そこ》
澗花《かんか》　香《こう》は迸《ほとばし》る　酒杯《しゅはい》の間《かん》

如何陸賈理装重　如何《いかん》せん　陸賈《りくか》の理装《りそう》の重《おも》きを
只把雲煙嚢載還　只《た》だ雲煙《うんえん》を把《と》りて　嚢《ふくろ》に載《の》せて還《かえ》らん

星巌の歿した翌々年（万延元年）の十月、雲如は越前へ一遊を試むべく京都を立ち出で、大泉・小松・大溝を経て、竹生島を琵琶湖上に望みつつ、山中から越前に入り、木芽峠の険を淩いで、今庄で雨にぬれ、福井に到著。先づ大島怡斎《いさい》を訪問し、雪爪禅師とも会面して、舟にて三国港に下り、「三港竹枝」を作つた。ここでも星巌が心配した煙花場裏に出入したのであるまいか。詩集を『湖雲嶽雪集』といふ。翌文久元年の二月、またもや飛騨に漫遊し、四月には京都へ帰つた。詩集を『桟雲集《さんうんしゅう》』といふ。何れも愛唱すべき詩がある。この年十月、『雲如山人第四集』上下二冊を出板、家里松嶹がその小伝を書いた。上冊は『京塵集』二巻、下冊は前記三度の漫遊詩集である。雲如の小伝を書いた家里松嶹は伊勢の人、京都の居住。雲如の事を誉め立てて、なか〳〵能く書いてをる。小野湖山にも雲如に贈つた七古があつて、面白く雲如の風神を伝へてをる。

題雲如山人詩巻　雲如山人詩巻《うんじよさんじんしかん》に題《だい》す　湖山
雲如山人果何人　雲如山人《うんじよさんじん》は果《はた》して何人《なんぴと》ぞ
以雲為字澹是名　雲《くも》を以《もつ》て字《あざな》と為《な》し　澹《たん》は是《こ》れ名《な》
行事不背名字好　行事《こうじ》は背《そむ》かず　名字《めいじ》好《よ》し
破毫残硯一身軽　破毫《はごう》　残硯《ざんけん》　一身軽《いっしんかる》し

171　遠山雲如

山人生長江都市
少年結交遊侠士
千金散尽半銭無
従此関門読書矣
不問隣並罵狂痴
不顧妻児訴寒飢
読破万巻竟何得
不論家国只論詩
我昔相逢梁翁座
欽君珠玉生咳唾
皮陸劉白非所望
且擬風月入唱和
堨来一別経幾年
鴻爪無痕海渺然
今日邂逅真堪喜
況乃寵示得新編
吁嗟新編詩大好

山人生長《さんじんせいちょう》す　江都《こうと》の市《いち》
少年《しょうねん》　交《まじ》はりを結《むす》ぶ　遊侠《ゆうきょう》の士《し》
千金散《せんきんさん》じ尽《つ》くして半銭《はんせん》も無《な》し
此《これよ》り従り門《もん》を関《とざ》して書《しょ》を読《よ》みたり
問《と》はず　隣並《りんぺい》の狂痴《きょうち》と罵《ののし》るを
顧《かえり》みず　妻児《さいじ》の寒飢《かんき》を訴《うった》ふるを
万巻《まんがん》を読破《どくは》して竟《つい》に何《なに》をか得《う》る
家国《かこく》を論《ろん》ぜず　只《た》だ詩《し》を論《ろん》ず
我《われ》　昔《むかし》　相逢《あいあ》ふ　梁翁《りょうおう》の座《ざ》
欽《うやま》ふ　君《きみ》の珠玉《しゅぎょく》　咳唾《がいだ》に生《う》まるるを
皮《ひ》・陸《りく》・劉《りゅう》・白《はく》は望《のぞ》む所《ところ》に非《あら》ず
且《しばら》く擬《はか》る　風月《ふうげつ》の唱和《しょうわ》に入《い》るを
堨来《けつらい》　一別《いちべつ》　幾年《いくねん》を経《へ》て
鴻爪《こうそう》　痕無《あとな》く　海渺然《うみびょうぜん》たり
今日《こんにち》の邂逅《かいこう》　真《まこと》に喜《よろこ》ぶに堪《た》へたり
況《いわ》んや乃《すなわ》ち寵示《ちょうじ》　新編《しんぺん》を得《え》たり
吁嗟《ああ》　新編《しんぺん》　詩《し》大《おお》いに好《よ》し

山人才老年未老
建幟中原今其時
為惜漫遊生涯了
山人聴之如不聞
笑指青天一片雲

山人《さんじん》の才《さい》は老《お》ゆるも年《とし》は未《いま》だ老《お》いず
幟《し》を中原《ちゅうげん》に建《た》つるは今《いま》ぞ其《そ》の時《とき》
為《ため》に惜《お》しむ　漫遊《まんゆう》して生涯《しょうがい》を了《おわ》るを
山人《さんじん》　之《これ》を聴《き》きて聞《き》かざるが如《ごと》し
笑《わら》ひて指《さ》す　青天一片《せいてんいっぺん》の雲《くも》

雲如も如亭と同じく遥かに江戸の空を望みつつ帰計成らずして日を暮らす中、いつしか七回の春を京都に迎へ、文久三年五月十六日、柳馬場の僑居にて遂に不帰の客となつた。享年五十四、洛北愛宕郡浄善寺に葬むる。その「絶筆」の詩に曰く、

稜稜傲骨委蒼苔
老鶴無巣何処回
儻有吟魂銷不得
也随雲影到東臺

稜稜《りょうりょう》たる傲骨《ごうこつ》　蒼苔《そうたい》に委《ゆだ》ぬ
老鶴《ろうかく》　巣《す》無くして何処《いずこ》にか回《かえ》る
儻《も》し吟魂《ぎんこん》の銷《き》え得《え》ざる有《あ》らば
也《ま》た雲影《うんえい》に随《したが》ひて東台《とうだい》に到《いた》らん

望帰の念、何ぞそれ切なるや。かくて江戸つ児詩人は、如亭といひ—雲如といひ、同じ境遇同じ運命の下に、とこしへに詩魂を京都の土に瘞《うず》めた。

雲如歿して七年後の明治三年に、信州の人木内芳軒等の三人、その師友たる宮沢雲山と竹内雲濤及び雲如の絶句各々一百首を選んで『三雲集』と題して出板した。雲山は別に細庵と号し、秩父の人。市河寛斎江湖社の晩進で、星巌と最も親しく、共に『今四家絶句』を選んだことが

あり、諸国に浪遊し星巌に先だつて歿した。雲濤は星巌門下で雲如の親友である。これに収めてある雲如の一百絶は、出板された集中に無いものが多く、そこで雲如の遺詩がまだ〳〵多くある事が知られる。また十七年後の明治二十年に、八王子の門人小島為政が、同じく門人の秋山柘洲《しやしゆう》の所蔵した遺稿を出板した。それは第四集出板後から臨歿に至るまでの詩と、その他詩集に漏れたるものである。外に相模の門人溝口桂巌もまた遺稿一巻を蔵すといふが、出板したか否かを知らぬ。

雲如の詩は如何……。家里松嶹は曰く、「其の詩高遠清淡、一に性霊を抒写し、粉飾雕刻を以て工となさず」。雲如の最も親しい大沼枕山は曰く、「雲如の詩、嬌雲乍《たちま》ち暖かに、微《すこ》しく晴意を弄し、晩に至りて容姿あるが如し」と。一は高遠清淡といひ、一は雲の容姿あるものといひ、何れも見るところを異にするやうであるが、雲如の詩には、前者もあり、後者もあり、ゆつたりとした句調の中に、艶麗もあり、幽澹もあるが、欠点としては卑弱に流れ、雄渾の気なき事である。しかしこれ等を雲如に望むのが無理である。雲如の詩は同門の鱸松塘《すずきしようとう》と似通つた点があり、松塘よりも無論勝れてをる。かの柏木如亭に比ぶれば、如亭は癖の人だけあつて、雲如よりはその癖がはつきり現はれてをるから、それだけ如亭に団扇が揚がるが、整つてをる点は雲如が優る。私は雲如の詩集を一応読んで見て最も佳いと思つたのは、題画の絶句に合作が多い事である。雲如は画を画いたのか、私はまだその画を見た事はない。

〔第五十四号「遠山雲如」〕

小野湖山

（上）

一

星巌門下の詩人としては、岡本黄石を第一にすることが星巌の意から出たといはれてをるが、それは黄石の身分と、早く星巌の門に入つた関係から来るのであつて、星巌門下としては第一に小野湖山《おのこざん》を挙げねばならぬ。詩人として、また志士として、星巌の衣鉢《いはつ》・精神を伝ふるに就き最も適当な人物として。

湖山は名を巻、字を懐之、また士達・舒公とも号し、通称を仙助といひ、旧姓は横山、後に本姓たる小野に改めたのは、篁卿《たかむら》の末裔であるからである。文化十一年正月を以て近江国浅井郡田根村大字高畑に生れた。父玄篤、母磯氏。当時高畑一帯の地は吉田藩（今の豊橋）の領地であつた。後年、湖山が吉田藩の士籍に列したのは領民の子であるからである。湖山の父玄篤は医を業とした。そこで湖山は年少の時、彦根藩医の家に寄宿して医学を修めたが、それを好まずして隣村曾根村なる大岡松堂に就いて経史を学んだ。松堂の弟笙洲《しょうしゅう》は游歴を好み、北海に客死した。湖山は笙洲に対し、「義兼㆓師友㆒」といつてをる。この人が湖山の少年時代に与へた影響は相当大きなものであつた。

湖山は十三歳の時、父に随ひて京都に行き、頼山陽を訪うたことがある。この時、山陽の文名は京畿の地方を掩うていた。湖山は再度上京して門人とならうと思つたが果さなかつたので、後年『詩屛風《しびょうぶ》』を編次した時、山陽を開巻第一に置いて景慕の情を表してをる。その一年を隔てた湖山十五歳、父を喪つた。医学を好まぬ湖山は、笙洲の影響を受けて、良師を求めて苦学すべく郷里を出でやうと思つていた矢先、塩谷宕陰《しおのやとういん》がぶらりと高畑地方に遊びに来た。宕陰は二十一歳、文章稽古の為め関西旅行を試みたことがあるが、その時のことである。湖山に「都門旧識君為㆑最（都門《ともん》の旧識君《きゅうしききみ》を最《もっと》もと為《な》す）」といふ句があるから、よほど心を打つたものがあつたらう。幾何《いくばく》もなくして梁川星巌が彦根に来たので進謁した。星巌は長崎漫遊の後、詩名頓《とみ》に京畿の間に揚り、それに山陽との親交関係があるから、湖山の最も景慕していたことも明かである。その人が彦根に来たのであるから、湖山の進謁に何の不思議はないが、この事は湖山の詩文に見当らぬ。それに湖山は翌年の天保二年十八歳で江戸に上り、星巌はその翌年の冬、江戸に入り、玉池吟社を起したのは翌々天保五年十一月であるが、この間、湖山の消息なく、初めて見えるのが天保九年の九月、「満城風雨近㆓重陽㆒（満城《まんじょう》の風雨《ふうう》重陽《ちょうよう》近《ちか》し）」を首句に置いて遠山雲如等と作つた七律からで、玉池吟社の出来た五年目である。この間、二人は江戸で接触する機会がなかつたのであらうか。そこで私は二人の師弟関係は、彦根ではなくして玉池吟社で始まつたと思ふのである。さうして湖山の江戸生活八年間は、尾藤水竹等に依つて苦学を続けてゐたのであらう。湖山自ら『詩屏風』三集に、余少年東遊し貧にして学資なく、東西に寄寓し、最も厚く世話になつたのは水竹先生即ち尾藤水竹で、梁川星巌・藤森弘庵の二人はこれに次ぐと書いてゐる。この水竹は寛政三博士の一人たる尾藤二洲の子である。湖山は更に水竹に就いて左の如く書いてをる。

先生、人となり豪邁にして、自家の生産を事とせず、一貧洗ふが如くなれども、遊寓寄食の余輩の如きものは常に十数人もあり。先生、青年を視るに少長となく、みな朋友もて之を待ち、その名流碩儒《せきじゅ》に於いても、またみな朋友もて之を視、酒を置いて団欒し、古今を縦論《しょうろん》し、山水を品評し、洒々落々殆んど光風霽月《せいげつ》の想ひあり。先生、酣暢《かんちょう》に遊覧に大率《おおむね》虚日なく、つねに読書の閑なきが如きも、然れども経史を博綜して議論にみな特見あり。その人情世態に於いて通明洞徹したる故に、事を処し変に応じ、よくその機に当り、綽々《しゃくしゃく》として余地あり。故に人の先生に接する、新旧浅深なく、みな心酔傾倒せざるなし。蓋し天分の人を過ぐるや遠し。或ひと曰く、先生の学殖は二洲先生に及ばざるも、しかもその卓識洪量は之に過ぎたりと。この言や之を得たり。

果してさうであつたならば、水竹はよほどの人物であつたのであらう。湖山が藤森弘庵を知つたのは、水竹のところに世話になつてをつたので、その親しい弘庵と自然近づいたこと丶思はれる。湖山はまた林鶴梁《かくりよう》を早くから知つてをる。それも水竹が特に鶴梁と親密であつたから自然知り合ふ機会があつたのである。また鶴梁によりて藤田東湖と知つた。東湖の『丁酉《ていゆう》日録』五月二十二日の条下に、「朝、横山左仲来り訪ふ。左仲は近江浅井郡大畠村の医生なり。年廿四。林鉄蔵の紹介にて来る。詩若干篇を持来る。余一見するに眉目清秀、頗る気概あり。詩篇も面白し」とある。林鉄蔵は即ち鶴梁である。

天保九年、湖山二十五歳。この前星巌の玉池吟社にて、大沼枕山・嶺田楓江・竹内雲濤・遠山雲如と親交を結び、新進作家として認められ、特に枕山と共にその冠たるものとなつた。湖山の詩集は『薄遊一百律』から始まり、而してその始めは天保九年の秋からである。この一百律の中、最も湖山の面目を発揮したのは「客中雑感八首」である。

霖雨兼旬不放晴
蕭蕭落木下江城
暮雲低野月無影
秋水没禾波有声
愁見飢民連歳苦
喜聞盗賊一朝平
守成計策無多子

霖雨《りんう》　兼旬《けんじゆん》　晴《はれ》を放《はな》たず
蕭蕭《しようしよう》たる落木《らくぼく》　江城《こうじよう》に下《くだ》る
暮雲《ぼうん》　野《の》に低《た》れて月《つき》に影《かげ》無《な》く
秋水《しゆうすい》　禾《いね》を没《ぼつ》して波《なみ》に声《こえ》有《あ》り
愁《うれ》ひ見《み》る　飢民《きみん》の連歳苦《れんさいくる》しむを
喜《よろこ》び聞《き》く　盗賊《とうぞく》の一朝《いつちよう》に平《たい》らぐを
守成《しゆせい》の計策《けいさく》　多子《たし》無《な》し

唯使君王達下情
千古茫茫幾廃興
乾坤俯仰感難勝
唐時風俗貴生女
梁代君臣皆重僧
只恐至人嘆鳳鳥
莫使詞客賦蒼蠅
狂風暴雨足災変
天意須知加小懲
満城歌笑漫紛然
酒幔高楼闘管絃
警戒漸亡無事日
饑荒多在太平年
強呑弱吐二千歳
世態人情三百篇
自笑書生甚多口

唯《た》だ君王《くんおう》をして下情《かじよう》に達《たつ》せ使《し》むるのみ
千古《せんこ》　茫茫《ぼうぼう》　幾廃興《いくはいこう》
乾坤《けんこん》に俯仰《ふぎよう》して　感《かん》　勝《た》へ難《がた》し
唐時《とうじ》の風俗《ふうぞく》　女《おんな》を生《う》むを貴《たつと》び
梁代《りようだい》の君臣《くんしん》　皆《み》な僧《そう》を重《おも》んず
只《た》だ恐《おそ》る　至人《しじん》の鳳鳥《ほうちよう》を嘆《たん》ずるを
詞客《しかく》をして蒼蠅《そうよう》を賦《ふ》せ使《し》むること莫《なか》れ
狂風《きようふう》　暴雨《ぼうう》　災変《さいへん》足《た》る
天意《てんい》　須《すべか》らく知《し》るべし　小懲《しようちよう》を加《くわ》ふるを
満城《まんじよう》の歌笑《かしよう》　漫《そぞろ》に紛然《ふんぜん》
酒幔《しゆまん》の高楼《こうろう》　管絃《かんげん》を闘《たたか》はす
警戒《けいかい》　漸《ようや》く亡《うしな》ふ　無事《ぶじ》の日《ひ》
饑《き》荒《こう》　多《おお》くは在《あ》り　太平《たいへい》の年《とし》
強呑弱吐《きようどんじやくと》　二千歳《にせんさい》
世《せ》態人情《たいにんじよう》　三百篇《さんびやつぺん》
自《みずか》ら笑《わら》ふ　書生《しよせい》の甚《はなは》だ多口《たこう》なるを

要将鼇足補天穿　鼇足《ごうそく》を将《も》つて天穿《てんせん》を補《おぎな》はんと要《よう》す

その時を憂へ世を傷《いた》むの念、古を懐ひ今を論ずるの志、従来の詩人と類を異にし、声調も激昂頓挫、懦夫《だふ》も奮ひ起つの概がある。これは一つに時勢の影響があり、当時は天保の飢饉中で、詩中の盗賊は大塩平八郎を指すのである。また一つは少年時代より山陽の詩文を愛読した影響もあらう。かくて湖山の詩人として行くべき道は白楽天の諷諭が最も択ばるべき道となつて来るのである。

二

この年（天保九年）の春、詩友枕山《ちんざん》は始めて房州旅行を試みて、『房山集』一巻が出来た。湖山は些《すこ》しく後れて房州の反対なる下総・常陸の旅行を試み、土浦にをる藤森弘庵を尋ね、筑波山に上り、水戸に入りて義公の遺跡を尋ね、朱舜水《しゆしゆんすい》の碑苔を掃ひ、平生傾慕した会沢憩斎《あいざわけいさい》を訪ひて文酒の歓迎を受け、鹿島神廟を拝して銚子に抵《いた》り、帰途、鴻台の古戦場を過ぎ、歳末に江戸へ帰つた。この時、『星巌集』に「子達遊二常州一、詩以寄レ懐、子達有二弔レ古之癖一、七八故及焉（子達《したつ》常州《じようしゆう》に遊《あそ》び、詩《し》以《もつ》て懐《おも》ひを寄《よ》す。子達《したつ》古《いにしえ》を弔《ちよう》するの癖有《くせあ》り。七八故《しちはちゆえ》に及《およ》べり）」と題して、

一縄遥雁貼雲白　一縄《いちじよう》の遥雁《ようがん》　雲《くも》に貼《ちよう》して白《しろ》く
万斛飛霜吹水寒　万斛《ばんこく》の飛霜《ひそう》　水《みず》を吹《ふ》きて寒《さむ》し
歴弔鬼雄餘涙尽　鬼雄《きゆう》を歴弔《れきちよう》して余涙《よるい》尽《つ》く

帰来何以向人弾

とあるが、子達は湖山の別号で、

登筑波山二首

双峰突兀挿蒼穹
俯視群霊等蔑蒙
雲霧茫茫連奥北
山川歴歴極関中
一条鉄鎖幾人縋
千仞丹崖唯鳥通
且擬飄然乗蹻去
直排閶闔叩天宮

孤高卓立気雄豪
揺蕩風煙帰寸毫
大野裂来湖鏡白
乱雲尽処嶽蓮高
天開地闢神蹤在

帰来《きらい》　何《なに》を以《もっ》てか人《ひと》に向《む》かひて弾《だん》ぜん

師弟の情、靄然《あいぜん》掬《きく》すべきものがある。

筑波山《つくばさん》に登《のぼ》る二首《にしゅ》

双峰《そうほう》　突兀《とっこつ》として蒼穹《そうきゅう》に挿《さ》す
俯《ふ》して視《み》る　群霊《ぐんれい》の蔑蒙《べつもう》に等《ひと》しきを
雲霧《うんむ》　茫茫《ぼうぼう》として奥北《おうほく》に連《つら》なり
山川《さんせん》　歴歴《れきれき》として関中《かんちゅう》を極《きわ》む
一条《いちじょう》の鉄鎖《てっさ》　幾人《いくにん》か縋《すが》る
千仞《せんじん》の丹崖《たんがい》　唯《た》だ鳥《とり》の通《かよ》ふのみ
且《か》つ擬《ぎ》す　飄然《ひょうぜん》として乗蹻《じょうきょう》し去《さ》り
直《ただ》ちに閶闔《しょうこう》を排《はい》して天宮《てんきゅう》を叩《たた》かんと

孤高《ここう》　卓立《たくりつ》　気《き》雄豪《ゆうごう》
揺蕩《ようとう》の風煙《ふうえん》　寸毫《すんごう》に帰《き》す
大野《たいや》　裂《さ》け来《きた》つて　湖鏡《こきょう》白《しろ》く
乱雲《らんうん》　尽《つ》くる処《ところ》　嶽蓮《がくれん》高《たか》し
天《てん》開《ひら》け地《ち》闢《ひら》けて神蹤《しんしょう》在《あ》り

谷響山鳴爽籟号　谷響《たにひび》き山鳴《やまな》りて爽籟号《そうらいさけ》ぶ
今我真成凌絶頂　今《いま》　我《われ》　真成《しんせい》に絶頂《ぜっちょう》を凌《しの》ぐ
不堪鬢髪冷蕭騒　堪《た》へず　鬢髪《びんぱつ》の冷《ひや》やかにして蕭騒《しょうそう》たるに

湖山は旅行から帰つて来たが、よほど生活に窮した。折りしも吟社の同人嶺田楓江が房州の東条に居るのを憶ひ、その都門に生長して海涯に飄零する苦辛を察して七律を寄せた。明春過訪の先容をなすものである。

翌《あく》れば天保十年（己亥）湖山二十六歳。「墨水春日雑興五首」は前記の悲歌慷慨とは違ひ、清新婉麗、全く才子の風調で、その行く所として可ならざるなき手腕を示してをる。晩春、湖山は房州に向ひて出発した。「米嚢花落空為レ客。楡莢銭多不レ療レ貧（米嚢花《べいのうはな》落ちて空しく客《きゃく》と為《な》り、楡莢銭多《ゆきょうぜにおお》くして貧《ひん》を療《りょう》せず）」は佳句である。浦賀から舟に乗り、海を望んで「多為二虚声一生二擾乱一。誰将二奇策一救二艱難一（多《おお》く虚声《きょせい》の為《ため》に擾乱《じょうらん》を生ず。誰《たれ》か奇策《きさく》を将《もっ》て艱難《かんなん》を救《すく》はん）」と歌ひ、窃《ひそ》かに賈誼《かぎ》もて自ら擬し、また昨年四月、羽倉簡堂に従うて伊豆諸島を視察し、三倉島附近で難船した松本寒緑を追悼して、「鰲頭非レ踏秦皇跡。魚腹終同屈子流（鰲頭踏《ごうとうふ》むに非《あら》ず秦皇《しんこう》の跡《あと》。魚《ぎょ》腹終《ふくつい》に同《どう》ず屈子《くつし》の流《りゅう》）」といつた。寒緑は尾藤水竹と最も親しく、湖山も教を受けたと思はれる。

房州に著くと、あたかも大空上人と鈴木松塘が江戸へ出る折であつたので、湖山は暫らく滞在することとなつた。「谷向邨寓居三首」は、その当時の作である。

帰雲独鳥客愁濃　帰雲《きうん》　独鳥《どくちょう》　客愁濃《かくしゅうこま》やかに

遮眼峰巒碧万重　　眼《まなこ》を遮《さえぎ》る峰巒《ほうらん》　碧《みどり》万重《ばんちょう》
山気乍涼何処雨　　山気《さんき》乍《たちま》ち涼《すず》し　何処《いずこ》の雨《あめ》ぞ
夕陽時送数声鐘　　夕陽時《せきようとき》に送《おく》る　数声《すうせい》の鐘《かね》
一杯争得三年酔　　一杯《いっぱい》　争《いか》でか得《え》ん　三年《さんねん》の酔《よい》
千首堪軽万戸封　　千首《せんしゅ》　軽《かろ》んずるに堪《た》へたり　万戸《ばんこ》の封《ほう》
詩酒優遊聊復爾　　詩酒優遊《ししゅゆうゆう》　聊《いささ》か復《ま》た爾《しか》り
天涯不用嘆萍蹤　　天涯《てんがい》　用《もち》ひず　萍蹤《ひょうしょう》を嘆《たん》ずるを

頼朝の古跡なる龍島《りゅうじま》を過ぎ、野島に遊び、鋸山《のこぎりやま》に登り、鏡浦に泛《うか》んだ。同地の名士加藤霞石とは無論親しくなつた。東条なる楓江を訪ひしや否やは不明である。夏、江戸に帰り、水竹・枕山・雲如等と不忍池に遊び、枕山の詩韻に次した八律何れも佳い。湖山は前年より城北某氏の家にゐた。その何地何人かは分らぬが、「買山銭乏空惆悵。此事円成是幾時（買山《ばいざん》の銭《ぜに》は乏《とぼ》しく空《むな》しく惆悵《ちゅうちょう》す。此事《このこと》の円成《えんせい》するは是《こ》れ幾時《いくとき》ぞ）」といひ、よほど我が家がほしさうである。枕山も「可レ憐水石幽棲処。只向二人家障上一看（憐《あわ》れむ可《べ》し水石幽棲《すいせきゆうせい》の処《ところ》。只《た》だ人家《じんか》の障上《しょうじょう》に向《お》いて看《み》る）」といつて、全く同感を抱いてゐた。いくばくもなく房州再遊の途に上り、枕山と上総の東金で逢つた。二人は曾て鎮西同遊を約束した。しかしその実行は何時と期せられぬが、「飄零相伴客二東州一（飄零相伴《ひょうれいあいともな》ひて東州《とうしゅう》に客《きゃく》たり）」。感慨無限のものがある。「連レ鑣沼遞万山外。分レ手凄涼孤駅中（鑣《くつわ》を連《つら》ぬ沼遞万山《ちょうていばんざん》の外《そと》。手《て》を分《わか》つ凄涼孤駅《せいりょうこえき》の中《なか》）」。その時の情景が想像せられる。それより楓江を房州東条に訪うた。

訪嶺田士徳東条村寓居
飄零各自客天涯
忽漫相逢喜且悲
人世昇沈誰逆料
文章得失両心知
群山夜響海潮涌
四野風寒星斗垂
太似江城秋雨夕
一尊濁酒別君時

嶺《みね》田《た》士《し》徳《とく》の東条村《とうじょうむら》の寓居《ぐうきょ》を訪《と》ふ
飄零《ひょうれい》　各自《かくじ》　天涯《てんがい》に客《きゃく》たり
忽漫《こつまん》に相逢《あいあ》ひて　喜《よろこ》び且《か》つ悲《かな》しむ
人世《じんせい》の昇沈《しょうちん》　誰《たれ》か逆《あらかじ》め料《はか》らん
文章《ぶんしょう》の得失《とくしつ》　両《ふたつ》ながら心《こころ》に知《し》る
群山《ぐんざん》　夜響《よるひび》きて海潮《かいちょう》涌《わ》き
四野《しや》　風寒《かぜさむ》くして星斗《せいと》垂《た》る
太《はなは》だ似《に》たり　江城秋雨《こうじょうしゅうう》の夕《ゆうべ》
一尊《いっそん》の濁酒《だくしゅ》　君《きみ》に別《わか》れし時《とき》

湖山はこの時、上総なる九十九里沿岸を旅行して詩を作つた。私はこの地方に生長したので、いかに能く景物が写されてをるかが判る。

九十九里
誰将有限趁無窮
積水瀰漫路不通
地尽東南無島嶼
雨晴船舶在虚空

九十九里《くじゅうくり》
誰《たれ》か有限《ゆうげん》を将《も》つて無窮《むきゅう》を趁《お》はん
積水瀰漫《せきすいびまん》して　路《みち》　通《つう》ぜず
地《ち》は尽《つ》きて　東南《とうなん》に島嶼《とうしょ》無く
雨晴《あめは》れて　船舶《せんぱく》は虚空《こくう》に在《あ》り

求仙徐福是何処
踏海魯連応此中
落日鯨波天闇澹
秋高九十九湾風

仙《せん》を求《もと》むる徐福《じょふく》　是《こ》れ何《なん》の処《ところ》ぞ
海《うみ》を踏《ふ》む魯連《ろれん》　応《まさ》に此《こ》の中《なか》なるべし
落日《らくじつ》　鯨波《げいは》　天闇澹《てんあんたん》
秋《あき》は高《たか》し　九十九湾《くじゅうくわん》の風《かぜ》

観鰮魚網

倏網遮魚十里賒
蜿蜒宛似走長蛇
両頭在地人争繂
一帯成囲勢漸斜
頑婦悪児来掠奪
漁師舟長叫喧嘩
旁観我亦同狂躁
満面腥風捲白沙

鰮魚網《いわしあみ》を観《み》る

倏網《しゅうもう》　魚《うお》を遮《さえぎ》りて十里賒《じゅうりはる》かなり
蜿蜒《えんえん》　宛《あたか》も長蛇《ちょうだ》を走《はし》らすに似《に》たり
両頭《りょうとう》　地《ち》に在《あ》りて　人争《ひとあらそ》ひて繂《ひ》き
一帯《いったい》　囲《かこ》みを成《な》して　勢漸《いきおいようや》く斜《なな》めなり
頑婦《がんぷ》　悪児《あくじ》　来《きた》りて掠奪《りゃくだつ》し
漁師《りょうし》　舟長《しゅうちょう》　叫《さけ》びて喧嘩《けんか》なり
旁観《ぼうかん》　我《われ》も亦《ま》た同《おな》じく狂躁《きょうそう》す
満面《まんめん》の腥風《せいふう》　白沙《はくさ》を捲《ま》く

鰮魚を網引する状景は、詩に入れるものなるや否やは別として、まことに能く活写されて居る。聞けば地曳網は今は廃止したさうであるから、もうこの状景は目撃されぬ。湖山は房州石塔寺（安房郡丸村、東光院石堂寺）に大空上人を訪ひて病気となり、越年して新春を迎へた。ここで『薄遊一百律』は終る。

『薄遊一百律』の後は『湖山漫稿』二巻で、天保十一年庚子、湖山二十七歳から弘化二年乙巳三十二歳に至る六年間の詩を収めてある。『漫稿』の中、最も傑作として湖山の名声を揚げたのは「鎌倉雑感十二首」「惜春詞」「後惜春詞」及び「登嶽三首」である。「鎌倉雑感」は湖山二十七歳の作。見識といひ、文字・声調といひ、申分なき立派なものである。これには服部南郭の「鎌倉懐古」七律、藤森弘庵の同六首あつて、何れも名高きものなるが、湖山の作は南郭の膚廓《ふかく》と異なりて、直ちに肺腑を露はし、また弘庵から著想してをるも、その古艶を変じて風に臨み涙を灑《そそ》ぎ、前後照応の妙味がある。

鎌倉雑感十二首　録六

雲濤万里望悠悠
悵触人間何限愁
帝位空高天北極
世風漸下水東流
金湯海内無双固
兵馬関中第一州
今日与誰論往事
残陽独上野僧楼

鎌倉雑感十二首《かまくらざつかんじゅうにしゅ》　六《ろく》を録《ろく》す

雲濤万里《うんとうばんり》　望悠悠《ぼうゆうゆう》
悵触《とうしょく》す　人間何限《じんかんかげん》の愁《うれい》
帝位《ていい》　空《むな》しく高《たか》し　天《てん》の北極《ほっきょく》
世風《せふう》　漸《ようや》く下《くだ》る　水《みず》の東流《とうりゅう》
金湯《きんとう》　海内《かいだい》　無双《むそう》の固《かため》
兵馬《へいば》　関中《かんちゅう》　第一《だいいち》の州《しゅう》
今日《こんにち》　誰《たれ》と与《とも》にか往事《おうじ》を論《ろん》ぜん
残陽《ざんよう》　独《ひと》り上《のぼ》る　野僧《やそう》の楼《ろう》

巍然廟宇俯滄湄
説是康平創建之
鼓角東征策勲日
衣冠王室式微時
百年妖霧弥天暗
千里腥風掠地吹
至竟興亡人自取
神霊万古本無私

形勢依然擁海山
源家陳迹夕陽間
英図何止斉桓業
機変或同曹操姦
坐弄国鈞真大事
誣誅諸弟本強顔
莫嗟身後衰亡速
天道分明是好還

巍然《ぎぜん》たる廟宇《びょうう》　滄湄《そうび》に俯《ふ》す
説《と》く是《こ》れ康平《こうへい》　之《これ》を創建《そうけん》すると
鼓角《こかく》　東征《とうせい》　策勲《さくくん》の日《ひ》
衣冠《いかん》　王室《おうしつ》　式微《しきび》の時《とき》
百年《ひゃくねん》の妖霧《ようむ》　天《てん》に弥《わた》りて暗《くら》く
千里《せんり》の腥風《せいふう》　地《ち》を掠《かす》めて吹《ふ》く
至竟《しきょう》　興亡《こうぼう》　人自《ひとみずか》ら取《と》る
神霊《しんれい》　万古《ばんこ》　本《もと》より私《わたくしな》無し

形勢《けいせい》　依然《いぜん》として海山《かいざん》を擁《よう》す
源家《げんけ》の陳迹《ちんせき》　夕陽《せきよう》の間《かん》
英図《えいと》　何《なん》ぞ止《ただ》に斉桓《せいかん》の業《ぎょう》のみならん
機変《きへん》　或《あるい》は曹操《そうそう》の姦《かん》に同《おな》じうす
坐《ざ》して国鈞《こっきん》を弄《ろう》する　真《まこと》に大事《だいじ》
誣《し》ひて諸弟《しょてい》を誅《ちゅう》する　本《も》と強顔《きょうがん》
嗟《なげ》くこと莫《なか》れ　身後《しんご》　衰亡《すいぼう》の速《すみ》やかなるを
天道分明《てんどうぶんめい》にして是《こ》れ還《めぐ》らすを好《この》む

187　小野湖山

義肝忠胆無多士
怪雨盲風更幾年
政柄渾帰児女手
老姦兼執舅家権
世間往往狐欺虎
天下滔滔海変田
聞道謀臣似王猛
可能正朔諫秦堅

強梁事豈一朝成
籠絡乾坤勢太横
土芥寇讐言亦甚
是非順逆倩誰明
江山有恨三宮駕
天地無知九代栄
試向海浜時悵望
雄風吹起怒濤声

義肝《ぎかん》　忠胆《ちゆうたん》　多士《たし》無《な》く
怪雨《かいう》　盲風《もうふう》　更《さら》に幾年《いくねん》
政柄《せいへい》　渾《すべ》て帰《き》す　児女《じじよ》の手《て》
老姦《ろうかん》　兼《か》ねて執《と》る　舅家《きゆうか》の権《けん》
世間《せけん》　往往《おうおう》にして狐《きつね》は虎《とら》を欺《あざむ》き
天下《てんか》　滔滔《とうとう》として海《うみ》は田《た》に変《へん》ず
聞道《きくなら》く　謀臣《ぼうしん》　王猛《おうもう》に似《に》たりと
能《よ》く正朔《せいさく》もて秦堅《しんけん》を諫《いさ》む可《べ》けんや

強梁《きようりよう》　事《こと》　豈《あ》に一朝《いつちよう》にして成《な》らんや
乾坤《けんこん》を籠絡《ろうらく》して　勢《いきおい》太《はなは》だ横《おう》す
土芥《どかい》　寇讐《こうしゆう》　言《げん》も亦《ま》た甚《はなはだ》し
是非《ぜひ》　順逆《じゆんぎやく》　誰《たれ》を倩《やと》ひて明《あき》らかにせん
江山《こうざん》　恨《うらみ》有《あ》り　三宮《さんきゆう》の駕《が》
天地《てんち》　知《し》る無《な》し　九代《きゆうだい》の栄《えい》
試《こころ》みに海浜《かいひん》に向《む》かひて時《とき》に悵望《ちようぼう》せば
雄風《ゆうふう》　吹《ふ》き起《お》こす　怒濤《どとう》の声《こえ》

来宿鎌倉山下邨
鼓鼙声死海潮喧
箴言敢擬阿房賦
往事偏同金谷園
水涸蛟龍移窟宅
草深狐兎長児孫
高吟宋代遺民句
落日荒原独断魂

来《きた》り宿《しゆく》す　鎌倉山下《かまくらさんか》の邨《むら》
鼓鼙《こへい》　声死《こえし》して　海潮喧《かいちようかまびす》し
箴言《しんげん》　敢《あ》へて擬《ぎ》せんや　阿房《あぼう》の賦《ふ》
往事《おうじ》　偏《ひと》へに同《おな》じ　金谷園《きんこくえん》
水涸《みずか》れて　蛟龍《こうりゆう》　窟宅《くつたく》を移《うつ》し
草深《くさふか》くして　狐兎《こと》　児孫《じそん》を長《ちよう》ず
宋代遺民《そうだいいみん》の句《く》を高吟《こうぎん》して
落日《らくじつ》の荒原《こうげん》　独《ひと》り魂《たましい》を断《た》つ

読後感ずるものは、この詩もまた山陽の影響を受けてをるといふことで、例の「詠史十二律」などが記憶に浮ぶ。「惜春詞」は翌十二年（天保）、「後惜春詞」は二年後の天保十四年、故山帰臥中の作である。

惜春詞四首同雲厓上人賦
楼前楊柳緑斜斜
楼後山桜正落花
春似佳人偏易老
尊無美酒奈難賒

惜春詞四首《せきしゆんししゆ》、雲厓上人《うんがいしようにん》と同《おな》じく賦《ふ》す
楼前《ろうぜん》の楊柳《ようりゆう》　緑斜斜《みどりしやしや》たり
楼後《ろうご》の山桜《さんおう》　正《まさ》に落花《らつか》す
春《はる》は佳人《かじん》に似《に》て偏《ひと》へに老易《おいやす》く
尊《そん》に美酒《びしゆ》無《な》くして賒《おぎの》り難《がた》きを奈《いか》んせん

何時書剣酬初志
所在江山即是家
詞客従来多薄命
茶煙禅榻了生涯

蕭斎参得一乗禅
数尽華年意惘然
金鴨香消人在夢
紅楼酒散月如煙
飛花芳草王孫墓
落日東風野渡船
若許懐襟向誰訴
無情春色有情天

一瞥韶光似夢醒
満庭新緑雨冥冥
閑身渾付盃中物
遊跡偏同水上萍

何《なん》の時《とき》か書剣《しょけん》　初志《しょし》に酬《むく》ひん
所在《しょざい》の江山《こうざん》　即《すなわ》ち是《こ》れ家《いえ》
詞客《しかく》　従来《じゅうらい》　薄命《はくめい》多《おお》し
茶煙《ちゃえん》　禅榻《ぜんとう》　生涯《しょうがい》を了《りょう》す

蕭斎《しょうさい》　参《さん》じ得《え》たり　一乗《いちじょう》の禅《ぜん》
華年《かねん》を数《かぞ》へ尽《つ》くして意惘然《いぼうぜん》たり
金鴨《きんおう》　香消《こうき》えて　人《ひと》は夢《ゆめ》に在《あ》り
紅楼《こうろう》　酒散《さけさん》じて　月《つき》は煙《けむり》の如《ごと》し
飛花《ひか》　芳草《ほうそう》　王孫《おうそん》の墓《はか》
落日《らくじつ》　東風《とうふう》　野渡《やと》の船《ふね》
許《かく》の若《ごと》き懐襟《かいきん》　誰《たれ》に向《むか》ひて訴《うった》へん
無情《むじょう》の春色《しゅんしょく》　有情《うじょう》の天《てん》

一瞥《いちべつ》　韶光《しょうこう》　夢《ゆめ》の醒《さ》むるに似《に》たり
満庭《まんてい》の新緑《しんりょく》　雨冥冥《あめめいめい》
閑身《かんしん》渾《すべ》て付《ふ》す　盃中《はいちゅう》の物《もの》
遊跡《ゆうせき》偏《ひと》へに同《おな》じ　水上《すいじょう》の萍《へい》

燈火深沈凝暗壁
暮烟惨澹鎖孤亭
懺除綺語消何物
只此楞伽四巻経

簾波不動緑陰陰
客散山園玉磬沈
酔裡歓場絲竹肉
指頭妙悟去来今
未知一滴仙縁絶
略解三生仏劫深
遊子天涯零落感
併将春恨自難禁

燈火《とうか》深沈《しんちん》として暗壁《あんぺき》に凝《こ》り
暮烟惨澹《ぼえんさんたん》として孤亭《こてい》を鎖《とざ》す
綺語《きご》を懺除《さんじょ》して何物《なにもの》をか消《け》す
只《た》だ此《こ》れ楞伽《りょうが》四《し》巻《かん》の経《きょう》

簾波《れんぱ》　動《うご》かず　緑陰陰《みどりいんいん》
客散《きゃくさん》の山園《さんえん》　玉磬《ぎょくけい》沈《ちん》たり
酔裡《すいり》歓場《かんじょう》　糸竹肉《しちくにく》
指頭妙悟《しとうみょうご》　去来今《きょらいこん》
未《いま》だ知《し》らず　一滴《いってき》　仙縁《せんえん》の絶《た》ゆるを
略解《ほぼかい》す　三生《さんせい》　仏劫《ぶつごう》の深《ふか》きを
遊子《ゆうし》　天涯《てんがい》　零落《れいらく》の感《かん》
春恨《しゅんこん》を併《あわ》せ将《も》つて自《おの》づから禁《た》へ難《がた》し

この作は「鎌倉雑感」とは全く違ひ、風神瀟洒、才華煥発、無限の情思を綺麗な文字の間に寄せてをるが、しかも幽秀閒淡を失はぬところに湖山の本色が窺はれる。

後惜春詞
往事悠悠烟水長

後惜春詞《ごせきしゅんし》
往事《おうじ》悠悠《ゆうゆう》　烟水長《えんすいとこし》へなり

銀箋写恨餞東皇
月和残夢茫無跡
春到啼鵑易断腸
縦使心根如木石
那堪眼底閲滄桑
繁華消尽風流歇
何処鐘声又夕陽

陽春有脚去何之
墜素翻紅各自悲
玩味放翁歎老語
吟残白傅遣姫詩
東君於我恩偏浅
西日倩誰留少時
一片閑愁抛不得
任他花柳笑吾痴
夢聞蜀魄醒聞鶯

銀箋《ぎんせん》　恨《うらみ》を写《うつ》して東皇《とうこう》に餞《はなむけ》す
月《つき》は残夢《ざんむ》に和《わ》して茫《ぼう》として跡無《あとな》く
春《はる》は啼鵑《ていけん》に到《いた》りて腸《はらわた》を断《た》ち易《やす》し
縦《たと》い心根《しんこん》をして木石《ぼくせき》の如《ごと》から使《し》むるも
那《なん》ぞ堪《た》へん　眼底《がんてい》　滄桑《そうそう》を閲《えつ》するに
繁華《はんか》消尽《しょうじん》して風流歇《ふうりゆうや》む
何《いず》れの処《ところ》の鐘声《しょうせい》ぞ　又《ま》た夕陽《せきよう》

陽春《ようしゅん》　脚有《あしあ》り　去《さ》りて何《いずこ》にか之《ゆ》く
墜素《ついそ》　翻紅《ほんこう》　各自《かくじ》に悲《かな》しむ
玩味《がんみ》す　放翁《ほうおう》　老《おい》を歎《たん》ずるの語《ご》
吟残《ぎんざん》す　白傅《はくふ》　姫《き》を遣《や》るの詩《し》
東君《とうくん》　我《われ》に於《お》いて恩偏《おんひと》へに浅《あさ》く
西日《せいじつ》　誰《たれ》を倩《やと》ひて留《とど》むること少時《しばらく》せん
一片《いっぺん》の閑愁《かんしゅう》　抛《なげう》ち得《え》ず
任他《まか》す　花柳《かりゅう》の吾《わ》が痴《ち》を笑《わら》ふに
夢《ゆめ》に蜀魄《しょくはく》を聞《き》き　醒《さ》めて鶯《うぐいす》を聞《き》く

悵触無端万感生
幾樹風花吹有影
漫空雪絮落無声
粉愁香恨隔年別
燈灺鐘残今夕情
最是俊遊難忘処
満楼烟月玉人箏

好賦招魂寄水流
塵封高閣惨於秋
花開花謝奈天意
春去春来関我愁
孤館残燈欹倦枕
半簾疎雨夢帰舟
玄都道士今何在
惹得劉郎感昔遊

悵触《とうしょく》　端《はし》無《な》くも万感《ばんかん》生《しょう》ず
幾樹《いくじゅ》の風花《ふうか》　吹《ふ》いて影《かげ》有《あ》り
漫空《まんくう》の雪絮《せつじょ》　落《お》ちて声《こえ》無《な》し
粉愁《ふんしゅう》　香恨《こうこん》　隔年《かくねん》の別《わかれ》
燈灺《とうしゃ》　鐘残《しょうざん》　今夕《こんせき》の情《じょう》
最《もっと》も是《こ》れ俊遊《しゅんゆう》　忘《わす》れ難《がた》き処《ところ》
満楼《まんろう》の烟月《えんげつ》　玉人《ぎょくじん》の箏《そう》

好《この》んで招魂《しょうこん》を賦《ふ》して水流《すいりゅう》に寄《よ》するに
塵《ちり》は高閣《こうかく》を封《ふう》じて秋《あき》よりも惨《さん》たり
花開《はなひら》き花謝《はなしゃ》す　天意《てんい》を奈《いか》ん
春去《はるさ》り春来《はるきた》る　我《わ》が愁《うれい》に関《かん》す
孤館《こかん》の残燈《ざんとう》　倦枕《けんちん》を欹《そばだ》て
半簾《はんれん》の疎雨《そう》　帰舟《きしゅう》を夢《ゆめ》む
玄都《げんと》の道士《どうし》　今何《いまいず》こにか在《あ》る
劉郎《りゅうろう》を惹《ひ》き得《え》て昔遊《せきゆう》を感《かん》ぜしむ

前に比して字句の烹錬《ほうれん》に技倆を示してをる。

「登嶽三首」も同年の作に係るが、これはまた全く変った方面を写した。

登嶽三首

鶴駕鸞驂何所羨
短筇支到白雲辺
豪懐不覚地球大
放眼真知天体円
絶頂寒風無六月
陰崖積雪自千年
腰間我有一瓢酒
欲酔玉皇香案前

茫茫八極静塵氛
独立飄然思不群
月窟星宮応咫尺
十洲三島漫紛紜
赤烏夜躍東瀛水
金気秋流大麓雲

登嶽三首《とうがくさんしゅ》

鶴駕《かくが》　鸞驂《らんさん》　何《なん》の羨《うらや》む所《ところ》ぞ
短筇《たんきょう》　支《ささ》へて到《いた》る　白雲《はくうん》の辺《へん》
豪懐《ごうかい》　覚《おぼ》えず　地球《ちきゅう》の大《だい》
放眼《ほうがん》　真《まこと》に知《し》る　天体《てんたい》の円《えん》
絶頂《ぜっちょう》の寒風《かんぷう》　六月《ろくがつ》無《な》く
陰崖《いんがい》の積雪《せきせつ》　自《おの》づから千年《せんねん》
腰間《ようかん》　我《われ》に一瓢《いっぴょう》の酒《さけ》有《あ》り
酔《よ》はんと欲《ほっ》す　玉皇香案《ぎょくこうこうあん》の前《まえ》

茫茫《ぼうぼう》たる八極《はちきょく》　塵氛《じんぷん》静《しず》かなり
独立《どくりつ》　飄然《ひょうぜん》として群《む》れざるを思《おも》ふ
月窟《げっくつ》　星宮《せいきゅう》　応《まさ》に咫尺《しせき》なるべし
十洲《じっしゅう》　三島《さんとう》　漫《まん》に紛紜《ふんうん》たり
赤烏《せきう》　夜《よる》に躍《おど》る　東瀛《とうえい》の水《みず》
金気《きんき》　秋《あき》に流《なが》る　大麓《たいろく》の雲《くも》

高宿峰頭支酔枕
鈞天広楽夢中聞

青蓮一去逸才稀
誰復登高能賦詩
世界三千帰掌握
鵬程九万可風追
人間草木未生処
天上神仙来会時
為報東西漫遊客
不攀大岳莫言奇

高《たか》く峰頭《ほうとう》に宿《しゆく》して酔枕《すいちん》を支《ささ》ふれば
鈞天《きんてん》の広楽《こうがく》　夢中《むちゆう》に聞《きこ》ゆ

青蓮《せいれん》一《ひと》たび去《さ》りて逸才《いつさい》稀《まれ》なり
誰《たれ》か復《ま》た高《たか》きに登《のぼ》りて能《よ》く詩《し》を賦《ふ》さん
世界三千《せかいさんぜん》　掌握《しようあく》に帰《き》し
鵬程九万《ほうていきゆうまん》　風追《ふうつい》す可《べ》し
人間《じんかん》の草木《そうもく》　未《いま》だ生《しよう》ぜざる処《ところ》
天上《てんじよう》の神仙《しんせん》　来《きた》り会《かい》する時《とき》
為《ため》に報《ほう》ず　東西漫遊《とうざいまんゆう》の客《きやく》
大岳《たいがく》を攀《よ》ぢずんば奇《き》を言《い》ふこと莫《なか》れ

豪宕の懐、雄抜の筆、従来富嶽を賦したものは多いが、大体形容に流れ想像に傾き、ぴつたり来るものがない。しかるに湖山は斯様に描破した上、猶ほ自己を点出してをるのは、流石に傑出したものである。

以上の諸作は湖山の代表作で、何れも二十八歳から三十歳までに出来たものである。即ち『薄遊一百律』と『湖山漫稿』―『湖山楼詩鈔』四巻―が、湖山の詩人として最も高潮に達した時代で、余は率意漫吟多く、云はば魯縞《ろこう》の末である。それ故多数を顧みず、前記代表作を収録する事とした。

この間、湖山の足跡は、房州から帰つた翌々年の秋―天保十二年、故山の老母を帰省すべく江戸を立出でて日光山の勝を探り、足利学校にその先祖小野篁《おののたかむら》の遺像を拝し、信州の松川温泉に浴した。折しも年末病気となつたので、ここで天保十三年の春を迎へ、東風細雨の頃、故山に帰り、翌十四年湖山三十歳、十二年目で一家と共に新春を迎へ、「弟妹団欒豈辞レ酔。今年元日在二家山一（弟妹団欒《ていまいだんらん》豈に酔《よい》を辞《じ》せんや。今年元日家山《こんねんがんじつかざん》に在《あ》り）」と欣《よろこ》んでいたが、三月桜花の咲く頃には、「帰二臥家山一纔匝歳。東風又動遠遊情（家山《かざん》に帰臥《きが》して纔《わず》かに匝歳《そうさい》。東風又動《とうふうまたうご》かす遠《えん》遊《ゆう》の情《じょう》）」と歌つて、再び江戸に向つて出発し、富嶽に登り、江戸に入つたが、さて糊口には窮したらしく、増上寺の一寺に寄寓し、童蒙の師匠となつていた―「僧房寄寓客。童蒙章句師（僧房寄寓《そうぼうきぐう》の客《きゃく》。童蒙章句《どうもうしょうく》の師《し》）」。翌くる弘化元年の夏、再び常総旅行に上り、更に栃木に行き、江戸に帰つたかと思うと、晩秋、奥州旅行に上り、年末には江戸に帰つた。この年末には、かの枕山の流寓時代も終つて、下谷に家を持つた。房州の鱸松塘は詩を二人に贈つて、

詩経名勝真無敵　　詩《し》は名勝《めいしょう》を経《へ》て真《まこと》に敵《てき》無《な》く
天令才人始有廬　　天《てん》は才人《さいじん》をして始《はじ》めて廬《いおり》有《あ》ら令《し》む
万里雄心呑巨海　　万里《ばんり》の雄心《ゆうしん》　巨海《きょかい》を呑《の》み
多年素志賦閑居　　多年《たねん》の素志《そし》　閑居《かんきょ》を賦《ふ》す

といつた。明くれば弘化二年、星巌は玉池吟社を鎖して故郷に帰臥した。湖山の送詩に、「迂疎

何任伝二衣鉢一（迂《う》疎《そ》何《なん》ぞ任《にん》ぜん衣《い》鉢《はつ》を伝《つた》ふるに）」といひて、暗に自分が星巌の衣鉢を伝ふるものと謙譲中に地歩を占めてをる。この年、湖山は流寓生活をしみ〴〵厭ひ、同じ境遇なる枕山と互に滾《たぎら》し合つたが、その枕山も家を持ち、湖山も漸く麹町平川祠下に家を構へた。「吾生真箇拙鳩似。漫把二僑居一為二卜居一（吾《わ》が生《せい》真箇《まこと》に拙《せつ》なること鳩《はと》に似《に》たり。漫《まん》に僑居《きようきよ》を把《と》りて卜居《ぼくきよ》と為《な》す）」。

かくて『湖山漫稿』は終つた。

『湖山漫稿』は嘉永二年、『湖山楼詩稿』二巻として出版した。後、慶応三年、森春濤・柘植浩等の勧めに依つて詩集出板を企てた。それは『湖山楼詩鈔』の名下に、青年時代の作物たる『題画詠史絶句』を第一巻、『薄遊一百律』を第二巻、『湖山漫稿』を第三・第四の両巻併せて四巻としたが、延引して明治三年に出板した。私は再び『湖山漫稿』の中、佳作と思ふもの三律を抜く。

贈林長孺
長剣稜稜気吐虹
何唯詩筆奪天工
酒酣常読項王紀
心直遥追汲黯風
飽抱経綸無所用
不知肝胆為誰雄

林《はやし》長孺《ちようじゆ》に贈《おく》る
長剣《ちようけん》稜稜《りようりよう》として　気《き》　虹《にじ》を吐《は》く
何《なん》ぞ唯《ただ》に詩筆《しひつ》の天工《てんこう》を奪《うば》ふのみならん
酒《さけ》酣《たけなわ》にして常《つね》に読《よ》む　項王《こうおう》の紀《き》
心《こころ》直《なお》くして遥《はる》かに追《お》ふ　汲黯《きゆうあん》の風《ふう》
飽《あ》くまで経綸《けいりん》を抱《いだ》くも用《もち》ふる所《ところ》無《な》し
知《し》らず　肝胆《かんたん》の誰《だれ》の為《ため》に雄《ゆう》なるかを

忘憂有此杯中物
休把昇沈問碧翁

送嶺田士徳遊松前
六首　録二

怪風腥雨恨悠悠
海外真知更九州
夜観星象候天度
酔剔蚌燈閲地球
鄂羅没吉或咫尺
北海中原是咽喉
辺疆利害談非易
莫慕当年博望侯

独行千里果何為
尋遍天涯山水奇
子美文章淪落後
馬遷志業壮遊時

憂《うれい》を忘《わす》るるに此《こ》の杯中《はいちゅう》の物《もの》有《あ》り
昇沈《しょうちん》を把《と》りて碧翁《へきおう》に問《と》ふを休《や》めよ

嶺田《みねた》士《し》徳《とく》の松前《まつまえ》に遊《あそ》ぶを送《おく》る
六首《ろくしゅ》　二《に》を録《ろく》す

怪風《かいふう》　腥雨《せいう》　恨悠悠《うらみゆうゆう》
海外《かいがい》　真《まこと》に知《し》る　更《さら》に九州《きゅうしゅう》
夜《よる》に星象《せいしょう》を観《み》て天度《てんど》を候《こう》し
酔《よ》ひて蚌燈《ぼうとう》を剔《き》りて地球《ちきゅう》を閲《えっ》す
鄂羅《がくら》　没吉《ぼっきつ》　或《あるい》は咫尺《しせき》
北海《ほっかい》　中原《ちゅうげん》　是《こ》れ咽喉《いんこう》
辺疆《へんきょう》の利害《りがい》　談《だん》じ易《やす》きに非《あら》ず
慕《した》ふ莫《なか》れ　当年《とうねん》の博望侯《はくぼうこう》

独行千里《どっこうせんり》　果《はた》して何《なに》をか為《な》す
尋遍《じんぺん》す　天涯山水《てんがいさんすい》の奇《き》
子美《しび》の文章《ぶんしょう》　淪落《りんらく》の後《のち》
馬遷《ばせん》の志業《しぎょう》　壮遊《そうゆう》の時《とき》

勿来関廃空花木
多賀城荒有古碑
勸汝帰程休草草
金華松島好題詩

勿来関《なこそのせき》は廃《はい》して空《むな》しく花木《かぼく》
多賀城《たがじょう》は荒《あ》れて古碑《こひ》有《あ》り
汝《なんじ》に勧《すす》む　帰程《きてい》　草草《そうそう》なるを休《や》めよ
金華《きんか》　松島《まつしま》　詩《し》を題《だい》するに好《よ》し

『湖山漫稿』の終の弘化二年から『火後憶得詩』の終の安政五年に至る、湖山三十二歳から四十五歳の十三年間は、幕末の最も逼迫した時代であつたと共に湖山の最も活動時代であつた。されば詩もまた多く作つたと思はれるが、安政五年冬の大火に罹つて長短七八百首の詩稿を失ひ、記憶を喚び起して漸く三十九首を得、後更に増して一百余首を得た。これから江戸追放の『北遊剰稿』、豊橋幽屏の『夢夢集《ぼうぼうしゅう》』となつて、『湖山近稿』（明治元年）と続く。これが大体からいふ経過である。

湖山は麴町に卜居して約半年、再び（弘化三年）谷巷に移寓するや、甲州旅行を企て、金峯《きんぷ》山《さん》の絶頂に上り、長歌を作り、九月、小川町に移つた。これが所謂る俎橋《まないたばし》寓居で、「家無㆓妻妾㆒同㆓僧舎㆒。身与㆓賓朋㆒尽飲徒（家《いえ》に妻妾《さいしょう》無《な》きは僧舎《そうしゃ》に同《おな》じ。身《み》と賓朋《ひんぽう》と尽《ことごと》く飲徒《いんと》）」といふ光景である。翌年の春（弘化四年）『湖山楼詩屏風』の一、二集を出板した。これは白楽天の故事から思ひついて、師友五十人の詩を集め、併せて小伝と月旦評を試みた一種面白いものである。

三

嘉永二年（己酉）湖山三十六歳、江州に帰省した。昨年、土浦から江戸に帰り、帷を垂れて子弟の教授に当った藤森弘庵は、湖山に送詩を贈つていふ。

送横山舒公帰省淡海
男児磊落便是賢
要将功業垂史編
不然奉使通絶域
不然載筆銘燕然
横生夙好縦横策
欲践磊落男児迹
豈思賤儒多城府
到処幾値腐鼠嚇
半生栖栖哭途窮
風月場中事雕虫
可憐今日帰家献
唯有一巻詩屏風
君不見買臣錦衣蘇子印
暮年遇合英声振

横山舒公《よこやまじよこう》の淡海《おうみ》に帰省《きせい》するを送《おく》る
男児《だんじ》の磊落《らいらく》なるは便《すなわ》ち是《こ》れ賢《けん》
功業《こうぎよう》を将《も》つて史編《しへん》に垂《た》れんことを要《よう》す
然《しか》らずんば使《つかい》を奉《ほう》じて絶域《ぜついき》に通《かよ》はん
然《しか》らずんば筆《ふで》を載《の》せて燕然《えんねん》を銘《めい》せん
横生《おうせい》　夙《つと》に好《この》む　縦横《じゆうおう》の策《さく》
践《ふ》まんと欲《ほっ》す　磊落《らいらく》　男児《だんじ》の迹《あと》
豈《あ》に思《おも》はんや　賤儒《せんじゆ》　城府《じようふ》多《おお》く
到《いた》る処《ところ》　幾《いく》たびか腐鼠《ふそ》の嚇《おど》すに値《あ》はんとは
半生栖栖《はんせいせいせい》として途《みち》の窮《きゆう》するに哭《な》き
風月場中《ふうげつじようちゆう》　雕虫《ちようちゆう》を事《こと》とす
憐《あわ》れむ可《べ》し　今日《こんにち》帰家《きか》の献《けん》
唯《た》だ一巻《いっかん》の詩屏風《しびようぶ》有《あ》るのみ
君《きみ》見《み》ずや　買臣《ばいしん》の錦衣《きんい》　蘇子《そし》の印《いん》
暮年《ぼねん》の遇合《ぐうごう》　英声《えいせい》を振《ふ》るふを

寄語郷里諸児女　語《ご》を寄《よ》す　郷里《きようり》の諸児女《しよじじよ》

是舌猶存莫浪擯　是《こ》の舌《した》は猶《な》ほ存《そん》す　浪《みだ》りに擯《しりぞ》くること莫《なか》れ

『大日本蚕史』に依れば、嘉永二年、飫肥《おび》藩で養蚕製糸の講習を始めた。それは同藩士の安井息軒の発意にて、自身上州に赴きて実地を視察し、国元へ詳細報告して、この業を起すやう勧めたからであるが、飫肥藩から近江の長浜に人を出し、当時在国した息軒の友人横山湖山が斡旋したと見えてをる。湖山の故郷は養蚕業の盛んなところで、湖山も経験があつた。息軒は学者たる一面に民政に心を傾け、養蚕に就きて種々なる意見があつたので、養蚕から従来の交誼が一層親しくなり、その媒《なかだち》に依つて飯田藩士加藤一介の妹を娶りて妻とし、後またその意見に依りて、安政戊午《ぼご》の大厄を脱することとなつたのである。この年、湖山は『乍《さ》浦集詠鈔《ほしゆうえいしよう》』四巻を出板した。これは阿片戦争の時、上海の惨害を詠じたものを鈔出し、外夷の恐るべきを世間に紹介した。尾張の伊藤圭介博士の出板した『乍《さ》川紀事詩《せんきじし》』二巻は湖山のそれと大体同じものである。

翌年（嘉永三年）湖山は『湖山楼詩鈔』を出板した、即ち『湖山漫稿』である。序文を弘庵が書いてをるが、弘庵にはこの序文の外に、も一つ同題のものが『如不及斎《じよふきゆうさい》文鈔』に収めてあつて、大意を挙ぐると、杜牧之の詩酒風流は憂思感憤から出たものなるも、世間の軽薄才子は何時も牧之を引いて自己の無頼を飾る道具とする。湖山は夙《つと》に牧之を慕ひ、憂思感憤の激するところが詩歌となつて現はれる。人或は素行の修まらぬのを厭うものあるも、それは能く湖山を知つたといはれぬとて、湖山の為めに弁解してをるのであるが、『湖山楼詩鈔』にあるものは、湖山の母に孝なる点から説きおこして、その詩を極めて賞揚したのである。二つの序文に何か経緯があると思ひつき、岡崎春石翁は湖山の生前親しく事実を確めたといふことで、それが『古東洋』（第二輯）に見えてをる。曰く、湖山は詩鈔上木に就ての序文を天山（弘庵、後、天山と号す）に請うた処、快諾して早速執筆したのが前序であつた。湖山これを読むと、いかにも当時の自分の行動と相反している。人倫に厚しとか、孝養を尽すとか、真面目な儒者のやうに認めてあるが、実は流連荒亡の蕩児であつた。そこで一二日経て天山を訪ひ、あれは文章完美、申分はないが、過褒《かほう》敢て当らず、赤面の至りなので、願くは改作願ひたいといつて、作るところの一詩を示した。

男児志願是功名
一酔紅裙也有情
我愛揚州狂杜牧
善評風月善談兵

男児《だんじ》の志願《しがん》　是《こ》れ功名《こうみよう》
一《ひと》たび紅裙《こうくん》に酔《よ》ひて也《ま》た情有《じようあ》り
我《われ》は愛《あい》す　揚州《ようしゆう》の狂杜牧《きようとぼく》
善《よ》く風月《ふうげつ》を評《ひよう》し　善《よ》く兵《へい》を談《だん》ず

天山はこれを一読して、面白し、然らば此詩を骨子として一文を作らうといつて、二度目に出来上つたのが後序であつた。湖山はこれを朗誦して、これでこそ我意を得たれと、早速上刻しやうとすると、そこへ西島秋航が尋ねて来た。秋航、名は輗《げい》、字は大車、別に三橋と号した。本姓は広江、長州赤間関の人で、西島蘭渓の養子であつた。湖山は二様の序文を出して、その経緯を述べると、秋航は襟を正しうして、いかにも後序は文章としても面白く、また足下の行状をうつす上に於て申分ない。しかし、これを『詩鈔』にかかげる事は、他日恐らく悔ゆる時があるであらう。前序はこれに反し、真摯質実にして尤も可也。人間一時飄逸の時はあつても、帰するところは前文に説く所に帰著すべきである。天山は恐らく深く足下を諷諭するところあつて、此の文を認《したた》めたものと思ふ。宜しく前序を採用すべきであるといつた。湖山はいかにも尤もだとあつて、深く悟るところあつて、又計画をかへて『詩鈔』には前序をかかげた。さうして天山に此の旨を伝へたところ、彼は笑つてをつたといふのである。

湖山を流連荒亡《りゆうれんこうぼう》の蕩児といふのも無理ならぬ次第である。湖山の青年時代より莫逆の親友なる松岡毅軒が書いた「湖山楼詩鈔序」に、「顧《おも》ふに余が湖山と契を締する、殆んど茲《ここ》に三十年矣。湖山の遊道広しと雖も、その一世値ふ所の境を熟観するに余に如《し》くは莫《な》し」と頭に置いて、「湖山の江都に在る、その壮なるや裘馬《きゆうば》の少年を拉《らつ》し、楼に登り妓を擁し、淋漓《りんり》百榼《ひやつこう》、毫《ごう》を酔余に揮ひ、倏《たちま》ちまた暢然《ちようぜん》として悔い、幡然《はんぜん》として之を改め、慈親を故郷に省し、或は路を東海に取りて鎌倉に去り、浩歌を涼烟荒草に発し、或は中山道を歴て関原を過ぎ、欣然髀《ひ》を拊《う》ちて龍飛雲起の踪《あと》を慶び、意気軒昂、腰剣自《おのずか》ら鳴る」と書いてある。しからば湖山が弘庵に対して、過褒敢て当らず赤面の至りとは率直澹泊《たんぱく》、まことに快男子の面目を発揮してをるのでないか。

貧書生の湖山も、この間は幾分楽となり、前記の如く詩集も出板し結婚もしたが、翌年—嘉永四年には長男正弘生れ、また吉田藩へ召出されることとなり、玉池の新居に引移つた。さりながら「有レ客経過豈難レ認。比隣第一我檐低（客《きやく》有《あ》りて経過《けいか》す豈《あ》に認《みと》め難《がた》きか。比《ひ》隣第一《りんだいいち》我《わ》が檐《のき》は低《ひく》し）」といつてをるところを見ると、よほど小さい家であつたと思はれる。この頃、松浦子重の蝦夷に遊ぶを送る七古を作つた。子重は即ち武四郎で、後日、密勅降下運動に大関係のある人である。その後幾程もなく、弘庵の詩集たる『春雨楼詩鈔』出板され、これは湖山の評選となつてをるが、岡崎春石翁は藤森天山伝中にかう云つてをる。『春雨楼詩鈔』の評選は、横山巻、後の小野湖山になつてをるが、これは後輩の湖山を世に出さうとした天山の好意から出てゐることで、実は例言から評語に至るまで、みな天山自ら草してをる。例言一つとり上げて見ても、諷誦すべき名文であつて、湖山は詩を善くしたが、かほど迄に文章を能くした人でなく、全く是れ天山の起草にかかる事は、一読して判然するであらう。かくの如きは儒学者の間には能く行はれてゐたことで、後輩者を引立てやうとする先輩者の意図に過ぎない。

〔第四十四号「小野湖山（上）」〕

（下）

四

湖山は血性の人、しかも時代は幕府の末期、内訌紛起の上に、我国始めて外難に突き当った時代である。年少にして頼家の家風を慕ひ、江戸に遊学するや、尾藤水竹の人物に傾倒し、藤森弘庵の実学に影響を受け、更に水戸の諸士と親しみ、梁川星巌を詩学の宗師としたとしたならば、その傾向が大体想像し得べきである。嘉永六年、米国軍艦の浦賀来航に依つて全国鼎沸《ていふつ》し、有志の間に和戦二様の議論が鎬《しのぎ》を削る時に当り、湖山の行動はどうであつたか。蒲生重章の書いた「狂々先生（湖山の別号）伝」に云ふ。

性たる狂戇《きようとう》狂直、憂国の念極めて篤し。往年洋夷の事起るや、心を労し思を焦《こが》し、頃刻も之を忘るゝ能はず、癸甲《きこう》（嘉永癸丑より安政甲寅に至る）以後に至るまで、孳々汲々《しし》、百事を抛擲《ほうてき》し、危難を冒渉し、常に有志の士に結托し、或は当路の門に奔走し、心力を竭《つく》して国家に報ぜんと欲し、故に藩主に勧むるに直言極諫の義を以てすること数々なるも省せられず。福山侍従（阿部正弘）の政を執るに当り、その臣某（門田樸斎）に因りて守禦の議を献じ、彦根中将（井伊直弼）の政を執るに当り、その臣某（宇津木大炊）に因りて内外の略を献じ、或は危言して之を聳動《しょうどう》す。一友人あり、その人を択ばして妄発するを咎めしが、先生答へて曰く、時情迫切す、豈に之を択ぶの暇あらんやと。平生、藤田東湖翁と最も善し。因てその志を以て景山老侯（水戸烈公）に達し、侯家の事より国家内外の事に及ぶまで指陳せざるなし。また梁川星巌と善く、議論相資《たす》け、郵筒往復し、因て天朝に献言せんと欲す。友人また規するに出位の罪を以てす。先生曰く、是れ納々自牖《じゆう》の義なり。且つ国家の外寇ある、猶ほ父母の激疾に係るがごとし、苟《いやし》くも之を救ふの道を求めんと欲するに、区々たる罪譴《ざいけん》、また何ぞ之を顧みん。

この文は湖山門人加藤信敏の書いたものを補綴したと重章自ら云つてをるが、三島中洲の書いた「湖山先生墓碑銘」もこの文を簡略したものゝ如くであつて、湖山の思想行動がさう云ふ方向に向つてゐたのは勿論であらう。さりながら『火後憶得詩』には、左の如きものがある。

癸丑六月記事二首

海口無関碧淼漫
妖鯨出没涌狂瀾
羽書不奏安辺議
唯報夷情測得難

癸丑六月記事《きちゆうろくがつきじ》二首《にしゆ》

海口《かいこう》　関無《せきな》く　碧淼漫《みどりびようまん》たり
妖鯨出没《ようげいしゆつぼつ》して狂瀾《きようらん》を涌《わ》かす
羽書《うしよ》　奏《そう》せず　安辺《あんぺん》の議《ぎ》
唯《た》だ報《ほう》ず　夷情《いじよう》　測《はか》り得《う》ること難《かた》しと

端拱誰是済時才
只恐紅塵化劫灰
瀕海驚騒鎮猶未
更堪梁木一朝摧

端拱《たんきょう》　誰《だれ》か是《こ》れ済時《さいじ》の才《さい》
只《た》だ恐《おそ》る　紅塵《こうじん》　劫灰《ごうかい》に化《か》するを
瀕海《ひんかい》　驚《おどろ》き騒《さわ》ぎて鎮《まも》り猶《な》ほ未《いま》だし
更《さら》に堪《た》へんや　梁木《りょうぼく》の一朝《いっちょう》に摧《くだ》くるを

「梁木一朝摧」は家慶将軍の薨去をいふのである。かういふところから推すと、湖山は悲歌慷慨徒《いたず》らに過激に奔るものでなくして、外を考へ内を顧み、穏健なる思想家であつたことが察せられる。況んや湖山の前輩には安井息軒などあつて、当時の所謂る志士と違つた思想を抱いてをるに於てをや。

放歌行

殷憂過痛哭
作詩不成章
看花対月潸涕涙
何問佯狂将真狂
痛極如無痛
詩成転豪縦
大酔放歌朝又朝

放歌行《ほうかこう》

殷憂《いんゆう》　痛哭《つうこく》に過《す》ぎ
詩《し》を作《つく》りて章《しょう》を成《な》さず
花《はな》を看《み》　月《つき》に対《むか》ひ　涕涙《ているい》潸《さん》たり
何《なん》ぞ問《と》はん　佯狂《ようきょう》　将《まさ》に真狂《しんきょう》ならんとするを
痛《いた》み極《きわ》まれば痛《いた》み無《な》きが如《ごと》し
詩《し》成《な》りて転《うた》た豪縦《ごうしょう》
大酔《たいすい》　放歌《ほうか》　朝又《あさま》た朝《あさ》

是真非真夢非真
嗚乎百歳空懐千歳憂
詩巻天地豈長留
自吟自笑又自哭
如待知音休休休

是《こ》れ真《まこと》に真《しん》に非《あら》ざれば夢《ゆめ》は真《しん》に非《あら》ず
嗚乎《ああ》　百歳《ひやくさい》空《むな》しく懐《いだ》く　千歳《せんざい》の憂《うれい》
詩巻《しかん》　天地《てんち》に豈《あ》に長《なが》く留《とど》まらんや
自《みずか》ら吟《ぎん》じ　自《みずか》ら笑《わら》ひ　又《ま》た自《みずか》ら哭《こく》す
知音《ちいん》を待《ま》つが如《ごと》きは休《や》めよ　休《や》めよ　休《や》めよ

湖山胸中の壱鬱《いちうつ》、何といひて言ひ現はすべき。再読三誦、真に無限の妙味がある。湖山は此の年十一月に近江に帰り、大晦日の前に江戸に帰つた。それは「除夕前一夕、帰㆓俎橋寓居㆒戯書」一絶の自注に「此歳十一月帰省」とあるからである。のみならず湖山は京都に行き、冬至の日に星巌夫妻を訪問した。紅蘭女史がこれを欣んだ七律がある。

翌々安政二年十月に大震災があり、藤田東湖の圧死となり、次年即ち三年六月、湖山は信州を経て京都に入り、鴨川の酒楼で星巌夫妻・支峰・鴨厓兄弟及び池内陶所・江馬天江等と会飲し、また京摂の間にて次男の訃音に接した。湖山のこの入洛は、果して如何なる用事であつたか、今知ることを得ぬ。次年―四年の十二月、林大学頭（煒《い》）が上洛する時、湖山の贈つた過激の五古が「狂々先生伝」に見えるが、『火後憶得詩』に収めぬのは湖山自ら棄てたものである。また前年、中島黄山に贈つた七古も同様である。翌年は安政五年で、その九月に大獄が起つた。湖山は年末に迫つた十一月中旬の大火に類焼して、二十年間に作つた千余首の詩を焼失し、しばらく茫然自失の体であつたが、記憶に残つたもの三十九首を上梓した。これが『火後憶得詩』である。『湖山楼十種』本の同書には、百余を増加してをるので、湖山の蹤跡が多少なりとも窺ひ得られる。年が替りて安政六年となり、大獄はいよいよ拡がつて来た。湖山の行動や如何。「狂々先生伝」に曰く、

戊午の獄起るに及び、天下の名士にして逮捕せらるゝもの甚だ多く、事の曲直虚実を論ぜず、威暴惨刻、実に言ふべからず。その西に在る、梁川星巌・梅田雲浜・頼三樹の如き、その東に在る、藤森弘庵・日下部《くさかべ》伊三次・勝野豊作の如き、みな先生の親善するところ。故に諸友みな先生の為に危みしも、先生猶ほ自ら奔走尽力して、数子の為にその冤《えん》を雪《すす》がんと欲し、遂に此に因りて罪をその藩に獲、竄逐《ざんちく》せられて府下に住するを得ず。先生是に於て信越の行あり。しかれども人みな幕威を怖れてその係累を恐る。故に到る処に落魄して、久しく留まるを得ず。

湖山の自ら語るところはかうである。『詩屏風』四集の松岡毅軒条下に云ふ、「戊午己未の際(安政五年、六年)国家多故、名士往々枉誣《おうふ》を蒙むる。余また嫌疑に罹り、時論洶々《きようきよう》、平生の交遊すら来訪するもの甚だ稀れなり。一日、毅軒来り弔ひ、かつ曰く、今日、子の為に計るものは、それたゞ安井息軒先生か。吾先づ子の為に之を説かん。子、明日就いて之を謀れと。余乃ち息翁に詣《いた》る。息翁熟思すること良久《やや》しく、先づ余が妻児を安排したり。余が北遊避難の地をなすものは、則ち毅軒と息翁との力なり」。

同三集の安井息軒条下に云ふ、「後に余の事故に係るや、先生、力を労して為に計画すると

ころあり。余深く肺肝に銘じ、曾て「懐人」詩十数首を作りしとき、その第一に云ふ、「文酒論レ交交豈真。艱難方始見二精神一。欲下追二蘇老一広中剛説上。出レ力平生可レ畏人（文酒交《ぶんしゅまじわ》りを論《ろん》ずるも交《まじわ》りは豈《あ》に真《まこと》ならんや。艱難方《かんなんまさ》に始《はじ》めて精神《せいしん》を見《み》る。蘇老《そろう》を追《お》ひて剛説《ごうせつ》を広《ひろ》めんと欲すれども、力《ちから》を出《いだ》すは平生畏《へいぜいおそ》る可《べ》きの人《ひと》）」。語は粗率と雖も、またその一斑を見るべし」。

加藤三蕉条下に云ふ。「戊午己未の際（安政五年、六年）、余、事変に遇ひ、平生故旧と雖も、来往するもの甚だ少《まれ》なり。翁その弟一峯・男三九郎と辛苦周旋つぶさに至る。故を以て余が妻児はみな安頓を得たり」。

大獄はます〳〵深刻となつて行つた。五月二十一日、吉田藩は突如として湖山を江戸追放に処した。そこで『北遊剰稿』となつた。

この大獄は老中間部詮勝《まなべあきかつ》に大関係がある。しかるに湖山が仕へた吉田藩の当主たる信古は、実にその次男である。さういふところから大獄の様子を漏れ聞くものあつて、この処分をして湖山を危地から抜き出したと思はれる点が多く、而して湖山の「那知小謫是深恩（那《なん》ぞ知《し》らん小謫《しょうたく》は是《こ》れ深恩《しんおん》なるを）」といつたのは、箇中の消息を無意識に語つたものであるまいか。

こゝに湖山と弘庵との間に一つの話がある。湖山が弘庵を裏切つた事あつて、弘庵立腹し断然義絶した。弘庵の門人依田学海はそれを堅く守つて、明治に入つても湖山と交遊しなかつたが、湖山の子息正弘が文章上の教を学海に請ふに至つて、初めて交通するに至つたといふ事であるが、それは事実であつたと思はれる。しからば何故にさういふ事になつたかといへば、今明かにする事は出来ぬけれど、戊午大獄に関係あるのは十分想像せられる。またこれと関聯して憶ひ出されるのは、湖山が追放処分を受けて野州に放浪した時、松本奎堂《けいどう》と出逢つた。奎堂は湖山が酒に身を持ち崩してをるのを見て頗る意に満たず、憤然として袂を振つて去り、書を留めて湖山を戒しめたといふ事である。ともあれ弘庵と云ひ奎堂と云ひ、湖山に対して何か面白からぬものがあつたのは明かである。奎堂は後大和の義挙を企てて壮烈なる死を遂げたので、湖山は肝胆を吐露する事を得ずして千載の遺憾となつたといつて歎息してをるが、非常な世話になつた弘庵とも、この大獄を境として永久の別となつた。即ち弘庵は出獄の後、号を天山と改め、いくばくならずして病死し、湖山は追放処分から更に幽閉五年となつたからである。

小野芳水の『小野湖山翁小伝』に一説を収めて、「翁は吉田へ送られた後、幕令で国元長押込といふ処分を受けたが、已に江戸にて斬首せらるべき一人に数へられていたのを、藩主信古そこに機宜の方策を講じ、一は自藩より重罪人を出さざる希望より、又一は師弟であり藩儒として惜しむべき士たる等の事情を綜合し、乞うて藩地に送つた事は、実は幽閉乃ち保護を加へたのである。其の証は翁が息正弘に向ひ、寿筵開くべからずといふ意を述べた中に、余は已に梟《きゆう》斬《ざん》の刑にも処せらるゝ筈であるを、僥倖にして然らざることを得たとは、藩主親しく余に語る所であるとのことで、かういふ事情があつて、湖山は九死に一生を得たのであるかも知れぬ」。

これは無論真実である。湖山は一面、時事に慷慨して激烈なる主張をしてをるが、また一面には吉田藩士として、安井息軒・塩谷宕陰等と同じく、よほど穏和な思慮を持つてをる。されば幕府の手に収められぬときは、その反対に浪士側から斬られる地位にあるのであつて、かの池内陶所や家里松嶹と同一なる運命に遭ふのは必然である。そこで息軒の熟謀、藩主信古の方策となつて、九死に一生を得たのであるから、湖山感謝の念の如何に深きかは想像に余るのである。

五

さて湖山の『北遊剰稿』となる。

湖山は先づ足利に至り、そこではよほど歓迎せられたやうだ。それから桐生・渋川を経て、草津・伊香保の温泉に浴し、六月、渋嶺《しぶとうげ》を踰《こ》えて信州に入り、野沢より越後の水沢に出で、「谷道記事詩」を作り、小千谷・三条・新潟に遊びて「新潟行」を賦した。

　酔中随処送居諸
　身是昌朝放棄餘
　狂放不成憔悴色
　恐他漁父識三閭

　酔中《すいちゅう》　随処《ずいしょ》に居諸《きょしょ》を送《おく》る
　身《み》は是《こ》れ昌朝放棄《しょうちょうほうき》の余《よ》
　狂放《きょうほう》　成《な》さず　憔悴《しょうすい》の色《いろ》
　恐《おそ》る　他《か》の漁父《ぎょほ》の三閭《さんりょ》を識《し》るを

とは、蓋しその本音であらう。会津から下野《しもつけ》に入り、太平山《おおひらさん》下なる栃木に滞留し、義家の賞した勿来関《なこそのせき》の桜を移して植ゑたと伝えられる「桜岡枯桜樹歌」を作りなどしてをる中、十月、藩令ありて江戸藩邸に召致され、容易ならざる風聞ありとの故を以て、軍鶏駕籠《とうまるかご》で国元—吉田—

へ送られた。当時の作を『夢夢集』と云ふ。

湖山は軍鶏駕籠の中で江戸の旧友を懐ひ十数首の詩を作つたが、何れも感慨に富んでをる。先づ第一に念頭に上つたのは弘庵で、次に鷲津毅堂・松岡毅軒・安井息軒・塩谷宕陰・勝野台山等である。土肥石斎・仙谷柳窩・小山杉渓・永井盤谷等は、その人物を審かにせぬけれど、詩中に描かれたところから想像すると、一諾千金より重き義気、貨殖に縦横なる才気、屠龍の妙技、洒落《しゃらく》なる胸襟の持主で、いかに湖山の交際が広かつたかが知られる。

湖山は吉田に幽閉されて、庚申（万延元年）の春を迎へ、三月になつて妻子が江戸から来て、斗室幽囚の裏に幾分か慰藉を得た。

　吉田城陰幽居雑吟
陶杜詩篇韓李筆
各家箋釈亦何心
眼前不見滄桑事
争解前賢用意深

　吉田城陰幽居雑吟《よしだじょういんゆうきょざつぎん》
陶杜《とうと》の詩篇《しへん》　韓李《かんり》の筆《ふで》
各家《かっか》の箋釈《せんしゃく》も亦《ま》た何《なん》の心《こころ》ぞ
眼前《がんぜん》に見《み》えず　滄桑《そうそう》の事《こと》
争《いか》でか解《かい》せん　前賢用意《ぜんけんようい》の深《ふか》きを

『小野湖山翁小伝』に、「翁の護送に関して一挿話あり。翁は吉田幽閉の稍々《やや》緩めるに際し、人生五十の一劃期に達したるを以て、横山仙助を自ら小野侗之助に改むといふも、実は江戸より護送の乗輿に当時の慣例として木札を附し、「松平伊豆守預り罪人小野侗之助」と記したるが故に、皆その如何なる人なりやを解せず、勤王党も佐幕派も軽々に看過した。その裏面には藩主信古及び藩の心ある有志が、翁の無事に吉田へ達せん事を考へ、態《わざ》と変名せしめた周到の用意であつて、翁在世中、此の事は少しも語られなかつた」。湖山の横山仙助を小野侗之助と改めたのはかういふ次第であるが、小野といつたのは、小野篁が祖先であるから本姓を使用したのである。長愿《ちょうげん》、字は侗翁も、この際に改めたのであらう。

湖山の追放幽閉の中に、大獄に連坐した人々の処分は済み、一転してそれを断行した大老井伊直弼も桜田門外の春雪と消え、次第に尊攘論者の勢力が増加した。湖山は幽閉五年目（文久三年）の春を迎へて釈放され、先づ老母を近江の故郷に省して帰藩するや、藩学時習館の教授となり、尋《つ》いで学政改革の令を受け、慶応元年の春、長男正弘を伴ひて老母を省し、路を迂して京都に入つた。同三年、摂政二条斉敬は書を吉田藩に致して、湖山の入京を令じ、山中静逸・岩谷一六等と共に救荒事宜の取調べをなし、十月、路を迂して老母を省して帰藩。翌年正月、藩令を以て尾張藩に往来した。これは維新の改革に依る名古屋の動揺を防ぎ、また三河各藩を統制して時勢に逆行せしめぬ作用であらうが、それにつけ、鷲津毅堂が能き相手であつたと思はれる。この年九月に明治と改元し、十月、聖上江戸行幸仰せ出され、月末には吉田著御となつた。湖山の詩は吉田幽閉前期以後八年間中止、この年から再び起つて『湖山近稿』となるのである。

　戊辰十月朔恭拝東幸儀仗　　戊辰十月朔《ぼしんじゅうがつついたち》、恭《うやうや》しく東幸《とうこう》の儀仗《ぎじょう》を拝《はい》す

鑾 輿 遠 度 幾 山 川　　鑾輿《らんよ》　遠《とお》く度《わた》る　幾山川《いくさんせん》

文武衣冠儀粲然　　文武《ぶんぶ》の衣冠《いかん》　儀粲然《ぎさんぜん》たり
北狩南巡徴古史　　北狩《ほくしゅ》　南巡《なんじゅん》　古史《こし》に徴《ちょう》するも
未聞盛典似今年　　未《いま》だ聞《き》かず　盛典《せいてん》　今年《ことし》に似《に》たるを

湖山は供奉頭なる参与木戸孝允とは旧識の間であるから、その推挙に依りて行在所《あんざいしょ》に伺候し、陛下に拝謁・徴士拝令、鳳輦《ほうれん》に尾して東上した。時に五十五歳、これから新生面が展開されるのである。

蒙徴将赴東京有作　　徴《めし》を蒙《こうむ》りて将《まさ》に東京《とうきょう》へ赴《おもむ》かんとして作《さく》有《あ》り

幾歳棲遅臥敝廬　　幾歳棲遅《いくさいせいち》して敝廬《へいろ》に臥《ふ》す
忽驚檐際鶴銜書　　忽《たちま》ち驚《おどろ》く　檐際《えんさい》　鶴《つる》の書《しょ》を銜《ふく》むに
稍聞寰海妖氛滅　　稍《やや》聞《き》く　寰海《かんかい》　妖氛《ようふん》の滅《めっ》するを
便覚寒林和気舒　　便《すなわ》ち覚《おぼ》ゆ　寒林《かんりん》　和気《わき》の舒《の》ぶるを
節後菊猶凝色処　　節後《せつご》の菊《きく》の猶《な》ほ色《いろ》を凝《こ》らす処《ところ》
至前梅已放香初　　至前《しぜん》の梅《うめ》の已《すで》に香《か》を放《はな》つ初《はじめ》
出門一笑別児輩　　門《もん》を出《い》でて一笑《いっしょう》して児輩《じはい》に別《わか》れ
敢借恩輝誇里閭　　敢《あ》へて恩輝《おんき》を借《か》りて里閭《りりょ》に誇《ほこ》る

函嶺《かんれい》を過ぎる詩に云ふ、

錦旆揚揚照薜蘿　　錦旆《きんばい》　揚揚《ようよう》として薜蘿《へいら》を照《て》らし

群霊掃路百神呵
翠華不用六龍駕
如此関山容易過

群霊《ぐんれい》は路《みち》を掃《は》き　百神《ひゃくしん》は呵《か》す
翠華《すいか》　用《もち》ひず　六龍《ろくりゅう》の駕《が》
此《か》の如《ごと》き関山《かんざん》　容易《ようい》に過《す》ぐ

鳳輦《ほうれん》、江戸に入御、江戸を東京と改められた。
湖山は太政官に出仕し、総裁局権弁事に任ぜられ、記録局主任となつた。明くれば明治二年である。

己巳元旦朝東京城二首

玉殿春回暁日高
妖氛掃尽八風調
鵷鸞新見威儀盛
梅柳応知雨露饒
宸苑東西籠瑞靄
城楼咫尺接雲霄
中興作頌非吾事
欲学唐賢賦早朝
眼看祥光耀大瀛

己巳《きし》元旦《がんたん》、東京城《とうきょうじょう》に朝《ちょう》す二首《にしゅ》

玉殿《ぎょくでん》　春《はる》は回《めぐ》り　暁日《ぎょうじつ》高《たか》し
妖氛《ようふん》掃《は》き尽《つ》くす　八風《はちふう》の調《しらべ》
鵷鸞《えんらん》　新《あら》たに見《み》る　威儀《いぎ》の盛《さか》んなるを
梅柳《ばいりゅう》　応《まさ》に知《し》るべし　雨露《うろ》の饒《おお》きを
宸苑東西《しんえんとうざい》　瑞靄《ずいあい》を籠《こ》め
城楼咫尺《じょうろうしせき》　雲霄《うんしょう》に接《せっ》す
中興《ちゅうこう》　頌《しょう》を作《つく》るは吾《わ》が事《こと》に非《あら》ず
唐賢《とうけん》を学《まな》んで早朝《そうちょう》を賦《ふ》せんと欲《ほっ》す
眼《まなこ》は看《み》る　祥光《しょうこう》　大瀛《たいえい》に耀《かがや》くを

嵩呼華祝頌昇平
政権復古三千歳
征討宣威十万兵
恩賜栢深増喜色
陽和気暢足歓声
迎鑾有日知非遠
到底新京勝旧京

嵩呼《すうこ》 華祝《かしゆく》 昇平《しようへい》を頌《しよう》す
政権《せいけん》 古《いにしえ》に復《ふく》す 三千歳《さんぜんさい》
征討《せいとう》 威《い》を宣《せん》す 十万兵《じゆうまんへい》
恩賜《おんし》の栢《さかずき》は深《ふか》くして 喜色《きしよく》を増《ま》し
陽和《ようわ》の気《き》は暢《の》びて 歓声《かんせい》足る
鑾《らん》を迎《むか》へて日《ひ》有《あ》り 知《し》る 遠《とお》きに非《あら》ざるを
到底《とうてい》 新京《しんきよう》は旧京《きゆうきよう》に勝《まさ》る

草莽の処士が一朝にして天上の仙吏となる。湖山の感慨それ如何ぞや。「迎レ鑾有レ日」とは聖駕が昨冬、西京に還幸せられたのをいふのである。森春濤曰く、「元日早朝詩は、本邦詩人の集中、近時往々之を見るが、この詩を首唱とする。しからば湖山を目して本邦の賈《か》舎人《しやじん》といふも、決して諛言《ゆげん》であるまい」と。それはさうであらう。

当時の諸高官は大体西国出身で関東の事情に通ぜぬところから、それに通ずる湖山に諮問するものが多かつた。湖山の意見は徳川氏の政治でも、取るべきものは取つて用ふべく、一概に排斥する要はないと主張し、また学事の一日も忽諸《こつしよ》に附すべからざるを思ひ、上野へ大学校を起すべしとの建議をしたといふ事が伝へられてをる。

湖山は漸く得意時代に入つたと見る間もなく、在官僅かに三ヶ月余にして辞職して郷里に帰つた。どうして斯くも早く辞職したかといふと、江北なる老母が往日の厄難に懲りて湖山の帰郷を促して止まぬからであるといふのであるが、要するに湖山の世事に長け、機変に熟し、退を以て進とした一種の哲学から来た事であらうと思はれる。そこに湖山の湖山たるものが存在するのである。

　二月十二日紀恩
幾回回首出城門
不覚衣襟点涙痕
帰去只期図報効
賜環恩勝特徴恩

　二月十二日《にがつじゆうににち》、恩《おん》を紀《しる》す
幾回《いくかい》か首《こうべ》を回《めぐ》らせて城門《じようもん》を出《い》づ
覚《おぼ》えず　衣襟《いきん》に涙痕《るいこん》を点《てん》ずるを
帰《かえ》り去《さ》りて只《た》だ期《き》す　報効《ほうこう》を図《はか》ることを
賜環《しかん》の恩《おん》は勝《まさ》る　特徴《とくちよう》の恩《おん》

老友枕山は詩を贈りて「見レ機為レ隠是常事。得レ意辞レ栄唯此翁（機《き》を見《み》て隠《いん》と為《な》るは是《こ》れ常《つね》の事《こと》。意《い》を得《え》て栄《えい》を辞《じ》するは唯《た》だ此《こ》の翁《おう》のみ）」といつた。流石に湖山の心事を握つてをる。湖山は帰郷した。

　帰家
名在朝班僅十旬
鶯花風暖故郷春
老親喜我帰来早
言笑如忘病在身

　家《いえ》に帰《かえ》る
名《な》の朝班《ちようはん》に在《あ》ること僅《わず》かに十旬《じゆうじゆん》
鶯花《おうか》　風《かぜ》は暖《あたた》かし　故郷《こきよう》の春《はる》
老親《ろうしん》　我《わ》が帰来《きらい》の早《はや》きを喜《よろこ》び
言笑《げんしよう》　忘《わす》るるが如《ごと》し　病《やまい》の身《み》に在《あ》るを

家に帰つて数ヶ月、老母の病が漸次恢復すると、吉田藩の権少参事となりて藩政に参与し、その間、『鄭絵余意《ていかいよい》』や『湖山楼詩鈔』の出板をした。翌年（明治四年）版籍奉還、湖山は旧藩主を送りて東京に出でたが、老母の病歿に逢ひて喪に奔り、年末再び東京に出で、それから東京に定住する事となつた。

卜居

不須江上着漁蓑
不用山中鎖薜蘿
老卜閑居何処好
東京城裡故人多

卜居《ぼっきょ》

須《もち》ひず　江上《こうじょう》　漁蓑《ぎょさ》を着《つ》くるを
用《もち》ひず　山中《さんちゅう》　薜蘿《へいら》を鎖《とざ》すを
老《お》いて閑居《かんきょ》を卜《ぼく》するに何処《いずこ》か好《よ》き
東京城裡《とうきょうじょうり》　故人《こじん》多《おお》し

いくばくもなく上野山下不忍池畔に家を構へて湖山小隠と称し、前後十二絶を作り、詩友の次韻を集めて、『蓮塘唱和集』及び『続集』とした。先師星巌は曾つてこの地なる酒巻立兆の氷華吟館に寓し、作つた詩を『蓮塘集』と名づけた。湖山もまたそれに倣つたのである。

起臥烟光水色間
小楼恰好匾湖山
蓮塘欲継梁翁集
也是吾家消暑湾
琴袋書嚢寄静娯

起臥《きが》す　烟光水色《えんこうすいしょく》の間《かん》
小楼《しょうろう》　恰《あたか》も好《よ》し　湖山《こざん》と匾《へん》するに
蓮塘《れんとう》　継《つ》がんと欲《ほっ》す　梁翁《りょうおう》の集《しゅう》
也《ま》た是《こ》れ吾《わ》が家《や》の消暑湾《しょうしょわん》
琴袋《きんたい》　書嚢《しょのう》　静娯《せいご》に寄《よ》す

残生収拾入皇都
一塵亦解安吾分
敢倣知章乞鏡湖

残生《ざんせい》収拾《しゆうしゆう》して皇都《こうと》に入《い》る
一塵《いちじん》も亦《ま》た解《かい》す　吾《わ》が分《ぶん》に安《やす》んずるを
敢《あ》へて倣《なら》ふ　知章《ちしよう》の鏡湖《きようこ》を乞《こ》ひしに

六

明治七年の年末、森春濤《しゆんとう》が上京し、翌年七月から『新文詩』の発行となり、明治詩風の一大転機を劃《かく》した。春濤は星巌門下として湖山の後進たるのみならず、その尾藩往来の際に更に親交が増したので、『新文詩』の上で湖山を推し上げたから、湖山は何時しか詩壇の元老格となり、詩酒徴逐の風流生活に入り、それに年歯といひ経歴といひ、真に適当なものであるから、聖代の人瑞として世間の尊敬を受け、明治二十年京都移寓まで続いた。この間、『湖山近稿』及び続稿・『消間集』及び続集・『賜《し》硯楼《けんろう》詩』・『詩屛風』三四両集が出来、『新文詩別集』として『帰展小稿』(明治九年、帰郷詩集)『夢夢集』(安政六年、吉田幽閉中の詩集)『感旧涙余』(友人勝野台山・門田樸斎・村山香村の墓碑銘を集めたるもの)が出板された。

湖山の晩年を飾るものは、『鄭絵余意』一巻を闕下《けつか》に献じ、明治天皇より硯を賜はつた事である。湖山は天保・弘化年間なる風水の大害から流民凍餒《とうだい》の惨状を目撃し、また安井息軒と共にこれ等の事に就き幾度か話し合つたと思はれ、息軒に「題二耕織図一」といふ文章があり、宋の鄭俠《ていきよう》が「流民図《るぼうず》」を作つて献上し、時主を感動させたことが書かれてある。湖山が『鄭絵余意』を献上したのも、恐らく息軒と同じ考へから来たのであらう。鄭絵余意とは鄭侠の「流民図」の余意といふ意味で、余意とはそれを詩に現はしたので謙遜の意を含めてをるが、曾て山中香村の嘱に応じ、山本琴谷画くところの「窮民図巻」に題した十二首の五古で、平明にして沈鬱、白楽天の筆意、実は杜少陵の風神を伝へてをる。内三首を収める。

観窮民図巻有感　　窮民図巻《きゆうみんずかん》を観《み》て感有《かんあ》り、
毎図係以一詩　　毎図《まいず》係《か》くるに一詩《いつし》を以《もつ》てす
第六図洪水暴漲　　第六図《だいろくず》、洪水暴漲《こうずいぼうちよう》す
大哉水之利　　大《おお》いなる哉《かな》　水《みず》の利《り》
甚哉水之害　　甚《はなはだ》しき哉《かな》　水《みず》の害《がい》
当其順流時　　其《そ》の順流《じゆんりゆう》の時《とき》に当《あ》たりては
可漕又可漑　　漕《こ》ぐ可《べ》く　又《ま》た漑《そそ》ぐ可《べ》し
家国富強基　　家国《かこく》　富強《ふきよう》の基《もとい》
万世共之頼　　万世《ばんせい》　共《とも》に之《こ》れ頼《たの》みとす
当其一潰決　　其《そ》の一《ひと》たび潰決《かいけつ》するに当《あ》たれば
湍悍無可制　　湍悍《たんかん》　制《せい》す可《べ》き無《な》し
膏腴万頃田　　膏腴《こうゆ》　万頃《ばんけい》の田《た》
転瞬付澎湃　　転瞬《てんしゆん》　澎湃《ほうはい》に付《ふ》す

旱蝗雖為災
暴激是其最
念彼沿河民
哀号望救済
三復瓠子歌
惻惻足悲慨
欽仰夏禹功
千載誰能継

第十図餓者相奪
為食

人生食為命
無食斯無人
宜哉先王政
食在喪祭先
後世重貨財
視食如軽然

旱蝗《かんこう》は災《わざわい》為《た》りと雖《いえど》も
暴激《ぼうげき》は是《こ》れ其《そ》の最《さい》たり
念《おも》ふ　彼《か》の沿河《えんが》の民《たみ》の
哀号《あいごう》して救済《きゅうさい》を望《のぞ》むを
三復《さんぷく》す　瓠子《こし》の歌《うた》
惻惻《そくそく》として悲慨《ひがい》するに足《た》れり
欽仰《きんぎょう》す　夏禹《かう》の功《こう》
千載《せんざい》　誰《だれ》か能《よ》く継《つ》がん

第十図《だいじゅうず》、餓者相奪《がしゃあいうば》ひて
食《くら》ふことを為《な》す

人生《ひとうま》れれば　食《くら》ふこと命《めい》と為《な》る
食《くら》ふこと無《な》ければ斯《すなわ》ち人無《ひとな》し
宜《よろ》しき哉《かな》　先王《せんのう》の政《まつりごと》
食《しょく》は喪祭《そうさい》の先《さき》に在《あ》り
後世《こうせい》　貨財《かざい》を重《おも》んじ
食《しょく》を視《み》ること軽《かる》きが如《ごと》く然《しか》り

不重奪農時
不難廃民田
一旦逢凶荒
餓者紛成群
攘臂相奪食
声厲色怒瞋
已無隣里好
豈知弟兄親
痛哉万物霊
不及烏与鳶

第十二図施穀粟
賑窮困

油雲下沛雨
槁苗興勃然
善哉鄒孟語
一誦可喩人

農時《のうじ》を奪《うば》ふことを重《おも》しとせず
民田《みんでん》を廃《はい》することを難《かた》しとせず
一旦《いったん》 凶荒《きようこう》に逢《あ》へば
餓者《がしや》 紛《ふん》として群《むれ》を成《な》す
臂《ひじ》を攘《はら》ひて食《しよく》を相奪《あいうば》ひ
声厲《こえはげ》しく 色怒《いろど》瞋《しん》す
已《すで》に隣里《りんり》の好無《よしみな》し
豈《あ》に弟兄《ていけい》の親《しん》を知《し》らんや
痛《いた》き哉《かな》 万物《ばんぶつ》の霊《れい》
烏《からす》と鳶《とび》とに及《およ》ばず

第十二図《だいじゆうにず》、穀粟《こくぞく》を施《ほどこ》して
窮困《きゆうこん》を賑《にぎ》はす

油雲《ゆううん》 沛雨《はいう》を下《くだ》し
槁苗《こうびよう》 興《お》きて勃然《ぼつぜん》たり
善《よ》き哉《かな》 鄒孟《すうもう》の語《ご》
一誦《いつしよう》 人《ひと》を喩《さと》す可《べ》し

如何大小吏
一年暴一年
只聞誅求急
不見撫育仁
物価日騰貴
歎怨声相連
朝昏支無計
欺詐勢使然
忠良空切歯
憂懐何日伸
吾亦区区志
経済希昔賢
安得如此図
賑恤蘇斯民

如何《いかん》ぞ　大小《だいしよう》の吏《り》
一年《いちねん》は一年《いちねん》より暴《あら》し
只《た》だ誅求《ちゆうきゆう》の急《きゆう》なるを聞《き》き
撫育《ぶいく》の仁《じん》を見《み》ず
物価《ぶつか》は日《ひび》に騰貴《とうき》し
歎怨《たんえん》の声《こえ》は相連《あいつら》なる
朝昏《ちようこん》　支《ささ》へるに計《けい》無《な》く
欺詐《ぎさ》　勢《いきおい》は然《しか》ら使《し》む
忠良《ちゆうりよう》　空《むな》しく歯《は》を切《せつ》し
憂懐《ゆうかい》　何《なん》の日《ひ》か伸《の》びん
吾《われ》も亦《ま》た区区《くく》たる　志《こころざし》もて
経済《けいざい》　昔賢《せきけん》を希《こいねが》ふ
安《いず》くんぞ得《え》ん　此《こ》の図《ず》の如《ごと》く
賑恤《しんじゆつ》して斯民《しみん》を蘇《よみがえ》らするを

この詩の奉献は明治八年であるが、十六年七月、時の内閣書記官たる子息正弘を宮中に召され、賜硯の御事があつたのである。湖山は感泣の余り、特恩を謝して三律を賦した。その一律に云ふ。

紫石瑛瑛異彩浮
餘輝照映古牀頭
只言林下世栄薄
豈料天辺恩露優
静寿之称非一日
貞堅其質自千秋
従今藝苑添佳話
野老新営賜研楼

紫《し》石瑛瑛《せきえいえい》として異彩《いさい》浮かび
余輝《よき》照《て》り映《は》ゆ　古牀頭《こしようとう》
只《た》だ言《い》ふ　林下《りんか》　世栄《せいえい》薄《うす》しと
豈《あ》に料《はか》らんや　天辺《てんぺん》　恩露《おんろ》の優《ゆう》なるを
静寿《せいじゆ》の称《しよう》は一日《いちにち》に非《あら》ず
貞堅其《ていけんそ》の質《しつ》は自《おの》づから千秋《せんしゆう》
今《いま》従《よ》り芸苑《げいえん》　佳話《かわ》を添《そ》へん
野老《やろう》新《あら》たに営《いとな》む　賜研楼《しけんろう》

この和韻を集めたものが『賜研楼詩』である。

明治二十年（丁亥）湖山七十四歳、この春、家を京都に移した。老友谷如意の勧めによつたのである。折しも如意及び頼支峰・神山鳳陽・江馬天江等の所謂平安四老の合同寿筵が東山で開かれた。湖山は列席して、「我願四君過㆓七十㆒。与㆓吾八十㆒宴同開（我《われ》は願《ねが》ふ四君《しくん》七十《しちじゆう》を過《す》ぎ、吾《わ》が八十《はちじゆう》と宴《うたげ》同《おな》じく開《ひら》くを）」といひ、四老を弟視し、悠然として京都に元老の地位に即《つ》いた。大竹蔣逕《しようけい》は湖山に京都で随従したのであるが、京都詩壇の有様を語つて曰く、

明治三十年後の京都詩界は、湖山老人が年配最も高きに依つて上席を占めてゐた。福原周峰は長州藩福原越後の一族で、平野神社の祀官をやつてをつたが、晩年には女の孫が大阪の名高い商人に嫁し、その商人が立派な家を建てゝくれた話がある。それから伊勢小《しよう》

湫《しゅう》・長谷川秋水などが聞えた詩人である。秋水は岐阜県の高官から官を罷めて遊んでいたが、もと植村蘆洲《ろしゅう》の門人で、詩はなか〳〵達者であつた。湖山老人が東京へ帰つた後は、四老といつて谷如意・江馬天江・頼支峰と神山鳳陽の四人が京都の人から尊敬せられ、それに次いで市村水香・林双橋・中村確堂・神田香巌が尊敬せられた。如意山人は近江の人、学問を山陽門下の中川漁村に、詩を星巌に学び、維新の時には国事に奔走し、彦根藩の大参事や左院の議官ともなつた。天江老人も近江の人、医者から転じて国事に奔走し、太政官の史官となり、詩を星巌に学び、詩名があり、官を退いた後、柳馬場に宅を置いた。宅の庭は小堀遠州の築いたもので、退亭園と名づけ、間雅な好い庭であつた。髯が立派で、立つてゐても髯が左右に分れて膝を過ぎ、途中で小児どもは敬礼して行き過ぎる程であつた。それから頼支峰は山陽の子、神山鳳陽は何処の人であつたか、今、記憶に上らぬ。市村水香は藤井竹外の門人、林双橋は酒飲み、中村確堂の父親は相当な学者であつた。神田香巌は質屋の主人、古い書物を沢山所蔵し、古法帖もかなりあり、詩文は天江翁の高弟である。当時、支那から遊びに来た陳曼寿といふものがあり、足を京都に留めて、一度も東京へ出なかつた。この人が詩文に就いていろ〳〵な話をした。天江翁の著はした『古詩声譜』は、大体その説から来たものである。森春濤は西京の詩人が陳毒を受けてをるといつたさうだが、陳曼寿の毒を受けてをるといふ意味である。この陳曼寿は日本の詩を見て、何辺といふ文字が能く見えるが、かういふ文字は支那には何処といふべき文字であるといつた。そこで自分（蔣逕）も調べて見た。神田香巌は多く書物を蔵してをるから、調べて見たが見当らぬ。しかし唐の羅虬《らきゆう》の詩に、何辺が一ヶ所あるといふことであつたが、大阪の近藤南洲の調べに依ると、それは和刻にあるので、唐刻にはないとのことで、とにかく何辺といふ文字は使用せぬことゝした。それと似たやうな話であるが、湖山翁がある新年の詩に、交味と云ふ文字を使つたので、杉浦梅潭《ばいたん》が出処を尋ねると、翁が明答を避けたので、それでは御手製ですかといつたので、流石の翁も気に病んで、私に出処を見つけてくれとのことであつたので、骨を折つて唐宋の詩集を取りしらべ、とう〳〵真山民《しんさんみん》の詩集から見つけ出して知らせると、翁は大いに欣んで、漸く安心したといはれたことなどもあつた。

晩年の湖山は、『湖山老後詩』上下二巻に見える如く、意気、壮者を凌ぐものあるも、実は強《きよう》弩《ど》の末勢である（『老後詩』は明治十七年七十一歳より、二十五年七十九歳に至る）。湖山もそれを能く知つてをる。そこで三十年三月、生壙《せいこう》を洛西なる妙心寺中大龍院に営み、自ら題して「湖山酔民墓」といふ。碑陰の自記に云ふ。

人生八十余年、閲歴また深きも、泰否屯亨《たいひちゆんこう》、総《す》べて掌中の一杯に在り。東西優游、詩酒放浪、世に功なしと雖も、また人に負はず、以て命を俟《ま》つべきか。天未だ道山に帰るを許さず。且つ自ら生壙を営む。洛西の名利は夙に因縁あり。名賢藤公藤房、先輩佐象山、実弟釈東胤等の墓、また箇中に在り。酔民の魄《はく》を安ずる、幸いに寂寥ならじ。遂に自《みずか》ら石を建て、併せて之を書す。酔民とは誰ぞ。近江の小野長愿なり。

かくて湖山は東京に帰り、地を巣鴨の妙義阪に卜し、余生を静かに送つてゐたが、三十三年八十七歳、大患に罹り、危篤の趣が天聴に達するや、特旨を以て従五位に叙せられ、尋で全快、四十三年四月、上総なる大東崎の別荘に於て臥病、溘焉《こうえん》長逝した。享年実に九十七歳。既定の如く京都妙心寺の大龍院に葬つた。

長子正弘は双松と号し、仕へて記録局次長となり、昭和三年に病歿、享年七十八歳。関根痴堂の二子竹三を養ひて嗣《し》となし、門人は長子双松、関根痴堂及び大竹蔣逕がある。

湖山の著述は、自ら輯《あつ》めた『湖山楼十種』に網羅される。即ち⑴『湖山詩稿』⑵『火後憶得詩』⑶『鄭絵余意』⑷『北遊剰稿』⑸『詩屏風』⑹『湖山近稿』⑺同続集⑻『湖山消閒集』⑼『蓮塘唱和集』⑽同続集であるが、晩年の作を集めた『湖山老後詩』の外、『詩屏風』の三四両集、『新選三体詩』等がある。而して作詩の数は、火災に焼けた六七百首を除き、現存するもの大体一千四百五十首ほどである。

七

詩人として湖山の最も価値あるのはその壮年時代で、『湖山漫稿』が代表作といふべきものである。『湖山近稿』以後となると逐年逓下《ていか》して、年齢は争はれぬ事実を示してをる。しかのみならず、その作は近体が多く、特に七律に長じ、古体が割合に少いので、大沼枕山の古近体何れも長ぜるに対し、一代に名高き詩人として頗る物足らぬ感がする。

湖山は杜牧を以て自任し、白楽天の作風を慕ひ、中晩唐の風調を能く会得し、文字は平易で、しかも識見秀でたところがある。

詩人本意在箴規　詩人《しじん》の本意《ほんい》は箴規《しんき》に在《あ》り
語要平常不要奇　語《ご》は平常《へいじょう》を要《よう》して奇《き》を要《よう》せず
若就先賢論風格　若《も》し先賢《せんけん》に就《つ》いて風格《ふうかく》を論《ろん》ずれば
香山楽府是吾師　香山《こうざん》の楽府《がふ》　是《こ》れ吾《わ》が師《し》

議論・識見の尋常詩人より抜き出たことは、平生、頼山陽を景慕してその詩文を愛読したところにあらう。『東坡策』、楊鉄崖・劉青田の詩集などを好んだといつてをるが、それは同じ傾向である。

湖山は粗率凡庸を自分の詩なりと卑下し、しかも腎彫肝琢《じんちょうかんたく》の詩風を良しとしてをらぬ。されば菅茶山の七絶を賞揚し、特に大窪詩仏を推重した。

読詩仏翁集　詩仏翁《しぶつおう》の集《しゅう》を読《よ》む
才力是天非易進　才力《さいりょく》は是《こ》れ天《てん》　進《すす》み易《やす》きに非《あら》ず
只看風調日争新　只《た》だ看《み》る　風調《ふうちょう》の日《ひ》に新《あたら》しきを争《あらそ》ふを
後生軽視江山集　後生《こうせい》軽視《けいし》す　江山《こうざん》の集《しゅう》
得似江山能幾人　江山《こうざん》に似《に》るを得《う》るは能《よ》く幾人《いくにん》ぞ

詩仏の平淡率直の中、自ら一種の風神あるのを見てをるのである。湖山の詩は実にかう云ふところに特長があるのである。

愛 読 前 賢 高 古 詩　　愛読《あいどく》す　前賢高古《ぜんけんこうこ》の詩《し》
六 朝 金 粉 奈 浮 詞　　六朝《りくちょう》の金粉《きんぷん》　浮詞《ふし》を奈《いか》んせん
師 門 去 短 尋 常 事　　師門《しもん》　短《たん》を去《さ》るは尋常《じんじょう》の事《こと》
罵 祖 家 風 亦 一 奇　　祖《そ》を罵《ののし》る家風《かふう》も亦《ま》た一奇《いっき》

湖山はいふまでもなく星巌門下である。星巌は宋詩から出て唐詩を主張し、更に一変して清詩一派の開山となつたのであるが、垂老、京都に帰つてからは、また一変して真率平夷、殆んど口語詩ともいふべきものとなつたが、その中には老練の極、高古といふべきものが往々にしてある。しかるに清詩一派は綺語麗情にのみ集中して、それを凡庸なりとして嫌悪する傾向がある。湖山は星巌老後の詩風に傾倒し、清詩一派を指して罵祖《ばそ》の家風といつてをる。これは注意すべき点である。

湖山の詩の最も佳きところは、豪宕にして沈著、飛動の趣を備へて、しかも深摯な点であつて、それは白香山よりも却つて杜少陵に近きものが自然にあるのである。これはその性情から来る慷慨の気に富み惻怛《そくだつ》の情に厚い為めであらう。私は湖山の詩集を読んで、手、巻を釈《お》くに忍びぬことが屢々であつた。中洲の墓碑銘に「憂レ世報レ国、満腹忠誠、溢為二吟詠一、金石鏗鏘、一世称頌、杜甫再生（世《よ》を憂《うれ》ひ国《くに》に報《むく》ふ、満腹《まんぷく》の忠誠《ちゅうせい》、溢《あふ》れて吟詠《ぎんえい》と為《な》る、金石鏗鏘《きんせきこうそう》として、一世称《いっせいしょう》頌《しよう》す、杜甫《とほ》の再生《さいせい》なり)」とあるが、結局それが最も適当だといふことになるのである。

〔第四十五号「小野湖山(下)」〕

大沼枕山

（上）

枕山《ちんざん》は幕末から明治二十年前後に於ける東京詩壇の大立物である。森春濤が東京に移住してからは、両々対峙する壮観を呈した。枕山は宋詩を奉ずる幕府の遺老として、春濤は清詩を主とする新風の鼓吹者として。

そも〳〵江戸の詩壇は、荻生徂徠の明詩が衰へると、反動的に流行したのが宋詩であつて、それが二つに分れ、一は京阪から流れ出で、一転して昌平黌の詩風となり、一は在野詩人の団結たる清新詩派となつて一世を風靡した。清新詩派とは山本北山・市河寛斎の提唱に係り、北山門に大窪詩仏が出で、寛斎の江湖詩社は菊池五山が継承し、長年月に渉つて覇権を握り、枕山は五山の門下として更にそれを継承したのである。枕山は弱冠の時、詩人として家声を揚げることを父の墓に誓つた程あつて、衣奔食走、一定の寓所もなき窮苦の間にあつて奮励飛揚、遂に自他とも許す一代の詩人となり、年来の素望を達したのみならず、末期と云ひながら由緒ある江戸詩壇の盟主として仰がれる次第となつたのである。枕山は一生をこれに捧げた。それが抱負となり、事業となり、かりそめにもそれに関係ある事なれば、出来るだけの力を以て対応した。また旧風を頑固に維持して、幕府の遺老と共に漸滅して行つたのも、都《す》べてこれから来るのである。

枕山の祖父を鷲津《わしづ》幽林《ゆうりん》と云ふ。幽林は尾張国丹羽郡丹羽村の人。京都へ遊学して芥川丹丘・武田梅龍に就き、天明の頃、一時明倫堂の儒員となつたが、冢田《つかだ》大峰《たいほう》と意見合はずして郷里に帰り、有隣塾を開いて子弟を教授した。長子竹渓は名を典、字を伯経と云ひ、通称治右衛門、幕府の御広敷添番衆大沼友吉の養子となつた。『五山堂詩話』巻九に「傲骨崚嶒《ごうこつりょうそう》、詩を論ずること尤も精厳にして、人多く指摘を蒙むる。余騒壇に相逢ふ毎に、隠として一敵国の如し」とある。枕山の刻した『竹渓遺稿』を見ると、竹渓は古賀精里を吾師と呼び、その復原楼がしば〳〵詩に入り、昌平黌の詩人として知られた野村篁園《こうえん》と親しく、鈴木白藤《はくとう》・宿谷空々《しゃくやくうくう》などと唱酬し、また菊池五山の詩会にも出席し、作風は昌平黌詩人と殆んど同じやうである。詩に対する意見は「祭レ詩」詩の中に見えるが、杜少陵の忠憤は老婆心、李太白の仙風は虚誕であり、韓退之・蘇東坡はむつかしく、白楽天は浅俗で妙と云へば妙であるがしかし清雅でないと片づけ、陶淵明・韋応物、それから王維・劉長卿を目当とし、枯淡の骨に菁華《せいか》の肉をつけ、そして切実を重視してをる。これでは五山が「一敵国の如し」と云つたのも、まことに然りと思はれる。

竹渓の子が枕山で、文政元年三月、下谷で生れた。竹渓四十二歳の厄年の子であるから、そこで捨吉と名づけられた。枕山十歳の時に竹渓が歿したので、少年の時から世間の辛酸を嘗《な》め尽した。一説に依れば、竹渓の家職は幕府の岡引《おかつぴき》で、召取つた強盗の恨を買ひ、遂に非命に斃《たお》れたとあるが、『竹渓遺稿』に「病中示レ児」の七律があり、その児が枕山であるとすると、その説は訛伝であらう。

『枕山詩鈔』初編の開巻第一は、天保六年（乙未）枕山十八歳、「暁発二箱根一」の五古である。

漂 泊 任 浮 萍　　漂泊《ひょうはく》　浮萍《ふひょう》に任《まか》せ
千 里 軽 離 別　　千里《せんり》　離別《りべつ》を軽《かろ》んず
歳 月 速 如 電　　歳月《さいげつ》の速《すみ》やかなること電《いなずま》の如《ごと》し
鼎 鼎 忽 暮 節　　鼎鼎《ていてい》として忽《たちま》ち暮節《ぼせつ》

早くから浮萍のやうに漂泊した事が想像せられ、

青 史 業 未 成　　青史《せいし》　業未《ぎょういま》だ成《な》らず
有 愧 古 明 哲　　古明哲《こめいてつ》に愧《は》づること有《あ》り

年端《としは》も行かぬのに、相当の大志を抱いてをる事も分り、浮萍生活の間に、かくも詩学を養ひ文字を駆使する才能のあるのは、むしろ驚歎に値する。枕山の此の旅行は、江戸を出でて父の郷里なる尾張に向ひ、叔父松隠の許へ行くのである。松隠は幽林の三子、即ち父竹渓の弟に当り、幽林の開いた有隣塾を継承したのであるが、この時はその子益斎—枕山の従兄—が主として教授の任に当つていたやうである。

枕山は有隣塾で後年好敵手となつた森春濤と出逢つて、互ひに切磋した。春濤は枕山より一つ年下である。春濤が塾の蔵書の虫干をする傍ら読書に耽つて、夕立の来るのも知らず読んでいて曝した書物を濡した話、枕山が作詩に夢中になつて歩いてゐて溝の中へ落ちた話、それを塾中の者が一対の佳話として、『蒙求』になぞらへて、「捨吉落レ水。浩甫漂レ書（捨吉水《すてきちみず》に落《お》つ。浩甫書《こうほしょ》を漂《さら》す）」と云ひはやした。捨吉は枕山、浩甫は春濤の名である。枕山はこの年に尾張を去つて江戸へ帰つた。

これから程なき事と思ふ。枕山は当時、江戸詩界に覇権を握つていた菊池五山の門を敲いた。しかるに身に破れ衣を纏《まと》つていたので、五山の書生は乞食と思つて取次がぬので、枕山腹を立て、大声を発していると、五山が聞きつけて請じ入れた。枕山は懐中から詩稿を取出して見せた。五山一読、才識と云ひ格律と云ひ、少年の作に似合はぬから、他人のものを持つて来たのかと疑ひ、試みに床頭挿《さ》すところの花卉《かき》を詠ぜしめると、忽ち一律を賦して、しかも頗る巧妙であつた。そこで五山は門人として諸生の上に置いたと云ふ事である。五山も年少から非常に苦労した人であるから、枕山に対しても温情があつたのであらうし、また一敵国と思つた竹渓の子だと分つて見ると、一層の温情が湧いたのであらう。枕山はかくて五山の得意の弟子となつた。

枕山の七絶を集めた『枕山詩鈔七絶』は、天保七年（丙申）枕山十九歳の時から起つてをる。

「乙夜納涼（五山堂課題）」に云ふ。

月到天心分外清
細風吹浪皺紋生
紅燈一点誰家舫
猶有三絃落後声

歌吹声残夜未央
水烟淡罩月蒼茫
荷香柳影無人管
併作廻塘十里涼

月《つき》は天心《てんしん》に到《いた》りて分外《ぶんがい》に清《きよ》く
細風《さいふう》浪《なみ》を吹《ふ》いて皺紋《しゆんもん》生《しよう》ず
紅燈一点《こうとういつてん》誰《た》が家《いえ》の舫《ふね》ぞ
猶《な》ほ有《あ》り三絃落後《さんげんらくご》の声《こえ》
歌吹《かすい》の声《こえ》は残《のこ》り夜未《よるいま》だ央《なか》ばならず
水烟《すいえん》淡《あわ》く罩《こ》めて月蒼茫《つきそうぼう》たり
荷香《かこう》柳影《りゆうえい》人《ひと》の管《かん》する無《な》く
併《あわ》せて廻塘十里《かいとうじゆうり》の涼《りよう》を作《な》す

梁川星巌はこの年四十八歳、江戸に入つて六年、居を神田お玉ヶ池にトし、玉池吟社を開いてから四年となり、詩名日に揚つた。星巌は山本北山の竹堤吟社の晩進で、五山とは早くから知合ひであるのみならず、前輩と仰いでいたので、始終その詩会へ出席した。かかる環境であるから、枕山も何時しか星巌の玉池吟社に出入する事となつた。枕山の名が星巌の詩集に始めて見えたのは、天保八年（丁酉）「不忍池観蓮」の七律からである。しかるに『枕山詩鈔』の初編には、それを一年前の丙申に係けている。

観蓮節前二日招同梁川星　　観蓮節前二日《かんれんせつまえふつか》、同《おな》じく梁川星巌翁《やながわせいがんおう》・

巌翁宮沢竹堂比志島文軒
嶺田士徳飲于小西湖分香
亭星巌翁詩先成輒次其韻

晩霞如綺色鮮妍
画出明湖鏡裏天
睡鷺汎鷗間境界
白衫烏帽散神仙
觥心瀲灩金醪凸
荷背玲瓏玉露円
剰愛香風吹有力
炎氛俗慮一斉蠲

湖色軽明山色妍
湘簾捲尽晩晴天
風塵之外棲遅客
水石中間放浪仙
古鼎香浮心字細

宮沢竹堂《みやざわちくどう》・比志島文軒《ひしじまぶんけん》・嶺田士徳《みねたしとく》を招《まね》き、小西湖《しょうせいこ》の分香亭《ぶんこうてい》に飲《の》む。星巌《せいがん》翁《おう》詩《し》先《ま》づ成《な》る。輒《すなわ》ち其《そ》の韻《いん》に次《じ》す

晩霞《ばんか》　綺《き》の如《ごと》く色鮮妍《いろせんけん》
画《えが》き出《だ》す　明湖《めいこ》　鏡裏《きょうり》の天《てん》
睡鷺《すいろ》　汎鷗《はんおう》　間境界《かんきょうかい》
白衫《はくさん》　烏帽《うぼう》　散神仙《さんしんせん》
觥心瀲灩《こうしんれんえん》として金醪凸《きんろうとつ》に
荷《か》背玲瓏《はいれいろう》として玉露円《ぎょくろまど》かなり
剰《あま》つさへ愛《あい》す　香風《こうふう》　吹《ふ》いて力有《ちからあ》るを
炎氛《えんふん》　俗慮《ぞくりょ》　一斉《いっせい》に蠲《のぞ》く

湖色《こしょく》は軽明《けいめい》　山色《さんしょく》は妍《けん》
湘簾《しょうれんま》捲き尽《つ》くす　晩晴《ばんせい》の天《てん》
風塵《ふうじん》の外《そと》　棲遅《せいち》の客《きゃく》
水石《すいせき》の中間《ちゅうかん》　放浪《ほうろう》の仙《せん》
古鼎《こてい》　香浮《こうう》かびて心字《しんじ》細《ほそ》く

小甌茶熟乳花円　小甌《しようおう》　茶熟《ちやじゆく》して乳花円《にゆうかまど》かなり
移床箕坐垂楊下　床《しよう》を移《うつ》して箕坐《きざ》す　垂楊《すいよう》の下《した》
礼法吾曹儘可蠲　礼法《れいほう》　吾曹《ごそう》　儘《ま》ま蠲《のぞ》く可《べ》し

十九か二十歳の青年作家としては、驚くほどの手腕である。

翌天保八年（丁酉）枕山二十歳。『枕山詩鈔』初編に、この秋、安房に遊びて「南遊」の五古、「平久里《へぐり》」、「野島」の七律などを収めてをるが、一年の相違がある。此の年、父歿して已に十年、枕山は墓を展して追懐に堪へず、五古一篇を賦し、結末に「地下若有レ知。豈謂克家子。惟有二詩癖同一。家声誓不レ墜（地下《ちか》に若《も》し知《し》る有《あ》らば、豈《あ》に謂《おも》はんや克家子《こくかし》の、惟《た》だに詩癖《しへき》を同《おな》じうする有《あ》るのみならんやと。家声誓《かせいちか》ひて墜《おと》さじ）」と歌ひ、詩人として家声を墜《おと》さぬことを誓つてをる。詩人として家声を墜さぬといふ志、即ち詩人として世に立つといふことが枕山の本志であるのである。翌天保九年（戊戌）枕山二十一歳、安房客遊中の作を一巻とし、『房山集』と題して出板した。これが枕山の出世作となるのである。五山の序、塩田随斎の引、宮沢雲山及び星巌の題辞がある。但し星巌の詩集には五首あるも、『房山集』には三首しかないので、後に二首を補作したことが分る。五首の中に前後の二絶に云ふ、

韓畏之亡児子在　韓畏《かんい》これ亡《ほろ》びて児子《じし》在《あ》り
新篇麗格早馳名　新篇《しんぺん》の麗格《れいかく》　早《つと》に名《な》を馳《は》す
請君傾耳細聴取　請《こ》ふ　君《きみ》　耳《みみ》を傾《かたむ》けて細《こま》やかに聴取《ちようしゆ》せよ

雛鳳清於老鳳声
海内宗工釣雪舟
継之士鄂共神遊
他年卓幟吾期汝
三子前頭更出頭

雛鳳《すうほう》は老鳳《ろうほう》の声《こえ》よりも清《きよ》し
海内《かいだい》の宗工《そうこう》　釣雪舟《ちようせつしゆう》
之《これ》に継《つ》ぐ士鄂《しがく》と神遊《しんゆう》を共《とも》にす
他年《たねん》　卓幟《たくし》　吾《わ》れ汝《なんじ》を期《き》す
三子《さんし》前頭《ぜんとう》　更《さら》に頭《あたま》を出《いだ》せ

前詩では枕山の詩が父竹渓よりも佳いと誉め、後詩では今や海内の大詩人は釣雪舟の五山で（五山は楊誠斎の詩格を慕ひて小釣雪と号す）、之に継ぐものは塩田随斎（士鄂）と宮沢雲山（神遊）であるが、後年、前記三人よりも更に名手とならんことをと枕山に希望したのである。

枕山は今年（天保九年）また海を渡つて安房へ行つた。誰れが東道役を務めたのであらうか。想像されるのは安房平久里の加藤霞石で、この時已に江戸に出て文事方面に相当の聯絡があつたので、さういう想像も出て来るのである。が『房山集』の随斎の序に、「『房山集』刻成りて世に問ふ。房人加藤済美、一言を付せんと請ふ。子寿拒《こば》みて受けず。曰く、吾豈に人に因りて事を成すものならんやと。其の胆気も亦た畏るべし」と見え、済美は即ち霞石であるから、枕山と余り親しい関係でなかつたと思はれる。しからば誰が枕山の東道か。今に分明を欠く。枕山と鈴木松塘との関係は、この時から出来た。松塘は安房国府《こくふ》村谷向《むらやむかい》の人、文政六年の生れであるから、枕山より五歳の年少、この時は十六歳である。霞石・松塘は隣村で、何れも医家

（松塘の父道順は名医）である。

寓館雑題似鈴木子玉

秀木千章昼掩扉
爐香焚尽夕陽時
快書一読不成睡
間殺含風八尺漪

間過梅黄雨細天
半軒涼雨趁高眠
枇杷一樹垂垂熟
勾引禽声到枕辺

寓館雑題《ぐうかんざつだい》、鈴木《すずき》子玉《しぎょく》に似《しめ》す

秀木千章《しゅうぼくせんしょう》　昼《ひる》　扉《とびら》を掩《おお》ふ
爐香《ろこう》　焚《た》き尽《つ》くす　夕陽《せきよう》の時《とき》
快書《かいしょ》　一読《いちどく》　睡《ねむり》を成《な》さず
間殺《かんさつ》す　含風《がんぷう》　八尺《はっしゃく》の漪《なみ》

間《かん》に過《す》ぐ　梅黄雨細《ばいこううさい》の天《てん》
半軒《はんけん》の涼雨《りょうう》　高眠《こうみん》を趁《お》ふ
枇杷《びわ》一樹《いちじゅ》　垂垂《すいすい》として熟《じゅく》し
禽声《きんせい》を勾引《こういん》して枕辺《ちんぺん》に到《いた》る

南地五月頃の風景が能く出てをる。松塘は後に星巌門下の高弟として世間に名高くなつたのは全く枕山の力である。

枕山は一度足跡を房州につけてより、下谷卜居に至る六七年の間は毎年房州を音信《おとず》れ、或は一年に二度も音信れることもあつた。「門外来多村犬熟。磯辺見慣海鷗馴（門外《もんがい》に来《きた》ることの多《おお》きは村犬《そんけん》の熟《じゅく》すればなり。磯辺《きへん》に見慣《みな》るるは海鷗《かいおう》の馴《な》るればなり）」と能く道破したものである。かくて房州は詩人墨客が続々として間游を賦するところとなつた。

嶺田楓江が房州へ行つたのは、枕山の斡旋に出たものでなからうか。楓江は田辺藩士、星巌の玉池吟社の同人で、『枕山詩鈔』に初めから見えてをる人であるが、その房州へ行つたのは何か事情があり、藩籍を脱して行つたのである。星巌の送詩に、「南游去広房山集。不レ放二昌卿独擅一名（南游《なんゆう》去《さ》りて広《ひろ》む房山集《ぼうざんしゅう》。昌卿《しょうけい》の独《ひと》り名《な》を擅《ほしいまま》にするを放《ゆる》さず）」とある。昌卿とは枕山の別号、君も枕山に負けるなと激励したのである。小野湖山―当時横山と云ふ―は、星巌の玉池吟社の同人、近江の産、枕山に長ずる四歳、詩人として世に立たうとするも糊口に忙しく、旅行に出で、衣食の資を取ること枕山同様の境遇で、交情は頗る濃《こま》やかであつた。これも枕山・楓江の関係に依つて房州に往来したが、この二人が安房の隣国上総の東金で出逢つたことがあつた。東金は木更津に近く、江戸から便船がある。この地の河野秋錦を枕山が知り合ひ、一年の中に二回ほど尋ねたことがあり、その二回目に湖山とその家で逢つたのである。

東金駅留別枕山　　湖山

身世飄然雨断蓬
去留聚散太忽忽
連鑣迢遞万山外
分手凄涼孤駅中
詩筆誰能陶謝並
交情自許范張同

東金駅《とうがねえき》にて枕山《ちんざん》に留別《りゅうべつ》す
身世《しんせい》飄然《ひょうぜん》として　雨《あめ》　断蓬《だんぽう》
去留《きょりゅう》　聚散《しゅうさん》　太《はなは》だ忽忽《そうそう》たり
連鑣《れんひょう》　迢遞《ちょうてい》　万山《ばんざん》の外《そと》
分手《ぶんしゅ》　凄涼《せいりょう》　孤駅《こえき》の中《なか》
詩筆《しひつ》　誰《たれ》か能《よ》く陶謝《とうしゃ》に並《なら》ばん
交情《こうじょう》　自《みずか》ら許《ゆる》す　范張《はんちょう》に同《おな》じきを

重逢期汝知何処　　重逢《ちょうほう》　汝《なんじ》を期《き》す　知《し》る　何《なん》の処《ところ》ぞ
細雨梅花墨水東　　細雨《さいう》　梅花《ばいか》　墨水《ぼくすい》の東《ひがし》

前聯は誠にもの寂しい状況で、殆ど読むに堪へぬものがある。

東金客舎送横山懐之遊房州　　東金《とうがね》の客舎《かくしゃ》に横山懐之《よこやまかいし》の房州《ぼうしゅう》に遊《あそ》ぶを送《おく》る　　枕山

秋風何必怕分離　　秋風《しゅうふう》　何《なん》ぞ必《かなら》ずしも分離《ぶんり》を怕《おそ》れん
臨水登山未足悲　　水《みず》に臨《のぞ》み山《やま》に登《のぼ》るも未《いま》だ悲《かな》しむに足《た》らず
却賀此游多美句　　却《かえ》つて賀《が》す　此游《このゆう》　美句《びく》多《おお》からむを
千林紅葉勝花時　　千林《せんりん》の紅葉《こうよう》　花時《かじ》に勝《まさ》らん

これは何となく瘠我慢とも聞けば聞かれる。東金附近には玉池吟社の同人遠山雲如が来て詩を教へたが、この時は未だ来てをらぬ。但し後年、星巌がここに来て杜詩を講じたのは雲如の手引で、秋錦の家で開講したのである。

枕山・湖山の困窮はよほどひどい。湖山は旅行中、一銭の貯へもなく、路傍の地蔵堂で一夜を明かしたことがあるが、夜寒に堪へず、扉を外して夜具代りとしたさうである。扉で暖かくなる筈はないから、その重さを利用して自力で暖気を促進したのであらう。この頃、枕山は窮鬼図に題して云ふ。

窮鬼図　　窮鬼《きゅうき》の図《ず》

首如飛蓬衣百結　　首《かしら》は飛蓬《ひほう》の如《ごと》く　衣《ころも》は百結《ひゃっけつ》

饑走南北空皮骨
手持破扇立蒼茫
噫汝面相何寒乞
四海無家不得帰
流寓只頼読書児
逐之不去忽又到
有如形影長相随
貧児無計庇五鬼
鬼盍決去向富処
府中潭潭公相居
霧閣雲楼好棲止
鬼也否否掉頭言
我知富之不如貧
公門有酒又有肉
冷炙残盃可悲辛
却笑当年昌黎子
以文滑稽自嘲己

饑《き》走南北《そうなんぼく》　空《むな》しく皮骨《ひこつ》
手《て》に破扇《はせん》を持《も》ち　立《た》ちて蒼茫《そうぼう》
噫《ああ》　汝《なんじ》が面相《めんそう》　何《なん》ぞ寒乞《かんきつ》たる
四海《しかい》　家《いえ》無《な》く　帰《かえ》るを得《え》ず
流寓《るぐう》　只《た》だ頼《たよ》る　読書児《どくしょじ》
之《これ》を逐《お》へども去《さ》らず　忽《たちま》ち又《ま》た到《いた》る
形影《けいえい》長《なが》く相随《あいしたが》ふが如《ごと》き有《あ》り
貧児《ひんじ》　計《はかりごと》の五鬼《ごき》を庇《かば》ふ無《な》し
鬼《き》　盍《なん》ぞ決去《けっきょ》して富処《ふしょ》に向《むか》はざる
府中潭潭《ふちゅうたんたん》たり　公相《こうしょう》の居《きょ》
霧《む》閣《かく》　雲楼《うんろう》　好《よ》し棲止《せいし》せよ
鬼《き》や　否否《ひひ》として頭《こうべ》を掉《ふ》つて言《い》ふ
我《われ》は知《し》る　富《とみ》の貧《ひん》に如《し》かざるを
公門《こうもん》　酒《さけ》有《あ》り又《ま》た肉《にく》有《あ》り
冷炙《れいしゃ》　残盃《ざんぱい》　悲辛《ひしん》す可《べ》し
却《かえ》つて笑《わら》ふ　当年《とうねん》の昌黎子《しょうれいし》
文《ぶん》を以《もっ》て滑稽《こっけい》し　自《みずか》ら己《おのれ》を嘲《あざけ》る

窮鬼是愈愈是鬼　窮鬼《きゅうき》は是《こ》れ愈《ゆ》　愈《ゆ》は是《こ》れ鬼《き》なり
舟車相送無此理　舟車相送《しゅうしゃあいおく》りて此《この》理《ことわり》無《な》し
死為窮鬼生窮儒　死《し》して窮鬼《きゅうき》と為《な》り　生《い》きて窮儒《きゅうじゅ》
人鬼雖異事何殊　人鬼《じんき》　異《こと》なると雖《いえど》も　事《こと》は何《なん》ぞ殊《こと》ならん
生死不能附勢利　生死《せいし》　勢利《せいり》に附《ふ》すること能《あた》はず
公門欲進足趑趄　公門《こうもん》　進《すす》まんと欲《ほっ》して足《あし》趑趄《ししょ》す
鬼也不移窮固守　鬼《き》や移《うつ》らず　窮固《きゅうかた》く守《まも》る
窮者益窮富者富　窮者《きゅうしゃ》は益窮《ますますきゅう》し　富者《ふしゃ》は富《と》む

から云ふ訳で、枕山は一生窮鬼に取りつかれて居たのであらうか。

天保十一年（庚子）枕山二十三歳、七律一百七十八首を収めた『詠物詩』を上木した。詠物は詩仏・五山の得意としたもので、特に五山はこの体を特色としたのであるから、五山門の枕山としては、この体で巧手たることを示さねばならぬ。七十一翁の五山は序を書いて枕山を大層誉めて、詠物の詩は難かしいものであるが、枕山は僅かに二十歳前後の青年で、それを意とせず縦横に書きまくつて、しかも非常に警抜である。棋家には少年にして妙技に達するものが間々見えるが、枕山はそれと誠に能く似ていて、天才といふものであらうと云ふのである。枕山が詠物の一例として、「元日牡丹」を挙げる。

酔面霞蒸楊太真　酔面《すいめん》霞蒸《かじょう》す　楊太真《ようたいしん》

錦帷捲尽艶粧新
何図富貴無双色
恰値陽和第一辰
徐紫籠煙金屋暁
魏紅映日玉楼春
高情不許蝶蜂狎
只与梅妃相対親

錦帷《きんい》捲《ま》き尽《つく》して艶粧《えんしょう》新《あら》たなり
何《なん》ぞ図《はか》らんや　富貴《ふうき》　無双《むそう》の色《いろ》
恰《あたか》も　陽和第一《ようわだいいち》の辰《とき》に値《あ》はんとは
徐紫《じょし》　煙《けむり》を籠《こ》む　金屋《きんおく》の暁《あかつき》
魏紅《ぎこう》　日《ひ》に映《えい》ず　玉楼《ぎょくろう》の春《はる》
高情《こうじょう》　許《ゆる》さず　蝶蜂《ちょうほう》の狎《な》るるを
只《た》だ梅妃《ばいひ》と相対《あいたい》して親《した》しむ

この題では五山に得意の作がある。そも／＼詠物体は清新詩派の得意とするところで、寛斎はさし置き、詩仏も非常に骨を折り、特に五山に至つては、これを自家の特技として頼山陽が詠物を好まぬといつたのを伝へ聞いて強硬なる議論に及んだこともあつた。されば枕山の苦心も甚だしく、この『詠物詩』の外、『詩鈔』三編中に見えるものは何れも相当の出来である。従つて後年門人にこの体を課したので、門人は辟易《へきえき》したと云ふことである。枕山は房州旅行の外、下総から常陸を旅行した。これは下総の人で玉池吟社の同人である坂野耕雨が手引したと思はれ、耕雨と共に絹川を下り、水海道《みつかいどう》なる秋場天香を過《よぎ》つて常陸の土浦に入り、筑波山に登りて長歌を作り、真壁から加波、雨曳の山を過ぎて笠間に出で、同地の黌舎《こうしゃ》で「秋風吹㆓我衣㆒」の題で七古一篇を得、それより再び霞浦に出でて土浦に藤森弘庵を訪うた。当時、弘庵は新たに藩黌郁文館を経営し、漸くその緒に就いたのであつたが、枕山を迎へて詩会を催し、「韓信出㆓

胯下㆒図」、「太白捉㆑月図」を課題とし、また門生の詩を集めた『闘藻詩巻《とうそうしかん》』を出して点刪《てんさく》せしめしところ、枕山の点出したものは中田平山の作であつた。平山は弘庵得意の門生である。

枕山は芝増上寺なる梅癡《ばいち》上人の世話を受けた因縁で、上人の関係地たる下総結城の弘経寺《ぐぎょうじ》には能く行つていた。松前に客遊中の嶺田楓江を懐ふ「苦寒歌」や、韓文公の詩韻で明月の夜、感慨に富んだ長歌もここで出来た。

枕山は下谷卜居前の五六年は梅癡上人の世話を受けてゐたのである。上人は名を秦冏《しんげい》、字を百蓮、笑誉と号し、また梅癡とも号し、詩画に名ある雲室上人の子で、仏学に深く、詩を好み、画を解し、初めは深川本誓寺の住職であつたが、芝増上寺の学頭となり、山内なる寂門寮に住したので、枕山もまたそこに寓居したのである。されば枕山の詩には寺院内の状景を写したものが多い。

　　仲夏間居
浄揩髹几坐攤書
午景遅遅度碧疏
隔院茶声聴最好
嫩槐陰裏一蟬初
過雲将雨覆簾楹

　　仲夏《ちゅうか》の間居《かんきょ》
浄《きよ》らかに髹几《きゅうき》を揩《ぬぐ》ひ　坐《ざ》して書《しょ》を攤《ひら》く
午景遅遅《ごけいちち》として碧疏《へきそ》を度《わた》る
院《いん》を隔《へだ》つる茶声《ちゃせい》　聴《き》くに最《もっと》も好《よ》し
嫩槐陰裏《どんかいいんり》　一蟬《いっせん》初《はじ》む
過雲《かうん》　将《まさ》に雨《あめ》ならんとして簾楹《れんえい》を覆《おお》ひ

垂柳陰涼困思生
一霎廃吟成偶睡
鳥知人意亦停声

嫩緑団陰五月天
愔愔情味昼如年
竹軒涼雨只貪睡
一任乳鳩啼午烟

夢回簾額夕陽斜
手扇風爐煮露芽
苔色上櫺新雨歇
一双飛燕蹴桐花

垂柳《すいりゅう》の陰《かげ》は涼《すず》しく困思《こんし》生《しょう》ず
一霎《いっしょう》 吟《ぎん》を廃《はい》して偶睡《ぐうすい》を成《な》す
鳥《とり》は人意《じんい》を知《し》りて亦《ま》た声《こえ》を停《とど》む

嫩緑《どんりょく》 団陰《だんいん》 五月《ごがつ》の天《てん》
愔愔《いんいん》たる情味《じょうみ》 昼《ひる》 年《とし》の如《ごと》し
竹軒《ちくけん》 涼雨《りょうう》 只《た》だ睡《ねむり》を貪《むさぼ》り
一任《いちにん》す 乳鳩《にゅうきゅう》の午烟《ごえん》に啼《な》くに

夢《ゆめ》は回《めぐ》り 簾額《れんがく》 夕陽斜《せきようなな》めなり
手《て》づから風爐《ふうろ》を扇《あお》いで露芽《ろが》を煮《に》る
苔色《たいしょく》は櫺《れんじ》に上《あが》り 新雨歇《しんうや》む
一双《いっそう》の飛燕《ひえん》 桐花《とうか》を蹴《け》る

枕山は酒好きでしかもその量を少しく過すと、酔つて何も分らぬやうになる。梅癡上人は毎晩、枕山に酒を与へ、自分は側で燈を剪《き》り、詩韻を検《しら》べて詩を作り、一句を得るとこれはどうかと相談するが、枕山は酔つて答へもせぬことが屢々あるが、上人は笑つて寛待した。そこで枕山は「酒癡歌」を作つて上人に謝意を表した。

酒癡歌呈梅癡上人

酒癡《しゅち》の歌《うた》、梅癡上人《ばいちしょうにん》に呈《てい》す

上人成癡為愛梅
居士成癡因愛酒
愛梅固好酒亦佳
千載淵明是吾友
一杯到手百慮消
不知何言出于口
嗒焉失我若木雞
忘身忘世空諸有
君不見引美人衣吐車茵
古人中是酒癡人
又不見射車下牛罵故将
是狂非癡太無状
吾酒非狂只是癡
以癡自喚分攸宜
噫嘻上人上人癡自喚
同病相憐莫見遺

上人《しようにん》の癡《ち》を成《な》すは梅《うめ》を愛《あい》するが為《ため》なり
居士《こじ》の癡《ち》を成《な》すは酒《さけ》を愛《あい》するに因《よ》る
梅《うめ》を愛《あい》するは固《もと》より好《よ》し　酒《さけ》も亦《ま》た佳《か》なり
千載《せんざい》　淵明《えんめい》　是《こ》れ吾《わ》が友《とも》
一杯《いつぱい》　手《て》に到《いた》れば百慮《ひやくりよ》消《き》ゆ
知《し》らず　何《なん》の言《ことば》か口《くち》より出《い》づるを
嗒焉《とうえん》として我《われ》を失《うしな》ひて木雞《もつけい》の若《ごと》く
身《み》を忘《わす》れ　世《よ》を忘《わす》れ　諸有《しよゆう》空《むな》し
君《きみ》見《み》ずや　美人《びじん》の衣《ころも》を引《ひ》きて車茵《しやいん》に吐《は》くを
古人《こじん》の中《なか》　是《こ》れ酒癡《しゆち》の人《ひと》
又《ま》た見《み》ずや　車下《しやか》の牛《うし》を射《い》て故将《こしよう》を罵《ののし》るを
是《こ》れ狂《きよう》にして癡《ち》に非《あら》ず　太《はなは》だ状無《じような》し
吾《わ》が酒《さけ》は狂《きよう》に非《あら》ず　只《た》だ是《こ》れ癡《ち》
癡《ち》を以《もつ》て自《みずか》ら喚《よ》ぶは　分《ぶん》の宜《よろ》しき攸《ところ》
噫嘻《ああ》　上人《しようにん》　上人《しようにん》　癡《ち》と自《みずか》ら喚《よ》ぶ
同病相憐《どうびようあいあわ》れみて遺《わす》らるること莫《な》かれ

上人は枕山の為めに父竹渓の十七年忌を行ひ、多くの知己友人を山房に招いて供養をした。

上人は竹渓と一面識もなかつたのである。枕山の感激其れ幾何ぞ。枕山の感激は自作の『詠物詩』を再刻した時、上人の『詠物詩』を同刻した序文を見れば思ひ半《なかば》に過ぎる。

枕山が始めて家を持つたのは、弘化元年（甲辰）の歳暮で、ところは下谷三枚橋であつた。

除夜下谷新居書懐

八年湖海浪遊人
今夜纔収漂泊身
偪仄莫嫌方寸地
明朝便是我家春

除夜《じよや》、下谷《したや》新居《しんきよ》の書懐《しよかい》
八年《はちねん》湖海《こかい》　浪遊《ろうゆう》の人《ひと》
今夜《こんや》纔《わず》かに収《おさ》む　漂泊《ひようはく》の身《み》
偪仄《ふくそく》嫌《きら》ふこと莫《なか》れ　方寸《ほうすん》の地《ち》
明朝《みようちよう》便《すなわ》ち是《こ》れ我《わ》が家《や》の春《はる》

その欣びの状が見えるやうである。明くれば弘化二年（乙巳）枕山二十八歳となる。家の出来た欣びはまだ〳〵尽きぬ。

去歳辛勤営茅宇
安居恰値此春煦
検束敢為父老害
有如折節除蛟虎

去歳《きよさい》　辛勤《しんきん》して茅宇《ぼうう》を営《いとな》み
安居《あんきよ》　恰《あたか》も値《あ》ふ此《こ》の春煦《しゆんく》
検束《けんそく》　敢《あ》へて父老《ふろう》の害《がい》を為《な》し
節《せつ》を折《お》りて蛟虎《こうこ》を除《のぞ》くが如《ごと》きこと有《あ》り

晋の周処の故事を用ひて意気を収めて平穏になつた様子もおかしく、

先生飲酒嚼瓶梅
盛名栄禄何当来

先生《せんせい》　酒《さけ》を飲《の》みて瓶梅《へいばい》を嚼《か》む
盛名《せいめい》　栄禄《えいろく》　何《いつ》か当《まさ》に来《きた》るべし

且持大甕収堆玉　且《しばら》く大甕《たいおう》を持《も》ちて堆玉《たいぎょく》を収《おさ》め
醸作吾家新緑醅　醸《かも》して吾《わ》が家《や》の新緑醅《しんりょくはい》と作《な》さん

急に家持ちとなつて、家計を按配するらしい口吻も面白い。但しこれは袁随園から得た著想である。

この年六月、星巌は玉池吟社を閉ぢて俄かに帰隠することとなつた。

文章不値半文銭　文章《ぶんしょう》は値《あたい》せず　半文《はんもん》の銭《ぜに》　　星巌
才到曹劉也等間　才《さい》は曹劉《そうりゅう》に到《いた》りて也《ま》た等間《とうかん》
収拾声名便帰去　声名《せいめい》を収拾《しゅうしゅう》して便《すなわ》ち帰《かえ》り去《さ》る
一簪白髪旧青山　一簪《いっしん》の白髪《はくはつ》　旧青山《きゅうせいざん》

これまた人生の最得意である、当時江戸の詩壇は、菊池五山が八十歳に垂《なんな》んとする高齢で元老の位地に坐し、事実は星巌の擅場となり、玉池吟社が詩壇の代表となつて居たのである。そこで枕山は殆んど虚日なく吟社に出入し、星巌と唱酬を試みて、社中第一の力量を現はしたので、星巌の西帰と共に詩壇の覇権は自然に枕山に帰する次第となつた。下谷吟社はこの時創立したのである。横山湖山は種々星巌の好意を受けたが、枕山と地位を争ふほどまでになつてゐなかつた。森春濤の『逸事談』に、此の頃湖山も詩人として門戸を張つてゐたが、枕山と一時隙《すきま》があつて交通を絶たれた。それは枕山は始め星巌の門に在つたが、仔細あつて名を省かれたから起つたのだとしてあるがどうであらう。枕山が星巌門でない事は前述の通り。膠漆《こうしつ》の如き湖山と一時仲違ひとなつたのは、星巌が西帰する時、種々なる配慮を受けたのが枕山の不快を買つたのであつた。しかるに佐久間象山が其の間に入り、枕山は立派に門戸が張れるけれど、湖山はさう行かぬから、そこを星巌が心配してをるのであれば、君も心を取り直したらどうだといふ事であつたと伝へられてをる。枕山と湖山の交情は、『枕山詩鈔』の初編で見ると、さながら兄弟の如くであるが、二編・三編には一ヶ処も出て来ぬところを見ると、交情が以前と違つたとも見られる。後、明治四・五年の交、湖山は東京に移つて二十年までをつたので、再び以前の如く往来した。この年、枕山は漸次余裕が出来たと見えて、前年出板して間もなく火災に罹つた『詠物詩』の再刻を企て、翌年出板した。その巻末には鈴木松塘・鷲津毅堂の跋があるが、毅堂は三年前に父益斎を喪ひ、今年二十一歳、江戸に出て昌平黌に入り、松塘は今年二十三歳、星巌の西帰後、青年詩人として待遇せられるやうになつたのである。

翌々弘化四年（丁未）枕山三十歳。

　三十生日酒間自詠
高吟大酔是前縁
故態難除尚放顛
盧岳僧称方外友
長安人喚飲中仙
浮沈忽過歳三十

　三十《さんじゆう》の生日《せいじつ》、酒間《しゆかん》に自《みずか》ら詠《えい》ず
高吟《こうぎん》　大酔《たいすい》　是《こ》れ前縁《ぜんえん》
故態《こたい》　除《のぞ》き難《がた》く　尚《な》ほ放顛《ほうてん》
盧岳《ろがく》の僧《そう》は方外《ほうげ》の友《とも》と称《しよう》し
長安《ちようあん》の人《ひと》は飲中《いんちゆう》の仙《せん》と喚《よ》ぶ
浮沈《ふちん》忽《たちま》ち過《す》ぐ　歳三十《としさんじゆう》

事業終帰詩幾千
占得江湖雲水福
豈将窮達問高天

事業《じぎよう》終《つい》に帰《き》す　詩幾千《しいくせん》
占《し》め得《え》たり　江湖《こうこ》雲水《うんすい》の福《ふく》
豈《あ》に窮達《きゆうたつ》を将《もつ》て高天《こうてん》に問《と》はんや

枕山は十歳で父を喪ひ、世間の波に流されて浮沈していたが、今や詩人として江戸に門戸を開き、江湖雲水の清福を擅《ほしいまま》にしてをる。三十歳といへばまだ青年であるが、かくまで成立したのは真に異常の事である。窮達を高天に問ふ必要もまづあるまい。

感旧絶句
俗物山王何足較
竹林嘯侶寂無蹤
独開白眼看人世
零落当年阮嗣宗

感旧絶句《かんきゆうぜつく》
俗物《ぞくぶつ》の山王《さんおう》　何《なん》ぞ較《くら》ぶるに足《た》らん
竹林《ちくりん》の嘯侶《しようりよ》　寂《じやく》として蹤《あとな》無し
独《ひと》り白眼《はくがん》を開《ひら》いて人世《じんせい》を看《み》る
零落《れいらく》す　当年《とうねん》の阮嗣宗《げんしそう》

これには何かありさうに見える。山王は晋の山濤と王戎、阮嗣宗は自ら比してをると思はれる。何はあれ枕山の生活は安楽となつた。

両扇門扉傍水開
芙蓉紅繞小池臺
居幽日永多佳客
総為看詩読画来

両扇《りようせん》の門扉《もんぴ》　水《みず》に傍《そ》ひて開《ひら》く
芙蓉《ふよう》の紅《くれない》は繞《めぐ》る　小池台《しようちだい》
居《きよ》は幽《ゆう》に日《ひ》は永《なが》く　佳客《かきやく》多《おお》し
総《すべ》て詩《し》を看《み》　画《え》を読《よ》むが為《ため》に来《きた》る

梅癡上人を北総に訪ふにも、以前の寒乞相《かんきつそう》と違つて、肩輿に乗り門生を従へてをる。

蕭然野服便登程
一路看山不世情
応似淵明向廬岳
肩輿添此一門生

蕭然《しょうぜん》たる野服《やふく》　便《すなわ》ち程《てい》に登《のぼ》る
一路《いちろ》　山《やま》を看《み》るは世情《せじょう》ならず
応《まさ》に似《に》たるべし　淵明《えんめい》の廬岳《ろがく》に向《む》かふに
肩輿《けんよ》　此《こ》の一門生《いちもんせい》を添《そ》ふ

されど歳末となると、どうも思つたほど余裕があるのでもない。

感懐寄梅公
満襟愁緒正紛紛
悵望東天日暮雲
浮薄人情皆笑我
迂疎家計毎煩君
銭神固合嫌議論
窮鬼何曾受送文
百感中来向誰訴
残年一倍歎離群

感懐《かんかい》、梅公《ばいこう》に寄《よ》す
満襟《まんきん》の愁緒《しゅうしょ》　正《まさ》に紛紛《ふんぷん》
悵望《ちょうぼう》す　東天《とうてん》　日暮《にちぼ》の雲《くも》
浮薄《ふはく》の人情《にんじょう》　皆《み》な我《われ》を笑《わら》ひ
迂疎《うそ》の家計《かけい》　毎《つね》に君《きみ》を煩《わずら》はす
銭神《せんしん》　固《もと》より合《まさ》に議論《ぎろん》を嫌《きら》ふべし
窮鬼《きゅうき》　何《なん》ぞ曾《すなわ》ち送文《そうぶん》を受《う》けんや
百感《ひゃっかん》　中《み》ち来《きた》りて誰《たれ》に向《む》かひて訴《うった》へん
残年《ざんねん》　一倍《いちばい》　離群《りぐん》を歎《なげ》く

嘉永元年（戊申）となる。枕山三十一歳。今年は五山が八十歳に達したので盛宴を開いて賀客を招待した。枕山は七律三首を呈し、最後に「賤子五旬翁百歳。芳筵重捧紫霞觴（賤子《せんし》は五《ご》旬翁《じゆんおう》は百歳《ひやくさい》。芳筵《ほうえん》重《かさ》ねて捧《ささ》げん紫霞《しか》の觴《しよう》）」と歌つた。それは五山と五十歳ほど年が違ふので、自分が五十歳になると翁は百歳となる。その百歳の賀筵を張る時、重ねて紫霞の寿觴を捧げたいといふのであるが、翌嘉永二年（己酉）の六月には、五山八十一歳で歿し、詩壇は名実ともに枕山の独り舞台となつたのみならず、家の新築も出来た。この年、遠山雲如は上総の客居から江戸に帰つて谷中に卜居し、播磨の河野鉄兜は江戸に遊んで枕山と交を締した。『枕山詩鈔』の初編は、翌年の嘉永三年（庚戌）で終る。枕山関係の『同人集』第一編二巻は、この年の出板である。引きつづき第二編二巻は嘉永四年、第三編二巻は安政二年に出板された。

〔第四十二号「大沼枕山（上）」〕

（下）

『枕山詩鈔』の二編は、嘉永四年（辛亥）枕山三十四歳から、安政五年（戊午）四十一歳に至る八年間の詩を収めてをる。開巻第一年の嘉永四年の五月、森春濤が初めて江戸に出た。春濤は衣食の計を立つべく、雨衫風笠《うさんふうりゆう》、函根《はこね》の険を越えて来たのであるが、詩人の生計は容易なものではない。長く地盤を築いてをる枕山も、この頃は余程ひどかつた。

桂 玉 艱 難 厭 市 塵
桂玉《けいぎよく》 艱難《かんなん》 市塵《しじん》を厭《いと》ひ

窮愁枉了少年身　窮愁《きゆうしゆう》　枉《ま》げて了《りよう》す　少年《しようねん》の身《み》
生称才子原非福　生《うま》れて才子《さいし》と称《しよう》さるるは原《もと》と福《ふく》に非《あら》ず
名満清都転是貧　名《な》は清都《せいと》に満《み》つるも転《うた》た是《こ》れ貧《ひん》
偃蹇世間空有日　世間《せけん》に偃蹇《えんけん》して空《むな》しく日《ひ》有《あ》り
吹嘘天上竟無人　天上《てんじよう》に吹嘘《すいきよ》して竟《つい》に人《ひと》無《な》し
一枝悔我謀千古　一枝《いつし》　我《われ》　千古《せんこ》を謀《はか》るを悔《く》ゆ
欲把雞毫換釣緡　雞毫《けいごう》を把《と》りて釣緡《ちようびん》に換《か》へんと欲《ほつ》す

両人は十七年目の邂逅で、枕山は詩人として得意の時代であるが、事実はこの詩の如きものであつたのである。春濤は上野の山中に寓居して、日々枕山の家に遊びに来た。またその師益斎の子毅堂と一面を謀らうとしてゐたが、折悪しく毅堂は昨年『聖武記採要《せいぶきさいよう》』を出板して幕府の忌諱に触れ、房州なる松塘の家に身を潜めてをつたのでそれも叶はず、しかも瘧病《おこりやまい》に冒されたので、失意落拓、再び故郷に向つて去つたのである。

『枕山詩鈔』二編の八年間に、枕山の生活も楽になり地位も出来て、豪気も余程穏和になつて来た。特に近地の旅行が多くなつて来た。伊香保・日光・甲州の谷村、函根を越えて駿府・善光寺・浅間山などへ遊んだ。房州や結城は無論である。この間、最も不幸と思はれるのは、安政二年十月の震災に罹つたことである。

破障縦横護敝氈　破障《はしよう》　縦横《じゆうおう》　敝氈《へいせん》を護《まも》り

全家露坐五更天　全家《ぜんか》　露《つゆ》に坐《ざ》す　五更《ごこう》の天《てん》
有時四顧星連野　時《とき》有《あ》りて四顧《しこ》すれば　星《ほし》は野《の》に連《つら》なる
喚做寒江夜泊船　喚《よ》び做《な》す　寒江《かんこう》　夜泊《やはく》の船《ふね》
巌牆之下避其危　巌牆《がんしょう》の下《もと》　其《そ》の危《あやう》きを避《さ》け
数口還能免仳離　数口《すうこう》　還《かえ》つて能《よ》く仳離《ひり》を免《まぬか》る
五束湿薪三斗米　五束《ごそく》の湿薪《しつしん》　三斗《さんと》の米《こめ》
依人古竈試新炊　人《ひと》の古竈《こそう》に依《よ》つて新炊《しんすい》を試《こころ》む

枕山の夫人は震災当時の野宿が祟つて、丁度満一年後（安政三年）の十月に病歿した。枕山の詩に「可レ憐十一年間苦。井臼親操昼廃レ梳（憐《あわ》れむ可《べ》し十一年間《じゅういちねんかん》の苦《くる》しみ。井臼《せいきゅう》親《みずか》ら操《と》つて昼《ひる》は梳《くしけず》ることを廃《はい》す）」、「金釵換尽長安酒。儘許夫君酔似レ泥（金釵《きんさい》換《か》へ尽《つく》す長安《ちょうあん》の酒《さけ》。儘《まま》許《ゆる》す夫君《ふくん》の酔《よ》ひて泥《どろ》の似《ごと》きを）」とあるから、よほど枕山と相得てをつたと見え、また枕山の結婚が家を持つた三年目であつたことが分る。翌々年（安政五年）の「新正書懐」に、

小屋重営又一春　小屋《しょうおく》　重《かさ》ねて営《いとな》む　又《ま》た一春《いっしゅん》
蕭間著此劫餘身　蕭間《しょうかん》　此《こ》の劫余《きょうよ》の身《み》を著《つ》く
新房緑酒新家族　新房《しんぼう》　緑酒《りょくしゅ》　新家族《しんかぞく》
旧物青氈旧主人　旧物《きゅうぶつ》　青氈《せいせん》　旧主人《きゅうしゅじん》

とある。すると前年に家も出来、また後妻を迎へたのである。この後妻は街頭で砂画《すなえ》を画いていたものの娘で、砂画をうまく画き、そして顔も整つてゐたので、枕山は詩人の本領を現はして貰つたといふ事である。しかるに貰つて見たが、家政を取るには不向きであつたので、枕山はその為めひどく窮迫をし、後に離別し、三たび貰つた人が枕山と老境を共にした。

「新正書懐」を作つた安政五年の九月三日、京都の星巌は病歿し、越えて九日下総の梅癡上人も示寂した。枕山は七律六首を作つて上人を哭した。その初めにいふ。

廿年門館受恩身　　廿年《にじゆうねん》　門館《もんかん》　恩《おん》を受《う》けし身《み》
方外情深比父親　　方外《ほうげ》の情《じよう》は深《ふか》く　父親《ちちおや》に比《ひ》す
只道金裟長慰眼　　只《た》だ道《い》ふ　金裟《きんさ》　長《なが》く眼《まなこ》を慰《なぐさ》むと
何図素服忽傷神　　何《なん》ぞ図《はか》らんや　素服《そふく》　忽《たちま》ち神《しん》を傷《やぶ》るを
登高日是登天日　　登高《とうこう》の日《ひ》は是《こ》れ登天《とうてん》の日《ひ》
称寿人為称仏人　　寿《よわい》を称《しよう》する人《ひと》は仏《ほとけ》を称《しよう》する人《ひと》と為《な》る
従此重陽斎戒過　　此《これ》より重陽《ちようよう》　斎戒《さいかい》に過《す》ごし
吾家歳歳廃佳辰　　吾家《わがや》　歳歳《さいさい》　佳辰《かしん》を廃《はい》さん

かくて、枕山は終生、九月九日—重陽—には上人の為めに斎戒したさうである。

『枕山詩鈔』の三編は、安政六年己未枕山四十二歳から起つて、慶応三年丁卯五十歳に至る九年間である。この時期は徳川幕府は衰亡して、時運の一大変転となり、明治の新時代に入らんとする時代であるが、枕山の胸中は已に堅く極《き》まつてをる。

感懐
未了山林著此身
窮閻俯仰混風塵
伝書古有焚書士
許国今多誤国人
栗里冒霜黄菊秀
首陽経雨緑薇新
二公千載堪師友
青史嫌他贋隠倫

感懐《かんかい》
未《いま》だ了《おわ》らず　山林《さんりん》に此身《このみ》を著《つ》くるを
窮閻《きゆうえん》に俯仰《ふぎよう》して風塵《ふうじん》に混《こん》ず
伝書《でんしよ》　古《いにしえ》に書《しよ》を焚《や》かるるの士《し》有《あ》り
許国《きよこく》　今《いま》に国《くに》を誤《あやま》るの人多《ひとおお》し
栗里《りつり》　霜《しも》を冒《おか》して黄菊秀《こうきくひい》で
首陽《しゆよう》　雨《あめ》を経《へ》て緑薇新《りよくびあら》たなり
二公《にこう》　千載《せんざい》　師友《しゆう》に堪《た》へたり
青史《せいし》　他《か》の贋隠倫《にせいんりん》を嫌《いと》ふ

枕山は世を迎へ時に入る性質でなく、陶淵明の菊を種《う》ゑ、伯夷・叔斉の薇《わらび》を采《と》る如き節を愛する。枕山の一生はこれで明白となつた。『枕山詩鈔』は三編で終り、明治元年（戊辰）から、病歿した同二十四年（辛卯）に至る二十四年間は、依然詩興減ぜずして、その数は優に四編ともなつたといふ事であるが、『遺稿』一巻は歿後の翌々年（明治二十六年）に附印され、「三編以後、詩篇散逸、十に一を存せず。頃者《ちかごろ》故紙を捜索し、随ひて得れば随ひて録す。故に序次なく、干支を記さず」とあつて、枕山の自筆と見えるが、さてどうであらう。開巻第一に、

詠懐

詠懐《えいかい》

我迹寄今世
我心在古時
逸民伝一巻
有暇則幾披
就中向子長
信之又重之
貴亦不如賤
此語是吾師

我《わ》が迹《あと》は今世《きんせい》に寄《よ》せ
我《わ》が心《こころ》は古時《こじ》に在《あ》り
逸民伝一巻《いつみんでんいっかん》
暇《いとま》有《あ》れば則《すなわ》ち幾《いく》たびか披《ひら》く
中《なか》に就《つ》いては向子長《しょうしちょう》
之《これ》を信《しん》じ又《ま》た之《これ》を重《おも》んず
貴《とうと》きも亦《ま》た賤《いや》しきに如《し》かず
此語《このご》　是《こ》れ吾《わ》が師《し》

を置き、巻末には、

歳晩書事
也似黄爐発興奇
奇寒白屋酒添卮
江湖無事娯残歳
風月多情笑少時
居市此身非大隠
対山吾道有餘師
酔来不做窮陰想

歳晩《さいばん》、事《こと》を書《しょ》す
也《ま》た似《に》たり　黄爐《こうろ》の興《きょう》を発《はっ》して奇《き》なるに
奇寒《きかん》の白屋《はくおく》　酒《さけ》　卮《さかずき》を添《そ》ふ
江湖《こうこ》　無事《ぶじ》　残歳《ざんさい》を娯《たの》しみ
風月《ふうげつ》　多情《たじょう》　少時《しょうじ》を笑《わら》ふ
市《いち》に居《お》るも此身《このみ》は大隠《たいいん》に非《あら》ず
山《やま》に対《むか》へば吾道《わがみち》に余師《よし》有《あ》り
酔《よ》ひ来《きた》りて做《な》さず　窮陰《きゅういん》の想《そう》

静検松陵唱和詩　　静《しず》かに検《けん》す　松陵唱和《しょうりょうしょうわ》の詩《し》

を収めてをる。枕山の心事を知る杉浦梅潭《ばいたん》が、遺稿中から取り出したものといふことである。

枕山は明治二年（己巳）『東京詞』といふものを出板した。これは市河寛斎の『北里歌』に倣つたもので、名ある書家十人に三首づゝ書かせて、その上、画家に以前と違つた風景や風習を画かせ、折本に仕立てて売り出し、弾正台に糾問せられた。今この書は容易に見当らぬので、明治初年を追想すべく、その中若干首を収めることとした。

天子遷都布寵華　　天子《てんし》　都《みやこ》を遷《うつ》し寵華《ちょうか》を布《し》く
東京児女美如花　　東京《とうきょう》の児女《じじょ》　美《び》なること花《はな》の如《ごと》し
須知鴨水輪鷗渡　　須《すべから》く知《し》るべし　鴨水《おうすい》の鷗渡《おうと》に輸《ゆ》するを
多少簪紳不顧家　　多少《たしょう》の簪紳《しんしん》　家《いえ》を顧《かえり》みず

双馬駕車載鉅公　　双馬《そうば》の駕車《がしゃ》　鉅公《きょこう》を載《の》せ
大都片刻往来通　　大都《だいと》　片刻《へんこく》にして往来通《おうらいつう》ず
無由潘岳望塵拝　　由無《よしな》し　潘岳《はんがく》　塵《ちり》を望《のぞ》んで拝《はい》するに
星電突過一瞬中　　星電突過《せいでんとっか》す　一瞬《いっしゅん》の中《うち》

奇才不滅状元郎　　奇《き》才《さい》減《げん》ぜず　状元郎《じょうげんろう》
加俸新登衆議場　　俸《ほう》を加《くわ》へて新《あら》たに登《のぼ》る　衆議場《しゅうぎじょう》

又見唐朝寛典美
公然夜夜宿平康

唱出楓橋夜泊詩
三絃弾裏寄相思
誰図孤客愁眠句
却上佳人艶絶辞

渾頭漆黒髪蒙肩
下馬店門垂柳辺
小女慣看先一笑
傘如蝙蝠帔如鳶

小揚州是新島原
関河邦士護蛮船
勧郎莫帯両条鉄
勧郎須帯十万銭
宜矣看場引貴人

又《ま》た見《み》る　唐朝寛典《とうちようかんてん》の美《び》
公然《こうぜん》として夜夜《よよ》　平康《へいこう》に宿《しゆく》す

唱《うた》ひ出《いだ》す　楓橋夜泊《ふうきようやはく》の詩《し》
三絃弾裏《さんげんだんり》　相思《そうし》を寄《よ》す
誰《たれ》か図《はか》らん　孤客愁眠《こきやくしゆうみん》の句《く》
却《かえ》つて上《のぼ》す　佳人艶絶《かじんえんぜつ》の辞《じ》

渾頭漆黒《こんとうしつこく》　髪《かみ》　肩《かた》を蒙《おお》ふ
馬《うま》を下《お》りる　店門垂柳《てんもんすいりゆう》の辺《あたり》
小女《しようじよ》　看《み》るに慣《な》れて先《ま》づ一笑《いつしよう》
傘《かさ》は蝙蝠《こうもり》の如《ごと》く　帔《ひ》は鳶《とび》の如《ごと》し

小揚州《しようようしゆう》は是《こ》れ新島原《しんしまばら》
関河《かんが》の邦士《ほうし》　蛮船《ばんせん》を護《まも》る
郎《ろう》に勧《すす》む　両条《りようじよう》の鉄《てつ》を帯《お》ぶること莫《なか》れ
郎《ろう》に勧《すす》む　須《すべから》く十万銭《じゆうまんせん》を帯《お》ぶるべし
宜《うべ》なり　看場《かんじよう》　貴《き》人《じん》を引《ひ》く

名優絶伎妙如神
沐猴而冠今誰笑
猿若坊中有搢紳

功成誰指五湖東
彼美扁舟也可同
今日軽鈔勝重宝
千金一束入懐中

二八妍姿当玉童
紫袍束帯跨花驄
女郎不省藩知事
只道三生在五公

名優《めいゆう》の絶伎《ぜつぎ》　妙《みょう》　神《しん》の如《ごと》し
沐猴《もっこう》にして冠《かん》す　今誰《いまたれ》か笑《わら》はん
猿若坊中《さるわかぼうちゅう》　搢紳《しんしん》有《あ》り

功成《こうな》りて誰《たれ》か指《さ》す　五湖《ごこ》の東《ひがし》
彼《か》の美《び》　扁舟《へんしゅう》　也《ま》た同《おな》じうす可《べ》し
今日《こんにち》　軽鈔《けいしょう》　重宝《じゅうほう》に勝《まさ》る
千金《せんきん》　一束《いっそく》　懐中《かいちゅう》に入《い》る

二八《にはち》の妍姿《けんし》　玉童《ぎょくどう》に当《あ》つ
紫袍束帯《しほうそくたい》　花驄《かそう》に跨《また》がる
女郎《じょろう》　藩知事《はんちじ》を省《かえり》みず
只《た》だ道《い》ふ　三生《さんせい》　五公《ごこう》に在《あ》りと

枕山に時代逆行の態度があると反対に、以前兄弟の如く交つた湖山は、五年の屏居《へいきょ》も春夢と消えて、二条公の召令に依つて京都に上り、明治元年、明治大帝御東下の際には、旧藩吉田にて拝謁、意気揚々として江戸に入り、直ちに官途に就いたと見る間に、骸骨を乞いて閑雲野鶴の身となつた。湖山のかかる変化もよほど面白い心境があるのである。枕山は湖山に詩を贈つていふ。

数月王臣致匪躬
省親帰去跡匆匆
見機為隠尋常事
得意辞栄唯此翁
将謂萊衣兼昼錦
也勝袞職補天功
笑他种放牽身累
徴士名同実不同

数月《すうげつ》　王臣《おうしん》　匪躬《ひきゆう》を致《いた》し
親《おや》を省《せい》して帰去《ききよ》し　跡匆匆《あとそうそう》
機《き》を見《み》て隠《いん》と為《な》るは尋常《じんじよう》の事《こと》なるも
意《い》を得《え》て栄《えい》を辞《じ》する唯《た》だ此《こ》の翁《おきな》のみ
将《まさ》に謂《い》はんとす　萊衣《らいい》　昼錦《ちゆうきん》を兼《か》ぬると
也《ま》た勝《まさ》る　袞職《こんしよく》　天功《てんこう》を補《おぎな》ふに
笑《わら》ふ　他《か》の种放《ちゆうほう》　身累《しんるい》を牽《ひ》くを
徴士《ちようし》　名《な》同《おな》じうして　実《じつ》同《おな》じからず

さて春濤は明治七年の年末に岐阜から東京に向ひ、枕山の家と程遠からぬ下谷御徒町に居を構へて、茉莉凹巷処《まりおうこうしよ》と名づけ、茉莉吟社《まりぎんしや》を開いた。正に是れ春濤が初めて江戸に出た嘉永五年から数へて二十三年目である。翌年、先づ『東京才人絶句』を発行して世間に問ひ、尋で詩文を専門とする月刊雑誌の『新文詩』を発行し、新を標榜して門戸を張つたが、うまく時勢に適中し、またたく間に隆々として盛んとなつた。これに引きかへて枕山は、飽くまで旧を頑守して時代に逆行し、一は隆盛、一は凋落、年月と共にその差が著しくなつて来た。時勢が然らしむるとはいひながら、哀れといふも愚かである。

しかるに明治十一年、公議人といふものが公選せられて東京に集つた。これには漢学者が多かつたので、自然に詩会が出来た。即ち「晩翠吟社」である。当時の漢学者は旧幕関係が多かつた。従つて吟社に前代の遺老が多かつたのも当然である。吟社は毎月、不忍池上の長酡亭《ちょうだてい》に開催し、杉浦梅潭を幹事とし、来り会する人々は向山《むこうやま》黄村を初めとし、稲津南洋・山口泉処・河田貫堂・石川桜所・中根半嶺・関沢霞庵・田辺松坡・佐々木支陰・朽木錦湖・松平親正・鎌田酔石・土居香国等々である。出来た詩の評正を枕山に依頼した。すると一面から見ると、枕山が吟社の主盟といはるべき地位にあるのである。この吟社は年月を重ねて日露戦争前後まで継続し、毎月発行の会報は三百三十四輯に達した。

　枕山は晩翠吟社と不即不離の関係を繋ぎつつ、明治二十四年（辛卯）の十月一日に七十四歳で病歿し、谷中瑞輪寺に葬つた。喪式は宮本鴨北と中根半嶺とが主として世話をした。この時、湖山は京都にいたが、訃を聞いて作つた二律の後律は、その実情を吐露したものである。

哭老友大沼枕山

妙齢夙博偉材名
海内騒壇推主盟
奉教俊髦随処在
鐫詩前後幾編成
弔君意実師兼友
許我情如弟与兄
今日人琴共亡矣

老友《ろうゆう》大沼枕山《おおぬまちんざん》を哭《こく》す　　湖山

妙齢《みようれい》　夙博《しゆくはく》　偉材《いざい》の名《な》
海内《かいだい》の騒壇《そうだん》　主盟《しゆめい》に推《お》す
教《おしえ》を奉《ほう》ずる俊髦《しゆんぼう》　随処《ずいしよ》に在《あ》り
詩《し》を鐫《きざ》みて前後《ぜんご》　幾編《いくへん》か成《な》る
君《きみ》を弔《とむら》ふの意《い》は実《まこと》に師《し》と友《とも》とを兼《か》ね
我《われ》を許《ゆる》せし情《じよう》は弟《おとうと》と兄《あに》との如《ごと》し
今日《こんにち》　人琴共《じんきんとも》に亡《ぼう》ぜり

誰将楽府答昇平　誰《たれ》か楽府《がふ》を将《も》つて昇平《しようへい》に答《こた》へん

枕山、名は厚、字は士寿、一字を昌卿といひ、枕山また熙々堂《ききどう》と号し、子供二人あり。姉嘉《か》禰子《ねこ》は芳樹女史で、婿《むこ》を鶴林といひ、大沼氏を称していた。新吉は湖雲と号し、詩も作つたやうだが、枕山の筆蹟を似せ、また『枕山間話』と云ふものを諸書から抜き出して作つたといはれてをる。

枕山の著述は、『枕山詩鈔』の初編・二編・三編各三巻、『枕山遺稿』一巻、『房山集』一巻、『詠物詩』一巻、『東京詞』一巻、『江戸名勝詩』一巻、『日本詠史百律』『歴代詠史百律』各一巻、何れも出板されてをる。門下は多いが、植村蘆洲を高弟とし、西川菊畦《きくけい》（山形）・嵩古香《かさみ》（埼玉）や溝口桂巌・平塚梅花・小菅香村などが思ひ出される。杉浦梅潭は地位があるから、門人代表といつたやうに見える。最近まで居られた岡崎春石・石川文荘・釈清潭等々何れも門下屈指のもの、しかも清潭は最も愛せられた人である。

大正三年十月、宮本鴨北は枕山の二十三回忌を下谷瑞輪寺にて取り行ひ、当日追奠《ついてん》の詩を編みて一編とし、『瑞輪吟集』と名づけ、附印して同人に頒《わか》つた。中に明治二十五年に作つた鴨北の「録二枕山翁晩節一」を副《そ》へてをるが、頗る面白い。これを仮名書きに改めてここへ収める。

枕山翁の晩節　　宮本鴨北

自分が枕山翁と知合ひとなつたのは、日下部夢香の家で逢つたのが始めである。その時、翁は関雪江・服部楽山・植村蘆洲等と打連れて墨田川に遊び、広い袴に長い刀を横たへて、武士そのままの恰好で酒を飲んでいた。その中に諸子と詩を作り韻字を分けて、黄の字を引きあて、「閏年寒意花偏白。四月春声鳥尚黄（閏年《じゆんねん》の寒意《かんい》花偏《はなひと》へに白《しろ》く、四月《しがつ》の春声《しゆんせい》鳥尚《とりな》ほ黄《き》なり）」の句が出来た。当時翁は四十を越したばかりの時であるから、年少自分の如きものに対しては、てんで相手にもせず、またそのいふ事も誠に平常であつたので、自分はただ詩人と思つていた。しかるに翁の父竹渓の墓参した詩を読んで、さうでない事を知つた。即ち家学を継承して詩を以て起《た》たうとするのである。太平の時にあつて、詩人で家を興さうと父母に誓ふことは、期するところが決して浅いものではないから、尋常詩人でない事が知られるではないか。爾後自分は横浜に移り、逢はぬこと殆んど十数年、明治維新の後、翁を訪問し、しばしばその談話を聞いて近状を詳かにするを得た。明治維新の翌年、翁は『東京詞三十首』を作つて時世を諷し、看る者の一笑に供し、丁度今の新聞紙のやうなものである。官吏の品行の不正を諷して、「又見唐朝寛典美。公然夜夜宿㆓平康㆒」といひ、貴人の劇場見物を譏《そし》りて、「沐猴而冠今誰笑。猿若坊中有㆓搢紳㆒」といつた。すると忽ち弾正台に糾弾せられ、殆んど蘇東坡の烏台詩案《うだいしあん》のやうな難を蒙らうとしたので、是れから翁は詩を作るのに、決して世事をいはなかつた。さりながら不平があるから、時にはそれが泄《も》れて来る。心あるものが味はふと、言はざるの妙が却つて言ふに勝るものがあつた。

　慶応の末年、翁は勝海舟の許に行き、激論するところがあつた。翁は幕府の仕籍でなかつたが、心の中には幕府の恩に感じていたのであつた。曾つて千駄ヶ谷徳川氏の招待を受けて詩を作り、葵の紋章の羽織を賜はつた。翁は、野郎余の如き夢にも見るを得ぬものを拝領したと云ひ、喜びに堪へぬと共に悲しみに堪へず、時々著用して歿するに至つた。海舟は翁の死を聞いて、手厚い贈物をしたのは、翁のかういふ志想を知つてゐるからである。

人の詩文を直すのは、自ら作るよりも難しい。筆を取つてとつおいつ、厳しくすると、角《つの》を撓《たわ》めて牛を殺すやうなこととなり、ゆるがせにするときは、一ぱいに圏点を附けて誉めることとなり、事実は作者を愚弄するに過ぎぬ。要するにこれは他人の為に少からぬ時間を費すまでであつて、その詩文は自分の物でないのであるから、そこで直す人もその煩に堪へずして、かかる弊が自然生ずるのであるが、翁は決してさうではない。詩を直す依頼を受けると、翁はこれをことわらぬのみか、その批評もゆるやかで、作意を迎へて細説するものが多く、従つて言葉が美しくなりやすく、冗言なきにあらざれど、しかも典故を引くに当つては、該博に驚くことがある。その詩を直す方法に二つあり、一つは直ちに穏やかならぬところを直し、一つは穏やかならぬところを指さずして、ただ穏やかなところを誉め、作者に誉めぬ所を自省させる。これは翁の教授法の長所である。自分は思ふ—翁の人の詩を直すのは、自ら作るよりも工みであると。それは翁の心が人を誘ひて倦まぬといふところにあるから、報酬の多少を問はず、骨を折つて直すのである。或人が翁の直す方を評していふやう、彼は真に能く煩瑣に堪へて、しかも銅臭が少いと。この銅臭の少いといふ一事は、今の世で最も詩境に得難いもので、翁の苦心を推察し尽した言である。

客が詩稿を持つて直して貰ふ。近視の翁は、その詩稿を鼻端に触れるほど近づけ、筆を取り朱を研《と》ぎ、文字の面倒な箇所になると、首をかしげ舌を鳴らし、ぶつぶつつぶやきながら直し終ると、やがて閲了の二字を書いて返すのが多年の例である。されば硯がくぼみ、朱滓《しゆさい》が凝つて岩のやうに高くなつてをるが、翁は些《すこ》しも意に掛けず、くぼんだところで筆尖を染めて日々用ひてをる『詩韻含英』(書物の名)一部と、硯の泥糞は翁の一生と始終するものであつた。

翁は久しく下谷御徒町に住んでゐたが、鉄道の開通するに及んで、不忍池畔の花園町に移つた。その新居は門も玄関も大きくないが、かかりは御徒町の家と同じく、さながら旧武家の家である。或人がその故を問ふと、翁曰く、自分は売文生活で、体裁を張る必要もないが、時々官爵ある人が来て詩を問はれるので、送迎の礼節は欠かされぬ。これはおもねるのでなくて、官爵を敬ふからである。門や玄関を昔のままにして置くのは、かういふところから来るのであると。

翁年老いて耳が漸く聞えぬやうになつたが、時には能く聞えぬこともあつた。さうすると舌が渋つて言葉がもつれる。これは病気が頭部にあつて、それが時々移動するからである。客が往訪すれば、主客は何れも談笑に苦しむが、しかれども言葉が漸く熟し意味が全く通ずると、論説が痛快となつて来る。最も文政・天保の時事に精しく、聞くものをして宛《さな》がらその時を目撃するやうに感ぜしめる。或は酒間に時世を談ずると、進み寄つて膝を出し、両眼に涙を浮べるに至る事もある。

近世の詩人は、大抵古書を読まぬのでその言葉に根柢がなく、古詩を作れば薄弱で読むに堪へぬ。されば古詩を作る人はなく、ただ近体を作るのみである。翁はこれを心配して、古詩を作る人があれば、それが意に適せぬのに拘はらず、口を極めて誉めちぎり、詩を作る力を養はせる。翁の誘導の意は誠に親切といふべきである。

翁は晩年に詩話を著はさうとしたが果さなかつた。その説にいふ、袁随園の『随園詩話』は浩博なるが、往々誨淫《かいいん》の譏を免れぬ。我が国にては五山翁の『五山堂詩話』、六如上人の『葛原詩話』は、何れも浅近で後進を導くに宜しいが、しかも時代が移つて、今日の詩話ではない。自分は随園の淫靡を除き、五山の浅近を救はうと思つてゐるが、年を取つて仕舞つたと慨歎した。嘗つて門下なる朽木錦湖の話を聞くに、翁は高青邱の「梅花」十二律を評して曰く、「雪満高士臥。月明美人来（雪《ゆき》は満《み》ちて高士《こうし》臥《ふ》し、月《つき》は明《あき》らかにして美人《びじん》来《きた》る）」。この一聯は、梅花を形容してやや佳なるも、その他は称すべきものがない。「嫩寒江店杏花前（嫩寒江店杏花《どんかんこうてんきようか》の前《まえ》）」の如きは、杏花を以て梅花を発揮するなれども、猶ほ石で石を磨《と》ぐやうで、何の謂れなるを知らぬと。またいふ、韋荘が「晏起」七絶「近来中レ酒起常遲。臥看二南山一改二旧詩一。開レ戸日高春寂寞。数声啼鳥上二花枝一（近来酒《きんらいさけ》に中《あた》りて起《お》ること常《つね》に遅《おそ》く、臥《ふ》して南山《なんざん》を看《み》て旧詩《きゆうし》を改《あらた》む。戸《と》を開《ひら》けば日《ひ》高《たか》くして春寂寞《はるせきばく》。数声啼鳥《すうせいていちよう》花《か》枝《し》に上《あが》る）」は久しく世に聞えているが、しかれども「臥看二南山二」は、転句の「開レ戸日高」に相応せぬ。古人のこの詩を賞賛する、著眼は何れの点ぞ、了解に苦しむと。

明治の初め、詩人で高官となるものが多かつた。翁の『東京詞』に、「誰道広文飯不レ足。儒生粱肉比二諸公一（誰《たれ》か道《い》ふ広文飯《こうぶんはん》足《た》らずと。儒生《じゆせい》の粱肉《りようにく》諸公《しよこう》に比《ひ》す）」とあるが、翁の門は訪ふ人もなく、飯桶は干上つた。浅草某寺の僧が天海僧正の肖像画を持つて来ていふやう、これは拙寺の什物で、上野慈眼堂に蔵《おさま》つてをるのと同一のものであるが、今拙寺に差迫つた事が起り、詮方なくこの什物を売つて一時の凌ぎを附けやうと思ひ、御高名を聞き突然ながら、願はくは三両ほど御恵みに預りたいと。翁いふ、自分は上野の僧房に多年遊食し、天海僧正と縁の無いこともない。今や上野は戦争に敗れ、僧正も世間から軽んぜられて、我が家に宿を求めるのは、誠に偶然ではないとて、衣服を典じて買ひ取つた。

翁は晩年閑居して世事を耳にせぬので、自分が或る日、札幌の話をすると、翁は札幌の何処なるを知らず、また鹿鳴館あるを知らなかつた。これは学者の古に詳かで今を略する常習で、翁とてもその病を免かれぬのである（詩を能くした官吏があり、天津《てんしん》に赴く人を送る詩を作つたが、邵康節の杜鵑《とけん》を天津に聞く故事を用ひた。今の天津は北京附近、邵康節の天津は洛陽である。官吏すらかういふ誤がある。況んや隠逸、翁の如きものに於てをや）。しかも全然今日に通ぜぬと思ふと、さうではない。その人の詩を批評するのを見るに、言の時事に渉るや、矢が五分の金的を貫ぬく如く、いかなる新聞記者でも勝つことが出来ぬ。それは翁の天資が高くして、一たび聞くときには、直ちに事理の得失を判断するからである。

書画会は文人の金を作る窮策で、或ひは病後或ひは送別、或ひは寿筵、或ひは追悼等々、会を開いて金を取るので、人々何れも応援の煩しさに苦しむが、交際上止むを得ぬ事となつてをる。五年前、翁は七十歳となり、たまたま家政窘迫《きんぱく》したので、ある人は翁に古稀の寿筵を張り、書画会を開くやうにと勧めたが、翁はいふ、自分は維新後、門を杜《と》ぢて客を謝し、最も彼等の軽薄に世間をわたり生活をつづけてをるのを鄙《いや》しむもの。自分は寧ろ餓死するも、彼等のする事をして生きやうとは思はぬとて、これをことわつた。

陸放翁の詩に時事を憂ふるものが多く、臨終の時、「王師北定㆓中原㆒日。家祭無㆑忘㆑告㆓乃翁㆒（王師《おうし》北《きた》のかた中原《ちゅうげん》を定《さだ》むる日《ひ》。家祭乃翁《かさいだいおう》に告《つ》ぐるを忘《わす》るる無《な》かれ）」といつたほどなれど、しかも往々にして言葉の上ではさういふけれど、事実に於てさうでもない。況んや晩年には、姦物韓侂冑《かんたくちゅう》の為めに後園の記を作り、後世の物議を免れざるをや。杜牧は剛直で奇節あり、李徳裕の賊兵を討平する時、その策を用ひ、またその孫子の注は、魏武帝の孫子の注と妙を競うてをるが、これを知る人が少なく、一生薄倖で有名である。翁の晩年、時は唐の玄宗の時ではなく、詩人として政治に容喙《ようかい》すべき事でもないから、翁の詩には時世を諷する意味のものを見ぬけれど、その世を憂へ時を傷むの情は死に至るまで消えず、一年は一年よりも窮して行くが、さりとて諂詞《てんし》を貴人に献じた放翁のやうな事もせぬ、而して薄倖の名伝へられて今日に至るのも、翁もまた杜牧の流亜であらう。翁は中年と晩節とは別人の如く違つてをるから、世間は好いところを取つて、悪いところを棄てたが宜しい。

翁は晩年、道徳を重んじて、人の詩を作つて道徳の桎梏に落ち入るものがあれども、それを棄てなかつた。最も軽薄で魔道に入りやすいものを憎んだので、人の詩を読むにも正面直情の句を愛して圏点を附け、そして流弊を救はうとしたに依り、自家のも自然率意に流れて、晩年の作は枯淡にして風味が少なくなつた。時流に投ぜぬわけは、また此処に在る。さりながら世間の傲然尊大に構へ、彼を譏り己を誉め、或ひは作家を以て自ら任じ、艶《なまめ》かしく俗に媚びる徒輩と比べては、人物に雲泥の相違がある。その旧作には完美なものが多く、世間に公評があつて、自分の称揚を待たぬ次第である。

翁は顔が痩せて長く、ぎよろりとした眼で人を見る。それがさながら鍾馗《しょうき》の怒つたやうであつた上、幾筋か残つた白髪を結んで丁髷《ちょんまげ》を結ぶ有様、初めて逢ふ人は何れも異相に驚いた。自分はしばしば近代詩人の肖像を見たが、多くは角巾長袖、明人のやうな姿をしてをる。その形骸を外にしてをるかをらぬかといふ事で、その人の襟度《きんど》が卜《ぼく》知《ち》せられると思ふ。

………これで鴨北の談は終はる。

枕山の詩は、五山晩年の作風を継承したものである。五山の若い頃の作風は、楊誠斎を慕ふと共に、浮艶にしてしかも一種の俗臭が目に著いたが、晩年に近づくにつれ、蘇東坡や韓退之を学んで体格に力が入り、なかなか好いものがある。この時になると『五山堂詩話』の出板がないから、詩風の変化を知らせる機関はない、ただ『摂東七家詩鈔』に収めてあるのが即ちそれである。枕山は五山晩年の門人で、その晩年の作風を学ぶのは極めて自然で、その上陸放翁を多量に取り入れ、また唐宋の詩集に眼をさらし、更に降つて清詩に及んで、星巌よりも新しいものを読んでをる。これは時代の力であらう。

『枕山詩鈔』の初編は古詩に堂々たるもの多く、星巌のそれに比して遥かに佳作がある。これに就いては今一度、枕山を見直す必要があらう。しかも二編・三編となるに従ひ、飛揚激昂の態度がなくなり、交遊も面白き人物乏しく、旅行にも変つた景物事態に接せず、大体江戸に閑居して、上野の春花、墨田の秋月に風情を遣り、崩壊し行く幕府の情況に心を傷めながら、憂国志士の一群とも遥かに遠ざかつたので、作るものは萎靡《いび》に陥り頽唐に流れた。更に『遺稿』となると一層不振が甚だしいが、これは年齢環境から来ることであつて、誰しも免れぬところである。

かくて天明・寛政以来流行した清新詩派は、枕山の長逝と共に全く影を地下に没した。しかれどもこの詩派から一転して星巌となり、再転して春濤となり、その奉じた清詩が大勢力となつて、而して明治時代を粉飾したのである。

〔第四十三号「大沼枕山（下）」〕

森春濤

（上）

一

明治時代の前半期に於ける東京詩界は、宋詩を主とした大沼枕山が旧幕府の遺物かのやうに次第に忘却せられ、清詩を主とした森春濤《しゅんとう》が新政府の代表かのやうに突如として姿を現はし、そして後半期の清詩時代を現出した。かく宋詩と清詩は交替したが、要するにこれとて寛政以来の清新詩派が時勢の変遷に伴ふて自己の交替をしたのである。

二

森春濤、名は魯直《ろちょく》、字は方大、後に希黄とも云ひ、通称は浩甫《こうほ》、医業の方面では春道、後に春濤と云ひ、それが別号として通つた。文政二年四月、尾張国一ノ宮に生る。祖父左元、父一鳥、何れも医師を業とした。春濤も親戚なる岐阜の中川氏が眼科として名声があつたので、少年の時からそこで修業することとなつたが、中川氏の家風は頗《すこぶ》る厳重で随分苦労した。十四五歳の頃から詩を作り出した。それは春濤が浄瑠璃戯曲に耽つて日夜唸りつづけるので、中川氏の痛責に逢ひ、憂悶の果てては顔色も憔悴するに至つたので、中川氏は作詩法の書籍を与へてその道を教授すると、天稟の才能と見えて上達して行つた。当時、ある人から『錦繍段《きんしゅうだん》』を貰つた。これは五山詩僧の一人天龍和尚の編纂にかかり、随分陳腐なものなれども、初学に益するところもあつたので、春濤は日夜手から離さず読みに読み、晩年までも珍蔵してゐたと云ふことである。

『春濤詩鈔』の巻一は『三十六湾集』と題し、天保四年三月春濤十五歳、「岐阜竹枝」から始まる。

岐阜竹枝二首

環郭皆山紫翠堆
夕陽人倚好楼臺
香魚欲上桃花落
三十六湾春水来

岐阜竹枝《ぎふちくし》二首《にしゅ》

郭《かく》を環《めぐ》るは皆《み》な山《やま》にして紫翠《しすい》堆《うずたか》く
夕陽《せきよう》人《ひと》は倚《よ》る　好楼台《こうろうだい》
香魚《こうぎょ》上《のぼ》らんと欲《ほっ》して桃花《とうか》落《お》ち
三十六湾《さんじゅうろくわん》　春水《しゅんすい》来《きた》る

千絲柳色晩風柔
春動藍川古渡頭
欲問美人南国信
片帆吹上九華舟

千糸《せんし》　柳色《りゅうしょく》　晩風《ばんぷう》柔《やわ》らかに
春《はる》は動《うご》く　藍川《らんせん》古渡《こと》の頭《ほとり》
問《と》はんと欲《ほっ》す　美人《びじん》　南国《なんごく》の信《しん》
片帆《へんぱん》吹《ふ》き上《あ》ぐ　九華《きゅうか》の舟《ふね》

清麗温秀、すばらしい才華の発露である。春濤はこの年、岐阜から故郷へ七年目で帰った。すると十歳で岐阜へ遊学したのである。

回郷絶句

七年帰思水悠悠
故里青山点白鷗
江上丈人猶健在
対門高柳未全秋
大歓全在侍爺嬢
百事無如還故郷
風露満棚児繞膝
月団団底豆花香

回郷絶句《かいきょうぜっく》

七年《しちねん》の帰思《きし》　水悠悠《みずゆうゆう》
故里《ふるさと》の青山《せいざん》　白鷗《はくおう》を点《てん》ず
江上《こうじょう》の丈人《じょうじん》　猶《な》ほ健在《けんざい》
門《もん》に対《むか》ふ高柳《こうりゅう》　未《いま》だ全《まった》くは秋《あき》ならず
大歓《たいかん》は全《まった》く爺嬢《やじょう》に侍《じ》するに在《あ》り
百事《ひゃくじ》　故郷《こきょう》に還《かえ》るに如《し》くこと無《な》し
風露《ふうろ》　棚《こや》に満《み》ちて　児《じ》は膝《ひざ》を繞《めぐ》る
月《つき》の団団《だんだん》なる底《なか》　豆花《とうか》香《かんば》し

春濤は帰郷して同国丹羽なる鷲津松隠の有隣塾で漢籍を学んだ。医師になるにはただ医術ばかりでなく、漢籍を学ぶのが当時の仕方であつたので、春濤もさうしたのである。この有隣塾は鷲津幽林が初めて開き、子松隠が継ぎ、孫益斎が専ら教授の任に当つてゐた。かの大沼枕山は松隠の兄竹渓の子で、この時、塾にゐて春濤と互にはげみ合つた。「捨吉落レ水。浩甫漂レ書」と云ふ『蒙求』もどきの句の出来た話がある。捨吉は枕山の名、詩を考へて溝へ落ち、浩甫は春濤で、塾の蔵書の虫干中、読書に耽つて夕立の来るのを知らず、干した書物を雨に濡したのを云ふのである。いくばくもなくして枕山は江戸へ帰つた。枕山は春濤より一歳上の十八歳である。尋《つい》で春濤も家事の都合で母の郷里蟹江へ行き、医業で糊口の資を得たのであらう。それから『蘆花漁笛集《ろかぎよてきしゆう》』となる。

蟹江村寓居雑述

南浦秋寒酒易醒
篷窓月落水冥冥
臥伸間脚加船腹
人道蘆中有客星
有客千銭付一醵
四腮三尺上盤初
獲魚宜大不宜小

蟹江《かにえ》村寓居《むらぐうきよ》の雑述《ざつじゆつ》

南浦《なんぽ》　秋寒《あきさむ》く　酒醒《さけさ》め易《やす》し
篷窓《ほうそう》　月落《つきお》ち　水冥冥《みずめいめい》
臥《ふ》して間脚《かんきやく》を伸《の》ばして船腹《せんぷく》に加《くわ》ふれば
人《ひと》は道《い》ふ　蘆中《ろちゆう》　客星《かくせい》有《あ》りと
客有《きやくあ》り　千銭《せんせん》　一醵《いつきよ》に付《ふ》す
四腮《しさい》　三尺《さんじやく》　盤《ばん》に上《あが》る初《はじめ》
魚《うお》を獲《と》るに大《だい》を宜《よろ》しとし　小《しよう》を宜《よろ》しからずとす

結網従渠故故疏

春潭釣者歌

淮陰城下児　一飯不自支
仰恩漂母免朝飢
富春山中叟　三聘何肯受
逃迹羊裘傲故友
一倨一恭無所関
春潭釣者心自間
買酒前村先我在
送人南浦艤舟待
春江水暖魚正肥
新漲波平旧釣磯
無論受餌与不受
満身煙雨披蓑衣

網《あみ》を結《むす》びて　従《まか》渠《か》す　故《こ》故《こ》に疏《あら》きに

春潭《しゆんたん》釣者《ちようしや》の歌《うた》

淮陰城下《わいいんじようか》の児《じ》
一飯《いつぱん》　自《みずか》らは支《ささ》へず
恩《おん》を漂母《ひようぼ》に仰《あお》ぎて朝飢《ちようき》を免《まぬか》る
富春山中《ふしゆんさんちゆう》の叟《そう》
三聘《さんぺい》　何《なん》ぞ肯《あ》へて受《う》けん
迹《あと》を羊裘《ようきゆう》に逃《のが》れて故友《こゆう》に傲《おご》り
一倨《いつきよ》　一恭《いつきよう》　関《かん》する所無《ところな》し
春潭《しゆんたん》の釣者《ちようしや》　心自《こころおの》づから間《かん》なり
酒《さけ》を買《か》ふ　前村《ぜんそん》　我《われ》に先《さき》んじて在《あ》り
人《ひと》を送《おく》る　南浦《なんぽ》　舟《ふね》を艤《ぎ》して待《ま》つ
春江《しゆんこう》　水暖《みずあたた》かにして魚正《うおまさ》に肥《こ》え
新漲《しんちよう》　波平《なみたい》らかなり　旧釣磯《きゆうちようき》
論《ろん》ずること無《な》し　餌《え》を受《う》くると受《う》けざるとを
満身《まんしん》の煙雨《えんう》　蓑衣《さい》を披《き》る

将壇帝坐迹不接
只当来往老苕霅
陸魯望
張子和
筆牀茶具不須多
船底坐和漁子歌
昨夜杳然鳴榿去
桃花春水不知処

将壇《しょうだん》　帝坐《ていざ》　迹接《あとせつ》せず
只《た》だ当《まさ》に来往《らいおう》して苕霅《ちょうとう》に老《お》ゆべし
陸魯望《りくろぼう》
張子和《ちょうしわ》
筆牀《ひつしょう》　茶具《さぐ》　多《おお》きを須《もち》ひず
船底《せんてい》に坐《ざ》して漁子《ぎょし》の歌《うた》に和《わ》す
昨夜《さくや》　杳然《ようぜん》として榿《かい》を鳴《な》らして去《さ》る
桃花《とうか》　春水《しゅんすい》　処《ところ》を知《し》らず

翌くる天保八年は大飢饉で、大塩後素の事件もこれが為に勃発した。特に春濤の郷里一ノ宮附近は惨状甚だしかつたので、春濤は様々力を尽くして少しばかりの米を買ひ入れ、父母弟妹の飢餓を救ふべく、人を雇うて持ち行かせしに、その人が窃かに掠め取り、盗賊に奪はれたとて帰つて来たことなどあつた。この年は飢饉と共に瘟疫《うんえき》盛んに行はれて、累々たる屍体が路上に横たはつた。春濤その状を写して、「好去矣行（好《よ》し去《さ》れの行《うた》）」を作り、悽酸を極めて居る。

天保九年春濤二十歳、海門寺村に転居、『海門釣庵集《かいもんちょうあんしゅう》』となる。附近の佐屋村は、芭蕉が「水雞《くいな》啼くと人の言へばや佐屋泊り」と作つたところ、春濤の作。

宿佐屋村
堠樹滴残過雨痕

佐屋村《さやむら》に宿《しゅく》す
堠樹《こうじゅ》　滴残《てきざん》す　過雨《かう》の痕《あと》

蕉翁墓畔月黄昏
羇愁一片今猶昔
人宿水雞啼処村

蕉翁《しようおう》の墓畔《ぼはん》　月黄昏《つきこうこん》
羇愁《きしゆう》　一片《いつぺん》　今猶《いまな》ほ昔《むかし》のごとし
人《ひと》は宿《しゆく》す　水雞啼処《すいけいていしよ》の村《むら》

この年末に、

平生一巻詩
祭以杯中物
願作苦吟人
南無賈島仏

平生《へいぜい》　一巻《いつかん》の詩《し》
祭《まつ》るに杯中《はいちゆう》の物《もの》を以《もつ》てす
願《ねが》はくは苦吟《くぎん》の人《ひと》と作《な》らん
南無《なむ》賈島仏《かとうぶつ》

と詠じた。詩人として世に立たうとする考は、もう此の時からあつたのである。

天保十年春濤二十一歳、『人日草堂集』となる。正月人日—即ち七日に、十年ぶりで一ノ宮なる家に帰り、ここで父祖以来医師としての門戸を張つたが、医師としてよりも詩人としての行動が忙しく、従つて学問の師とした鷲津益斎への往来も頻繁となつた。翌年（天保十一年）『松雨荘人集』となる。益斎は春濤の詩才のただならぬのを認めてをる。江戸の詩界に売り出した大沼枕山は、嘗て春濤と共に自分の有隣塾に在学して詩才を競つたこともあつたので、枕山の出世作なる、不忍池に蓮を観て玉池吟社の主人として江戸詩界の盟主たる梁川星巌と応酬した七律を出して春濤に次韻させ、しかも三日に限つたところを見ると、枕山との詩才を試したとも思はれる。春濤は期限をあやまたず七律を七たび畳んで、更にまた再び畳んだ。詩方の俊敏なることまことに驚くほどである。翌くる天保十二年正月・二月（閏在二正月一）―『糸雨残梅集』、同年三月より十四年―『林下柴門集』、弘化六年より四年―『零蟬落雁集《れいせんらくがんしゅう》』、次に嘉永元年より六年―『落花啼鳥集』の諸集となる。

春濤は詩人として世に出た枕山を夢にも忘れぬ。それさへあるに鷲津毅堂は六歳の年少なるのに、父益斎の歿して間もなく伊勢に游んで猪飼敬所《いかいけいしょ》に経学を学び、更に江戸に上つて昌平黌に入り、当時名高い諸家と応酬してまさに文名を成さうとしてをるではないか。春濤は無論枕山と消息を通じ合ひ、毅堂とはしげしげ書翰を往復して、心はいつも江戸の風月場にさ迷つた。

三

嘉永三年春濤三十二歳、その十一月、家計逼迫の為め、心を決して家を出て漫遊の途に上つた。先づ伊勢に向ひ、桑名附近を漂泊して越年し、翌年（嘉永四年）の春、名古屋の大夫渡辺氏の招きによりて再び名古屋に帰つた。渡辺氏が藩命によりて京都へ出使し、春濤もその行に従ふ筈であつたのだが、何かの都合で中止となつた。渡辺氏は春濤の才気を愛し、その道に志ある人を集め、特に「春題百絶」を作らせた。春濤の同題の作は、この時の作である（『春濤詩鈔』には、この作を『糸雨残梅集』に入れ、天保十二年二月のものとなつてをるが、その誤なるを槐南《かいなん》博士は指摘してをる）。幾程もなく渡辺氏は京都に行つたので、春濤は前志を継いで東海道を上り、江戸へと方向は極めたものの、とにかく逗留勝《とうりゅうがち》にて五月の末、漸く江戸に著いた。途上の作。

過八橋

王孫跡古雨霏微
杜若吹香入客衣
惆悵東風留不住
八橋池畔送春帰

春雨中読書于桶間村相羽子辰家

古塁雲荒惨不開
残碑近在乱峰堆
夜深休読英雄伝
雨逼山窓鬼哭来

風雨踰函嶺

長槍大馬乱雲間
知是何侯述職還
淪落書生無気焔
雨衫風笠度函関

八橋《やつはし》を過《す》ぐ

王孫《おうそん》の跡《あと》は古《ふ》りて雨霏微《あめひび》たり
杜若《とじゃく》　香《か》を吹《ふ》きて客衣《かくい》に入《い》る
惆悵《ちゅうちょう》す　東風《とうふう》　留《とど》めて住《とど》まらざるを
八橋池畔《やつはしちはん》　春《はる》の帰《かえ》るを送《おく》る

春雨《はるさめ》の中《なか》、書《しょ》を桶間村《おけはざまむら》の相羽子辰《あいばしたつ》の家《いえ》に読《よ》む

古塁《こるい》　雲荒《くもあ》れて惨《さん》として開《ひら》かず
残碑《ざんぴ》　近《ちか》くに在《あ》りて乱峰《らんぽう》堆《うずたか》し
夜深《よふ》けて読《よ》むことを休《や》めよ　英雄伝《えいゆうでん》
雨《あめ》は山窓《さんそう》に逼《せま》りて　鬼《き》　哭《こく》し来《きた》る

風雨《ふうう》に函嶺《かんれい》を踰《こ》ゆ

長槍《ちょうそう》　大馬《たいば》　乱雲《らんうん》の間《かん》
知《し》んぬ　是《こ》れ何侯《なにこう》か述職《じゅつしょく》して還《かえ》る
淪落《りんらく》の書生《しょせい》　気焔《きえん》無し
雨衫《うさん》　風笠《ふうりゅう》　函関《かんかん》を度《わた》る

春濤は江戸に入り、先づ鷲津毅堂を尋ねた。毅堂は当時の形勢に激するあまり、『聖武記採要』を作り、支那阿片乱の始末に借りて幕府の処置を諷するところがあつたので、当局の嫌疑を受け、これを避くべく安房游歴の途に出立した後であつた。春濤の失望其れ如何ぞや。それより大沼枕山を下谷に尋ねて十七年来の事を語り、情懐尽くるなく、さては上野の山中に寓居して、日ごとに枕山の家へ行き、詩界にその人ありと云はれる横山湖山（後に小野と改む）・遠山雲如・梅癡上人、若《もし》くは安房なる鱸松塘《すずきしようとう》などと交を結んだ。

春濤の江戸客游は二月に余り、客嚢《きやくのう》はいやが上にも乏しくなつた。「売衣歎」を読んで、その如何なる有様であつたか想ひやらるる。かくて春濤は帰国の止むを得ぬこととなり、淪落飄零、心ならずも故郷に帰つた。

翌々嘉永六年は癸丑に当り、晋の王羲之が蘭亭に修禊《しゆうけい》した永和九年癸丑の歳を距《へだて》ること実に一千五百一年である。春濤はその故事に倣ひて三月上巳の日に、一ノ宮なる緑於吟館《りよくおぎんかん》に諸友を招いて詩会を催ほし、蘭亭集字の五律三十六首を作り、非常に骨を折り、数年の後に至るまで猶ほその改作を怠らなかつた。この年の前後に沢井鶴汀《かくてい》と相知つた。鶴汀は遠州金谷の人で星巌門下、香奩体《こうれんたい》の詩を好みて、友人より金谷体の詩と呼ばれた。春濤の詩が艶麗一派に傾いたのは、これに関係があると云はれる。

安政元年春濤三十六歳、『牛背英雄集』となる。

村童牧牛図　　　　村童牧牛図《そんどうぼくぎゆうず》

中興英雄説豊公
公亦微時是牧童
烟雨満村春靉靆
可無牛背出英雄

中興《ちゆうこう》の英雄《えいゆう》　豊公《ほうこう》を説《と》く
公《こう》も亦《ま》た微時《びじ》は是《こ》れ牧童《ぼくどう》
烟雨《えんう》　村《むら》に満《み》ちて春靉靆《はるあいたい》たり
無《な》かる可《べ》けんや　牛背《ぎゆうはい》　英雄《えいゆう》を出《いだ》すこと

四

備前の藤本鉄石が尾張に遊歴し、春濤のところへ尋ねて来て暫く逗留したのが縁となり、春濤は翌年（三年）京都に遊んで諸文人と交はらうとしたが、俄《にわか》に富田たる弟精所の許に赴き、再び京都に入りて始めて梁川星巌を鴨川の東川端に訪ひ、門下の礼を取ることとなつた。星巌は、かくも出来上つたものを門人とするのはまことに珍らしい。殊に近体の詩は已に至るべきところに至つて、却つて自分が見て貰はねばならぬほどだと云つたさうである。春濤が星巌に逢つたのは恐らく二度か三度位であらう。この時、春濤は貫名海屋《ぬきなかいおく》にも逢ひ、また家里松嶹《いえさとしょうとう》と親交を結んだ。松嶹は名を衡、字を誠懸、通称を新太郎と云ひ、伊勢松阪の人。斎藤拙堂門人なるが、当時京都の高倉姉小路上るに塾を開き、詩文の才名あり（春濤より八歳の年少―松嶹二十九、春濤三十七歳）春濤が尋ねて行つたのに、名もなき田舎詩人と侮つて語をも換さぬ程であつたが、その詩を見るに及んで驚歎し、それより一方ならぬ交誼となつたのである。

松嶹に関しては、中内樸堂の「拙堂小伝」に、「門人松阪の家里衡来りて塾に在り。少年才子、游蕩にして検なし。先生屢々之れを戒しむるも、仍《な》ほ悛《あらた》めず。遂に大いに困《くるし》んで憐みを乞ふ。先生乃《すなわ》ち若干金を与へ、諭して之れを止めしむ。衡、感悟して少しく懲《こり》る」と見え、才気性情の傾向がどうやら春濤と似た点があつたと思はれる。

春濤の在洛中、拙堂の送別宴が開かれた。『春濤逸事談』に、

幾程もなく拙堂氏は、伊勢なる郷里へ帰らるべき由定まりければ、星巌・海屋の二翁を始めとして頼三樹三郎・池内大学・家里新太郎（松嶹）・僧月性《げっしょう》などの面々、三本木なる月波楼に於て送別の宴を催されたり。此の日、風雨殊に劇《はげ》しかりけれども、名に負う大家の餞別なればとて、来会する者極めて多かり。さて僧月性は清狂と号し、頗る慷慨家を以て聞えたる人なりければ、酒やや酣《たけなわ》なる頃、かの拙堂氏の海防策に就いて大に非難する所あり、席上の談、何となく殺伐に渉りければ、中村水竹と云へる人、自ら起ちて当時流行せし大津絵節「アメリカが来て云々」の一曲を舞はれける。その様善く外国人の情状を模して真に逼《せま》り、一座の興に入りし折から、月性忽ち眼を瞋《いか》らし、「水竹は日本人にして、夷狄の行をなすものなり」と呼ばはりつつ、誰が剣にや傍にありけるを取るより早く抜き打ちに釣燈籠を斬り落しければ、満座尽く色を失ひ、あわてまどひて詮すべ知らず。月性はひた狂ひに狂ひて、既に人を傷《きず》つけむず有様なれば、先生（春濤）席末に在りて知らざる者の如く、やがて大声に「詩成りぬ」と喚ばれたれば、星巌翁「此は妙なり、春濤の詩出来たりとか。誰かある。早く燭持て」と云ふ。此の時女共やうやう人心地つき、おずおず手燭

を捧げ来るに、先生筆取りて、白紙の上に七言絶句一章をしるされぬ。

風雨楼頭燭涙催　　風雨《ふうう》楼頭《ろうとう》燭涙催《しよくるいもよお》す
此筵今夕是離杯　　此筵《このえん》今夕《こんせき》是《こ》れ離杯《りはい》
従君酔抜王郎剣　　君酔《きみよ》ひて王郎《おうろう》の剣《けん》を抜《ぬ》きし従《よ》り
驚殺莫愁歌莫哀　　驚殺《きようさつ》せる莫愁《ばくしゆう》莫哀《ばくあい》を歌《うた》ふ

座中皆此の敏捷に驚き、怒れる月性も忽ち面を和らげ、果ては笑ひ興じつつ、各々歓を尽して別れけるとぞ。

これは春濤得意の一つであらう。

五

この時、松嶹は『安政三十二家絶句』を編んでゐたから、春濤の作も収載することとなつた。『春濤逸事談』中の春濤宛松嶹書翰に、「安政絶句、追々相集まり、最早大体緒に付申候。乍レ併思ひの外いづれも悪作多く、殊に高作は目立ちて絶妙に相見え申候。出板の上、世評察せられ候。夫《それ》に付、拙作も元来拙劣に存じ居り候上、殊に見苦しく相成、止《やめ》にも仕度候へども、折角思ひ付候ふ事故、其の儀も遺憾に存じ、再三自案仕候へども、今更急卒何ともいたしがたく、所存通り、一本相認め御覧に入れ候。御面倒の段恐れ入候へども、右の態、能々《よくよく》御推察、十分に御删除《さんじよ》下され、必ず一臂《いつぴ》の力を御貸し下され候様、偏《ひとえ》に煩はし奉り候。兼々《かねがね》申述べ候ふ通り、拙作は世の所レ謂る学者流の詩に候間、どうも詩家の三尺に合ひ不レ申、夫故何卒呉々成《くれぐれなる》たけ流暢に字を御入替へ下され候様奉レ願候」。

『安政三十二家絶句』の出板は安政四年の秋である。それには淡窓・星巌・拙堂・旭荘・枕山・湖山等の歴々がズラリと並び、その中に春濤が堂々として立つてをる。而して松嵜作は春濤の詩の癖がはつきり見えるので、その筆の加つてをることが推知される。この書が一たび世間に現はれるや、春濤の詩は人目を引き、詩名が一時に高くなつて来た。春濤宛松嵜書翰に、「扨又《さてまた》近来珍しき佳話あり。序《つい》でながら申上げ候。御案内も有レ之べき大和の森田節斎、近日、巽太郎に書を寄せて云ふ、予近ごろ『安政三十二家絶句』を閲せしに、一二老輩を除くの外、巻中の詩、概して観るに足る者なし。特《ひと》り家里誠懸・森浩甫（春濤）二氏の作は、傑然として巻を圧す。誠懸は足下親しきよし。浩甫も相識る人なりや。交はりて詩の益を可レ受と申し来り。此語を聞き、大いに腹立て候ふ者御座候よし。笑ふべからずや。僕節斎と未だ一面の識、一紙の交あらず、況はんや兄台に於てをや。然るに如レ此評を致すは、蓋し私論に非ざる也。但だ兄は実に此評に当り、僕は中々不当なり。然れども知己の言、力《つと》めて言に副ふを求めざるべからざる也。何卒兄の驥尾《きび》に付し努力仕度、相変はらず御鞭策煩はし奉り候」。奇矯な森田節斎も、春濤・松嵜と交りて詩の益を受けたしと云ふやうになつた。かくて春濤の詩人的地位は漸次確立して行つた。

六

翌くる五年の秋に、春濤は蓄髪した。それは医者として世に立つたから剃髪してゐたのであるが、医者としても流行せず却つて詩人として地位が出来て来た。そこで蓄髪して詩人として世に立たうとし、絶句三首を作つた。春濤宛松崎書翰に、「蓄髪三絶、詩は高妙に候へども、頗る御身分を損じ候御作なり。何となれば則ち大兄は元来真の僧にあらず。然るを箇様《かよう》の御作有レ之候ては、知らざるものは全く還俗僧と相見、当今すら且つ然り、況んや天下後世、其れ之を何とか謂はん。此等の事は、得と御再考然るべし。漫然と詩文の好題目と思ひ、義理を考へず作り候ては、思ひの外、身の為に宜しからざる事ども頗る有レ之ものに候へば、高意如何。夫れとも吹けば飛んでゆく様なる（其の人知るべし）詩人にて一生を立て候積りの人ならば、如何様にても然るべく候へども、大兄は僕の望むところ、固より此等の類にあらず。詩を長技に成され候へども、御人となりと御学風は、何卒まじめなる大儒先生の様に御志し成され候儀然るべしと兼々存じ居候間、右の御作は此の度の撰に入れ兼ね申し候」とあつて、なかなか手きびしい書き方である。『春濤詩鈔』には、

蓄髪呈拙堂翁　　髪《かみ》を蓄《たくわ》ふ、拙堂翁《せつどうおう》に呈《てい》す
卅年円頂傍風塵　　卅年《さんじゆうねん》　円頂《えんちよう》　風塵《ふうじん》に傍《そ》ふ
喚做僧来不得嗔　　僧《そう》と喚《よ》び做《な》し来《きた》つて嗔《いか》り得《え》ず

非有憐才韓吏部　才《さい》を憐《あわ》れむ韓吏部《かんりぶ》有《あ》るに非《あら》ざれば
誰知賈島是詩人　誰《たれ》か知《し》らん　賈島《かとう》は是《こ》れ詩人《しじん》なるを

の一首だけ収めてをる。賈島はもと無本と云つた僧であるが、韓退之の勧告によつて還俗して名高い詩人となつた。春濤はこの故事を用ひて、拙堂を退之に、自分を賈島に比べ、自分が拙堂の勧告により医業を廃して蓄髪し、詩人として世に立たうとする感謝の意を述べたのである。春濤の拙堂を知つたのは無論松崎の手引きである。

安政五年八月、コレラ病が始めて流行して関東地方より京摂の間に及び、星巌はこれで病歿した。間もなく春濤にかう云ふ作がある。

整理近稿偶得二絶　近稿《きんこう》を整理《せいり》し偶《たまたま》二絶《にぜつ》を得《え》たり

一良家女即吾師　一良家《いちりようけ》の女《むすめ》は即《すなわ》ち吾《わ》が師《し》
何必神仙綽約姿　何《なん》ぞ必《かなら》ずしも神仙《しんせん》の綽約《しやくやく》たる姿《すがた》ならん
只恐名香薫不徹　只《た》だ恐《おそ》る　名香《めいこう》の薫《かお》りて徹《てつ》せざるを
背人偸読阮亭詩　人《ひと》を背《せ》にして偸《ぬす》み読《よ》む　阮亭《げんてい》の詩《し》

蘭苕翡翠固其宜　蘭苕翡翠《らんちようひすい》　固《もと》より其《そ》れ宜《よろ》し
随分賦人天亦奇　分《ぶん》に随《したが》ひ人《ひと》に賦《ふ》す　天《てん》も亦《ま》た奇《き》なり
幸矣教吾才力薄　幸《さいわい》なるかな　吾《われ》をして才力薄《さいりよくうす》から教《し》む

教才力厚定無詩　才力《さいりょく》をして厚《あつ》から教《し》むれば定《さだ》めて詩《し》無《な》からん

一良家女とは、袁随園が王漁洋―阮亭の詩を評した言葉。これは春濤は王漁洋を学ばうと云ふ意味であるが、更にまた、

縦筆

妍花麗月不勝佳
定裏僧猶起下階
何害道人黄魯直
時還破戒詠風懐
忍将風月付雞肋
誤把生涯帰兎毫
仰屋自呻還自笑
悪詩留稿等身高
天谷先生真絶塵
苓陽居士亦超倫
騎鯨縹渺後先去
誰向江湖作替人

縦筆《しょうひつ》

妍花《けんか》　麗月《れいげつ》　佳《か》に勝《た》へず
定裏《じょうり》の僧《そう》は猶《な》ほ起《お》きて階《きざはし》を下《くだ》る
何《なん》ぞ害《がい》せん　道人黄魯直《どうじんこうろちょく》
時《とき》に還《ま》た戒《かい》を破《やぶ》りて風懐《ふうかい》を詠《えい》ずるを
風月《ふうげつ》を将《も》つて雞肋《けいろく》に付《ふ》するを忍《しの》び
誤《あやま》りて生涯《しょうがい》を把《と》つて兎毫《とごう》に帰《き》す
屋《おく》を仰《あお》いで自《みずか》ら呻《うめ》き還《ま》た自《みずか》ら笑《わら》ふ
悪詩《あくし》　稿《こう》を留《とど》む　等身《とうしん》の高《こう》
天谷先生《てんこくせんせい》は真《まこと》に絶塵《ぜつじん》
苓陽居士《れいようこじ》も亦《ま》た超倫《ちょうりん》
鯨《くじら》に騎《の》りて縹渺《ひょうびょう》として後先《こうせん》に去《さ》る
誰《たれ》か江湖《こうこ》に向《お》いて替人《ていじん》と作《な》らん

これ等を一読すると、春濤の方寸が能く窺はれる。即ち妍花《けんか》麗月の如き我が詩風を扇いで、天谷先生（星巌の別号）、苓陽《れいよう》居士（淡窓の別号）の如く詩界の牛耳を取らうと云ふ意が動いて来たのである。

ここで黄魯直即ち山谷《さんこく》と春濤との関係を考へて見る。春濤は名を魯直、字を希黄と云ひ、また希谷とも小涪皤《しようふうはん》とも云つてをる。黄魯直は宋代に於て蘇東坡と並称せられる大詩人であるが、春濤は山谷の如何なる点を慕うてかくまで名とし号としてをるかと云ふと、山谷は初め艶体の詩を好み李義山を愛した。ある日、円通の秀禅師に謁したが、禅師はその綺麗な語を巧みに作ることを叱つた。この時、禅師は李龍眠が馬を能く画くので、余り馬を画くと後生は馬に生れると戒しめたので、山谷はそれでは自分をも馬に生れしめたいかと云つた。すると禅師、お前は艶語で多数の人の淫心をそそのかすから、馬に生れるどころか、地獄に墜ちてひどい目に逢ふのは必定だと極めつけたので、流石の山谷も後悔して、以後は再び艶詞を作らぬと伝へられてをる。春濤は艶体の詩を愛し、しかもそれで特色づけてをるが、それで黄山谷の故事を引き出して、自家の足がかりとしてをると思はれる。即ち春濤は艶語で地獄に墜つるのを覚悟し希望したのである。

七

当時に於ける京阪及び関西詩界を一瞥すると、淡窓（安政三年）、星巌（同五年）が物故してからは、それに代はるべき人物がなくなつた。しからば如何なる人物があるかと云へば、伊勢の斎藤拙堂と大阪の広瀬旭荘―淡窓の弟―の二人があることはある。拙堂は文章を以て現はれ、詩もまた相当な手腕があり、旭荘は見識に秀で、詩は長篇を得意として力量は容易でない。これに次いでは播磨に河野鉄兜がある。鉄兜は星巌門下として詩名が高く、しかも学問もあり、その上九州の漫遊から帰つた後は、あたかも頼山陽が九州漫遊から帰つた如く、その名が一層高くなつて来た。また京都の家里松嶹は、詩家としての手腕はまだ未知数である。この間に春濤が尾張の田舎にありて、詩名は余り揚らぬけれど、一種妍麗の才筆あつて詩壇に馳駆する余地がある。更に関東の詩を遥かに望むときは、春濤と一家の関係にある鷲津毅堂と大沼枕山が枕を並べて疾駆しつつあるのである。春濤が発憤するのも無理ではない。かう云ふ詩界の形勢である。春濤に取つて最も都合の好いのは、拙堂とその門人松嶹との聯絡であるが、どうも手ごわに見えるのは旭荘と鉄兜である。鉄兜は春濤と同じく星巌門下であるが、特に旭荘と親しくかつ詩風も秀麗なる点に特調があり、游仙詩若くは香奩体は、流石《さすが》春濤も首《こうべ》を俯《ふ》す程の手腕がある。春濤の鉄兜評を云ふ。

　才気は横逸、性情は風流瀟灑《しようしや》、清き処は竹の如く、韻ある処は蘭の如く、高き処傲《おご》る処は梅の如く菊の如く、四君子の品、兼ねて之を有す。其の詩、幽雋《ゆうしゆん》清麗、能く意を練りて出し、気もて之を運《めぐ》らし、腎を鏤《ちりば》めて成り、神もて之を行ふ。故に即目抒懐と雖も亦必ず深情曲致して、人の牙後《がご》の一字を襲《つ》ぐを屑《いさぎよ》しとせず。兼ねて音律に精しく、著に『月廊笙譜』あり、自ら詩を題して云ふ。

鷩栗胡笳多促調
凄涼羌笛足哀音
楽家除却参差玉
韶護遺声何処尋
寥寥天地古音存
零羽断宮何足論
原楽一篇私自秘
恐人謗道是専門

鷩栗《ひちりき》　胡笳《こか》　促調多《そくちようおお》く
凄涼《せいりよう》の羌笛《きようてき》　哀音足《あいおんた》る
楽家《がつか》除却《じよきやく》す　参差玉《しんしぎよく》
韶護《しようご》の遺声《いせい》　何処《いずこ》にか尋《たず》ねん
寥寥《りようりよう》たる天地《てんち》　古音存《こおんそん》す
零羽《れいう》　断宮《だんきゆう》　何《なん》ぞ論《ろん》ずるに足《た》らん
原楽一篇《げんがくいつぺん》　私自《ひそか》に秘《ひ》す
人《ひと》の道《みち》を謗《そし》りて是《こ》れ専門《せんもん》なるを恐《おそ》る

蓋し呉梅村の「琵琶行」なる「江湖満地南郷子。鉄笛哀歌何処尋（江湖《こうこ》満地《まんち》南郷子《なんきようし》。鉄笛《てつてき》哀歌《あいか》何処《いずこ》にか尋《たず》ねん）」と同意にして、更に一歩を進むるもの。知る斯道に於て已に三たび肱《ひじ》を折り、しかも一夔《いつき》を以て伝ふるを欲せざるなり。（原漢文）

春濤が如何に鉄兜に心折してゐたかは、これを見ても明かである。折しも（万延元年十一月）鉄兜は播磨から京阪に来游し、京都に松嶹を訪ひ、転じて伊勢に赴き、一ノ宮に春濤を尋ねんとした。この時、鉄兜・松嶹が一夕大舌戦をして詩界の好話柄となつた。これに就きては春濤もまた関係があると見られる。『春濤逸事談』に、この事を松嶹から春濤に報じた書翰がある。

扨《さて》河野夢吉（鉄兜）昨夜初更来訪候折節、僕晡時《ほじ》、松本太一郎と寓所へ参り、頼梅心房

等と対酌、大快論大酔の上、二更に帰宅仕候処、夢吉猶待ちて坐に在り。夫と人々対酌し、前酔の余威もあり、大舌戦に及び、先づ僕は芝香の事を以て挫《くじ》き候処、先方色々解説あれど敗北の体なり。夫より端を改め、僕の嘗て彼が越とのみ姓を称することを笑ひしを取りて掛り、僕は勿論彼が論に服せず、彼も屈せず、互に喋々《ちょうちょう》果てず候故、僕是《ここ》に於てか云ふ、僕は友を求めるに互に資益をとるを主とす。故に人に対しては肝膈を吐露し、人の肝膈を吐露せざるを恨む。故に親友とする者は、皆此《か》くの如し。但だ韓退之病根の好んで人と争論し、気を下す能はざるの風は、大に好まず。凡て勝を好めば、友道には大害ある故也。兄も此病あるにあらずや。もしあらば僕甚だ親しむ能はずと云ふ。夢吉忽ち色を変じて此言を弁解し、決して左様の意は無ㇾ之と申し、談は止め申候。右初対面の景況、余は推して知るべき也。畢竟、夢吉は浮薄の学問、詩歌の客故、知れたる者に御坐候。然し乍ら才子は何分才子也。故に京都に十数日留滞のよし。隔意なく周旋可ㇾ仕心得に御坐候。

『春濤逸事談』には、両人の大舌戦の原因に就いて云々してをるが、もとづくところは春濤自身の筆になつた『新々文詩』第九集（明治十九年二月発行）鉄兜書院詩の解説であるから、それを引かう。

　其の（鉄兜）初めて京師に游ぶや、路を摂河の間に取り、大阪に次し、淹留《えんりゅう》するもの数日。たまたま鎮西の詩人広瀬旭荘の北游より帰りて京都に到り、家里松崎を過ぐ。松崎大に喜びて曰く、京華冷落、人才委靡、正に知己の文を論ずるものなきに苦しみしが、聞く、近日播州の越夢吉、将《まさ》に京師に来らんとす。我れ日夜佇望《ちょぼう》するも至らざるに、乃ち足下と偶然相見る、また一奇なりと。旭荘佯《いつわ》り愕《おどろ》いて曰く、危きかな言や。僕なかりせば君其れ夢吉が薬籠中の物たらんか。夢吉奔放の才を以て、名、中国に馳せたれば、自ら謂へらく、関以西は畏るるに足るものなし、ただ畏るる所は一の松嶹のみと。今まさに京に来らんとするは、其の意、君が旗幟《きし》を奪ふに在り。君、正に轅門《えんもん》に投降するに暇あらざるに、しかも猶ほ枕を高くして臥し、心を虚しうして待つ。渠《かれ》が為に冷笑せられざらんと欲するも何ぞ得べけんやと。松嶹大に驚く。既にして旭荘京を出でて大阪に至り、鉄兜の寓を訪ふ。鉄兜大に喜びて曰く、僕は家里松嶹の名を耳にすること尤も久し。今将《まさ》に往いて与《とも》に交を訂せんとするも、ただ素と平生に昧《くら》ければ、君が介たるを獲て方《まさ》に造次を免かれん。是れ僕が幸ひなりと。旭荘佯り愕いて曰く、危いかな言や。君未だ松嶹の故を知らざるなり。松嶹、才を恃《たの》んで踞傲《きょごう》、眼中に人なし。独り君に於ては夙《つと》に其の忌憚する所。是を以て君の東上を聞くや、牙を磨き爪を礪《みが》き、輸贏《ゆえい》を一闘に決し、君を折服して後、方に一世に虎視すべしと謂へり。君何ぞ夢々の甚だしきやと。鉄兜大に驚く。其の京に入るに及んで、猶ほ松嶹の門に造《いた》り、刺を通じて謁を請ふ。松嶹罵りて曰く、此れ世に所謂る河野大賚《たいらい》にして、自ら越夢吉と称するものか。彼已に河野を以て氏と為せるに、何を以て自ら其の姓を称するや。已に越智を以て姓と為せるに、何を以て又ただ越の一字を標するや。姓氏の淆乱《こうらん》せる、其の人の端《ただ》しからざること知るべし。何を以て相見ることをせんと。鉄兜怒りて去る。此れより二人の嫌隙《けんげき》益々甚だしきも、並びに予と相得て頗る歓ぶ。予、常に間に居て之を調停するも終に解く能はず。鉄兜嘗て自ら謂ふ、吾が詩は法を昌黎・香山に得たり。故に険韻僻押《へきおう》に窘《くるし》まず、舗叙周旋、必ず妥貼《だちょう》に至りて止む。当時の名家は特り旭荘及び大沼枕山、或は以て与《とも》に語るべしと。其の自負蓋し亦少からずと云ふ。

松嵜の書翰と並べ観ると大分相違がある。ここに種々の想像が附けられる。

八

老友播磨龍城の談に、この喧嘩は松嵜が吹きかけた。松嵜云ふやう、君は越夢吉などと云ふのは、君は支那人なるか、さなくては支那に心酔したものだらうと挑んで来た。鉄兜はこれに対して論戦して、とうとう説き伏せたが、その時、鉄兜は何時の間にか衣服を脱ぎ棄て赤裸々となつて居たさうだ。龍城また云ふ、春濤は如何なる考であつたか、松嵜には鉄兜が君に不満があると云ひ、鉄兜には松嵜が君に不満があると云ふてけしかけ、遂にこの大舌戦となつたのだと。龍城は鉄兜と同郷で、その子天屏《てんぺい》山人と相知の間であるから、この話は鉄兜の方から出たものに相違ない。かくも春濤と鉄兜側と事実の相違がある。その真相果して如何。人々の推想に任せる。松嵜の春濤に寄せた手翰はまだ続き、鉄兜の春濤に対する見方、それから対面の時のあしらひ方等が載せてある。

席上、吾兄浩甫（即ち春濤）に談じ及ぶ。僕、夢吉に問うて云ふ、兄は浩甫を以て何如なる人とかなす。夢吉云ふ、浩甫は詩才絶妙、竹外の上に在り。但し一点和習なきを論ずれば竹外なれども、浩甫の才は竹外の及ぶ所にあらず。但し其人、学問は空疎ならんと。僕何事も言はず、其通り、詩才は比肩するもの少し、特り竹外のみならず。学問は空疎にせよ、海内詩人、学問あるものは幾人ぞ。兄《けい》、惟だ其長を取りて可なりと。此事申上候ては、甚だ失礼に候へども、御親友のこと故、隔意なく申上候。右の様子にて見れば、夢吉、兄を畏るること虎の如し。此度序《ついで》に貴地へ罷出《まかりい》で、自分より交を結び、勢援を頼む了簡ならん。然し罷り出で候はば、此くの如く推奉ばかりは致し申まじく、必ず己が空疎を掩ひ、人の空疎を責める虚喝を言ひ申すべく、此段御心得然るべく候。然しながら聊《いささ》かも御恐れは入り申さず。彼、剛に出れば、受くるに柔を以てし、奇に出れば、対《こた》ふるに正を以てし、呉々も此迄僕へ御交りの如く、御屈下成され、御謙下成され候ては、体面宜しからず、僕の意にも背き候間、呉々敵国抗礼を御用ひ然るべく候。仰せ聞かされ候御周旋不行届等の儀は、仰せ無㆑之ても、僕胸中にあり。程よく可㆓申置㆒候。

更に二人間の秘事、交情を直叙して云ふ。

　且つ又、僕の詩は大抵兄の痛斧《つうふ》を受くるとは申候へども、僕の口よりは一語も兄台の詩を直すとは断然申さず候間、是れ又御承知下さるべく候。総じて兄の御事に付て、揄揚《ゆよう》は勿論、回護も程よくいたし申すべき心得に御坐候間、御心配下されまじく、此くの如く申し候ては、何ぞや徳色に当り恐入候へども、僕海内の知己、兄の如き人は三人か四人あるのみ。安《いずく》んぞ之が為に情を尽さざるを得んや。右の心得故、僕儀に付ては、何事によらず、御心附成され候儀は痛く仰せ下され候様、呉々奉二希上一候。

松崎は友情を発揮して、畏縮すべく見ゆる春濤を鞭撻して、敵国抗礼の態度で会面することを懇々として勧めてをるが、春濤は松崎に対し屈下し謙下しをる態度よりも、更に屈下し謙下する態度を取りて鉄兜を迎へんとし、「欲下掃二柴門一迎中遠客上。青苔黄葉満二貧家一（柴門《さいもん》を掃《はら》ひて遠客《えんきやく》を迎《むか》へんと欲《ほっ》すれば、青苔黄葉貧家《せいたいこうようひんか》に満《み》つ）」を韻として、古詩十四首を作った。

吾口唱風流　　吾《わ》が口《くち》は風流《ふうりゆう》を唱《とな》ふるも
心則不免俗　　心《こころ》は則《すなわ》ち俗《ぞく》を免《まぬか》れず
大黠而疎才　　大黠《だいかつ》にして疎才《そさい》
小痴似寡欲　　小痴《しようち》にして寡欲《かよく》に似《に》たり
反覆盗詩名　　反覆《はんぷく》して詩名《しめい》を盗《ぬす》み
顧盼誇郷曲　　顧盼《こへん》して郷曲《きようきよく》に誇《ほこ》る
有似偶人形　　似《に》たること有《あ》り　偶人《ぐうじん》の形《かたち》
徒自飾辺幅　　徒《いたず》らに自《みずか》ら辺幅《へんぷく》を飾《かざ》る
詩亦陥軽薄　　詩《し》も亦《ま》た軽薄《けいはく》に陥《おちい》り
画虎難刻鵠　　虎《とら》を画《えが》いて　鵠《こく》を刻《きざ》むこと難《かた》し
故人岸幘来　　故人《こじん》　岸幘《がんさく》して来《きた》る

外寵内則辱　外《そと》に寵《ちょう》し　内《うち》は則《すなわ》ち辱《はずかし》む

自分の真相を箇様に直写し、

星翁（星巌）嘗説項　星翁《せいおう》（星巌）は嘗《かつ》て項《こう》を説《と》き
淡子（淡窓）亦推袁　淡子《たんし》（淡窓）も亦《ま》た袁《えん》を推《お》す
才名喧輦轂　才名《さいめい》輦轂《れんこく》に喧《かまびす》しく
気象転風雷　気象《きしょう》風雷《ふうらい》を転《てん》ず
淡子淡如水　淡子《たんし》淡《あわ》きこと水《みず》の如《ごと》く
悠悠逝不回　悠悠《ゆうゆう》として逝《ゆ》きて回《かえ》らず
星翁星隕地　星翁《せいおう》星《ほし》は地《ち》に隕《お》ち
抔土足荒苔　抔土《ほうど》荒苔《こうたい》足る
詞壇主盟者　詞壇《しだん》盟《めい》を主《つかさど》る者《もの》
非君其誰哉　君《きみ》に非《あら》ずんば其《そ》れ誰《たれ》なる哉《かな》
南州之冠冕　南州《なんしゅう》の冠冕《かんべん》にして
北斗之大魁　北斗《ほくと》の大魁《たいかい》なり

鉄兜の人物を箇様に称揚してをるから、これではいかなる鉄兜でも攻勢に出られぬではないか。日下部鳴鶴が鉄兜の言葉として、「春濤は這《は》つて来るから角力《すもう》にならぬ」と云つたさうだが、這つて来るとは、能く春濤の態度を形容してをる。

春濤が待つに拘らず、鉄兜は大垣まで出て来てくれぬかと云つて来たので、期の如く出かけて行き、ここに始めて二人は出逢ひ、爾来親交を訂したのである。

鉄兜に『雲鶴日程』三巻あり、この時の旅行日記である。それに依れば、鉄兜は入京の即日—十月廿七日（万延元年）—江馬天江を尋ね、更に松嶠を尋ねると不在であつたが、鉄兜の来たのが分つて帰宅し、「酒を命じて劇談し、三更にして散ず」とある。これが大激論のあつた時である。爾後鉄兜は二十日間も京都に滞在したが、殆んど毎日出逢ふて詩酒徴逐した。

鉄兜は京都を離れて十一月廿五日大垣に入り、小原鉄心が東道となり、全昌寺、江馬細香宅、鉄心の北荘等にて詩会を開いた。春濤は鉄兜の手翰を見て、廿八日一ノ宮より来り、細香宅、北荘の詩会に列席し、同じく養老の滝を見物し、十二月三日鉄兜と別れた。鉄兜は桑名に向つたのである。この時、鉄兜は春濤の為に春多雨詩屋の額を書いた。

翌年（文久元年）には、春濤にかう云ふ作がある。

懐人絶句

山中笑整古衣冠
万壑松風繞坐寒
若把文章論五覇
匡時有略是斉桓　斎藤拙堂翁

懐人絶句《かいじんぜつく》

山中《さんちゆう》　笑《わら》ひて整《ととの》ふ　古衣冠《こいかん》
万壑《ばんがく》の松風《しようふう》　坐《ざ》を繞《めぐ》りて寒《さむ》し
若《も》し文章《ぶんしよう》を把《と》りて五覇《ごは》を論《ろん》ぜば
時《とき》を匡《ただ》して略有《りやくあ》るは是れ斉桓《せいかん》　斎藤拙堂翁

声律明於号令明
論詩畢竟似論兵
棘門灞上皆児戯
誰是吟壇細柳営　家里松嶹

新譜牡丹春有情
花前懊悩董双成
神仙伝裏才無媲
已是能詩又善笙　河野秀野

大雅小雅要扶輪
正声変声回倒瀾
湖海元龍空一世
手提牛耳倚騒壇　広瀬旭荘翁

声律《せいりつ》は号令《ごうれい》の明《あき》らかなるより明《あき》らかに
詩《し》を論《ろん》ずるは　畢竟《ひっきょう》　兵《へい》を論《ろん》ずるに似《に》たり
棘門《きょくもん》　灞上《はじょう》　皆《み》な児戯《じぎ》
誰《たれ》か是《こ》れ吟壇《ぎんだん》の細柳営《さいりゅうえい》　家里松嶹

新譜《しんぷ》の牡丹《ぼたん》　春《はる》に情有《じょうあ》り
花前《かぜん》　懊悩《おうのう》す　董双成《とうそうせい》
神仙伝裏《しんせんでんり》　才《さい》　媲《つれあ》ふ無《な》し
已《すで》に是《こ》れ詩《し》を能《よ》くし　又《ま》た笙《しょう》を善《よ》くす　河野秀野

大雅《たいが》　小雅《しょうが》　扶輪《ふりん》を要《よう》し
正声《せいせい》　変声《へんせい》　倒瀾《とうらん》を回《めぐ》らす
湖海《こかい》の元龍《げんりゅう》　一世《いっせい》を空《むな》しうす
手《て》に牛耳《ぎゅうじ》を提《さ》げて騒壇《そうだん》に倚《よ》る　広瀬旭荘翁

これにて春濤の交遊と詩界の形勢が知られる。翌年（文久二年）に『文久二十六家絶句』が出板された。これも松嶹の編輯したもので、春濤は詩人としてもう立派に地位が出来て来た。

〔第三十五号「森春濤（上）」〕

（下）

九

安政戊午の大獄以来、時勢は急転直下して、尊皇攘夷の声は到る処に沸き上り、幕府瓦解の一歩手前となつて来た。春濤は時勢に刺激せられて心中自ら飛動するものがあつたが、継室服部氏の逝去に遭ひ、国島氏を迎へたりして家事に就きて種々の煩雑があり、その間、筆を載せて飛驒に游んで『高山竹枝』四十首を作つた。此の時であらう—春濤は予《か》ねて篆刻《てんこく》を能くするから印人として出かけやうとしたのを奥田大観が止めて、詩人として行けと云つたと伝へられてをる。游歴から帰つて居を名古屋の桑名町三丁目に構へ、専ら詩人生活に入つた。

整 我 幽 琴 頓 我 書　　我《わ》が幽琴《ゆうきん》を整《ととの》へ　我《わ》が書《しょ》を頓《ととの》ふ
西 窓 宜 与 細 君 居　　西窓《せいそう》　宜《よろ》しく細君《さいくん》と居《きょ》す
此 心 猶 是 桑 三 宿　　此《こ》の心《こころ》　猶《な》ほ是《こ》れ桑三宿《そうさんしゆく》
不 比 韓 家 始 有 廬　　比《くら》べず　韓家《かんけ》の始《はじ》めて廬有《いおりあ》るに

これと前後して家里松嶹が京都の寓居にて暗殺された。その原因に就き今猶ほ分明を欠くが、親友なる三島中洲の記するところに依れば、当時の論者は多く幕府を廃せんとした。しかるに松崎は異論を持してゐたと云ふ嫌疑があつた。それは如何と云ふに、自分の藩主（板倉勝静）は幕府の老中となり、自分は為に東奔西走した。松崎は自分と親しかつたので、自分と相通じてゐたと見られた—佐幕派と見られたので暗殺されたので、自分は非常に関係があつたと思はれる。松崎に異論があつたとは、思ふに幕府を存せずんば皇室は尊からず、海内もまた安からずと云ふにあつて、当時の論者と意見を異にするが如きも、しかも憂国経世の士たるは同一である（『松崎文鈔』序）。同じく友人岡鹿門の記するところに依れば、

この春（文久三年）松崎は江戸へ出た。それはこの頃、松崎は和歌山に召し出されたが、和歌山は現将軍の出たところであり、藩命にて東上し何か画策するところがあるらしいので、浪士の為に注意せられ、かつ文名が高くして性質が倨傲に近いので、その文名を悪《にく》むものが、姦物を除くと云ふ名目の下に浪士を使嗾《しそう》して暗殺させたので、実は世間を恫喝するのが目的であつたのである。松崎の意見には純ならぬものがあつたが、さり乍らそれとて名分を正し僭乱を懲らすと云ふのが要点であつたので、決して姦物などと云ふべきものでない（『松崎遺稿』序）。

しかるに春濤は後年、其の主宰せる『新々文詩』の第四集（明治十八年九月発行）に松崎の詩十数首を録し、その人物と暗殺当時の状況を記して云ふ、

予（春濤）初めて京都に遊び、星巌先生の門に入る。当時文風甚だ盛んに、名士踵《きびす》を接して出で、壇坫《だんてん》の旗幟《きし》林立すること林の如し。頼三樹兄弟・池内陶所・藤本鉄石の諸人皆

与《とも》に交を訂し、詩酒徴逐ごとに古今を縦談し、手を握りて傾倒し、崖岸《がいがん》を立てず、晨夕盤《しんせきばん》桓《かん》し、謬《あやま》りて知己を以て許さるゝもの、我が家里誠懸に如《し》くはなし（誠懸は松嶹の別号）。誠懸は資稟明敏にして容儀閑雅、少《わか》くして斎藤拙堂翁に従ひて古文を学び、議論明截、筆鋒鋭異、もと髯蘇《ぜんそ》（蘇東坡）の風あり。詩は剣俠の仙を学ぶが如く、時に殺気を見、まゝ綿麗の語をなすときは、則ち又黄鸝《こうり》の百囀するが如く、婉約《えんやく》喜ぶべし。然れども人となり気を尚び、厳峻を以て自ら厲《はげ》しうし、頗る偏窄《へんさく》にして、少しく意に慊《かな》はざれば咄々《とつとつ》として慢罵し、多く人の為に悪まれしが、独り予及び三島遠叔に於ては盛んに推許を加へ、人前に称道することたゞ及ばざるを恐る。遠叔は松山藩士即ち今の中洲先生の別字なり。嗣後予は尾張に帰る。誠懸しば〳〵書を寄せ再遊を勧むれども、家事の纏擾《てんじょう》を以て果さず。幾ばくもなく攘夷の事興り、国論喧逐《けんちく》、争ひて罪を幕府に帰せしも、誠懸の見るところ独り異なり。松山藩主松叟《しょうそう》公、幕府の元老となる。遠叔、東西奔命、力を藩事を効《いた》せしが、人は此を以て頗る誠懸を疑ふ。たま〳〵藤本鉄石・松本奎堂、勤王を唱へて兵を挙げ、帳下皆軽躁詭激の士なり。一日、酒を置きて京都の人物を評論す。鉄石戯れて曰く、家里松嶹は心に両端を挟めり。身首をして処を異にせしむるも固《もと》より惜まずと。席末、誠懸に切歯するものあり、之を聞きて喜び、即夜、刀を抜いて其の門に闖入するに、帳帷闃寂《げきせき》、行李蕭然、誠懸燈火熒々《けいけい》中に端坐するを見る。蓋し奇禍測り難きを以て、京師を去りて其の故里松阪に潜まんと欲し、天明を待ちて将に発せんとせしが、刺客至るを見て大に驚き、蹴起するも及ばず。乃ち呼《さけ》んで曰く、我れ罪なし、光明正大、白日青天と。語未だ畢《おわ》らず、遂に害に遇ふ。時に文久三年五月十九日の夜なり。年三十七。嗚乎《ああ》、予豈に之を尽言するに忍びんや。顧《おも》ふに誠懸亦一有為の士、気節慷慨、鉄石・三樹輩に減ぜず。しかも出所の際、やや疑影あるを以て、故に独り堙没《いんぼつ》して聞ゆるなく、声を泉下に呑むを致す。予不文と雖も、つひに之が為に遺編を綴次《ていじ》し、軼事《いつじ》を叙述して、以て生前の交誼に答へざるを得ざるなり。聞く、遠叔も亦まさに其の碑文を撰びて以て不朽を図らんとすと。噫《ああ》、我れ伯揚を殺さずと雖も、伯仁は我に由りて死す。遠叔の悲しみ更に予より甚だしきものあらん(原作漢文)。

春濤の記述は、前に挙げた中洲翁の文章を見て書いたのは一目瞭然、しかも暗殺の使嗾者《しそうしゃ》を藤本鉄石と明言したのは、何か確かなものがあつて然るのか。或は当時の事情を推想して、かく明言するのではないか。松嵜の門生なる巌谷《いわや》一六《いちろく》の秘話として、老友松村琴叟は、広瀬旭荘が浪士を使嗾したと伝へてをる。しからば使嗾者は依然不明の筈である。旭荘は此の年七月、大阪在の池田で歿した。

此の頃、日柳燕石《くさなぎえんせき》の河野鉄兜に宛てた文久二年二月下旬の書信を見た。その一節に云ふ。

扨《さて》家里松嵜事如何なる故にや、近来小生と疎遠に及び候。先達《せんだつ》て詩林粗選の事申し遣はし候。此事に激し候哉と存候。小生少々用事有レ之、一両度文通いたし候へども、一向返事申さず候。此間文久……家と申す詩集上木に付、上方辺は頗る流布致し居候様承はり候へども、拙方へは一本も送り申さず候。貴地へは如何。小生、彼と絶交に及び候とても構ひは無二御座一候へども、色々と悪口言ひ触らされ候うて、尚宜しからず候間、老台より内々御捜《さぐ》り下さるべく候（略）。先達ての御書中、松崎より小生を一揚一抑、紫残□の語あり。委曲は如何。あらあら御申越し下さるべく候。

これは松崎の暗殺された一年前のものであるが、松崎に対する外情如何、また想像せられる。明治時代の詩風は、主として清朝（嘉慶・道光）の詩風を学んだのであるが、これに暗示を与へたのは松崎である。この人がどうして清朝の詩集の新しいものを見たのか能く分らぬが、その文久元年に刊行した『陳碧城絶句』は、詩界変化の一暗示である。春濤・槐南が陳碧城に負ふところあるのは勿論である。松崎の遺著たる『松崎文鈔』は片々たる小冊子で、さして注目するに足らず。詩鈔は未刊であつて、僅かに『新々文詩』に収めたる十数首によつて一斑を見るのみである。また『堅斎閑言語』と云ふ随筆三巻あると聞く、好事家の刊行が望ましい。

春濤は名古屋に卜居して全く詩人の生活に入り、桑三軒《そうさんけん》吟社を設け―桑名町三丁目を桑下三宿の古語に通せて桑三軒と云ふ―漸次の業が盛んとなり、門下に才人が続出した。丹羽花南・神波《かんなみ》即山・奥田香雨・永坂石埭《せきたい》・永井兄弟（禾原・西浦・三橋）の三人、田中夢山・林櫟窓《れきそう》・江崎蕙圃《けいほ》・青木樹堂・石井梧岡《ごこう》・野崎省所・神波善庵・藤井澹水《たんすい》等々何れも才華煥発した。就中《なかんずく》花南・即山・石埭・香雨は森門四天王の目《もく》があつた。

春濤の『桑三軒集』は文久三年五月に起り、慶応二年八月に終り、九月越前に出遊して『千《せん》巌万壑集《がんばんがくしゆう》』、十二月福井に入りて『九十九橋集』、翌くる三年正月三国に留滞して『港雲楼雨集』が出来た。『三国竹枝』五十首は、前の『高山竹枝』と共に双美の称がある。この二月には河野鉄兜が歿した。享年四十三歳。また斎藤拙堂は三年前の慶応元年七月に歿した。享年六十九歳。ここに於て京阪間の前輩勝友は尽く物故して、たゞ春濤一人孑然《けつぜん》として残つてをるけれど、時勢は今や大展回の頂上にありて、詩人に一顧を加ふるものもなくなつたのである。

『桑三軒後集』は明治元年正月に起り、同五年七月に終る。開巻第一に云ふ。

維時

維時四月属南薫
天賜旗章壮我軍
敵愾献功応有日
青山万畳騎如雲

維時《これとき》

維時四《これときし》月《がつ》　南薫《なんくん》に属《ぞく》し
天《てん》は旗章《きしよう》を賜《たま》ひて我《わ》が軍《ぐん》を壮《さかん》にす
敵愾《てきがい》　功《こう》を献《けん》ずるは応《まさ》に日《ひ》有《あ》るべし
青山万畳《せいざんばんじよう》　騎《の》りて雲《くも》の如《ごと》し

今年三月、名古屋藩公は春濤の文学に秀でたのを聞き、三口を給して用人支配とし、明倫堂詩文会評掛としたので、かう云ふ詩が出来たのである。尋で藩公に従ひて北征の途に上り、本営の斥候を勧めたこともあるが、重陽には已に帰つてをる。

戊辰重陽

秋過槐黄又菊黄
故園風雨送重陽

戊辰《ぼしん》の重陽《ちようよう》

秋過《あきす》ぎて槐《えんじゆ》は黄《き》に又《ま》た菊《きく》は黄《き》なり
故園《こえん》　風雨《ふうう》　重陽《ちようよう》を送《おく》る

十人唱和去年客　十人唱和《じゆうにんしようわ》す　去年《きよねん》の客《きやく》
半上名場半戦場　半《なかば》は名場《めいじよう》に上《のぼ》り　半《なかば》は戦場《せんじよう》

名場に上つてをる人々は、鷲津毅堂や小野湖山を云ふのであらう。

翌年、席を目見《めみえ》に進め、二口俸を加へられ、また漢学助教、史生、十四等出仕などとなつた。

春濤は配偶に恵まれぬ、イナ配偶は何れも文学の嗜《たしなみ》があり、特に国島氏は和歌に堪能で琴瑟《きんしつ》相和したが、五年二月不幸にも病歿した。その生むところの槐南は漸く十歳である。春濤は悲歎の涙にかきくれた。

悼亡　悼亡《とうぼう》
日暮天寒得疾初　日《ひ》は暮《く》れ天《てん》は寒《さむ》し　疾《しつ》を得《う》る初《はじめ》
猶将半臂譲相於　猶《な》ほ半臂《はんぴ》を将《も》つて相於《そうお》に譲《ゆず》る
暗梅無影依依白　暗梅《あんばい》　影無《かげな》く　依依《いい》として白《しろ》く
円魄難蘇脈脈疏　円魄《えんぱく》　蘇《よみがえ》り難《がた》く　脈脈《みやくみやく》として疏《そ》なり
方信此生帰夢寐　方《まさ》に信《しん》ず　此生《このせい》　夢寐《むび》に帰《き》するを
尚疑餘煖在琴書　尚《な》ほ疑《うたが》ふ　余煖《よだん》　琴書《きんしよ》に在《あ》るかと
劫風吹断鐙明滅　劫風吹断《こうふうすいだん》して鐙明滅《とうめいめつ》す
修竹如人立屋除　修竹《しゆうちく》　人《ひと》の如《ごと》く屋除《おくじよ》に立《た》つ

五年八月から『敗柳残荷集』となり、十二月に至る。春濤は内助を失ひ、児槐南を携へて美濃の国島氏に頼り、また養老山下なる戸倉竹圃の家に寓した。翌年正月より『太陽開暦集』となる。朝廷は旧暦を改めて太陽暦を行うたので、春濤は「新暦謡」を作った。名は即ちこれから起る。三月、岐阜に移る。所謂る香魚水裔廬《こうぎよすいえいろ》で、東南は山に対《むか》ふから三十六湾書楼と号し、居ること一年、「岐阜雑詩」を作った。

揚門渡

有客含情倚短橈
海南消息水迢迢
一帆猶帯九華雨
説是桃花急晩潮

揚門《あげもん》の渡《わたし》

客《きやく》有《あ》り　情《じよう》を含《ふく》みて短橈《たんじよう》に倚《よ》る
海南《かいなん》の消息《しようそく》　水迢迢《みずちようちよう》
一帆猶《いつぱんな》ほ帯《お》ぶ　九華《きゆうか》の雨《あめ》
説《と》く是《こ》れ桃花《とうか》　晩潮《ばんちよう》に急《きゆう》なりと

上江舟中

百丈牽舟響軋鴉
満篷霜白月籠沙
不知已離金華影
漸出蘆花入荻花

江《かわ》を上《のぼ》る舟《ふね》の中《なか》

百丈《ひやくじよう》　舟《ふね》を牽《ひ》く　響《ひび》き軋鴉《あつあ》
満篷《まんぼう》　霜白《しもしろ》く　月《つき》　沙《すな》を籠《こ》む
知《し》らず　已《すで》に金華《きんか》の影《かげ》を離《はな》るるを
漸《ようや》く蘆花《ろか》を出《い》でて荻花《てきか》に入《い》る

晩晴

前渚何人盪槳牙

晩晴《ばんせい》

前渚《ぜんしよ》　何人《なんびと》か槳牙《しようが》を盪《うご》かし

波盈盈外散餘霞　波《なみ》の盈盈《えいえい》たる外《そと》に余霞《よか》散《さん》ず
綺紋撩乱春将晩　綺紋撩乱《きもんりようらん》として春将《はるまさ》に晩《く》れんとし
水面風軽点落花　水面《すいめん》　風《かぜ》は軽《かる》く落花《らつか》を点《てん》ず

明治七年春濤五十六歳、意を決して東京に出て、別に謀るところあらんとした。懐中には一千円を所持してゐたと云ふ風評である。

甲戌十月十五日将発岐阜　甲戌十月十五日《こうじゆつじゆうがつじゆうごにち》、将《まさ》に岐阜《ぎふ》を発《はつ》せんとして
留題　留題《りゆうだい》す

飄零自歎老生涯　飄零《ひようれい》　自《みずか》ら歎《たん》ず　老生涯《ろうしようがい》
行色借秋拖晩霞　行色《こうしよく》　秋《あき》を借《か》りて晩霞《ばんか》を拖《ひ》く
学士後游辞赤壁　学士《がくし》の後游《こうゆう》　赤壁《せきへき》を辞《じ》し
仙人前躅別金華　仙人《せんにん》の前躅《ぜんちよく》　金華《きんか》に別《わか》る
破衫円笠還為客　破衫《はさん》　円笠《えんりゆう》　還《ま》た客《きやく》と為《な》り
黄葉青山到処家　黄葉《こうよう》　青山《せいざん》　到《いた》る処《ところ》家《いえ》なり
偸挙離觴和暗涙　偸《ひそ》かに離觴《りしよう》を挙《あ》げて暗涙《あんるい》に和《わ》し
泫然弾向故籬花　泫然《げんぜん》として弾《だん》じて向《む》かふ　故籬《こり》の花《はな》

かくて一路東上し、富士を仰ぎ画島《えのしま》に遊び、「雨衫風笠」の当時を偲びつゝ東京に入つた。門人永坂石埭は早くより東京に出てをつたので、何かと周旋して家の相談をした。

念七日入東京即夜石埭
至為予謀栖息地喜賦
洗塵何害酒先賖
夜雨寒燈情可嘉
憐我飄零来上国
就君商確借誰家
一株牆角柴門柳
数点水辺籬落花
久在山村嫌寂寞
幽棲要択小繁華

念七日《ねんしちにち》東京《とうきよう》に入《い》り、即夜《そくや》石埭《せきたい》至《いた》り、予《よ》が
為《ため》に栖息《せいそく》の地《ち》を謀《はか》る。喜《よろこ》びて賦《ふ》す
塵《ちり》を洗《あら》ふに何《なん》ぞ害《がい》せん　酒《さけ》先《ま》づ賖《おぎの》るを
夜雨《やう》　寒燈《かんとう》　情嘉《じようよみ》す可《べ》し
我《われ》を憐《あわ》れむ　飄零《ひようれい》して上国《じようこく》に来《きた》るを
君《きみ》に就《つ》きて商確《しようかく》す　誰《た》が家《いえ》を借《か》らんかと
一株《いつしゆ》　牆角《しようかく》　柴門《さいもん》の柳《やなぎ》
数点《すうてん》　水辺《すいへん》　籬落《りらく》の花《はな》
久《ひさ》しく山村《さんそん》に在《あ》りて寂寞《せきばく》を嫌《いと》ひ
幽棲《ゆうせい》　択《えら》ばんと要《よう》す　小繁華《しようはんか》

下谷仲御徒町三丁目、俗称摩利支天町《まりしてんちよう》に家を見つけて卜居した。茉莉凹巷《まりおうこう》が即ち是れ。上野山の麓、不忍池に近く、幽寂でもあり繁華でもあり、蓋し春濤意中の佳郷であつた。而して茉莉吟社起る。

時代は明治維新と共に一変した。江戸は東京となり、そして政府の所在地として、新時代の首府となつた。京洛の地はさながら火が消えたと一般である。春濤は詩人としてこの形勢をどう見たか。また東京にをる詩人は如何。この気運に乗じて新詩風を振り興す人物あるか。それは例の枕山が久しく勢力を張つてゐたが、今では已に旧時代の遺物化しつゝあるではないか。

湖山は京都に隠退し、松塘（鱸）はさして畏るゝに足らず、毅堂（鷲津）は役人となり、磐渓（大槻）は暮気沈々である。から見て来ると、東京にはさして人物がない。これ詩家として立つべき絶好の機会ではないか。恰《あた》かも好《よ》し、我が関係ある人々は風雲に乗じ官界に身を置くものが多く、しかもその人々がこの時勢を見て東京に来て詩旆《しはい》をかゝげるやうに勧めるではないか。

春濤に東上を勧めたのは門人丹羽花南である。ここで東京に入るや最先に花南をつれて巌谷一六を音づれた。一六は親友家里松嶹の門人—その秘書—当時はもう官界に羽振りを利かしてゐた。後に春濤が三条梨堂公に知られたのは、無論一六の推輓である。処世にさとい春濤は、詩界の新風気を鼓吹すべく、先づ『東京才人絶句』を刊行（翌八年四月）すると、見事に的中して江湖の歓迎を博した。この書中の収むるところは、肥前の鍋島閑叟、土佐の山内容堂、越前の松平春嶽の三諸侯の外、枕山・湖山・黄石（岡本）・磐渓・松塘・柳北（成島）・三洲（長）・一六・林外（広瀬）・百川（依田）・三渓（菊池）・毅堂・錦山（矢土）・石埭・即山（神波）・花南等の百六十六家であつた。『東京才人絶句』が江湖の歓迎を博したので、尋で同年七月には茉莉吟社の機関として『新文詩』を発行した。『新文詩』は即ち新聞紙で、当時新聞紙は目新しいものであつたから、春濤は時好に投じてこの名を撰んだが、これもまた見事に適中して売行き頗る好く、忽ちに東京詩界の大立物となつた。こゝに於て春濤積年の希望が顕現したのである。

春濤の東上するや、居を枕山の家の附近にトし、枕山の下谷吟社に対してではないが、茉莉吟社を興し、清朝最新の詩風を唱へて、月の十日に詩会を開き、名士が多く集まり、酒席に美妓が斡旋し、時人から桃花会《とうかかい》と呼ばれる盛況となつた。これに引きかへ、枕山の門は日々に寂れて行つた。枕山はその主とするところが宋詩―陸放翁であるから、世間からは何となく旧式と見られ、自分もまた前朝の遺老の如く思ひなしたところもあつて、漸次凋落して行つた。いくばくもなくして春濤は清朝近代の作家たる張船山・陳碧城・郭頻伽《かくひんが》の絶句を抄して出板し、―市河寛斎が宋詩を唱へた時に、范石湖・楊誠斎・陸放翁の三家を尊んだかのやうに―、更にまた『清廿四家詩』三巻を出板した。これは北川雲沼の遺志に本づき、現代名家廿四人が清代廿四家の詩を選んだものであるが、この両書が広く行はれて、いよいよ益々春濤の詩風を扇ぐこととなつた。吟社には枕山・湖山・岡本黄石・鱸松塘・成島柳北は云ふまでもなく、大槻磐渓・川田甕江《おうこう》・三島中洲・依田百川、それから鷲津毅堂・巌谷一六・矢土錦山・野口松陽、清人には黄公度・沈梅史・王漆園・葉松石《しよう》があり、門下には花南・石埭・蓉塘《ようとう》（橋本）・即山・樗堂（徳山）・香雨（奥田）・三郊（杉山）・裳川（岩渓）・禾原（永井）・蘋園（阪本）等が成立し、のみならず、子息槐南も生長して英才を発揮するやうになり、漸次得意の境に入つた。桑三軒吟社の時に四天王があつたが、東京移住後は樗堂・蓉塘・裳川・竹磎《ちくけい》（森川）が後の四天王と云はれた。

明治九・十年の頃、春濤は自家の詩風を主張する上からして、李太白・李昌谷・李義山の三家を挙げて尊崇し、自ら三李堂と称した。槐南の説明によれば、詩は杜子美を学ぶが最も正しい。しかれども杜を学ぶときには膚廓《ふかく》に陥り格調に拘《こだ》はりが出来、性情は全く鮮明を欠く弊風が伴ふので、不用意に学ぶのはいけぬ。先づこの三家から入るときは、自然に筆致も重くなり、粗笨《そほん》軽率の点も少く、従つて杜の面目を窺ふことが出来る。清の翁覃谿《おうたんけい》も云つた。—杜に最も近いものは韓（昌黎）である。而して李昌谷は韓から出で、また義山は杜の嫡子《ちゃくし》である。たゞ杜と反するのは李太白であるが、義山はそれに就きて、似ぬ中に似てをるものがあると云つた—と云つて、三李から進んで杜に入る意味にしてをるが、春濤の真意は果して如何。昌谷と云ひ義山と云ひ、何れも花月の情に錦繡の語を盛り上げて、文芸品としては至れり尽せりのもの。而して李太白は天仙と云はれ、杜と併称せられて詩人としては最上の地位に置かれるものであるから、これを一人加へておくことは、体面上最も宜しい次第である。春濤のねらひは、そこではなかつたか。

春濤の詩風は古来詩を以て教とする思想と背馳したところがあるから、それがいろいろな話柄となり、従つて嘲罵も起つた。点頭如来《てんとうにょらい》と云ふは、何人なるか分らぬが、春濤を指して詩魔だと云ひ出した。これが詩界では大なる評判となつた。

小野湖山が「詩魔歌」を作つたが、冗長なところから改めて一絶とし、それへ詩魔酒顚の印を刻して春濤に贈つた。

幻　相　仙　因　豈　必　然
涙　痕　夢　影　巧　成　篇
劉　郎　社　裏　間　才　子

幻相《げんそう》　仙因《せんいん》　豈《あ》に必然《ひつぜん》ならんや
涙痕《るいこん》　夢影《むえい》　巧《たく》みに篇《へん》を成《な》す
劉郎社裏《りゅうろうしゃり》の間才子《かんさいし》

已作詩魔又酒顛　　已《すで》に詩魔《しま》と作《な》り　又《ま》た酒顛《しゅてん》

劉郎とは唐の劉禹錫《うしゃく》のこと。劉の詩に「心知洛下間才子。不レ作二詩魔一即酒顛（心《こころ》に知《し》る洛下《らくか》の間才子《かんさいし》、詩魔《しま》と作《な》らずんば即《すなわ》ち酒顛《しゅてん》）」と云ふ句があるから、それを取って一絶としたのであるが、その意は春濤に同情して、しかも春濤社中の詩人を悪く云つてをるかのやうである。橋本蓉塘も「詩魔歌」を作り、春濤も「詩魔自詠」を作つて、詩魔・文妖と云はれるのは一生の情願であると傲語した。

詩魔自詠
点頭如来目予為詩魔昔者王常宗以文妖目楊鉄崖蓋以有竹枝続奩等作也予亦喜香奩竹枝者他日得文妖詩魔並称則一生情願了矣若夫秀師呵責固所不辞也
空中之語写魂銷
可見才人結習饒
永劫不磨脂粉気
詩魔頼得並文妖

詩魔自詠《しまじえい》
点頭如来《てんとうにょらい》、予《よ》を目《もく》して詩魔《しま》と為《な》す。昔者《むかし》、王《おう》常宗《じょうそう》、文妖《ぶんよう》を以《もっ》て楊鉄崖《ようてつがい》を目《もく》す。蓋《けだ》し竹枝《ちくし》・続奩等《ぞくれんなど》の作有《さくあ》るを以《もっ》てなり。予《よ》も亦《ま》た香奩《こうれん》・竹枝《ちくし》を喜《よろこ》ぶ者《もの》なり。他日《たじつ》、文妖《ぶんよう》・詩魔《しま》の並称《へいしょう》を得《う》れば、則《すなわ》ち一生《いっしょう》の情願了《じょうがんりょう》せり。夫《か》の秀師《しゅうし》の呵責《かしゃく》の若《ごと》きは、固《もと》より辞《じ》せざる所《ところ》なり
空中《くうちゅう》の語《ご》もて魂銷《こんしょう》を写《うつ》す
見《み》る可《べ》し　才人《さいじん》　結習《けっしゅう》の饒《ゆた》かなるを
永劫《えいごう》　磨《ま》せず　脂粉《しふん》の気《き》
詩魔《しま》　頼《さいわい》に文妖《ぶんよう》と並《なら》ぶを得《え》たり

平生不必患才多
奈此芬芳悱惻何
若準滄浪当日説
情天教主是詩魔

平生《へいぜい》必《かなら》ずしも才《さい》の多《おお》きを患《うれ》へず
此《こ》の芬芳悱惻《ふんぽうひそく》を奈何《いか》ん
若《も》し滄浪当日《そうろうとうじつ》の説《せつ》に準《じゅん》ずれば
情天教主《じょうてんきょうしゅ》は是《こ》れ詩魔《しま》

かう云ひ切つたところを見ると、春濤もよほど腹を立てたと思はれる。自分は点頭如来に就き、杉山三郊翁に聞合はせると、直ちに翁の手翰に接した。

　扨御問合の件は何分五六十年前の出来事故、夢中説夢様にて朦朧雲霧を隔て居り候へども、詩魔は岡本黄石翁の発語の様伝承致し居り候。されど翁の此の魔字は甚だ酷評にて候も、春濤老人、芳原花街火災の詩を感心して発せられたるよしにて、つまり人わざではないと云ふ様に発せられたるを、針小棒大、毒舌を以て老人の耳へ入れたるものありしより起りたるやに察せられ候。黄翁は御承知の如く雄藩の老職にして、星門に於ても特別待遇を受けて居られ、何も春老を彼此れ悪口する必要無レ之事と存ぜられ候。拙老は両翁に親炙致し居候に付、此間の消息は心得居り候積りに御座候。

すると「吉原避災詞」から詩魔問題が起つたので、所謂瓢箪から出た駒の類である。世上の出来事は容易に分るものではない。

　その頃、三条梨堂公の対鴎荘《たいおうそう》で作つた「遠鴎浮レ水静。軽燕受レ風斜（遠鴎《えんおう》水《みず》に浮《うか》んで静《しず》かに、軽燕風《けいえんかぜ》を受《う》けて斜《なな》めなり）」を韻とした五律十首などは、綺麗巧緻が兼ね備はり、一読三歎のものである。

やがて手定の『春濤詩鈔甲籤《こうせん》』が出版せられた。これに毅堂が春濤の生涯を黄山谷の「五湖春水白鷗前」の一句に要約して題言とし、かつ附言して云ふ。

森君希黄、詩を以て江湖に鳴ること四十年、其身世、山谷の是句の外に出でざるなり。因つて書して以て巻首に弁ずること然り。深く希黄を知る者、乃ち能く之を弁ずべし。

山谷の詩は、「九陌黄塵烏帽底。五湖春水白鷗前。扁舟不㆘為㆓鱸魚㆒去㆖。収㆓取声名㆒四十年（九陌《きゅうはく》の黄塵《こうじん》烏帽《ぼう》の底《そこ》。五湖《ごこ》の春水白鷗《しゅんすいはくおう》の前《まえ》。扁舟鱸魚《へんしゅうろぎょ》の為《ため》に去《さ》らず。声名《せいめい》を収取《しゅうしゅ》す四十年《しじゅうねん》）」と云ひ、外舅《がいきゅう》なる孫莘老《そんしん》が官界から退身し、四十年来の声名を収拾して、平和な生活に入るのを欣んだものである。春濤が山谷に私淑してをることは前に述べたが、この「五湖春水白鷗前」と云ふ一句が、いかにも春濤の境涯を代表するに適当なものであるところから、毅堂はそれを取り出して、サテ春濤は艶句の名作者で、その罪によりて山谷同様地獄に墜ちて舌を抜れるであらうが、罪を懺悔して五湖の春水に浮ぶ白鷗のやうに、詩人として悠々自遊、風月の清興に耽つてをると云ふのである。要するに春濤の境涯を賞めたのである。そこでこの風評が一時盛んとなつた。春濤は新潟の旅寓で阪口五峰の詩に次韻を試みて云ふ。

収 取 声 名 四 十 年　　声名《せいめい》を収取《しゅうしゅ》して四十年《しじゅうねん》
涪 翁 是 句 証 前 縁　　涪翁《ふうおう》の是《こ》の句《く》　前縁《ぜんえん》を証《しょう》す

白鷗春水飄零迹
夜月黄龍頓悟禅
人謂之何堪自笑
我聊如此有誰憐
少時詩巻入新刻
追憶故江初雁天

白鷗《はくおう》　春水《しゆんすい》　飄零《ひようれい》の迹《あと》
夜月《やげつ》　黄龍《こうりゆう》　頓悟《とんご》の禅《ぜん》
人《ひと》の之《これ》を何《いか》んと謂《い》ふも　自《みずか》ら笑《わら》ふに堪《た》へたり
我《われ》は聊《いささ》か此《かく》の如《ごと》し　誰《たれ》有《あ》りてか憐《あわれ》まん
少時《しようじ》の詩巻《しかん》　新刻《しんこく》に入《い》る
追憶《ついおく》す　故江《ここう》　初雁《しよがん》の天《てん》

自分は早くより山谷をねらつてをるが、誰一人、自分を山谷に引きつけて云つてくれるものがなかつたが、今度毅堂が云つてくれたので心中頗る興味を感じ、そしてこの詩となつたのである。

『春濤詩鈔甲籤』の出版された明治十四年は春濤六十三歳。七月、新潟に游び、『新潟竹枝』五十四首を作った。清麗豊艶、高山・三国の両竹枝と共に春濤の独擅場である。翌十五年の歳旦を東京の家に迎へ、

壬午歳旦
乃児劣是弱冠年
芸俸相仍数口全
春酒聊供眉寿頌
朝衣且照綵嬉筵

壬午《じんご》歳旦《さいたん》
乃児《だいじ》は劣《わず》かに是《こ》れ弱冠《じやつかん》の年《とし》
芸俸《うんぼう》　相仍《あいよ》りて数口《すうこう》全《まつた》し
春酒《しゆんしゆ》　聊《いささ》か供《きよう》す　眉寿《びじゆ》の頌《しよう》
朝衣《ちようい》　且《しばら》く照《て》らす　綵嬉《さいき》の筵《えん》

窃将雲漢期他日
宜詠霓裳伴衆仙
恩及煙波餘暖足
老夫眠在白鷗前

窃《ひそ》かに雲漢《うんかん》を将《も》つて他日《たじつ》を期《き》し
宜《よろ》しく霓裳《げいしょう》を詠《えい》じて衆仙《しゅうせん》に伴《ともな》ふ
恩《おん》は煙波《えんぱ》に及びて余暖《よだん》足る
老夫《ろうふ》の眠《ねむ》りは白鷗《はくおう》の前《まえ》に在《あ》り

子息槐南は今年十五歳、去年、太政官に出仕した。結末にまた白鷗が出て来たのは、去年の興味が未だ去らぬからである。四月、三条公の対鷗荘雅集に作つた十絶は勝れた作だ。間もなく南総に游び、東金の八鶴湖にて星巌翁の詩韻に次韻した。ここは翁の門人遠山雲如の旧蹟で、雲如は春濤も能く知つてをり、その詩は頗る能く、人がらも春濤と極めて似てゐたが、不幸にも京都で客死した。この年、春濤は伊香保に游び、「香山八勝」や「香山賞心十六事」を五絶で作つた。

翌十六年の春、もと在京した姚文棟《ようぶんとう》が弟文楠の「梅影四律」を春濤に送りて和韻を求めた。そこで春濤は三畳十二首、更に二畳八首すべて二十首を、永坂石埭は二畳八首を、橋本蓉塘は四畳十六首、更に四畳十六首すべて三十二首を、槐南は三畳十二首、更に再是八首を作つた。この外小野湖山は四首、鎌田酔石は四首を作つた。原作が余り佳いものでなく、しかも韻字に議論あるものを、これ等の人々がかくも努力して応酬したのは、清国人に対する心がけからであらうが、かゝる日支の応酬は茉莉吟社の人々より後、今に至るまで八十年間、たゞこの一度のみであつて、更に二度とないのである。自分は支那に往来してゐた関係上、かう云ふものを見るたびに著しく心を打たれる。

春濤はこの応酬を終へて故郷訪問の途に上り、先づ甲州に入りて身延山に上り、先祖、父母の為に道場を修し、自身に『法華経』八巻を誦し、夏を静岡・浜松で暮らし、奥山の方広寺に参詣し、九月、一ノ宮に還つた。

　還郷

詩酒逢迎妓打囲
野花如錦照秋衣
雖無金印繋腰下
猶是栄帰非悪帰

　郷《きょう》に還《かえ》る

詩《し》酒《しゅ》逢迎《ほうげい》し　妓《ぎ》は打囲《だい》す
野花《やか》は錦《にしき》の如《ごと》く秋衣《しゅうい》を照《て》らす
金印《きんいん》の腰下《ようか》に繋《か》くる無《な》しと雖《いえど》も
猶《な》ほ是《こ》れ栄帰《えいき》にして悪帰《あくき》に非《あら》ず

六国の相印を帯ばずとも、日本の大詩人となつた今日、錦衣故郷を照らす栄帰でなくて何であらう。「掃墓」の三絶は、眼前の実景、胸中の真情、読み去りて暗涙の滂沱《ぼうだ》たるを覚えぬ。

この十二月は『新文詩』を創めて満九ヶ年、その第百集を発刊し、そして暫く中止することゝなつた。「新文詩第百集刻成書レ此謝二巻中諸君一（新文詩《しんぶんし》第百《だいひやく》集《しゆう》刻《こく》成《な》り、此《これ》を書《しよ》して巻中《かんちゆう》の諸《しよ》君《くん》に謝《しや》す）」と題して七絶五首を作つた。十年間を追懐すれば、いろ〳〵の事が心頭に浮ぶ。しかも壮語をせずに「偏師」と云ひ、『玉台新詠』の外に昭明太子の『文選』があるなどゝ云ふのは、春濤謙譲の美が想見せられる。

それより春濤は岐阜に赴き、年末、先妻の生家なる国島西圃宅に仮寓した。

二十八日移寓古市場村
国島西圃宅
乱山高下水分流
圭篳依然門竇幽
竹圧乃翁曽寓地
梅横先室旧妝楼
有書可読披先倦
惟酒無量酔則休
準擬怱怱収迹去
恐聞双燕話春愁

二十八日《にじゆうはちにち》、寓《ぐう》を古市場村《ふるいちばむら》の
国島西圃《くにじませいほ》の宅《たく》に移《うつ》す
乱山高下《らんさんこうげ》し　水《みず》は分流《ぶんりゆう》す
圭篳《けいひつ》　依然《いぜん》として門竇幽《もんとうゆう》なり
竹《たけ》は圧《あつ》す　乃翁《だいおう》　曽寓《そぐう》の地《ち》
梅《うめ》は横《よこ》たはる　先室《せんしつ》　旧妝《きゆうしよう》の楼《ろう》
書《しよ》の読《よ》む可《べ》き有《あ》るも　披《ひら》くに先《ま》づ倦《う》み
惟《た》だ酒《さけ》は量無《りような》くして　酔《よ》へば則《すなわ》ち休《や》む
準擬《じゆんぎ》す　怱怱《そうそう》として迹《あと》を収《おさ》めて去《さ》らんと
聞《き》くを恐《おそ》る　双燕《そうえん》の春愁《しゆんしゆう》を話《わ》するを

先妻の読書した書龕《しよがん》が、そのまゝとなつてゐるのを見て作つた「倚竹書龕詩」があり、読み了つて愴然《そうぜん》とする。

三月、彦根から京都に入り、星巌翁の墓に謁し、伊勢小淞《しようしよう》・谷太湖・福原周峰等と詩酒徴逐し、嵐山の花を賞し、姫路・岡山を経て高梁に出て、神辺に菅茶山の遺宅を訪問し、玉島に遊んで竹枝を作り、帰京後は病気となり、十八年の春を迎へた。

乙酉元旦
蒼茫播備煙波地

乙酉元旦《いつゆうがんたん》
蒼茫《そうぼう》たり　播備《はんび》　煙波《えんぱ》の地《ち》

黯惨江濃風雪天
千里帰来能不死
古梅花底作新年

黯惨《あんさん》たり　江濃《こうのう》　風雪《ふうせつ》の天《てん》
千里《せんり》帰来《きらい》して能《よ》く死《し》せず
古梅花底《こばいかてい》　新年《しんねん》を作《な》す

病気はよほどのものであつたと見えて、花の頃漸く愈えたが、香山、平穏《ひらお》（信州）の温泉に浴して保養をなし、翌十九年十月、南海歴游の途に上り、横浜から船で四日市に上陸し、琵琶湖に一游を試み、十一月下旬、徳島に入り、翌二十年の元旦に鳴門の大潮を見て、「鳴門観潮歌」を作り、豪懐おさ〳〵壮者を凌ぎ、七十老翁の作とは思はれぬ。それより徳島を経て讃岐に入り、「琴平新撰十二題」「箸蔵寺《はしくらじ》新題二十四詠」を作り、一旦東京に帰つたが、十月には東奥の旅に出て、仙台・松島を一覧した。翌二十一年春濤七十歳。

七十自述
北馬南船閲歴頻
帰来対酒正逢春
山中猶有偽君子
城裏豈無賢主人
世事飽看雲変幻
詩情不損竹精神
頭顱今日聊如此

七十自述《しちじゆうじじゆつ》
北馬南船《ほくばなんせん》　閲歴《えつれき》すること頻《しき》りなり
帰来《きらい》して酒《さけ》に対《むか》ひ　正《まさ》に春《はる》に逢《あ》ふ
山中《さんちゆう》　猶《な》ほ偽君子《ぎくんし》有《あ》り
城裏《じようり》　豈《あ》に賢主人《けんしゆじん》無《な》からんや
世事《せじ》　飽《あ》くまで看《み》る　雲《くも》の変幻《へんげん》
詩情《しじよう》　損《そん》せず　竹《たけ》の精神《せいしん》
頭顱《とうろ》　今日《こんにち》　聊《いささ》か此《かく》の如《ごと》し

独与梅花笑且親　独《ひと》り梅花《ばいか》と笑《わら》ひ且《か》つ親《した》しむ

四月、伊藤春畝《しゅんぽ》公の殿山荘、夏島《なつしま》別業の雅集に列し、前に七律二首、後に七絶十四首を作つた。

漁歌杳在煙波裏　漁歌《ぎょか》　杳《はる》かに煙波《えんぱ》の裏《うち》に在《あ》り
沙上白鷗眠不起　沙上《さじょう》の白鷗《はくおう》　眠《ねむ》りて起《お》きず
濯足濯纓儘自由　足《あし》を濯《あら》ひ纓《えい》を濯《あら》ふは儘《ま》ま自由《じゆう》
盈盈門有滄浪水　盈盈《えいえい》として門《もん》に滄浪《そうろう》の水《みず》有《あ》り

衣惹御鑪天上煙　衣《ころも》は惹《ひ》く　御鑪《ぎょろ》　天上《てんじょう》の煙《けむり》
自署小蓬萊島仙　自《みずか》ら署《しょ》す　小蓬萊島仙《しょうほうらいとうせん》
蓬萊回首即天上　蓬萊《ほうらい》　首《こうべ》を回《めぐ》らせば即《すなわ》ち天上《てんじょう》
笑坐溶溶春水船　笑《わら》ひて坐《ざ》す　溶溶《ようよう》　春水《しゅんすい》の船《ふね》

頗る春畝公の旨に称《かな》つた。

春濤は幼年の時に瘧熱《おこりねつ》を患ひ、爾来六十余年の間、毎年発したが、去年また発し、十月になりてや丶愈えたものの、翌年即ち二十二年の三四月から胃癌の徴候を呈し、食餌を取ることが困難となり、それに瘧熱が加はつて、十一月遂に易簀《えきさく》した。享年七十一歳。絶命の辞に云ふ。

絶句　絶句《ぜっく》

七十一年一夢非　　七十一年《しちじゆういちねん》 一夢《いちむ》非《ひ》に
茶煙禅榻倚斜暉　　茶煙《ちやえん》 禅榻《ぜんとう》 斜暉《しやき》に倚《よ》る
児曹若問三生事　　児曹《じそう》 若《も》し三生《さんせい》の事《こと》を問《と》はば
蝴蝶花前蝴蝶飛　　蝴蝶花前《こちようかぜん》 蝴蝶飛《こちようと》ぶ

東京谷中の経王寺に葬る。石に題して詩人森春濤先生墓と云ふ。門人永坂石埭の書するところである。

継室国島氏は和歌を能くした。子槐南は明治後期に於ける詩界の大立物として父の遺業を大拡張した。

春濤は明治八年七月、『新文詩』を創刊し、十六年十二月、第一百集に及んで一先づ休刊し、満一ヶ年を隔てた十八年五月に『新々文詩』を創刊した。今度は春濤編次、男《むすこ》大来（槐南）参訂と銘を打ち、外容も内容も以前と全く変つて、詩の外に詩余と、槐南の詩話、詩問が収められて居る。即ち春濤が隠居し、槐南が代つて世間に出る前奏曲をなすものであるが、二年半継続し、二十年一月、第三十集で休刊となつた。

春濤が東京移住以来の詩は左の如し。

『台麓湖干集』　明治七年十一月より八年十二月に至る
『茉莉凹巷集』　九年一月より十一年十二月に至る
『周華甲子集』　十二年一月より十二月に至る

『梅花一笑集』　十三年一月より十四年六月に至る
『白髪飄蕭《ひょうしょう》集』　十四年七月より十二月に至る
『雲漢霓裳《げいじょう》集』　十五年一月より七月に至る
『香山坐湯集』　十五年八月より十二月に至る
『篆刻彫虫集』　十六年一月より四月に至る
『峡雲嶽雪集』　十六年五月より九月に至る
『詩酒逢迎集』　十六年九月より十二月に至る
『江山有待集』　十七年
『千里帰来集』　十八年一月より十九年九月に至る
『南海游覧集』　十九年十月より二十年九月に至る
『游仙集』　二十年十月より十一月に至る
『閉門高臥集』　二十年十二月より二十一年九月に至る
『老春瘧《ぎゃくご》後集』　二十一年十月より二十二年十一月に至る

春濤一代の詩は、春濤自身に編輯出版した『春濤詩鈔甲籤』があり、それは『三十六湾集』より『糸雨残梅集』までであるが、それに続き『林下柴門《さいもん》集』より『老春瘧後集』に至る—甲籤と併せて二十巻のものがある。即ち『春濤詩鈔』で、愛壻《あいせい》の森川竹磎が春濤歿後の二十二年—明治四十四年—に編輯出版し、その作は古今体凡そ二千三百七十余首に上る。槐南は「遺篇一万首」と云つたが、それは実録である。春濤手定の『甲籤』は改刪を加へた上に厳しく選び、竹磎もまた取舎を厳しくしたので、『詩鈔』以外の作がかなり多数あると思はれる。かほど厳選の詩集は、我国の詩集としては決して多くない。従つてその詩は竹磎の言の如く、波斯《ぺるしあ》の市上、百宝の目を眩する如きものがある。

春濤は一枝の筆を揺がして明治前半期の詩風を扇揚し、影響するところは甚だ大なるものあるが、しかも詩家としては家数が小である。小であるが一家の絶境があつて、人の追随を許さぬところのあるのは流石春濤である。

春濤を能く知つてをるものはその子槐南である。槐南はどのやうに父を視たか。

嗚呼布衣尊　　嗚呼《ああ》布衣《ふい》にして尊《とうと》し
盛名七十年　　盛名《せいめい》七十年《しちじゆうねん》
万里白鷗意　　万里《ばんり》白鷗《はくおう》の意《い》
五湖春水前　　五湖《ごこ》春水《しゆんすい》の前《まえ》
放浪興会属　　放浪《ほうろう》興会属《きようかいしよく》し
麗則詩教宣　　麗則《れいそく》詩教《しきよう》宣《あまね》し
壇坫望狎主　　壇坫《だんてん》狎主《こうしゆ》を望《のぞ》み
嘯傲凌飛仙　　嘯傲《しようごう》飛仙《ひせん》を凌《しの》ぐ
斯道闢榛莽　　斯道《しどう》榛莽《しんもう》を闢《ひら》き

旨託滄浪禅
冥沖契神韻
空霊謝言詮
風化所動感
転在無声絃
循循恵来学
得魚乃忘筌

旨託《したく》滄浪《そうろう》の禅《ぜん》
冥沖《めいちゆう》神韻《しんいん》に契《かな》ひ
空霊《くうれい》言詮《げんせん》を謝《しや》す
風化《ふうか》動感《どうかん》する所《ところ》
転《てん》じて無声《むせい》の絃《げん》在《あ》り
循循《じゆんじゆん》として来学《らいがく》を恵《めぐ》み
魚《うお》を得《え》て乃《すなわ》ち筌《せん》を忘《わす》る

これに依れば春濤の詩に対する考へは、厳滄浪が詩は猶ほ禅の如く、禅は悟にあり、詩もまた妙悟となし、冥沖と云ひ、空霊と云ひ、何れも妙悟であつて、それに依つて王漁洋の神韻説に悟入したのである。春濤は三李―李太白・李昌谷（また長吉と云ふ）・李義山（また玉渓とも云ふ）―を以て詩門を開いてゐたが、王漁洋の詩風に傾倒したのも余程以前からの事で、前に挙げた「背レ人偸読阮亭詩」に見る如く、春濤は阮亭―漁洋の神韻を悟入して、近体詩中に於て特に佳詩の多いのは、主として是れから来るのである。即ち春濤の詩風は、三李、特に李義山から来る―実は西崑体《せいこんたい》と云ふべきも、転用して香奩体と呼ばれるものと、王漁洋の神韻説から出るものが、主体となつてをるのである。

幕末より詩界に覇を占めた大沼枕山は、当時その詩風を称して性霊派と云つてゐたが、それは枕山の詩派の開山たる市河寛斎から流れ出て、さうして枕山の師菊池五山の尊崇した宋の楊誠斎が、実に性霊派の源頭に立つものである。清に至つて袁随園が性霊説を掲げて旗幟を立て、神韻説を主張した王漁洋に対峙し、神韻・性霊の議論が盛んとなつた。枕山は陸放翁を主とし（たけれど、『袁簡斎集』（簡斎は随園の別号）をも選んだことがあり、あたかも漁洋に対する随園の如き有様となり、春濤の神韻派と枕山の性霊派が対峙して、詩界の形勢は穏かならぬものがあつたのである。前に挙げた春濤作の「一良家女云々」は、随園が漁洋の詩を評して、一良家の女《むすめ》の五官端正、吐属清雅、また能く宮中の膏沐《こうもく》を加へ、海外の名香を薫ずるに過ぎずと云つた。春濤はそれこそ自分の師とするところであると云つてゐるのである。

春濤門下の高足岩渓裳川《いわたにしようせん》の言に聞け、「世の詩人にしても王漁洋の神韻説を解唱せしは、実は先生に如くものなく、又袁随園の性霊説を悟らせしも、亦実に先生に如く者なし。而して其神韻・性霊共に先生が黙会冥契する所にして、皆其の貌を襲《おそ》はず、其神を得る所、誠に後人の模範と為すに足る」と。これは槐南の詩意と全く同意味である。またその枕山・春濤の比較論があり、併せて観るを可とする。

「世の枕翁を推し春翁を重んずるも、其人に私するに非ず、其芸の貴ぶべきに在りて然るなり。枕翁の得る所、学びて到る可きも（所謂る性霊）人に教ふる能はず。春翁の悟る所、学びて知る能はざるも（所謂る神韻）能く人に伝ふることを得。枕翁の人を教ふる、僻題険韻、以て初学に課し、其才気を拘束し、啓発の地なからしむ。春翁の初学に於けるは之に反し、詩必ずしも題を設けず、其作れる所に任せ、務めて詩才を開誘し、時に詩を説く。或は証を人事に徴し、意を風月に寄せ、巧諭善譴、之が資となし、聞く者終に神理を融会し、其妙境を窺ふに至る。蓋し学びて得べきものは形なり、学びて得べからざるものは神《しん》なり。春濤は神を伝へ、枕翁は形を伝ふ。夫れ形は模すべく神は描くべからず。枕翁の芸たる、一人の芸にして、枕翁一たび死せば復た枕翁なし。下谷吟社の寥々たる、其故なきに非ず。春翁の芸たる、其才能《よ》く教ふる所に副ひ、涵養の久しき、後世幾春翁を出し得るも知るべからず。独り其人の少きを憾《うら》むのみ」と（「硯凹《けんおう》余滴」）。くり返して云ふ。春濤の詩は香奩体と神韻派を一つにしたもの、清麗なる文辞、纏綿たる情緒、宛転たる音節に加ふるに清新なる感興があり、その間に俗情媚態の厭ふべきものがないとは云はぬが、何としても我国の有する一天才である。

明窓の下その詩集を繙けば、芬芳《ふんぼう》の気、悱惻《ひそく》の情、今猶ほ脈々として人を撲つものあるのを覚える。

〔第三十六号「森春濤（下）」〕

附篇

江戸時代京都中心の詩界

（一）

元和《げんな》の偃武《えんぶ》以来、江戸幕府は文教を興して全国の平和を図ることとなつた。藤原惺窩《せいか》は門人林道春を将軍の記室に薦め、その家が代々江戸時代の文権を握る事となつた。

当時我が学界は久しく衰へ、僅に五山の僧徒が武家の為に文事の用を勤め、宋・元・明に留学したものが多数であつたが故に、禅学の中から興つた宋の学問（宋学、性理の学、また朱子学）及び文芸を将来したが、此の時は時代の経過上、宋風がいつしか色褪せて、明風が自然浮び出て来たのである。宋風・明風と云つても、宋学を中心として、明代に変化したものたるや勿論である。惺窩はこの明風の初頭に立つと共に、仏徒から身を転じて、初めて儒者となり、支那本来の学問たる儒教を、截然として五山の禅僧から分離したのである。かくて惺窩は宋儒の学問を唱へて所謂る京学の開祖となるのみならず、文学の方面にも頗る心を用ひて、『文章達徳録』百余巻を編修し、その綱領たる『文章達徳綱領』六巻が刊本となつて居り、それに明風の影響が大きく見える。『文集』十二巻、後光明帝の御序があり、まことに一代の儒家たる文集であるが、その作は黎明期のものたるを免れぬ。今その一斑を示すべく江村北海の挙げた一絶を用ひる。

長嘯子霊山亭看花戯賦　惺窩
君是護花花護君
有花此地久留君
入門先問花無恙
莫道先花更後君

長嘯子《ちょうしょうし》の霊山亭《りょうぜんてい》に花《はな》を看《み》、戯《たわむ》れに賦《ふ》す
君《きみ》は是《こ》れ花《はな》を護《まも》り　花《はな》は君《きみ》を護《まも》る
花有《はなあ》り　此地《このち》　久《ひさ》しく君《きみ》を留《とど》む
門《もん》に入《い》りて先《ま》づ問《と》ふ　花《はな》恙無《つつがな》きやと
道《い》ふ莫《なか》れ　花《はな》を先《さき》にし更《さら》に君《きみ》を後《のち》にすと

江戸幕府が文教を興すとしても、新たに興つた江戸では文教の何ものもない。さうなると、何と云つても京都は千年の帝都であるから、我が国の文化の発源地は、ここより外にはないのである。されば幕府及び諸藩の要求する人材はすべてここから輸出された。江戸幕府の林道春に於ける、水戸藩の栗山潜鋒等に於ける如くであつて、京都の人材は尽く京都を出払つたかの観があつたが、同時に京都に根を下したものがある。即ち惺窩門の松永尺五《せきご》、那波《なば》活所等である。この外、また京都で新たに学風を興したものもある。即ち山崎闇斎《あんさい》や伊藤仁斎等である。中江藤樹もこゝに入れても好い。これ等は何れも明風の影響によつて興つたものである。但し詩界には関係がない。

惺窩の門人では、林道春（羅山）、松永尺五、那波活所等が最も現はれた。道春は江戸詩界で一言することゝしてこれを除き、尺五には『尺五全集』十二巻あるも、また黎明期のものに属し、詩家として認むべきは活所であつて、流風余韻が京都詩界に揺曳する。こゝにはその十七歳の作を挙げる。

杜鵑

杜鵑春破後
相喚不成群
子美詩中涙
堯夫橋上聞
一声真識気
再拝亦憂君
空駭暁窓夢
月昏数片雲

杜鵑《ほととぎす》　活所

杜鵑《ほととぎす》　春破《はるやぶ》れし後《のち》
相喚《あいよ》ぶも群《むれ》を成《な》さず
子美《しび》　詩中《しちゆう》の涙《なみだ》
堯夫《ぎようふ》　橋上《きようじよう》に聞《き》く
一声《いつせい》　真《まこと》に気《き》を識《し》り
再拝《さいはい》　亦《ま》た君《きみ》を憂《うれ》ふ
空《むな》しく駭《おどろ》く　暁窓《ぎようそう》の夢《ゆめ》
月《つき》は昏《くら》し　数片《すうへん》の雲《くも》

慶安から寛文にかけ、詩人として名声を馳せたのは石川丈山である。この人は惺窩門下の歴《れき》とした三河武士で、大阪夏陣に軍令を破つて先駈《さきがけ》した為に、隠士として一生を送り、洛北一乗寺村に詩仙堂を建てた。詩仙とは漢の蘇武を初めとして、唐宋の詩家三十六人である。丈山は特に杜少陵を尊んだ。五山の詩僧も少陵を尊んだが、その派の出づる江西派の元祖として尊んだのであつた。丈山の少陵を尊ぶのは『杜律集解《とりつしつかい》』を読んだから来るが、その著した『詩法正義』を見ると、丈山もまた江西詩派の余流である。『覆醤集《ふしようしゆう》』、同じく『続集』を著はす。手段は黎明期に属するが、期するところは甚だ高く、一世の高人たるに負かない。

寓懐
飄　然　黄　綺　儔
避　害　逐　巣　由
百　戦　争　蝸　国
千　城　構　蜃　楼
風　雷　小　蟬　噪
日　月　両　蛍　流
随　分　須　行　楽
聖　仙　亦　一　漚

寓懐《ぐうかい》　丈山
飄然《ひようぜん》たり　黄綺《こうき》の儔《ともがら》
害《がい》を避《さ》けて巣由《そうゆう》を逐《お》ふ
百戦《ひやくせん》　蝸国《かこく》を争《あらそ》ひ
千城《せんじよう》　蜃楼《しんろう》を構《かま》ふ
風雷《ふうらい》　小蟬噪《しようせんさわ》ぎ
日月《じつげつ》　両蛍流《りようけいなが》る
分《ぶん》に随《したが》ひて須《すべか》らく行楽《こうらく》すべし
聖仙《せいせん》も亦《ま》た一漚《いちおう》

丈山は『明七才子詩集』を見、李攀龍《はんりよう》の「浮雲万里中原色。落日孤城大海流（浮《ふ》雲万里《うんばんり》中原《ちゆうげん》の色《いろ》。落日孤城大海流《らくじつこじようたいかいなが》る）」を指して、明人はかやうな風を好くやうだと云つたが、差して感ずるものもなかつたと伝へられて居る。もう七才子の詩は、丈山の身辺まで押し寄せて来たのである。

此の頃、丈山と並んで名高き詩僧に元政上人がある。上人は七才子を乗りこして、それを攻撃した袁中郎を好み、「霊心巧発、不レ藉二古人一、自為レ詩為レ文（霊心《れいしん》の巧《たく》みに発《はっ》するは、古人《こじん》を藉《か》りず、自《みずか》ら詩《し》を為《つく》り文《ぶん》を為《つく》る）」と云ひて、その詩風に倣うてゐる。『袁中郎集』や、陳伯敬、徐文長等の詩集を見たのは、上人の詩友なる帰化人陳元贇《ちんげんいん》が持つて来たのであらう。上人の『草山集』は初集・続集三十巻、当時に在りては見事な出版物である。

読白雲集和対山曲

山人対山無賓主
一笑山動山雲舞
山人時対青山談
青山黙然水空語
水語山黙唯本心
山中無酒復何斟
終日対山山不厭
青山寂寂月沈沈

白雲集《はくうんしゅう》を読《よ》みて対山《たいざん》の曲《きょく》に和《わ》す　元政

山人《さんじん》山《やま》に対《たい》して賓主無《ひんしゅな》し
一笑《いっしょう》すれば　山動《やまうご》き山雲舞《さんうんま》ふ
山人《さんじん》時《とき》に青山《せいざん》に対《たい》して談《だん》ずれば
青山《せいざん》は黙然《もくねん》として　水空《みずむな》しく語《かた》る
水語《みずかた》り　山黙《やまもく》するは唯《た》だ本心《ほんしん》
山中《さんちゅう》酒無《さけな》し　復《ま》た何《なん》ぞ斟《く》まん
終日《しゅうじつ》山《やま》に対《たい》して　山厭《やまいと》はず
青山《せいざん》は寂寂《せきせき》　月《つき》は沈沈《ちんちん》

客中絶句

逐月乗風出竹扉
故山有母涙沾衣

客中《かくちゅう》の絶句《ぜっく》　同

月《つき》を逐《お》ひ風《かぜ》に乗《じょう》じて竹扉《ちくひ》を出《い》づ
故山《こざん》に母有《ははあ》り　涙《なみだ》　衣《ころも》を沾《うるお》す

松間一路明如昼　松間《しょうかん》の一路《いちろ》　明《あきら》かなること昼《ひる》の如《ごと》し
遥識倚門望我帰　遥《はる》かに識《し》る　門《もん》に倚《よ》りて我《わ》が帰《かえ》るを望《のぞ》むを

こゝに活所門下の村上冬嶺が出た。冬嶺は医師で、深く詩を嗜み、北村篤所等と詩社を結んで二十余年も続けた。江村北海はその詩の工整を称して、近体はこゝに至つて始めて体を成したと云ひ、菅茶山は冬嶺等が初めて明季七才子を正保・慶安の間に唱へて、人、大声壮語を悦ぶと云つて居る。これは明詩の格調が京都詩界にはつきり現はれたのである。

秋夜伏見酒楼　秋夜《しゅうや》、伏見《ふしみ》の酒楼《しゅろう》　冬嶺

秋入水郷鳴荻葦　秋《あき》は水郷《すいごう》に入《い》りて荻葦《てきい》鳴《な》る
壮游不用賦悲哉　壮遊《そうゆう》　用《もち》ひず　悲哉《ひさい》を賦《ふ》するを
豊城剣気衝星起　豊城《ほうじょう》の剣気《けんき》　星《ほし》を衝《つ》いて起《おこ》り
北海樽酒乗月開　北海《ほっかい》の樽酒《そんしゅ》　月《つき》に乗《じょう》じて開《ひら》く
万頃鷗沙呑楚沢　万頃《ばんけい》の鷗沙《おうさ》　楚沢《そたく》を呑《の》み
千帆賈舶泝蓬莱　千帆《せんばん》の賈舶《こはく》　蓬莱《ほうらい》を泝《さかのぼ》る
此翁矍鑠人争説　此翁《このおう》　矍鑠《かくしゃく》　人争《ひとあらそ》ひ説《と》く
物色行看到釣臺　物色《ぶつしょく》　行《ゆくゆく》看《み》ん　釣台《ちょうだい》に到《いた》るを

正保・慶安の比《ころ》、木下順庵が松永尺五の門から出て名声を揚げ、天和二年、江戸幕府の儒員となつたが、その『錦里文集』、同じく『遺稿』等を見ると、以前の諸士よりも文学の手腕が格段に進んで居る。門下に新井白石・室鳩巣・祇園南海・雨森芳洲等の俊才が群《むら》が り起り、元禄・正徳の江戸文運極盛時代を現出した。これが即ち荻生徂徠の「錦里先生（順庵の別号）東して扶桑の詩みな唐」である。明詩は唐詩を目標とするので、扶桑の詩の唐が明詩であること無論である。

順庵最初の門人に柳川震沢《しんたく》があり、この人は順庵の金沢に仕へた時に京都の塾をあづかって居たものなるが、寛文及び延宝中、『嘉隆七才子詩集』『注解正続明詩選』を校刻し、これが我国に於ける明詩を印刷した初めとなるから、東条琴台は震沢を明詩の主唱者と云つて居るが、これは江村北海説の如く、時代の勢とするのが当を得たものである。震沢の家を継いだ向井滄《そう》洲《しゅう》—震沢に次ぐ順庵の早い門人—が京都で唐詩を主唱したと云はれるが、詩は唐が一番好いので、何れの時でも唐が目標となる。此の唐詩がまた明詩たること無論である。

滄洲の詩は、全く明風である。

送人之美濃　　　　滄洲

西風万里動関河
揺落何堪送玉珂
遅暮誰憐平子賦
清時猶唱伯鸞歌
路連山嶽愁雲合

人《ひと》の美濃《みの》に之《ゆ》くを送《おく》る

西風《せいふう》　万里《ばんり》　関河《かんが》に動《うご》く
揺落《ようらく》　何《なん》ぞ堪《た》へん　玉珂《ぎよつか》を送《おく》るに
遅暮《ちぼ》　誰《たれ》か憐《あわ》れむ　平子《へいし》の賦《ふ》
清時《せいじ》　猶《な》ほ唱《うた》ふ　伯鸞《はくらん》の歌《うた》
路《みち》は山嶽《さんがく》に連《つら》なりて愁雲合《しゆううんがつ》し

た。

天入江湖旅雁多
聞道濃陽秋水闊
莫将蓑笠老烟波

天《てん》は江湖《こうこ》に入《い》りて旅雁《りよがん》多《おお》し
聞道《きくなら》く　濃陽《のうよう》　秋水闊《しゆうすいひろ》しと
蓑笠《さりゆう》を将《も》つて烟波《えんぱ》に老《お》ゆること莫《なか》れ

これと前後して、鳥山芝軒や笠原雲渓が詩の専門の教授をしたが、些《さ》したることではなかつた。

江戸では享保以来、荻生徂徠の古文辞が盛となり―明詩の中、李滄溟・王鳳洲の詩風―門下から服部南郭・安藤東壁等の俊才が出た。元文・延享となると、これが京都へ逆寄せに寄せて来た。こゝに於て宇野明霞《めいか》が柳川震沢の門から出た。

明霞は滄洲によつて明風の詩に向ひ、更に徂徠の古文辞に心を傾けたのみか、徂徠に久しく従游した大潮禅師から詩文の指教を受け、自分もこれに就いてはよほどの手腕があつた。明霞は経学に於て一家の家風を建てやうと苦心し、五十に達せずして歿したが、『論語考』を著し、朱子と徂徠を攻撃したところを見ると、その志の方向は分る。徂徠の如く、経学と文芸に在るのである。さりながら文苑伝の人で『明霞遺稿』、及び門下から詩人が多く出たことが明証である。その力作は、田中大観に贈つた自注沢山の七古二篇であるが、大観は天文や律歴に精しく、また支那の俗語に通ずるのみならず、日本で初めて詞曲を作り、二十六歳で夭折した天才である。

田中大観（文瑟《ぶんしつ》）に贈つた明霞の古詩は長いので、こゝには省く。

門下から大典禅師・武田梅龍・芥川丹丘・赤松滄洲・片山北海等が出た。龍草廬《りゅうそうろ》もまたその門に入つた。

武田梅龍には『梅龍遺稿』があるが、徂徠式のもの。門下から村瀬栲亭が出た。

洞天春暁
金壇暁擁百花清
月落珠林催囀鶯
応是真人朝帝所
五雲含起玉笙声

洞天春暁《どうてんしゅんぎょう》　梅龍
金壇《きんだん》　暁《あかつき》は擁《よう》す　百花《ひゃっか》の清《きよ》きを
月落《つきお》ちて　珠林《しゅりん》　囀鶯《てんおう》を催《うなが》す
応《まさ》に是《こ》れ真人《しんじん》の帝所《ていしょ》に朝《ちょう》するなるべし
五雲《ごうん》　含《ふく》みて起《お》こす　玉笙《ぎょくしょう》の声《こえ》

芥川丹丘　明霞は丹丘が自分と詩文の目標を同じうすると云つて居る如く、全く明風の詩である。『薔薇館《しょうびかん》集』を著す。また『丹丘詩話』があり、徂徠に対しては先生の敬語を用ひて居る。

杪秋与伯卿上如意山
共覓仙蹤踏紫氛
攀縁一径薜蘿分
洞煙斜散中峰雨
瀑布遥懸半嶺雲
宛転二川囲帝里
霏微双闕按星文

杪秋《びょうしゅう》、伯卿《はくけい》と如意山《にょいさん》に上《のぼ》る　丹丘
共《とも》に仙蹤《せんしょう》を覓《もと》めて紫氛《しふん》を踏《ふ》む
一径《いっけい》を攀縁《はんえん》すれば薜蘿《へいら》分《わか》る
洞煙《どうえん》　斜《なな》めに散《さん》ず　中峰《ちゅうほう》の雨《あめ》
瀑布《ばくふ》　遥《はる》かに懸《か》かる　半嶺《はんれい》の雲《くも》
宛転《えんてん》たる二川《にせん》　帝里《ていり》を囲《かこ》み
霏微《ひび》たる双闕《そうけつ》　星文《せいもん》を按《あん》ず

彩毫同弄登高賦　　彩毫《さいごう》　同《おな》じく弄《ろう》す　登高《とうこう》の賦《ふ》
莫道偏憐麋鹿群　　道《い》ふこと莫《なか》れ　偏《ひと》へに麋《び》鹿《ろく》の群《むれ》を憐《あわ》れむと

赤松滄洲　詩は岑参《しんしん》や高適（盛唐の人）の響を慕ひ、法を滄溟や鳳洲（明人）に取る。『静思亭集』あり、同じく『続集』がある。壮年の時に江戸に出て、秋山玉山・藪震庵と遊び、劉龍門・松崎観海と親しく、老年に及んで京都で三白社を結び、西依《にしより》成斎・皆川淇園《きえん》・柴野栗山と応酬した。栗山が幕府に召されて異学を禁じた時、敢然として長文の意見書を与へたことは余りに名高く、しかも長命で享和元年八十一歳で歿した。

歳晩自遣　　歳晩《さいばん》、自《みずか》ら遣《や》る　　滄洲

長裾一為王門客　　長裾《ちょうきょ》　一《ひと》たび王門《おうもん》の客《きゃく》と為《な》り
短髪蕭蕭猶自適　　短髪《たんぱつ》　蕭蕭《しょうしょう》として猶《な》ほ自《じ》適《てき》す
書剣故帯風塵態　　書剣《しょけん》　故《ことさ》らに帯《お》ぶ　風塵《ふうじん》の態《たい》
豈意文章供物役　　豈《あ》に意《おも》はんや　文章《ぶんしょう》　物役《ぶつえき》に供《きょう》するを
富貴功名一羽毛　　富貴《ふうき》功名《こうみょう》は一《いち》羽《う》毛《もう》
割雞不辞鼓牛刀　　雞《にわとり》を割《さ》くに牛刀《ぎゅうとう》を鼓《こ》するを辞《じ》せず
一杯濁酒一張琴　　一杯《いっぱい》の濁酒《だくしゅ》　一張《いっちょう》の琴《こと》
酔来悲歌興還深　　酔来《すいらい》の悲歌《ひか》　興《きょう》還《かえ》つて深《ふか》し
莫道生涯長如此　　道《い》ふこと莫《なか》れ　生涯《しょうがい》　長《なが》きこと此《かく》の如《ごと》しと

故人已報具耒耜　　故人《こじん》已《すで》に報《ほう》ず　耒耜《らいし》を具《そな》ふと

片山北海　滄洲は京都に、北海は大阪に、何れも明霞の門と云ふので入門者が多かつた。明霞の『論語考』は北海が出版し、また未定稿であつた『左伝考』を輯録して大典が出版した。北海は寛延初年に大阪阿波橋の北に寓居し、後に淀橋の北横街に転居して、混沌社を結び詩会を開いた。この混沌社が京洛の詩風を揚げ、時代に影響を与へた。北海の詩集『孤松館遺稿』が出版されぬのは惜むべきことである。

早春登江楼　　早春《そうしゅん》、江楼《こうろう》に登《のぼ》る　　北海

孤客年年不得帰　　孤客《こかく》　年年《ねんねん》　帰《かえ》ることを得《え》ず
度江梅柳又春輝　　江《こう》を度《わた》れば　梅柳《ばいりゅう》又《ま》た春輝《しゅんき》
美人南国愁中草　　美人《びじん》　南国《なんごく》　愁中《しゅうちゅう》の草《くさ》
高士西山貧後薇　　高士《こうし》　西山《せいざん》　貧後《ひんご》の薇《わらび》
書剣天涯惟涕涙　　書剣《しょけん》　天涯《てんがい》　惟《た》だ涕涙《ているい》
鶯花城外自芳菲　　鶯花《おうか》　城外《じょうがい》　自《おの》づから芳菲《ほうひ》
暮鴻送尽烟波遠　　暮鴻《ぼこう》送《おく》り尽《つく》して烟波《えんぱ》遠《とお》し
独倚楼頭歌式微　　独《ひと》り楼頭《ろうとう》に倚《よ》りて式微《しきび》を歌《うた》ふ

京都では、北海の混沌社に対して、龍草廬の幽蘭社があり、頗る賑つた。草廬は明霞の門に入つたが、人物が好くないので明霞に拒絶され、別に機軸を出して徂徠風を奉ずるものの、南郭や蘭亭の作風を排斥し、唐の李白・岑参、明の劉青田・謝四溟を推し立て、作物も滄洲と似通つたものがある。さり乍ら富永滄浪の『古学辨疑《べんぎ》』を盗んで己れの著述とし、『典詮《てんせん》』『名詮《めいせん》』と名をかへて出版したので評判が非常に悪いが、『草廬集』は立派な体裁の出版物である。

大典禅師　禅師は明霞と同じ近江の生れ。また前記の四人の門下よりも年長と思はれて、殊に因縁が深く、相国寺に住持するや、『明霞遺稿』を出版した。『唐詩集註』『文語解』『詩語解』『詩家推敲』等々、明霞の起稿したものを補修して出版し、『論語考』『左伝考』、何れも再版、新版した。従つて北海とは同門の中でも最も親しく往来したのである。また禅師は詩文を大潮禅師に受けたので、徂徠派の因縁も直接あるが、当時は京都も明風の影響を受けて居たので、禅師も無論この圏外から脱することは出来ぬ。門下同然の六如上人は、それを変化したものである。禅師は詩文の妙手として聞え、五山の碩学、朝鮮修文職として、対馬の以酊庵《いていあん》にも住したことがあり、著述が多くて七十余部を算へ、仏教は勿論、詩文―殊に啓蒙的のものが多く、文運の普及には頗る関係がある。而してその所作は、『昨非集』『小雲棲稿』『北禅文草』『北禅詩草』『北禅遺草』に収められて居る。

寓東福如意庵偶作　　大典
東福《とうふく》の如意庵《にょいあん》に寓《ぐう》す、偶作《ぐうさく》

祇林暫爾比鷦鷯　　祇林《しりん》　暫爾《ざんじ》　鷦鷯《しょうりょう》に比《ひ》し
忽復炎涼坐自消　　忽《たちま》ち復《ま》た炎涼《えんりょう》は坐《いなが》ら自に消《き》ゆ
偶為看山時出寺　　偶《たまたま》山《やま》を看《み》るが為《ため》に時《とき》に寺《てら》を出《い》づるも

何曾送客便過橋
四隣晩雨随鳴磬
一逕秋風度堕樵
懶向人間去行乞
清斎且得菜根饒

何《なん》ぞ曾《かつ》て客《きやく》を送《おく》りて便《すなわ》ち橋《はし》を過《す》ぎん
四隣《しりん》の晩雨《ばんう》　鳴磬《めいけい》に随《したが》ひ
一逕《いつけい》の秋風《しゆうふう》　堕樵《だしよう》を度《わた》る
人間《じんかん》に向《むか》ひて去《さ》りて行乞《ぎようこつ》するに懶《ものう》く
清斎《せいさい》　且《しばら》く菜根《さいこん》を得《う》ること饒《おお》し

〔第二号「江戸時代京都中心の詩界（一）」〕

（二）

明霞出でて明詩——特に徂徠風の明詩が京都に盛んとなり、次《つい》で江村北海が出でて京都の詩風を宣伝した。それは『日本詩史』の著述と『日本詩選』の編修とである。

北海の家——江村氏は京都で名高き江村専斎の後である。専斎は百歳になつた時、後水尾上皇から鳩杖を賜つたので家を賜杖堂と名づけた。剛斎——節斎——毅庵とつゞき子がないので、代々知り合うた家の子北海を養子として家を継がせた。剛斎は那波活所の門人、同門に伊藤坦庵がある。この坦庵はまた専斎の門人で、専斎の談『老人雑話』を筆記した事もあつた。坦庵に子がなく、門人清田《せいた》龍洲を養子とした、これが伊藤龍洲である。三人の子があり、二男が北海で、江村家を継いだ。北海の兄は伊藤錦里、弟は清田儋叟《たんそう》で、伊藤の三珠樹と呼ばれた。北海は名家の後を継ぎ、兄弟は何れも文苑に位地があり、宝暦年間、芥川丹丘・武田梅龍や、林東溟・金龍上人など、唱酬した。また毎月十三日に賜杖堂詩盟会を開いた。これは専斎から北海に至る五世、百五十年間も継続したのである。

北海は家学―宋学を継承して居るので、仁斎・徂徠の古学、特に徂徠の古文辞はせぬでも好い好名虚喝なりと見て居る。さればその社中が盛唐を主張し、初・中・晩の唐詩を悪しと云ふに対して、四唐の区別はあり、しかも何れも長所ありとて、飲食の上に比喩を設け、「初唐は手軽し。綺麗なる料理の如し。ただ其の塩梅、ちと水臭き方と云はん。盛唐は尊貴の飲膳の如し。一事一物、吟味を遂げて、聊《いささ》かも粗末なることなく、其の調和も各々其の程能くして、実に飲膳の最上なり。但尊貴の食品は大抵其定式ありて、分外の奇味厚味はなきものなり。中唐は其上に一段の滋味厚味を加へて、云ふべきもなきやうに似たれども、少ししつこき方にもややあらん。晩唐は猶其の上に切形《きりかた》迄もさま〴〵手を尽し、取合も色々珍しく思ひ付て、人々手を撃ちて嘖賞《さくしょう》する模様なり。然れども左様の膳部たま〳〵はよけれども、度々重なれば厭ふべし」と云ひ、また明のみ唐に次ぎ、宋元に詩なしと云ふ徂徠派の主張に対して、「唐は誠に近体の詩の堂奥なり、明は是に次ぐ。云はゞ唐詩の門戸なり。宋は明に如かず。是れ恐らくは千載の公論なるべし。尤も宋にも作者多きは云ふまでもなし。中にも東坡・陸放翁などを初め、勝れたる作者大家数多《あまた》あれども、姑《しばら》く置き、ならして宋人の詩を論ぜば、右の通なるべし。元の詩は其の初年の詩は宋に準ずべし。末年は全く明初の詩なり。何れにしても、明人の宋元に詩なしと云うは、甚しき論なり。近頃、京摂の間にて、宋詩を作ると云ふ人の詩を見れば、字法句法も穏当ならず、是を吟じて口滑かならず、是を以て宋詩と云ふは、宋詩を知る人に非ず。反《かえつ》て宋人の冤《えん》と云ふべし。宋の時、人口に膾炙し、佳篇佳句と称せし詩、何ぞ嘗て流麗清暢ならざらん。詩集具存すれば、心を付けて見れば知らるゝ事なり」と云つて居る。

北海の四唐の詩、明詩に対する意見は右の如くである。唐・宋・元・明、何れも能い点を取る立場に居るから、当時流行した徂徠派とも歩調を一にすることも出来るが、根本に宋詩があり、こゝにまた洛陽の詩壇の特色が存するとも云へる―室町時代の五山禅僧の詩風―。北海は『日本詩史』を著述して、近江・奈良・平安の各朝を歴叙して、江戸時代の初期（慶長）に至り、更に元和より明和（北海の時）に至るまで、京都を中心として諸国に於ける詩人に及び、さてまた別に『日本詩選』の正編・続編を編修して、元和以来、当時の作者を網羅し、姉妹篇として、古代より縦に現代を横に貫いたのは、頗る好い思ひつきである。北海は『詩選』へ入れると云ふ名目によつて、名を好む作者から刻費として金を取つたので、文を売るのに金の多い程立派に書いた龍草廬と並べられて、「納レ銭入レ選江君錫。待レ価作レ文龍子明（銭《ぜに》を納《おさ》むれば選《せん》に入《い》る江君錫《こうくんせき》。価《あたい》を待《ま》ちて文《ぶん》を作《つく》る龍子明《りゅうしめい》）」（君錫は北海の字、子明は草廬の字）と評判された。ともあれ、『日本詩選』は当時の作者を知るに都合のよいものである。

北海の詩は、『北海詩鈔』の初編・二編・三編に収められ、名高い割にさしたるものでなく、題詠の詩が多い。

詠錦

才尽空憐事事窮
詩心不競似文通
衾寒洛浦難円夢
機断秦川孰続工
斜日曬翎池上鳥
繁霜染葉岸辺楓
退休久解呉鈎帯
臥看茅簷霞綺紅

錦《にしき》を詠《えい》ず　北海

才尽《さいつ》き　空《むな》しく憐《あわれ》む　事事窮《じじきゅう》するを
詩心《ししん》競《きそ》はず　文通《ぶんつう》に似《に》たり
衾寒《きんさむ》くして　洛浦《らくほ》　夢《ゆめ》を円《まどか》にし難《がた》く
機断《きた》えて　秦川《しんせん》　孰《たれ》か工《たくみ》を続《つ》がん
斜日《しゃじつ》　翎《はね》を曬《さら》す　池上《ちじょう》の鳥《とり》
繁霜《はんそう》　葉《は》を染《そ》む　岸辺《きしべ》の楓《かえで》
退休《たいきゅう》　久《ひさ》しく解《と》く　呉鈎《ごこう》の帯《おび》
臥《ふ》して看《み》る　茅簷《ぼうえん》　霞綺《かき》の紅《くれない》なるを

北海の弟に儋叟がある。父龍洲が明石の生れであるから、兄弟は常に往来し、同地の梁田蛻巌から指導を受けた。蛻巌は正徳四家の一人で、徐文長などを学んだこともあり、また仏教に深く、よほどかはり者である。儋叟もかはり者で、家学の宋学は奉ずるが、門下に授くるには『書経』『論語』『通鑑《つがん》』三編、『明史紀事本末』『韓文』『歴代小史』と『鶴林玉露』『輟耕録《てっこうろく》』『五雑組《ござっそ》』『水滸伝』等を校正し、それへ批評を加へたものを以てし、支那小説を好み支那俗語も多少分り、一見して雑学者とも云ふべきであるが、最も『通鑑』に長じ、その批評は好いものと云はれる。初めは徂徠派の詩文を作り、後にはこれを棄てたが、作るところの詩は明から唐へ遡らうとする、なみ〳〵ならぬ手腕である。『孔雀楼文集』を著す。

遊仙曲　　　　　　　　　　　　　　　　　　　　　　僧叟

閬苑真游路不賒
朝清帰去駐雲車
麒麟昼臥金壇草
孔雀春銜玉洞花

遊仙曲《ゆうせんきよく》

閬苑《ろうえん》の真游《しんゆう》　路《みち》賒《はる》かならず
朝清《ちようせい》　帰《かえ》り去《さ》りて雲車《うんしや》を駐《とど》む
麒麟《きりん》　昼《ひる》に臥《ふ》す　金壇《きんだん》の草《くさ》
孔雀《くじやく》　春《はる》に銜《ふく》む　玉洞《ぎよくどう》の花《はな》

題南嶽公画　　　　　　　　　　　　　　　　　　　　同

微茫煙雨洞庭東
五両揺揺好占風
欸乃一声春靄散
君山近在碧波中

南嶽公《なんがくこう》の画《え》に題《だい》す

微茫《びぼう》たる煙雨《えんう》　洞庭《どうてい》の東《ひがし》
五両揺揺《ごりようようよう》として　好《よ》し　風《かぜ》を占《し》むるに
欸乃一声《あいだいいつせい》　春靄散《しゆんあいさん》ず
君山《くんざん》は近《ちか》く碧波《へきは》の中《なか》に在《あ》り

北海・僧叟の宋学が、京都本来のものなることは既述の如くなるが、大阪の懐徳堂もまた京都から糸を引く宋学で、三宅石庵、その門人中井甃庵《しゆうあん》、それから甃庵の子竹山と院長を継いだが、竹山及び弟履軒《りけん》の詩は、特に一言すべきであらう。

懐徳堂は徂徠の学風には正面から反対した。五井蘭洲の『非物編』、竹山の『非徴』が即ちそれである。竹山の詩に関する意見は、唐の純粋典雅なる、これを学ぶは無論であるが、しかれども明の唐を学ぶのは模擬に過ぎ、今日の人々が唐宋を兼ねて学ぶのは勦説《そうせつ》に過ぎぬ。のみならず宋詩を悪く云ひ、自分の作るものは意味の取りにくいものが多い。これではいかぬから、詩を作るには先づ字句を穏当にするのが第一だ。これが出来てから、格調・気韻のことゝなると云ふのである。それ故に竹山の詩は達意を主として、文字がいかにも平明であるが、さりとて作家かと云ふと、さまでゞはないが、何としても学問があるので、五言排律には堂々たるものがある。その著はした『詩律兆』は、主として近体の声律―平仄《ひょうそく》を研究したもので、我国の作家がこの方面に疎慢で、声律にそむくものがあったのに対し、恒調・変調の名目を立て、一々例を引いて証明し、詩界に寄与した功績は大きい。所作は『奠陰集《てんいんしゅう》』に収められてある。

中秋月食

万戸金尊敞画楼
妖氛底事属中秋
初更漸覚千山黒
近午纔看寸翳収
已擲明珠帰老蚌
誰鎖宝鏡作繊鉤
清輝自有桑楡賞
独勝年年霧雨愁

中秋《ちゅうしゅう》の月食《げっしょく》　竹山

万戸《ばんこ》　金尊《きんそん》　敞画楼《しょうがろう》
妖氛《ようふん》　底事《なにごと》ぞ　中秋《ちゅうしゅう》に属《ぞく》す
初更《しょこう》　漸《ようや》く覚《おぼ》ゆ　千山《せんざん》の黒《くろ》きを
近午《きんご》　纔《わず》かに看《み》る　寸翳《すんえい》の収《おさ》まるを
已《すで》に明珠《めいしゅ》を擲《なげう》ちて　老蚌《ろうぼう》に帰《き》し
誰《たれ》か宝鏡《ほうきょう》を鎖《とざ》して　繊鉤《せんこう》を作《な》す
清輝《せいき》　自《おの》づから桑楡《そうゆ》の賞《しょう》有《あ》り
独《ひと》り勝《まさ》る　年年《ねんねん》　霧雨《むう》の愁《うれい》に

竹山の弟履軒は、よほどかはつた人で、端なく北海の弟僧叟を想ひ出す。しかも博く古書を読み、一家の学説を立て、著書には『七経雕題略《しちけいちようだいりやく》』、『七経逢原』が名高い。また『履軒古韻』を著し―『崇文叢書《すうぶんそうしよ》』に収む―詩を作るに古韻を用ひて、沈約《しんやく》の韻に従はぬのは、徹底したかはりやうである。その『履軒古風』は、「詩経・楚辞・漢詞に似たもの、唐の長短篇に類するものがあり、魏晋・六朝の詩を退け、陳思《ちんし》王《おう》を嫌ひ、最も陶淵明を好む」と自ら云つて居る。外に『枕上雑題』五百首あり、『千字文』の字を五絶起句の上に置き、心に浮ぶものを詩に作り、時事に関するものが多い。これで想ひ出されるのは西山拙斎の『述感篇』『興感篇』等の作であつて、しかも人物が二人に共通するもののあるを感ずる。履軒の好古癖は、我が詩界に於て誠に珍らしく、明治時代の副島蒼海《そえじまそうかい》の古詩と並んで、記憶せらるべきものであると思ふ。

送君彝之関東　　履軒

君彝《くんい》の関東《かんとう》に之《ゆ》くを送《おく》る

臨別問帰期　　別《わか》れに臨《のぞ》んで帰期《きき》を問《と》ふ
帰期不可久　　帰期《きき》　久《ひさ》しくす可《べ》からず
君言跋渉艱　　君《きみ》は言《い》ふ　跋渉《ばつしよう》は艱《くる》し
且避煩熱時　　且《しばら》く煩熱《はんねつ》の時《とき》を避《さ》けんと
東土多士叢　　東土《とうど》は多士《たし》の叢《そう》
英華繽紛紛　　英華《えいか》　繽紛紛《ひんぷんぷん》
況君芝蘭姿　　況《いわ》んや君《きみ》は芝蘭《しらん》の姿《すがた》

翩躚往其間
相得且歎晩
牽衣投君轄
離別原太苦
新交更難割
偏恐三秋天
空見鴻雁来
所頼在感情
気象日推移
蓴鱸此地多
秋風入君懐
去去千里羈
霧露慎興寝
分手意默默
相顧更一言
東土雖楽矣
海上有故人

翩躚《へんせん》　其《そ》の間《かん》を往《い》く
相得《あいえ》て且《か》つ晩《おそ》きことを歎《なげ》き
衣《ころも》を牽《ひ》いて君《きみ》が轄《かつ》を投《とう》ぜん
離別《りべつ》は原《もと》より太《はなは》だ苦《くる》し
新交《しんこう》は更《さら》に割《さ》き難《がた》し
偏《ひと》へに恐《おそ》る　三秋《さんしゅう》の天《てん》
空《むな》しく見《み》る　鴻雁《こうがん》の来《きた》るを
頼《たの》む所《ところ》　感情《かんじょう》在《あ》り
気象《きしょう》　日《ひ》に推移《すいい》す
蓴鱸《じゅんろ》　此地《このち》多《おお》し
秋風《しゅうふう》　君《きみ》が懐《ふところ》に入《い》らん
去《さ》り去《さ》れ　千里《せんり》の羈《き》
霧露《むろ》　興寝《こうしん》を慎《つつし》め
手《て》を分《わか》ちて意《い》黙黙《もくもく》たり
相顧《あいかえりみ》て更《さら》に一言《いちげん》す
東土《とうど》は楽《たの》しと雖《いえど》も
海上《かいじょう》　故人《こじん》有《あ》りと

宝暦以来、京都の詩社で人才の集つたのは、明霞門の詩人及び北海等の一団であるが、最も盛んであつたのは草廬の幽蘭社で、ここには十才子があつた。

(1)香居敬蓬窓　(2)大江資衡玄圃　(3)岡崎廬門　(4)幡君英太室　(5)李景義蕣園　(6)室聚春窓

(7)左士詢海門　(8)荒忠俊睾山　(9)源孝衡春川　(10)釈凍滴豹隠

これと前後して詩窮社が出来、六如上人や西山拙斎等の―那波魯堂関係―詩社であるが、六如上人は、大典禅師と並んだ詩僧である。

以上で明詩から唐詩に進まうとする一派、主として徂徠派の詩風が東国から洛西に影響を与へて来たが、しばらくしてそれも衰へて混沌たる状景を呈して居たが、徂徠派を攻撃するものも出て来て、江戸では井上金峨がその初一声を上げた。この時に作家として現はれたのが六如上人である。上人は明霞・大典と同じく近江の人―八幡―天台の学僧、当初は徂徠派の詩風を学んで居たが、それに飽き足らず、唐・宋・明を取り入れ、特に宋の陸放翁を取り入れ、風調よりも、写景や写情を自由にした詩を作り出した。『六如庵詩鈔』の初編がそれである。後編は一層宋詩風を取り入れたものである。また『葛原詩話』を出版した。これは詩話ではなくて、主として宋人の詩集から、面白い新奇な文字を拾ひ集めて解説をしたものであるが、これがまた時好に適して流行し、かた〲宋詩の流行を助成した。上人の後を承けた立場にあるのが菅茶山である。

春日書適　　春日《しゆんじつ》、適《てき》を書《しよ》す　　六如

幽軒掃地午陰移
入座風軽裊篆絲
竹隔鶯声煙冪冪
花霑蝶翅露離離
晋唐戯写屏間帖
韋柳読残牀上詩
不覚微鐘坐来歇
簾鉤掛月已多時

幽軒《ゆうけん》 地《ち》を掃《はら》ひて午陰移《ごいんうつ》る
座《ざ》に入《い》る風《かぜ》は軽《かる》うして篆糸裊《てんしじょう》たり
竹《たけ》は鶯声《おうせい》を隔《へだ》てて煙冪冪《もやべきべき》
花《はな》は蝶翅《ちょうし》を霑《うるお》して露離離《つゆりり》
晋唐《しんとう》 戯《たわむ》れに写《うつ》す 屏間《へいかん》の帖《じょう》
韋柳《いりゅう》 読《よ》み残《のこ》す 牀上《しょうじょう》の詩《し》
覚《おぼ》えず 微鐘《びしょう》 坐来《ざらい》に歇《や》み
簾鉤《れんこう》 月《つき》を掛《か》くること已《すで》に多時《たじ》なるを

宝暦以後、明和となると宋詩の擡頭となり、特に大阪では混沌社の色彩が明かとなつて来た。この時に当り、京都では皆川淇園が盛唐を旗印として時勢に関せず、泰然として群小を見下す態度で居る。淇園は開物学《かいぶつがく》と云ふ一種の学説を立て、『名疇《めいちゅう》』を著し、そして『易』「九疇」から敷衍して来るので、学問の深淵なるを想はしめるが、一面にまた平明を欠き、奇僻なる学説とも想はれる。初め北海の兄なる伊藤錦里の門に入り、後に一家の学を立て、才芸に長じ、文藻にも富んだ人で、文章は駢文《べんぶん》に特長を持ち、散文は和習があるが、詩はその主張する如く盛唐をねらひて、雄大華瞻《かせん》と云ふべきものもあるが、しかも摸擬の跡が多く、その上空疎な感がある。さりながら七古の長篇なる「韓琴行」は、学識富瞻《ふせん》なものでなければ作られぬものである。『淇園詩話』を著はし、詩に体裁・格調・精神があり、しかも精神がその根本であると云ひ、更らに精神を分析して、それを詩に応用して居るところなどは、多くの詩話中に於て見られぬ特色あるものであるが、かう云ふことは『易』や「九疇」の理を自由に使用する—所謂る思想があるからである。

題画

板橋迥映水潺湲
雨後平林半帯烟
緑鴨村西曾自過
夕陽爽気満晴川

紫騮馬

朝跨紫騮行踏春
郊花看遍小平津
帰来欲及朱城暮
繡鬖風生柳陌塵

画《が》に題《だい》す　淇園

板橋《はんきょう》　迥《はる》かに映《うつ》す　水《みず》の潺湲《せんかん》
雨後《うご》の平林《へいりん》　半《なかば》は烟《もや》を帯《お》ぶ
緑鴨《りょくおう》　村西《そんせい》　曾《かつ》て自《おの》づから過《す》ぐ
夕陽《せきよう》の爽気《そうき》　晴川《せいせん》に満《み》つ

紫騮馬《しりゅうば》　同

朝《あした》に紫騮《しりゅう》に跨《また》りて行春《ゆくゆくはる》を踏《ふ》む
郊花《こうか》　看《み》て遍《あまね》し　小平津《しょうへいしん》
帰来《きらい》　朱城《しゅじょう》の暮《くれ》に及《およ》ばんと欲《ほっ》し
繡鬖《しゅうそう》　風《かぜ》は生《しょう》ず　柳陌《りゅうはく》の塵《ちり》

淇園は梅龍・丹丘等とは二十歳前後、滄洲・僊叟とは十三四歳ほどの年少なれども能く往来し、特に僊叟とは交誼が深かつたが、その兄錦里に学んだ関係にもよるであらう。天明の初年、淇園は滄洲及び柴野栗山等と三白社と云ふ詩社を設けた。三白とは、宋の銭穆父《せんぼくほ》が蘇東坡に皛《きょう》飯《はん》を饗せんとて招きよせ、飯一盃、蘿蔔《らほく》一樽、白湯一盞《いつさん》を出した故事で、倹素を尚ぶ意から出たのであるが、淇園等諸人が京都芸苑の耆宿《きしゆく》たる地位をも示す意もあらうと思はれる。栗山は淇園より二歳の年少、二人の交情は頗る厚く、淇園の斡旋によつて栗山は徳島へ仕へたのである。栗山は明詩を排して宋詩を主とし、また大阪の混沌社にも関係がある。

宝暦・明和以来、大阪では片山北海が混沌社を設け、一時盛んとなつた。東条琴台によると、明和の初年に於ける社友は如レ左。

鳥山崧岳《すうがく》医師　田（中）鳴門鍋釜屋七郎左衛門　（細）合斗南半斎、儒者　河（野）恕斎岡白駒の子、蓮池藩邸役人　岡白洲医師、琴台誤りて備前人に作る　左（佐々木）魯庵医師　葛蠹庵《かつとあん》医師、橋本貞元、字を子琴と云ふ　岡（田）南山善次、徳島藩邸役人　平赤水大畠官兵衛、明石藩邸役人

尋で社友となつた者は如レ左。

頼春水　篠（崎）三島商人　木（村）巽斎《そんさい》兼葭堂、商人　福石室　小山養快半兵衛、売薬　萱（野）銭塘熊本藩邸役人、琴台誤りて考澗に作る。考澗は銭塘の父　隠岐茱軒《しゆけん》大阪鎮騎士　柴（野）栗山　西村南溟　尾藤二洲　古賀精里　菱秦嶺　井阪平野

この中、栗山・二洲・精里は寛政の三博士、春水は広島の藩儒として名高い。こゝにも七才子と云ふものがある。(1)白洲、(2)子琴、(3)春水、(4)二洲、(5)鳴門、(6)三島、(7)精里である。

北海は前述の如く明霞門で、同門の大典禅師と最も親しかつた。明霞は徂徠を尊敬したが、

自分も一家を樹立せんとして居つたので、徂徠に対して攻勢にも出た。されば北海は徂徠派の詩風を維持することもなく、時勢の推移に乗じて頓著するところなく、混沌社の主盟となつて居た。かう云ふ点に混沌と云ふ社名も出来たのであらう。社友中最も出色なものは恕斎・子琴の二人である。恕斎は才識に富み、人物に勝れ、詩に容易ならぬ手腕があつたけれど、惜しいかな四十歳にも至らずして歿した。子琴は祇園南海の詩風を好み、繊細な描写や詠物を能くし、しかも学問も浅薄でないので、社中では隠然として主盟の如き地位に居た。この人もまた五十歳に至らずして歿し、詩稿『御風楼集』は篠崎三島の手に保管せられて居たが散佚した。恐らく子琴の詩は、菅茶山・頼山陽何れも天明年間、詩風の変化に影響したと認めて居るから、その詩集の散佚は誠に惜むべきことである。

栗山・二洲・精里は江戸詩界で評論すべきものであるから、これを混沌社から離すこととする。

〔第三号「江戸時代京都中心の詩界（二）」〕

（三）

時代は進んで天明以後となると、武田梅龍の門から村瀬栲亭《こうてい》が出て来た。この人は淇園より十二三歳の年下、頼春水と同年である。学風は博識で名高く、著すところの『芸苑日渉』はその博識を見るべきも、詩は全く宋風で黄山谷や楊誠斎を中心とし、唐の白楽天、明の袁中郎にも及んで居り、六如上人と詩風が近く、門下に上人の関係で梅辻春樵《しゅんしょう》があるが、春樵はさしたる作家でなく、栲亭門下として記憶すべきは香山吉甫・田能村竹田・中島棕隠等であるが、吉甫は『東隴菴集《とうろうあんしゅう》』を著し、竹田は中・晩唐を奉ずるやうで、実は宋詩の写景写情の繊細なる点を愛するのである。栲亭の七古を一首を揚げる。

放牛歌《ほうぎゅうか》　　栲亭

角《つの》を叩《たた》いて敢《あ》へて万乗《ばんじょう》の威《い》を干《もと》め
貧《ひん》に苦《くる》しみて笑《わら》ふ　他《か》の牛衣《ぎゅうい》に泣《な》くを
之《これ》を放《はな》つに何《なん》ぞ独《ひと》り桃林《とうりん》の塞《さい》ならんや
之《これ》を飲《みずか》ふに豈《あ》に必《かなら》ずしも潁水《えいすい》の磯《いそ》ならんや
一閭《いちりょ》の農戸《のうこ》　青山《せいざん》の下《もと》
桑杜《そうと》を樞《くるる》と為《な》し　草《くさ》を幃《とばり》と為《な》す
東家《とうか》は勤労《きんろう》　西家《せいか》は逸《いつ》
西家《せいか》の牛《うし》は瘠《や》せ　東家《とうか》は肥《こ》ゆ
東家《とうか》の牧童《ぼくどう》は雞《にわとり》に促《うなが》されて
暁《あかつき》に牛背《ぎゅうはい》に跨《また》がりて荊扉《けいひ》を出《い》づ

放牛歌

叩角敢干万乗威
苦貧笑他泣牛衣
放之何独桃林塞
飲之豈必潁水磯
一閭農戸青山下
桑杜為樞草為幃
東家勤労西家逸
西家牛瘠東家肥
東家牧童被雞促
暁跨牛背出荊扉

路傍齕草牛行遅
残夢初覚日昇時
林外笑迎好兄弟
負籃腰鎌相追随
箇箇放牛臥且語
牛意自在細草陂
君不聞関西歳饑無粒食
家家売牛民流離
村中幸免水旱憂
鼓腹不須更売牛
牧童秖諳牛饑飽
不知何物是公侯
日暮相呼跨牛背
弄笛遥下西山頭

路傍《ろぼう》に草《くさ》を齕《か》みて　牛《うし》の行《い》くこと遅《おそ》く
残夢《ざんむ》初《はじ》めて覚《さ》む　日《ひ》の昇《のぼ》る時《とき》
林外《りんがい》　笑《わら》ひて迎《むか》ふ　好兄弟《こうきょうだい》
籃《かご》を負《お》ひ鎌《かま》を腰《こし》にして相追随《あいついずい》す
箇箇《ここ》に牛《うし》を放《はな》ちて臥《ふ》し且《か》つ語《かた》る
牛意《ぎゅうい》　自在《じざい》　細草《さいそう》の陂《ひ》
君《きみ》聞《き》かずや　関西《かんさい》　歳饑《としう》ゑて粒食《りゅうしょく》無《な》く
家家《いえいえ》　牛《うし》を売《う》りて民《たみ》の流離《りゅうり》するを
村中《そんちゅう》　幸《さいわ》ひに免《まぬか》る　水旱《すいかん》の憂《うれ》ひ
鼓腹《こふく》　須《もち》ひず　更《さら》に牛《うし》を売《う》るを
牧童《ぼくどう》秖《た》だ諳《そら》んず　牛《うし》の饑飽《きほう》
知《し》らず　何物《なにもの》か是《こ》れ公侯《こうこう》なるを
日暮《にちぼ》　相呼《あいよ》びて牛背《ぎゅうはい》に跨《また》がり
笛《ふえ》を弄《もてあそ》びて遥《はる》かに下《くだ》る　西山《せいざん》の頭《ほとり》

菊池五山の淇園栲亭に対する詩評

近時、京都の名碩は前に淇園あり、継ぎて栲亭あり。淇園は経術を以て自任すと雖も、其の説、一家の私言に係り、其の長ずるところ、却つて文章上に在り。気局闊大、韻度卓越に至つては、則ち復た今日俗儒の流にあらず。栲亭は淹通《えんつう》博雅、考拠に長ず、また曠世の才なり。二家の詩はみな緒余に出でたり。しかれども其の集已に刊したれば、則ち商搉《しょうかく》せざるべからず。大抵淇園の詩は雄大華贍なるも、其の流は笨《ほん》に失し、其の高《たかき》は少陵に逼《ひっ》真《しん》し、其の下なるものは直率平浅、殊に人意に慊《あき》たらず。栲亭の詩は縝密《しんみつ》委蛇《だ》にして、其の流は滞に失し、下なるもの亦みな誦すべきが、しかも其の超脱を求むれば、什に一二なし。淇園の詩は千金小姐《しょうしゃ》の如く、自然に品高きも、恨むらくは些《いささか》の呆気《ほうき》あり。栲亭の詩は曲中の名姫の如く、嬌利愛すべしと雖も、腔を粧ひ態を做《な》すを免れず。

（『五山堂詩話』、もと漢文）

宋詩流行の中堅として、奇僻に流れず、温和なる人格が詩中に現はれ居るのは菅茶山である。茶山は青年の時、京都に游学し、壮年大阪の混沌社にも関係をもち、故郷なる備後の神辺に帰り、塾を設けて子弟を教へ、隠士の生活をして居たが、二度江戸へ出て、いつしか大家の地位におし据ゑられた。詩風は六如上人を継ぐと見えて居れども、上人よりはよほど品格高く、更にまた王漁洋を奉じて、宋詩より清詩に移らんとする時勢の初頭に立つたのである。しかも茶山の出現により、京都詩界の光が細くなり、地方の神辺が何時しか大きく浮いて来た。混沌社の一人として、茶山の老友として頼春水がまた広島で一つの星となつて来た。

夏日即事六首　録一　　茶山

官橋隔竹駅鈴聞
把苦渓亭属夕曛
漢代辺防厳未解
宋時濮議党猶分
天低遠樾偏含雨
山断盤鵰迥入雲
幸値中朝無弊事
何妨小醜有妖氛

夏日《かじつ》の即事《そくじ》六首《ろくしゅ》　一《いち》を録《ろく》す
官橋《かんきょう》　竹《たけ》を隔《へだ》てて駅鈴聞《えきれいきこ》ゆ
苦《く》を渓亭《けいてい》に把《と》るは夕曛《せきくん》に属《ぞく》す
漢代《かんだい》の辺防《へんぼう》　厳《げん》　未《いま》だ解《と》けず
宋時《そうじ》の濮議《ぼくぎ》　党《とう》　猶《な》ほ分《わか》る
天低《てんひく》くして　遠樾《えんえつ》　偏《ひと》へに雨《あめ》を含《ふく》み
山断《やまた》えて　盤鵰《ばんちゅう》　迥《はる》かに雲《くも》に入《い》る
幸《さいわ》ひに中朝弊事《ちゅうちょうへいじ》無《な》きに値《あ》ふ
何《なん》ぞ妨《さまた》げん　小醜《しょうしゅう》　妖氛有《ようふんあ》るを

豊後日田の広瀬淡窓は、茶山の詩風に感じて現はれた者である。この人も初めは徂徠派の亀井昭陽に学んだが、いつしか時代の潮に乗つた。

京都に於ける宋詩の代表は栲亭であるが、それと殆んど同年齢の茶山は、僻遠の地に在りながら、日本に於ける新興宋詩の総代表たる如き地位となつた。頼山陽は茶山の門下とも見らるべきもの。清詩流行の風潮は、山陽によつて更に推進せられた。しかも山陽と殆んど同年齢で、旗鼓相当る中島棕隠は、栲亭の門下から出て、依然として宋詩の塁を守つて、正に時勢に取り残されんとしたのは、何と面白き対象ではないか。

山陽は名父を持ち、年少すでにその才能は宣伝せられて居たが、奔放なる性格がわざはひをして、表面を厳しくする春水は座敷牢に入れねばならぬ始末となつた。座敷牢の生活は、山陽の為めに『日本外史』を著す機会となり、尋で神辺なる茶山の塾へ引き取られ、そこから京都生活となるのである。―山陽三十二歳、文化八年―

山陽が京都に上つた時は、皆川淇園は已に歿し、村瀬栲亭の独擅場となつて居るが、さりとてもう老齢―六十五歳である。門下の逸足中島棕隠は江戸に在り、松本愚山は取り立てゝ云ふ程でなく（当時、朝倉荊山・佐野山陰及び栲亭は京都の三大老と呼ばれた）山陽の頭角は年を逐《お》うて露《あら》はれ、それに大阪なる篠崎三島の養子小竹が山陽と手を握つて名声を扇《あお》り立て、九州漫遊から帰つた後は、詩文の上に、史家として評判高く、書の上手、画もまた描くと云ふ三拍子、四拍子取り揃ひ、京都の名勝鴨川縁《べり》に水西荘を構へ、小亭「山紫水明処」を置き、とまれ文人生活の理想を実現した。

山陽の詩風は初めは明詩の調子であつたが、幾度か変化の後、杜少陵・韓昌黎・蘇東坡に就き、力を極めて勉強した。その現はれとも見るべき『西游稿』―九州漫遊の詩稿―は、山陽の詩として、最も脂の乗つたものであり、従つて詠史の諸作は、筆力と云ひ、識見と云ひ、何と云つても我国詩壇の精粋である。さりながら技巧を弄し、軟弱な、和習を帯びたものがあるのも知つて置かねばならぬが、総体をくるめて云ふと、衷情を述べ、風景を写す筆致は、父春水の遺方《やりかた》にそつくりであり、また詠史は季父《きふ》杏坪の遺方に似通つて居るが、春水・杏坪よりも技巧の点が整つて居る。それから茶山にも、かなり共通した点があるのが認められる。

寛政以来、文化となると、清詩の輸入が目ざましくなり、それに新味を覚えるにつれ、唐・宋・元・明の詩風が旧式となつて倦きられて来た。茶山は已に王漁洋に目を注いで居るが、この時、江戸の詩界を動かして居るのは袁随園の詩風で、しかも『随園詩話』の影響が著しい。菊池五山の『五山堂詩話』や、大窪詩仏が「詩仏」と云つたのも、何れも随園に関係があるのである。何事に就いても反対に立つ―そこに識見、技倆が認められると云ふことは、山陽の最も能く知つて居ることである。山陽は随園を批評して、人をばかす妖狐だと云つて居るが、篠崎小竹に云はせると、悪く云ふ程それ程山陽は随園に目を附けて居た。山陽は実に随園かぶれして居たのである。山陽の文章を清人の文に近いと角田九華は評したが、それも当つて居るのである。時勢の流れは争はれぬもの、これから以後は、清人の詩集で新しいもの、即ち近代に近いものがそれから／＼と行はれることゝなつて来た。

阿嵎嶺　　山陽

危礁乱立大濤間
決眥西南不見山
鶻影低迷帆影没
天連水処是臺湾

阿嵎嶺《あくね》

危礁乱立《きしようらんりつ》す　大濤《だいとう》の間《かん》
眥《まなじり》を決《けつ》すれど西南《せいなん》に山《やま》を見《み》ず
鶻影《こつえい》は低迷《ていめい》し　帆影《はんえい》は没《ぼつ》す
天《てん》の水《みず》に連《つら》なる処《ところ》　是《こ》れ台湾《たいわん》

興国鉄鈴歌　　同

興国鉄鈴《こうこくてつれい》の歌《うた》

古鈴鏽帯土花紫
字認興国歳辛巳
金粉零落留古香
埋在南朝香雲裡
先皇呑恨不帰秦
枢前始立皇太子
行在寧刻乾樹雞
金声欲警義軍耳
問汝当時事茫茫
猶語君王数郎当
憶図克復向旧都
此物或繋紫遊韁
箭集御鎧六龍鶩
敗鱗紛雑雪万樹
南轅寂寞終不回
菟水無情空北注
傷心父老望鑾和

古鈴《これい》　鏽《さび》は帯《お》ぶ　土花《どか》の紫《むらさき》
字《じ》は認《みと》む　興国歳辛巳《こうこくとししんし》と
金粉零《きんぶんこぼ》れ落《お》ちて古香《ここう》を留《とど》め
埋《うず》もれて南朝香雲《なんちょうこううん》の裡《うち》に在《あ》り
先皇《せんこう》　恨《うら》みを呑《の》んで秦《しん》に帰《かえ》らず
枢前《きゅうぜん》　始《はじ》めて立《た》つ　皇太子《こうたいし》
行在《あんざい》　寧《なん》ぞ刻《こく》せんや　乾樹雞《けんじゅけい》
金声《きんせい》　警《いまし》めんと欲《ほっ》す　義軍《ぎぐん》の耳《みみ》
汝《なんじ》に問《と》へども当時《とうじ》の事茫茫《ことぼうぼう》
猶《な》ほ語《かた》る　君王《くんおう》　数郎当《しばしばろうとう》たるを
憶《おも》ふ　克復《こくふく》を図《はか》りて旧都《きゅうと》に向《む》かひしとき
此物《このもの》　或《あるい》は繋《か》けん　紫遊韁《しゆうきょう》
箭《や》は御鎧《ぎょがい》に集《あつ》まりて六龍鶩《ろくりゅうは》せ
敗鱗紛雑《はいりんふんざつ》す　雪万樹《ゆきまんじゅ》
南轅《なんえん》　寂寞《せきばく》　終《つい》に回《かえ》らず
菟水《とすい》　無情《むじょう》　空《むな》しく北《きた》に注《そそ》ぐ
傷心《しょうしん》の父老《ふろう》　鑾和《らんわ》を望《のぞ》むも

春風吹断芳山路　春風《しゅんぷうふ》吹き断《た》ゆ　芳山《ほうざん》の路《みち》

中島棕隠は山陽が京都に来た時は丁度江戸へ行つて居た。三十歳前後から約十年も居たのであらう。当時、江戸で菊池五山が『五山堂詩話』を出版して盛んに売り出して居たが、五山の出世作は『深川竹枝』である。棕隠はそれと殆ど同時に『鴨東《おうとう》四時雑詠』を作り、おさおさ五山に劣らぬ手段を示した。この人は山陽の人となりと全く反した―市井の間に在りて、それと調和して行く遣方であつたので、東西南北、落魄また落魄の生涯を送り、灑々然《しゃしゃぜん》とし居る遣方は、明末清初の文士気質を真似たものであらう。その詩風は梼亭に同じく、宋詩から出て中・晩唐、特に姚合《ようごう》の詩を好み、また時代の線に沿うて、新しい清詩―李笠翁《りりゅうおう》や袁随園にも及んで居り、騈体文をも巧みに作り、一線、同門の田能村竹田と通じ合ふものがある。最も七律を能くし、沈石田の「落花吟」三十首に和したものが名高く、小説・雑記に博識なるは、その師梼亭の『芸苑日渉』に負ふところが多からう。著作は『棕隠軒初集』『二集』『三集』の外、『金帚《きんそう》集《しゅう》』『水流雲在楼集』及び『鴨東四時雑詠』があり、棕隠を以つて調子の高い山陽と併せ論ずることは無理と思はれるが、物にこだわらず悠々として行くところに行き、小さな自分を楽しんで居る点、構想上に説明多く、字句の使用に強いて奇を用ふる傾向はあるが、才思は滾々《こんこん》として尽きず、いかなるものも筆端に掛ける点は、決して軽視の出来るものではない。されば化政時代に於ける京都は山陽に対して棕隠ありと云ふべきである。

棕隠は山陽の南隣（三本木）に住んだことがある。「居隣海内知名士（居《きょ》は隣《りん》す海内《かいだい》知名《めい》の士《し》）」

が即ちそれで、「六六煙嵐帰二彩筆一（六六《ろくろく》の煙嵐彩筆《えんらんさいひつ》に帰《き》す）」と山陽をほめ、「区区伎倆媿二塵襟一（区区《くく》たる伎倆塵襟《ぎりょうじんきん》を媿《は》づ）」と自分を卑下して居るが、その心中では山陽をどう思つて居たか、恐らく妙に尊大ぶると厭がつて居たのであらう。山陽は大の棕隠嫌ひで、とても側へも寄せつけぬやうに見えた。その日野南洞公に取り入つて居るのに憤激があるであらう。

梁川星巌の詩風が、栲亭・棕隠に似て居るのを指摘したい。

落花吟三十首　録二　　棕隠

幾番開得幾番飛
風意胡為先後違
南極於花宜借寿
東君阻雨合忘帰
黄陵廟古鵑啼血
金谷園荒苔上衣
寄語官游送春客
情縁有限莫依依
艶比虞妃奈若何
雨声四面楚歌多

落花《らっか》の吟三十首《ぎんさんじっしゅ》　二《に》を録《ろく》す

幾番開《いくばんひら》き得《え》て　幾番飛《いくばんと》ぶ
風意《ふうい》　胡為《なんすれ》ぞ先後違《せんごたが》ふ
南極《なんきょく》は花《はな》に於《お》いて宜《よろ》しく寿《よわい》を借《か》すべく
東君《とうくん》は雨《あめ》に阻《はば》まれて合《まさ》に帰《かえ》るを忘《わす》るべし
黄陵《こうりょう》　廟古《びょうふ》りて　鵑《ほととぎす》は血《ち》に啼《な》き
金谷《きんこく》　園荒《えんあ》れて苔《こけ》は衣《ころも》に上《のぼ》る
語《ご》を寄《よ》す　官游《かんゆう》　春《はる》を送《おく》る客《きゃく》
情縁《じょうえん》　限《かぎ》り有《あ》り　依依《いい》たること莫《なか》れ
艶《えん》は虞妃《ぐひ》に比《ひ》す　若《なんじ》を奈何《いかん》せん
雨声《うせい》　四面《しめん》　楚歌《そか》多《おお》し

冷唇含笑示甘死
残靨留嬌未遽磨
自古英雄皆重色
失時陸地倏翻波
却疑花片元無主
開落栄枯似倚他

冷唇《れいしん》笑《えみ》を含《ふく》みて死《し》に甘《あま》んずるを示《しめ》し
残靨《ざんよう》 嬌《こび》を留《とど》めて未《いま》だ遽《にわ》かには磨《ま》せず
古《いにしえ》自《よ》り英雄《えいゆう》は皆《み》な色《いろ》を重《おも》んじ
時《とき》を失《うしな》へば陸地《りくち》は倏《たちま》ち波《なみ》を翻《ひるがえ》す
却《かえ》つて疑《うたが》ふ 花片《かへん》 元《もと》と主《あるじ》無《な》きに
開落《かいらく》 栄枯《えいこ》 他《た》に倚《よ》るに似《に》たるを

文化・文政・天保にかけて、京都詩界は山陽の独り舞台の観があるが、当時京都には、貫名海屋・仁科白谷・摩島松南や梁川星巌も現はれ、紀伊の菊池渓琴、伊勢の斎藤拙堂も漸次出て来るのである。この中、星巌を別として一言したいのは白谷である。白谷は山陽に対して、つねに喧嘩を売つて居るが、白谷は正直一徹な性質として、山陽の才気に走り傲慢な態度に憤慨して居た。しかも白谷は韓退之を学び、格調のむつかしい、力のこもつた詩を作るのであつて、軽佻なる詩界にありては、今日に至るも猶ほその真価が認められぬ。

文化・文政以後、詩界はまた一変せんとした。即ち宋詩から清詩へ向つたのである。山陽も清詩に向つたが、これを押し進めて行つたのは梁川星巌である。星巌は当初、江戸の清新詩派—宋詩—の一人であつたが、中国・九州を漫遊し、『西征詩』を出世作として再び江戸に入り、玉池吟社を設けて多くの詩人を作り、「収二拾声名一便帰去。一簪白髪旧青山（声名《せいめい》を収拾《しゅうしゅう》して便《すなわ》ち帰《かえ》り去《さ》る。一簪《いっしん》の白髪旧青山《はくはつきゅうせいざん》）」と歌つて京都に帰隠した。弘化四年から、歿した安政五年に至る十二年間は、そのまた独舞台となつた。京都に於ける星巌は、詩人としては已に一家を成し、主として宋学を勉め—王陽明から劉念台に及び、更にまた道教から仏教にも汎濫し、明末に見える三教帰一の思想を好んだが、学問は実践に在りと深く信じて、尊王攘夷の大義を実践に移し、幕末志士の開山となり、従つて詩もまた道学者の作と似たものとなつて来た。勿論星巌は邵康節や陳白沙の作を愛したからでもあるが、以前の技巧と脂粉の気を洗ひ落して、卒直に淡白に表出し、中には立派なものがある。

聊逍遥処雑吟　録二　　聊《りよう》逍遥《しようよう》処《しよ》雑吟《ざつぎん》　二《に》を録《ろく》す　星巌

六年六徙豈云煩　　六年《ろくねん》　六《ろく》たび徙《うつ》る　豈《あ》に煩《わずら》はしと云《い》はんや
天遣廃人居廃園　　天《てん》は廃人《はいじん》をして廃園《はいえん》に居《きよ》せ遣《し》む
不用張華三十乗　　用《もち》ひず　張華《ちようか》の三十乗《さんじゆうじよう》
只携太上五千言　　只《た》だ携《たずさ》ふ　太上《たいじよう》の五千言《ごせんげん》
金砂白石鴛鴦水　　金砂《きんさ》　白石《はくせき》　鴛鴦《えんおう》の水《みず》
残柳疎園碌礴村　　残柳《ざんりゆう》　疎園《そえん》　碌礴《ろくとく》の村《むら》
隔岸楼臺絲管閙　　岸《きし》を隔《へだ》てて　楼台《ろうだい》　糸《し》管《かん》閙《さわ》がし
一条浄碧界間喧　　一条《いちじよう》の浄碧《じようへき》　間喧《かんけん》を界《かい》す
運行不息暗中遷　　運行《うんこう》　息《や》まず　暗中《あんちゆう》に遷《うつ》り

白髪驚春又一年
草木光輝新雨露
鳳凰城闕旧山川
何人真踏魯連海
後輩能談鄒衍天
可笑衰翁無遠識
梅花窓下枕書眠

白髪《はくはつ》　春《はる》に驚《おどろ》く　又《ま》た一年《いちねん》
草木《そうもく》の光輝《こうき》　新雨露《しんうろ》
鳳凰《ほうおう》の城闕《じょうけつ》　旧山川《きゅうさんせん》
何人《なんぴと》か真《まこと》に踏《ふ》む　魯連《ろれん》の海《うみ》
後輩《こうはい》能《よ》く談《だん》ず　鄒衍《すうえん》の天《てん》
笑《わら》ふ可《べ》し　衰翁《すいおう》　遠識《えんしき》無《な》く
梅花《ばいか》窓下《そうか》　書《しょ》を枕《まくら》にして眠《ねむ》る

星巌の歿後、京都の詩界は頗る寂寥の観があつたが、大きく浮き上つて来たのが大阪の広瀬旭荘である。旭荘は兄淡窓の宜園詩風―茶山の影響により出て来た、唐宋と清詩の風を多分に帯びたもの―を京摂に進出させ、力量はなか〳〵あるが、旅かせぎが多くて、大阪にしかと腰を下さぬところに弱点があつた。また津（伊勢）の斎藤拙堂がある。この人は文章の名家で、詩も相当の手腕があるから自然に重鎮となつたのである。この二人に次いで播磨の河野鉄兜は、星巌門下の高足として学問もあり文章も達者な上に、旭荘と連絡があつた。これに対して尾張の森春濤―星巌門下の後進なるが、詩才は俊敏で、しかも詩人として一旗挙げる希望が盛んである。そこへ星巌門下の遠山雲如が京都詩界の人なきを見て、星巌の後を継ぐ思惑もあつたが、至つて短かい間に旭荘・拙堂・鉄兜・雲如の四人が歿したので、京都詩界は一時没落したやうだつた。

時代は急に一変して明治維新となつた。明治時代の京都詩界は、その初年、星巌門下に依つて維持せられた。小野湖山・頼支峰・江馬天江・谷鉄臣等である。明治の末年から大正にかけては、高野竹隠が思ひ出される。竹隠は歿するに臨み、詩稿を焼き棄てたと云ふ話が伝へられ、今に至るまで詩集の出版されぬのは惜しむべき事である。殆ど同時に大阪に木蘇岐山が居た。岐山は明治詩界に於て特異な地歩を占める作家で、李・杜・韓・蘇に出入し、特に宋詩―黄山谷・陳後山の手ぶりがあり、京都本来なる宋詩のしんがり役とも見られぬでもない。尤も岐山も星巌に関係がある。それは親の大夢が星巌に親炙したと思はれ、岐山は星巌の詩集に注を附けて居る。

明治末年から大正・昭和の今日にかけて、内藤湖南・狩野君山等々、京都大学の先輩にも一面詩家として指を屈すべく、最後に、詩学に深くかつ作家として現代の日本詩界を代表する鈴木豹軒、それから漢文学の見識に天才の閃きを有する青木迷陽と、祖父香巌《こうがん》の衣鉢を伝へた神田鬯盦《ちょうあん》の名を挙げて、この稿を終る。

〔第四号「江戸時代京都中心の詩界（三）」〕

明清詩風の影響

(上)

明清《みんしん》両時代の詩風が我詩界に及ぼした影響を概説する。

明の太祖の洪武元年は、我国にては南朝の長慶元年、北朝室町幕府の三代義満将軍の初期に当り、その亡ぶるのは江戸幕府の三代家光将軍の盛時―島原役後の六年である。

この間の二百七十余年は、我国にありては三分の二が室町幕府の盛時で、遣明船及び入明禅僧によりて五山文学の盛時となつたが、一面には倭寇の猖獗《しょうけつ》となり、戦国時代に入りて学芸は全く廃れ、家康将軍の武力統一も島原役後に於て初めて完成を見たのであつた。しかるにその前後に清の勃興、明の衰亡となり、聖祖の統一事業が完成したのは江戸前期の盛時に当るが、それと同時に明代詩風の代表たる復古派―嘉靖《かせい》・万暦《ばんれき》の詩風が、一百二三十年の間隔を置き、さながら潮の湧くかのやうに我国に盛んとなつた。前例によれば、唐・宋・元の何れの時代でも、その時代の詩風はその時代に直ちに我国に影響したのであるが、今度は少しく模様をかへて、亡びて多くの年数を経てから一時に盛となつたのである。

明代の詩風如何。明初の詩文は、元末から継承して高青邱・方正学となつたが、この二人は天命を全うせずして死したる後、その詩文は中断された。我国にては宋元からするものは五山文学となり、室町時代を装飾し、応仁乱後も余流混々として尽きずして、江戸の初期に至つた。即ち五山文学は、明代の影響と切りはなし、宋元の影響下に於て述べるのが適当である。

明は永楽から成化の末年に至る八十余年は泰平無事であつたので、詩文もまた平易の風があり、代表として三楊―楊士奇等があり、何れも枢要の職にあつたので作風を台閣体と云ひ、その余風は空虚委靡となつたので、李西涯（東陽）が出て、宰相の地位に居りて改革の先頭に立ち、そして李空同（夢陽）・何大復（景明）が出た。この二人は文は漢魏、詩は盛唐を目指し、復古の大旗を押立て一時盛んなるものがあつた。しかるに詩は先づ宜しいとして、文は古文を活剝《かつはく》し、読むことも出来ぬ程の難しいものであつたので、世間から偽体の評判を受け、王遵巌（慎中）・唐荊川（順之）・帰震川（有光）等が出て、『史記』や宋代の文章を古文として主張した。これに対し李滄溟（攀龍、字は于鱗）・王鳳洲（世貞）が李・何の作風を主張して、更に作品に工夫を凝らし、一字一句古人をまねて、斑駁《はんばく》陸離、秦漢人を見る如く、高華偉麗、盛唐人を見る如しと云はせたが、故意にその字句を難解修飾したと見られて排斥するものが多くなつた。徐文長（渭）・袁中郎（宏道）・鍾伯敬（惺）などがそれである。前の李・何は弘治・正徳年間に、後の李・王は嘉靖・万暦年間に栄えた。

李・何・李・王の四人は復古を主張し、格調を強調して、明代の詩文界、特に詩界を代表する李・何の主張した格調が明詩の特長で、その余風が清代に入りて性霊派と対峙した。

詩の格調は文の古文辞と共通する。古文辞―格調を主張するのは、多くその人の性格から来る。どう云ふ人がこれを好むかと云ふと、勝れた人が好むやうである。格調は、高い、大きい、雄々しい等々がその特色である。さう云ふものは、一般普通の好むところ、理解するところではない。李・王は何れも国士の風を備へた人物で、とりわけ空同はすばらしい意気を持つて居た。それへ明代思想の特色たる夷狄の元―蒙古を追ひ払ひ、中国固有の旧物を取りかへした強烈なる自尊心があるのである。これは明代を語るについては、忘れてならぬ点である。

我が徳川初期に藤原惺窩が五山の僧徒から出て、宋学―儒教を主張し、また『文章達徳録』を編述して、この方面をも開拓しようとした。門下に林道春・松永尺五・那波活所等が現はれ、道春は江戸幕府の顧問となつて、新時代の文化開拓の指導者となり、尺五等は旧き文化地の京都にありて、新文化の建築に力を尽した。

惺窩を初めとして道春等の門下は何れも明代の影響を受けて、宋元の道学―性理―は勿論、王陽明から降つて林兆恩等の思想にも触れて、前後七才子―李・何・王・李の復古派にも接したのであるが、宋元以来の詩文に主点を置いて、復古派の格調説を理解するに至らなかつた。

即ち惺窩の文集によれば、空同・滄溟・鳳洲の詩文をば目を通し、門人の堀杏庵がこの派の詩文に手を著くる意のあるのを抑へて、道春は慶長九年—万暦三十二年—二十二歳の時の「既見書目」中に空同、滄溟の文選、鳳洲の集及び汪南溟（道昆）の文集をも一渉してゐるのみならず、後に「過明論」を作つて明代思想の誇妄を指摘し、文章は徒らに左（『左氏伝』）・屈（屈原）・遷（『史記』）・固（『前漢書』）に比して、唐宋を顧みず、詩歌は漢魏に倣ひ李・杜を追うて、宋元を棄てたと云うて、頗る不満の意を表してゐる。

　京都は何と云つても文化地である。惺窩門で最も詩に勝れてゐるのが那波活所で、その『備忘録』に李滄溟の選んだ『唐詩選』は甚だ好く、詩を学ぶもの丶指針であるとなし、謝茂秦《しやもしん》等が洞庭湖・岳陽楼の諸作は杜少陵・孟浩然のそれと匹敵するなどと云つてゐる。活所門から村上冬嶺が出た。菅茶山は明七才子の詩風を京洛に唱へたのは冬嶺であると云つた。即ち明詩の格調が京洛にはつきり現れたのである。冬嶺の親友なる伊藤仁斎は、詩選は高廷礼《こうていれい》と李于鱗のが最も好いと云つたが、高廷礼には『唐詩品彙』と『唐詩正声』があり、于鱗は滄溟で、その選は『唐詩選』である。

　石川丈山は惺窩門の名高い詩人だ。復古派の詩は已に読過して居るが、さまで注意してゐる様子は見えぬ。この丈山とならんで詩僧として著名な元政上人は、早くもこの派を攻撃した袁中郎の詩風を欣んでゐたのであつた。またこの派の詩論を全面的に展開した胡元瑞《こげんずい》の『詩藪《しそう》』は、元禄以前—貞享三年—京都から出版された。

　斯様《かよう》に徳川初期から読書界にては明代文学の傾向がかなり明らかにされてゐた。道春の東下後、大約八十年にして、尺五門の木下順庵の東下となり、その門下に人才輩出し、特に詩に於いては新井白石・室鳩巣・祇園南海等が現れて詩運が一時に勃興した。江戸前期に於ける正徳詩界の活動がそれだ。

正徳の詩界は、白石を主役として鳩巣及び南海と梁田蛻巌が勝れて居る。白石の主張するところは唐詩―盛唐・初唐―であるが、その唐詩を学ぶには、明の復古派の説を取入れたのである。徳利の中に水を入れ、その口に酒をぬりて置き、さて水を流し出すときには、酒気が自然に水に移ると云ふのは、即ち模擬の方法で、作品は後七才子の謝茂秦に近い。鳩巣は盛唐―杜少陵を窺うて未だ得ず、南海は初唐・盛唐を学び、作品は前七才子の徐昌穀に近い。蛻巌は一時復古派から離れて、その反対に立つ徐文長や袁中郎に走つたが、やはり唐でなくてはと再び唐詩を奉ずるに至つた。これ等の人々は、江戸前期の詩界に於て大立物たるのみならず、実に我国古今を通じる詩人として最上なる地位を有するものである。これに次ぎ、享保を中心として荻生徂徠が出て古文辞を修むる説を立て、李・何・李・王の中、後の李・王（滄溟・鳳洲）を重んじ、特に滄溟を重んじた。それは徂徠が力を尽して古文辞を修めて十二分に理解したからである。しかれども徂徠はその方法を経学の研究に応用して、そして一家の学説を立てた。―彼は天の寵霊を以て得たと豪語し、李・王は僅かに「文章の士」たるに過ぎぬと云つて居る。ともあれ、徂徠は李・王を押して古文修辞の説を主張し、江戸で興つた学界の最大なる運動を展開した。門下から服部南郭・高野蘭亭、経学文章に精深なる太宰春台が出て、その学風は京阪に溢れ、全国に流れる未曾有の盛観を呈するに至つた。徂徠及び南郭が白石・蛻巌等と共に我国詩人の最上地位を有するのは無論である。

明詩の代表は李・何・王・李であり、それを高く差上げて大胆に見えを切つて全国を動かし、時代を形成したのが徂徠である。されば徂徠を我国明詩の代表となすのは無理もないことである。しかるに江村北海はこれに反して、徂徠の力ではなくして、気運が然らしめたのだと云ふ。気運とは時勢・形勢と同じ意味で、支那の形勢が各時代何れも大体二百年の間隔を置いて我国に影響を与へたと云ひ、その論拠として六朝詩風の影響が嵯峨・村上の頃に、宋元詩風の影響が五山の盛時—文明の頃に現はれ、何れも大体二百年間の間隔を置いて居ると云ふのである。それより推せば、明詩—李・何・王・李の詩風が元禄頃に現はれたのは、必然気運の然らしむるところであると云ふのである。それはごく大摑みの見方であつて、時代の影響は何れもそれ〴〵の縁由があり、一概に云ひなすことは出来ぬが、元禄頃の明詩の影響は、もとより時勢の然らしむるところであるが、さりながら徂徠の強引が功を奏して、明詩流行の前奏者たる木門《ぼくもん》諸子を忘却して、徂徠を指して明詩の代表としたのは、流石に争はれぬ時代の眼識である。

徂徠の歿後いくばくならずして、大弟子たる春台は『文論』『詩論』を作つて、その力を極めて主張した古文辞を糞雑衣《ふんぞうえ》と罵倒し、また最も推重した李滄溟の詩を、その撰になる『唐後詩』から抜出して瑕疵を指摘し、もし先生—徂徠の歿が十年程後れたならば、明詩の好くないのを知るのは必然であると云つた。いかにも思ひ切つて師の尊厳を犯したものである。かやうな事があつたと云へ、詩界に傑出したものもなく、空疎模擬と云はれながら、徂徠派が斯界を指導して居たが、その歿後の三十年、大弟子南郭の歿すると前後して反対の旗幟を立て、攻め寄るものが現はれた。井上金峨がそれで、李・王に反対した袁中郎を標榜した。それより更に二十年を経て山本北山が現はれ、金峨の結論を拡張して大声疾呼、側目もふらず斬りこんだ。この時、時代は変化して、江戸の清新詩派―北山及び寛斎の社中―大阪の混沌社、関西の茶山並びに淡窓等々次々に起り、宋学の勃興と共に宋詩の流行となり、明詩は漸次姿を消して行つたのであるが、それでも猶ほ東奥の一角にこれを奉ずるものもあり、明治に至りて国分《こくぶ》青厓《せいがい》が出て、滄溟を凌ぎて空同に迫り、更に遡つて唐に向ひ、大正を経て昭和に入るや、日本詩界に空前の盛時を造つたのは、まことに驚異に価ひする事である。

〔第十一号「明清詩風の影響（上）」〕

（下）

清代詩界の大勢は、初期の明末からするものを合せて一つの詩風を立てたのが王漁洋である。一つの詩風とは神韻説で、康熙帝に重んぜられた。漁洋を承けた沈帰愚は、更に格調説を立て、乾隆帝に重んぜられた。これが詩界の正統派である。これに対して反対の地に立つたのが江南三家―袁随園、蔣蔵園、趙甌北である。随園は性霊説を唱へ、蔵園・甌北何《いず》れも一家の見識あるが、要するに格調と性霊が近代支那の詩界に於て大きな潮流となり、それより変化を生じたのである。

三家の後、嘉道―嘉慶と道光―に幾多の詩人が現はれた。張船山・呉蘭雪・郭頻伽・陳碧城等々指が屈せられる。間もなく長髪賊の大乱となり、江南の文物は尽く兵火に投ぜられ、平定すると間もなく清朝末となりて、詩界は衰運の一途となり、我国に影響を与ふる何物もなくなつた。但し清朝末に起つた同光体と云はれる閩《びん》派の詩風は、音調響かず、その用ふる文字も典故も余りむつかしくして、我国詩界には影響するものはない。

先づ王漁洋の影響を見やう。王漁洋は康熙五十年七十八歳を以て歿した。我正徳元年、韓使の来聘あり。新井白石の得意時代であるが、これから徂徠派の明詩流行の時代に入るから、漁洋の我詩界に影響を見るのはかなり後れ、没後七十年後の天明初年に、大阪の崇高堂からその『唐人万首絶句選』を出板した前後からである。この出板は、何人がしたのであるか明かならぬが、何れにあれ、漁洋の詩名の自然に我詩界に高まるに至つたものと思はれる。村瀬栲亭に「唐人万首絶句鈔序」があり、それが自鈔の序文と見られるが、これは明かに漁洋の選に対したものである。この『唐人万首絶句』は、宋の洪邁《こうまい》が唐人絶句一万首を手鈔したものなるが、漁洋はその中から自分の詩に対する意見に合するものを選出した。栲亭もまた洪邁の同書から自分の詩に対する意見に合するのを抄出したのである。

この前後から徂徠派の明詩は頽《くず》れて来た。従つて漁洋の詩名はます〳〵大きくなつて現はれた。たゞ詩のみでなく博識として漁洋は見出された。漁洋の随筆なる『池北偶談』や『居易録』『香祖筆記』などが盛んに読まれた。大原左金吾の『地北寓談』は、蝦夷の事を書いたものなるが、その名は『池北偶談』から来たものである。この左金吾は大原雲卿《うんけい》で、六如上人や菅茶山と親交があつた。

漁洋を尊崇するのは茶山からだと云はれて居るが、それは漁洋の『万首絶句選』から来ると思はれる。頼山陽は茶山の塾で『万首選』を見たが、崇高堂出板のそれなることは明かであり、山陽の云ふ備後人が廉塾関係なることも明かであり、さうすると茶山あたりが漁洋尊崇の中心人物と見られる。それより幾何《いくばく》もなくして、山陽の後に廉塾へ来た北条霞亭が毎々漁洋に言及し、それから茶山は「秋柳」を吟じて漁洋の「残照西風白下門（残照西風白下の門《ざんしょうせいふうはくかのもん》）」を分けて韻字としたり、山陽もまた茶山を評して新城叟（漁洋）と唱和せしめざるを恨むなど丶云つて居る。かうなると漁洋の影響は先づ茶山に見えるが、さりながら茶山は漁洋神韻説に触れて居らぬ。

神韻説に触れたのは山本北山である。「詩は神韻を尚《たつと》むと云ふは、王阮亭（漁洋）が明末の偽詩を矯《た》むる為に一家の詩教を立つ。然るに後の王阮亭を学ぶもの、其所レ謂神韻何物たる事を知らず。僅かに王阮亭が『精華録』『帯経堂集』の中の字を剽窃《ひょうせつ》して綴合せ、句を成し、篇を成して、王阮亭流の詩なりと云ふ。是にては其神韻と云ふもの何の処に在るや。素より神韻を尚ぶと云ふこと、識者の意に満たず。趙執信が阮亭を駁するも此に在り。されば阮亭が著述の書、多くは古人の説を襲《おそ》ひ取りて己が説とし、浅学の輩を欺く。『香祖筆記』『池北偶談』『居易録』等の書を読みて、其学識の浅劣なるを知るべし」（『孝経楼詩話』）。これではたゞ漁洋を悪罵するのみで、その神韻説を少しも解して居らぬのである。

また古賀侗庵は『非詩話』を著はして、漁洋の諸著に見えた自己賛美の語を数へ挙げ、さて斯様の事は宋明諸賢には未曾有であるが、漁洋は敢然これをした。かの袁枚（随園の名）の如き小人物が恣《ほしいまま》に大言を詩話に書きつけて、それを少しも恥辱と感ぜぬのに何も不思議はないのであると。侗庵の『非詩話』の主眼点は、袁随園を攻撃し、併せて漁洋を攻撃するに在りと見えるが、侗庵ほどのものがたゞ人身攻撃に類した攻撃をして、漁洋の主張に何等の考慮を払はぬのは遺憾である。

その後梁川星巌は長崎に遊びて、漁洋及び厲樊榭《れいはんしや》の詩風を愛し、長崎から帰つて京都に居る時、漁洋の『精華録』の翻刻を計画したが、出来なかつた。玉池吟社時代には漁洋風の詩が著しく目に即《つ》く。門下の森春濤が漁洋を尊んだのも一面さう云ふところから来たのである。

次に沈帰愚の影響を見よう。沈帰愚は格調説を主張し、唐詩・明詩の別裁を撰び、乾隆帝に重んぜられ、乾隆三十五年―我が明和七年―九十七歳の高齢で歿した。作家としてはさまでないが、その格調説は我が詩界に多大の影響を及ぼした。

宝暦七年―乾隆二十二年―長崎の詩人高暘谷《こうようこく》が、清商に托して帰愚に書簡と詩を贈つた事があつた。当時、我が詩界では暘谷が名聞を好んで清商に乗ぜられた一場の笑話を伝へて居るが、必ずしもさうではなく、清人は却つて芸林の盛事として居る。

さて袁随園の影響如何。随園は清の嘉慶二年八十二歳の高齢で歿した。我が寛政九年に当る。その詩文集や詩話・尺牘《せきとく》等多数の著述は、生前自刻して出板し、晩年になると詩話・尺牘は諸方に翻刻され、全集もまた翻刻されたので、随園はそれを詩に作つて得意を示した。—詩話の自刻は乾隆五十三年（我が天明八年）、続詩話は歿後—この中詩話の我国に輸入されたのは意外に早く、歿後三四年を出でざる寛政末年には、もう江戸の大窪詩仏が読んで居り、文化三年には詩仏の友人菊池五山はそれに倣うて『五山堂詩話』の第一巻を出板した。この二人の指導者たる山本北山の『孝経楼詩話』は二年後（文化五年）に出板され、それに随園の語を引いて居るから、前記二人と前後して読んだのは確かである。古賀侗庵は『五山堂詩話』の出板された比《ころ》、『随園詩話』を手に入れて読み耽り、自分も『愛月堂詩話』を書かうとした。『随園詩話』のいかに江戸で持てはやされたか想像せられる。しかるに頼山陽はこの書を弱冠の比、一読したと云ふ。すると寛政十年前後で随園の歿する比に当るが、後、京都に出て見ると、大層流行したと云つて居る。山陽の京都に出たのは文化八年であるから、それは全くさうであらうが、以前に見たと云ふのは例の言葉の綾であらう。

『随園詩話』の我が詩界に及ぼした影響は大きい。侗庵の『非詩話』は、全くこれに対する反撥から出たと思はれる。侗庵の『非詩話』は文化十一年の著で、出板されなかつたが、江戸の官学たる昌平校の関係者間には、侗庵の意見が絶対に支持されたのである。

この前年─文化十年─市河寛斎は長崎に行き随園の全集を手に入れて江戸に帰り、翌々年文化十三年『随園詩鈔』三巻を出板した。随園歿後の二十年に当る。これより随園の影響がます〱大きくなつて来た。

山本北山は以前袁中郎を担《かつ》いで江戸の詩界を殆んど一変させたが、袁中郎よりも時代が新しく、それよりもずんと詩の上手な袁随園が出現したのであるから、それにも先陣の名乗を揚げんとした。その著の『孝経楼詩話』に『随園詩話』『詩鈔』の新刊本に序して曰くと、三四行の文句を著けて居るが、この比、『随園詩鈔』新刊本は江戸に於けるものではなく、無論長崎輸入の新刊本─随園の自刻本か或は翻刻本であるから、北山は言葉をごまかして江戸の新刊本、自分の関係した翻刻本と見せかけやうとしたのであらう。また詩仏も何か随園に関係を持たうと思つたらしく、山陽を京都に尋ねた時、自分の号の出所は随園から来たと云つた。それは蔣蔵園が自ら詩仙と称し、随園を称して詩仏としたので、随園の門人が「詩仏歌」を作つたことが『随園詩話』の補遺に見えて居るから、詩仏はそれを云つたのであらう。されども詩仏の『詩聖堂詩集』に序文を書いた寛斎は、詩仏の号を張南湖の「老杜詩中仏」から取つたと云つて居る。これが詩仏の確かな出所である。

最も大きな影響を受けたのは山陽であるが、しかも山陽は随園を評して、すれからしの芸妓のやうで、美しくはなけれど手練手管で若い人を迷はせると云つて居る。山陽の最も親しい篠崎小竹に云はせると、山陽は随園を悪く云ふが、それは随園を憎むのではなく、却つて随園の才気に惚れこんで居た。さうして新意ある詩を作つて時代の寵児となつたのは、実に我国の随園であると云ふ。これが山陽の真相であらう。山陽の詩や文は随園の筆致趣巧が見え、最も得意な尺牘は、『随園尺牘』を読むと同じ感じを受ける。広瀬淡窓の「詩に唐宋明清なきも、巧拙雅俗あり」と云ふ詩論は、随園の「詩に工拙あるも、しかも古今なし」から来たと思はれる。これも随園の影響である。

『随園詩鈔』が出板されて、いよ〳〵随園の流行となつたが、随園の経歴は時代が余り近いので明らかでなかつた。

随園研究は明治年間に一段と進んで、岩渓裳川《いわたにしようせん》の詩が最も近い。

我国に於ける清詩の影響は、寛政頃を一転機として急速に拡大し、前述した如く、乾隆三大家中袁随園の影響が最も著しく、趙甌北は詩人以外歴史家として顕はれ、その著はした『廿二史箚記《さつき》』は、当時必読書の一つであつた。頼山陽は甌北の詩鈔を出版せんとして果さなかつた。三家以後、嘉・道時代の作家中、我詩界に名を知られたのは張船山―広瀬旭荘はその詩風を愛した。船山の詩鈔は大阪から出板された。郭頻伽―田能村竹田によりて早く知られた。竹田に『今才調集』があるが、即ち頻伽の詩風を伝へたもの。陳碧城の三人がある。碧城には青年時代の作にかゝる『碧城仙館詩鈔』が、出板後、逸早く伝来し、それがまた逸早く家里松嶹によりて鈔出出板され―『碧城絶句』―森春濤の好むところとなつた。

明治の詩界は、全面的に清詩の影響を受け、幕末より引き続き流行した浙西六家—厲樊榭・呉穀人等の六家。浙西六家の詩鈔は嘉永年間に覆刻さる。それから明治七八年より、春濤の『清三家絶句』—張船山・陳碧城・郭頻伽—及び春濤の新文詩社から出板した当時詩界の名家廿四家選の『清廿四家詩』が流行し、明治十七八年には、銭牧斎の『初学集詩註』及び頻伽の『霊芬館詩初二三集』の覆刻を見た。春濤に継いで子の槐南が出て、一層清詩を鼓吹して明治の末年に及んだが—春濤は神韻説、槐南は性霊説を主張した—、清詩も本国でもう行き詰つたので、槐南は閉口し、呉汝綸《ごじょりん》の言に従うて宋詩の黄山谷へ指を染めて見たが、融通する筈がなく、自己の一詩も出来ずして歿するに至つた。歿後の詩界は荒涼たる光景を呈したが、やがて大正の半より一変して、国分青厓の時代に入り、明詩から遡つて唐詩となる。

〔第十二号「明清詩風の影響（下）」〕

解説

揖斐　高

1　今関天彭の生涯と学芸

今関寿麿《ひさまろ》（号を天彭《てんぽう》）は明治十五年（一八八二）六月十九日、上総国東金関内村《せきうち》（現在の千葉県東金市関内）に生まれた。父今関富徳には二男一女があり、天彭は長男、弟を和雄といった。父富徳は今関琴美《きんび》の長男として嘉永二年（一八四九）に生まれたので、天彭は父富徳三十四歳の子ということになる（以下、年齢は原則としては数え年）。『東金市史』第五巻総集篇によれば、富徳は琴美の歿後、琴美の開いた漢学塾の経営を継いだが、「元来酒好きで、しかもそれに溺れてしまい、門弟たちもあきれて去ってゆく者が多くなり、ために、富徳は多額の借財に苦しみ、とうとう関内を捨て」たという。天彭自身、後年になっても父富徳について語るところはほとんどなく、父との関係はあまり良くないものだったと推測される。天彭を教育し、天彭に大きな影響を与えたのは祖父琴美だった。

祖父今関琴美の顕彰碑は東金市関内の蓮成寺（今関家の菩提寺）に現存し、石川鴻斎《こうさい》撰の碑文が刻まれている。それによれば琴美は文化十年（一八一三）十月に備前岡山に生まれた。名は義方、字は王佐（徳甫とも）、通称は寿郎、琴美は号である。天彭門下の佐久間洋行によれば、琴美の父は岡山藩の儒者淵原正教《ふちはらまさのり》で、琴美も初めは淵原姓を称していたという。琴美は岡山藩の郷校閑谷《しずたに》学校に入り、藩儒姫井琢堂《たくどう》（栗谷《りっこく》とも号す）に学んだのち、京都に遊学した。その後各地を周遊し、江戸を経て、天保五年（一八三四）末から翌天保六年（一八三五）初め頃に上総に来遊した。そして、天保六年九月に関内村の今関家の婿養子として今関そよと結婚し、漢学塾を開いて近隣の子弟を教育するようになった。

明治二十一年（一八八八）四月に祖父琴美の詩集『長松餘絃《ちょうしょうよげん》』二巻二冊が出版された。その奥付に「編輯」として天彭の父「今関富徳　千葉県上総国山辺郡関内村三百十六番地」の名前が見えている。しかし、実際の編者は序文を寄せている関潤卿《じゅんけい》という人物で、この人物はこの詩集の内題下には「東海　男関潤卿輯」と記されている。『長松餘絃』所収の詩によれば、琴美は上総に来る前に一時駿河に寓していたことがあった。潤卿は序文の中で琴美のことを「余翁」と称しており、「東海」すなわち駿河在住時代の琴美と何らかの強い繫がりがあった人物かと推測される。

また、『長松餘絃』には「南総大網　今関英徳」という人物が詩を寄せている。『東金市史』総集篇の記事によれば、この英徳は琴美の妻そよの弟今関文右衛門の子である。ちなみに、歌人で小説『野菊の墓』でも知られる伊藤左千夫と今関家とは縁戚関係があったという（『雅友』

第七十六号「一楽居詩話」)。

天彭はこの祖父琴美の教えを受け、五、六歳の頃から『孝経』を手始めに四書五経、『唐詩選』『十八史略』『蒙求』『唐宋八家文』『歴史綱鑑補』などの素読を受けた。十歳頃から詩文を作り、十一歳からは祖父に代わって塾生に稽古をつけるなど、神童ぶりを発揮した。やがて天彭はしばしば東京に出かけるようになり、祖父と親交のあった石川鴻斎に詩文の添削を受けた。二十歳の明治三十四年(一九〇一)天彭は東京に移住した。『天彭詩集』巻十二の巻末に付する「天彭山人自伝」には、「双親を奉じ諸弟を携へて東京に移る」とある。これは祖父琴美が明治三十三年(一九〇〇)十月に八十八歳で歿したため、一家を挙げて東京に移住したことを示している。「天彭山人自伝」の書きぶりからは、父富徳は頼りにならず、すでに天彭が一家の担い手になっていたことが窺われる。

明治三十七年(一九〇四)日露戦争が起きると、天彭は第一師団司令部の軍属となって広島の軍港宇品《うじな》に勤務した。宇品では後に画家として大成する橋本関雪と知り合い、しばらくして関雪ともども軍属として満洲に渡った(『雅友』第六十一号「一楽居詩話」)。満洲では第一師団軍医部長を勤めていた森鷗外と知り合った。ところが、天彭は満洲で罹病して入院、長期療養ののち二十五歳の明治三十九年(一九〇六)春にようやく帰国した。

帰国後、明治四十三年四月に天彭は徳富蘇峰の『国民新聞』、明治四十四年九月に山路愛山主筆の『国民雑誌』の記者となり、また竹越三叉《さんさ》の『日本経済史』の編集に関与した。この頃、詩学を森槐南《かいなん》に、塡詞《てんし》を森川竹磎《ちくけい》に学び、国分《こくぶ》青厓《せいがい》の知遇を得、槐南門下の大久保湘南の主宰する随鷗吟社に出入りした。大正五年（一九一六）頃には、子規門下の俳人で出版事業にも手を染めていた籾山梓《もみやまし》月《げつ》を介して永井荷風とも知り合った（『雅友』第六十二号「一楽居詩話」）。

日露戦争後の東京には清国から数多くの学生が留学していた。それら中国人留学生たちと詩文を介して交わるようになった天彭は、彼らから康有為《こうゆうい》や梁啓超《りょうけいちょう》の唱える革命・保皇・新民の説や公羊学《くようがく》という学問のあることを教えられ、中国古典だけでなく清代の書物を耽読するようになった。この頃、天彭はすでに何冊かの著作を出版していた。天彭の初めての著書『東京市内先儒墓田録』（大正二年二月刊）、『東洋画論集成』上・下（大正四年十二月刊）などである。また、山路愛山の名で明治四十五年（大正元年）に出版された『訳文大日本史』全五巻の訳文も、実は天彭が作成したものだったという。

三十二歳の大正二年（一九一三）孟春の日付のある天彭著『支那戯曲集』（大正六年刊）の小序に、「今来ノ大問題ハ支那ナリ。而シテ之ガ解決ハ主トシテ日本国民ノ上ニ繋ル。予ガ寸労モ亦此ノ意ニ外ナラザル也」と記すように、天彭は日中関係改善のために尽力したいと考えるようになり、大正六年（一九一七）北京へ遊学しようとした。「丁巳（大正六年）歳旦」の日付で森鷗外が天彭の『支那戯曲集』に寄せた題辞には、「雲濤万里、燕京に向かふ」という一句が見られる。ちなみに同書の内藤湖南序は、当時の天彭の容貌を「紅顔美妙、閑雅秀麗の公子なり」と紹介している。

ところが天彭は北京ではなく、急遽朝鮮総督府の嘱託として京城に赴き、総督府の出す諭告文の作成などに携わることになった。この朝鮮赴任は徳富蘇峰・国府《こくぶ》犀東《さいとう》の推薦によるという。朝鮮滞在中には彼の地の儒生たちとも交遊し、大正六年の初夏には朝鮮総督府政務総監山県伊三郎に随行して満州に遊んだりもしている。朝鮮滞在中の大正七年（一九一八）の二月から五月にかけての頃、天彭は毎週一度、京城倶楽部において中国文化についての講話をおこない、その内容は『支那人文講話』と題して翌大正八年六月に日本で出版された。

大正七年の初夏に一時帰国した天彭は、九月には朝鮮総督府を辞して北京に赴いた。その時のことを『中国文化入門』（昭和三十年刊）において、天彭は次のように回想している。

私は大正七年に北京に参りました。ドウ云ふ目的で参りましたかと云ふと、支那の現状、支那の思想、文化、学術などの現状を多少なりとも知らうとして参つたのでありますが、……扶桑館と云ふ日本旅館に居りまして、ドウ云ふやうに支那の研究を初めようかと考へて見ました。

当時、三井合名会社（後の三井物産）は三井洋行の名で中国に進出して貿易事業などを拡大していたが、大正七年に三井合名会社が中国政府と契約して、北京郊外の双橋《そうきょう》に双橋無線電信所を建設することが決まった。三井にとって中国での事業を成功させるためには中国事情を知ることが必要だった。そこで三井合名会社は天彭を北京三井洋行の顧問とし（『支那戯曲物語』の「著者紹介」による）、天彭は三井から資金援助を受けて北京に今関研究室を設け、中国事情を調査・研究することになったのである。このあたりの天彭と三井との関係については、千葉中堂「今関天彭先生の御逝去」（『雅友』第七十六号）に回想されている。これ以後、今関研究室が中国で収集した書物は「十余万巻」（「天彭山人自伝」）にのぼったという。ちなみにこれらの書物は、天彭が後年北京を去るに際して三井文庫に預けられたが、戦後売却されてその一部は現在カリフォルニア大学バークリー校の図書館に今関文庫として収蔵されている。

天彭は中国各地を巡遊し、清朝の遺老をはじめ当代の学者や詩人や政治家などを歴訪して、中国の学術・文化・時事に関する調査・研究に従事した。具体的には、この間天彭は北京・天津・上海・南京などにおいて、中華民国大総統の徐世昌、司法総長の董康《とうこう》、北京大学総長の蔡《さい》元培《げんばい》、北京大学教授の胡《こ》適《てき》、また康有為《こうゆうい》、章炳麟《しょうへいりん》、梁啓超、呉昌碩、周樹人（魯迅）、斉白石、後に満州国の初代国務院総理となる鄭孝胥《ていこうしょ》など錚々たる人々と接触した。その調査報告書として今関研究室から逐次出版されたのが、『支那商工業の変遷』（大正九年刊）、『清代及現代の詩文界』（大正十四年刊）、『清代及ビ現代ノ学術界』（昭和二年刊）、王正廷著・天彭訳『近二十年来の支那外交』（昭和三年刊）、『支那近情管見』（昭和四年刊）など三十余種にのぼる小冊子であった。

ちなみに、このような中国での実地調査や近代中国事情の研究に従事した天彭の中国語会話力が、どの程度のものだったかは興味のあるところだが、これについては意外な話が『雅友』第二十号の「風月往来」欄に掲載されている。それは『文学界』昭和二十九年二月号所載の伍《ご》俶《しゆく》・魚返善雄《おがえりよしお》対談「中国文学を語る」の一節を転載したもので、その中で伍俶は日本人の漢詩について感想を述べながら、次のような発言をしているのである。「日本人はどうも不思議ですね。たとえば今関天彭さんのように、中国語は一言も喋れないのに、中国人以上の立派な詩の作れる人がある。それから京都の鈴木先生も、中国語は喋らないけれども、なかなか詩は巧い。しかし口語体の文章はあの方々はお判りにならないでしょう」。つまり、天彭はほとんど中国語が話せなかったというのである。天彭の中国での実地調査は、おそらくは初歩的な中国語会話、漢詩の応酬、漢文による筆談の混用によって行なわれたということになる。

さて、天彭の中国滞在にもやがて暗雲が萌すようになった。「支那の覚醒は日清戦争から始まつて、康有為の政変となり、それから団匪《だんぴ》事件（三十三年の後）となり、幾多の変遷を経て、遂に行きつくところに行きついて、武昌《ぶしよう》革命となつたのである。……日清戦争の後となると、国勢の発展するにつれて、井井《せいせい》（竹添井井）や鹿門《ろくもん》（岡鹿門）のやうな学問文章を以て支那に行く人がなくなり、それと反対に諜報関係の往来が頻繁となつて来た。これは文化面から見ると、誠ににが〳〵しい事である」（『中国文化入門』）とするような天彭の考え方は、時の軍部から忌まれるようになったという。そして、折から満州事変が勃発したため、身の危険を感じるようになった天彭は、五十歳の昭和六年（一九三一）十月、北京を去って帰国することを決断した。ただし、それは全面撤退ということではなく、北京の寓居はそのまま維持して、以後毎年中国に赴き、各地を巡遊調査する形に切り替えたのである。ちなみに、天彭は北京に定住していた時もしばしば帰国していたが、北京撤退以前の昭和四、五年頃、一時帰国した際に渋沢栄一（号を青淵）を訪ねたことがあった。その時、天彭の仕事に共感した渋沢から資金援助の申し出を受けたが、三井合名会社からすでに資金援助を受けているということで、天彭はその申し出を辞退したという（『雅友』第六十五号「一楽居詩話」）。

帰国して再び日本に本拠を置くようになった天彭は、静岡に住まいを移し、北京の今関研究室から刊行した小冊子を編集統合した書物や、中国滞在中の成果をもとに著作した書物を相継いで出版することになった。『近代支那の学藝』（民友社、昭和六年十二月刊）、『法帖叢話』（民友社、昭和七年刊）、胡適著・天彭訳『支那禅学の変遷』（東方学藝書院、昭和十一年刊）、『支那帝業の盛衰』（東方学藝社、昭和十三年刊）などである。

これらのうち『近代支那の学藝』について、徳富蘇峰は次のように評している。

多年北平に書斎的生活をなし、図書万巻の裡《うち》に頭を没し、兀々《ごつごつ》として専ら清朝一代及び現代支那の学芸の研鑽を事とし、時にまた南北に馳駆して、山川風土人物と交渉したる今関天彭君は、頃《ちかご》ろ其の過去五六年間の旧稿を整理し、『近代支那の学藝』なる名の下に、一書を公にした。之を通読するに、其の題目は頗る広汎に亘《わた》りてゐる。乃ち「清代及び現代の学術界」、「清代及び現代の詩文界」、「清代及び現代の駢文界」、「清代及び現代の詞界」を本体とし、更らに「日本流寓の明末諸士」及び「元明の八大画家」に及んでゐる。此れは其中の一章でさへも、尋常に説き尽し難きもの。然も君は一挙にして、その総てを語ら

んとす。古人は詩胆斗《したんと》の如しと云ふ。若《も》し此句を応用せば、君の学胆は斗の如しだ。（『東京日日新聞』昭和七年三月十三日）

つまり、書斎での読書研究と実地の見聞調査とを踏まえた、余人にはなし得ない、天彭ならではの学問的価値の高い著作だと、蘇峰は推称したのである。この『近代支那の学藝』は、天彭の生涯における数多い著作の中でも、自他ともに主著と認める書物になった。

しかし、『法帖叢話』の昭和七年九月九日付けの自序において、天彭は次のように述懐している。

自分は年少より支那文献の歴史に興味を有して居たが北平に卜居《ぼくきょ》して見ると、当時、支那の学界に於て目星《めぼ》しい学問は、斯学と音韻の研究とが其の重なるものであつた。そこで自ら短才を揣《はか》らずして、支那文献史の編述を思ひ立ち、近代支那学術史の編述と併行して、多少努力したのであるが、支那の内変相踵《あいつい》で起り、自分の身世も亦蠹魚《とぎょ》生活をのみ営む事は出来ぬ様になり、加ふるに心境の変化も伴つて、一種の倦怠心が起り、遂に学業を中止する次第となつた。

この文章には、中国での生活を切り上げ、思い半ばにして帰国せざるを得なかったことに対する天彭の挫折感が滲み出ているように思われる。また、天彭はその「一楽居詩話」（『雅友』第二十八号）において、その頃木下尚江《なおえ》との間に次のような会話があったことも回想している。

ある時、翁（注、木下尚江を指す）は私が支那へ行つた動機を尋ねたので、漢学者の家庭に人となり、「太平の政治」の夢を見て居たが、それは到底日本では出来ぬので、支那へ行つたら或は物になるかも知れぬと思ひ、身辺から来る困難を突破して行つて見ると、そこにはまた大動乱と大腐敗とが待ち受けて居て、すべて期待外れであつたが、それにしても日本に居るよりは大へん面白かつたと率直に答へたら翁は老眼を輝かせて笑つた。

こうした天彭の挫折感は、帰国後の昭和七年に詠まれた『天彭詩集』巻五に収める次のような詩にもよく表れている。

答人問　　人《ひと》の問《と》ひに答《こた》ふ

高談王覇竟空虚　　王覇《おうは》を高談《こうだん》するも竟《つい》に空虚《くうきょ》

正論幾時能起余　　正論《せいろん》　幾時《いくとき》か　能《よ》く余《よ》を起《た》たしむ

欲問東方真面目　　問《と》はんと欲《ほっ》す　東方《とうほう》の真面目《しんめんもく》

休言禹稷読何書　　言《い》ふを休《や》めよ　禹稷《うしょく》　何《なん》の書《しょ》を読《よ》むかと

このような中国の現状に対する幻滅と挫折感とが、天彭をあらためて江戸時代の漢文学の研究へと向かわせることになったものと推測されるが、これについては後の「今関天彭の江戸漢詩研究」において詳述することにする。

北京から帰国後の昭和七年（一九三二）五月、天彭は結婚した。結婚相手はさい。天彭・さい夫妻の間には昭和十一年（一九三六）に治子氏が生まれた。天彭・さい夫妻の間には実子の治子氏のほかに、昭和五年生まれの養女久子氏がいる。また、この結婚は天彭にとっては二度目で、大正七年（一九一八）二月に天彭は最初の結婚をしたが、すでに昭和四年十一月には離婚していた。天彭は最初の妻知衛との間にも一男三女を儲けていた。

昭和七年（一九三二）、五・一五事件の後を承けて、海軍大臣や朝鮮総督などを歴任した斎藤実《まこと》が首相に任ぜられ内閣が組織された。天彭は斎藤に求められて、自己の見聞と分析に基づいて中国南北の現状を報告したという。昭和十五年（一九四〇）には汪兆銘《おうちょうめい》の国民政府が南京に樹立され、昭和十七年（一九四二）一月に重光葵《しげみつまもる》（号を向陽）が大使として南京に赴いた。折から中国に滞在していた天彭は、「向陽大使の南京に莅《り》任《にん》するを迎ふ」や「北京に重光大使を迎ふ」（『天彭詩集』巻十）、また翌昭和十八年には「北京、向陽大使の席上」や「重光大使の江南に在るに寄す」（『天彭詩集』巻十）と題するような詩を詠んでいる。この時、天彭は招かれて重光および国民政府の顧問になったが、心臓病のため翌昭和十八年初夏に帰国した。帰国直前の詩としては、『天彭詩集』巻十に「遥かに向陽大使の外務の寄を膺《う》くるを賀す」や「精衛《せいえい》主席の招飲、余、明日将《まさ》に帰国の途に上らんとす」と題する詩が収められている。精衛主席は国民政府主席

今関天彭（昭和15年〈1940〉5月22日）

の汪兆銘のことである。帰国後、天彭は先に帰国して外務大臣に就任していた重光に顧問として再び招かれたという。この間の天彭の役職について、『支那戯曲物語』（昭和三十年刊）の「著者紹介」によれば、「上海日本大使館顧問、南京民国政府文事顧問等を歴任す」とされている。しかし、この時期の「顧問」としての天彭の役割が、具体的にはどのようなものだったのか、それについては資料に乏しく実状はよく分からない。

　戦後の天彭は、病気の再発ということもあり、また長い間関わってきた中国が政治的に大転換したということもあって、表立った発言や行動を控え、基本的には閉門閑居の生活を送ることになった。昭和二十五年一月からは新木栄吉日本銀行総裁の招きで日本銀行において漢詩講話会を開き、新木総裁辞職後は日本興業銀行に会場を移したが、この漢詩講話会は十年間ほど継続したという。

　文化的な伝統に基づく日中協調の夢が破れ、共産党政権になった中国に対する天彭の思いには複雑なものがあったと推測されるが、それについても天彭はあまり多くを語っていない。ただ、「昭和丙戌歳《へいじゅつのとし》端陽《たんよう》の節（昭和二十一年五月五日）」という日付のある『中国文化入門』（昭和三十年刊）の小序に、「懐しき中国。私は北京に永く住み、また南京にも居た。月の色、雪の声、殊に落日の壮大なる光景。薄絹を張つた雲、漫々と湛《たた》へた水、濛々と烟《けむ》る柳—北京の、南京の、忘れ得ぬ追憶」というような旧中国の風土への愛着の思いを吐露したり、また「中国を語る」（『天地人』第二号、昭和二十七年二月刊）という座談会で、「しかし支那がこういうふうになつたのはあたりまえですよ。とにかく目茶苦茶、やりきれませんよ。長いですからね、ですから、何か新しく大きな問題が出てきて支那を救うより外ないもの。日本が支那であの戦争を始めたのは、一つのきつかけですね。それでなかつたらあの混乱はまだ続いているでしょう」と述べているように、共産主義国家になった中国の現状を歴史的に見てやむを得ないものとして、曖昧かつ消極的に肯定するような言辞を洩らすにとどまっている。

こうした戦後の天彭がやがて精力を傾けて取り組むようになったのが、『雅友』と題する個人詩誌の編集と出版であった。会費制の個人詩誌『雅友』創刊号は、天彭七十歳の昭和二十六年（一九五一）五月五日に刊行された。『雅友』についての詳細は次節に譲るが、天彭はこれに江戸時代の漢詩人の評伝を折々に掲載したほか、「一楽居詩話」と題する漢詩についての四方山話を、時に回想を交えながら連載していった。この『雅友』は昭和四十五年（一九七〇）十二月二十五日に刊行された第七十六号を以て一応終刊の形となった。終刊の理由は天彭の死である。昭和四十五年十月十九日、天彭は心筋梗塞のため長逝した。享年八十九歳。しかし、天彭晩年の門人国広壽《くにひろひさし》によって、歿後半年の昭和四十六年五月十九日に、天彭追悼号として『雅友』第七十七号が、既刊号より一回り大きなB５判の謄写版印刷で出版された。

漢詩人としての天彭の作品は、やはり国広壽の編集で『天彭詩集』巻一～巻十二までの六冊が天彭生前の昭和三十七年に、巻十三～巻十五までの一冊が天彭歿後の昭和四十六年に謄写版印刷で出版された。これには合計二千三百六十七首の詩が収められている。ちなみに巻一の巻頭詩は、祖父琴美の門人大塚汪洋《おうよう》に贈った「大塚汪洋翁に贈る」と題する、天彭十九歳明治三十三年作の七律三首である。『天彭詩集』の昭和三十七年十月識の自序によれば、三十歳以前の詩作をまとめたものに『天彭樵吟《しょうぎん》』三巻があったが、兵火に焼かれたという。

なお、天彭が北京を引き払って以後に収集した蔵書は、戦後その一部は生活の資とするため売却され、現在名古屋市図書館に深山《しんざん》文庫として収蔵されている。また、天彭が没した時に今関家に残されていた蔵書（長年にわたる日記を含む）は、平成二十六年に慶応大学斯道《しどう》文庫に寄贈され、現在整理中という。

＊以上は、天彭自記の「略伝」が付される「座談会「学問の思い出」―今関天彭先生を囲んで」（『東方学』第三十三輯、昭和四十二年一月）および国広壽「先師片影（二）」（『東洋文化』復刊第二十七号、昭和四十七年二月）を基に、『雅友』所載の「一楽居詩話」、『天彭詩集』その他の諸資料を併せて、今関天彭の生涯と学問的業績との概観を試みたものである。ちなみに、天彭自記の「略伝」ほか一部の資料に天彭の生年を明治十七年（一八八四）とするものがあるが、戸籍謄本によれば明治十五年（一八八二）六月十九日生まれが正しいことを、今関治子氏に確認していただいた。

2　個人詩誌『雅友』について

昭和二十六年（一九五一）は戦後日本のあり方を大きく規定することになった日米安全保障条約が調印された年である。天彭はその年の五月五日に、東京都中野区内の自宅を雅友社とし、個人詩誌『雅友』を創刊した。次に示すのは創刊号「巻頭言」の全文である。

詩は東方文化の精粋である。

時代の推移は大なる変化を現はす。詩に盛衰あるは云ふまでもなきことである。しかれども東方の文化は、二千年の古文を除外することが出来ぬと共に、これと同一の関係に在る詩を除外し得ぬのは、これまた云ふまでもなきことである。

今や詩の衰へたる、眼前に明白なる次第で、取り立てて云ふ必要はあるまい。その故国たる支那にて已に然りとすれば、我国にては更に甚だしいのに不思議はない。しかるに我国の詩は、我国の思想、言語と何時しか融合同化して、忘れたり棄てたりすることの出来ぬものとなつてゐる。我等は今、詩の再興を謀るについては、甚だ遺憾ながら何等倣《な》し得るものではないが、さりながら詩の本質たる「風雅の趣」を味《あじわ》ひ、探り、遊び、楽しみ、語り、作る等々については、決してむづかしいことではないのである。斯《か》くて詩は人生の実際に触れつゝ古き外形に新しき内容を包んで永久に生命を続けるであらう。

ここに我等は詩を中心とする小冊子を月刊して、「風雅の趣」を宣《の》べて、同好の士と楽しみ遊ぶ機会を作ると共に、更に詩の維持を考へ、かつ東方文化の実現につき、聊《いささ》かなりとも貢献せんとする次第である。創刊の際、何かと心附かぬものがあらうが、次号より漸次改めることとする。

もちろんここにいう「詩」は漢詩である。戦後になって衰亡の一途を辿りつつあった「東方文化の精粋」にして「風雅の趣」を本質とする漢詩再興のための橋頭堡《きょうとうほ》として、月刊の個人詩誌『雅友』の出版を始めたというのである。アメリカ文化の滔々たる流入という戦後の文化状況に照らし合わせてみれば、これは時代の流れに抗《あらが》う企てだったと言えようが、そこにあったのは、「東方文化の精粋」たる漢詩の伝統を何としても途切れさせることなく、後世に繋いでいきたいとする天彭の強い志であった。

次に示すのは創刊号の目次である。

九、川田雪山翁逝く（渡貫香雲輓詞、松本洪略歴）

『雅友』は、和漢の詩や詩人に関する論考やエッセイを中心に、現代の漢詩人たちの新作の紹介、天彭の知友たちからの近況報告の書信の紹介などを主たる内容とし、A5判一冊四十頁の小冊子として出版された。この内容構成、判型、頁数は天彭追悼号の第七十七号は別として、第七十六号に至るまで変ることはなかった。天彭は毎号必ず執筆し、「一楽居詩話」のほか折々に平安朝以来の日本の漢詩・漢詩人（主として本書にまとめたような江戸時代の漢詩・漢詩人）についての論考を掲載した。

創刊号の寄稿者を紹介しておこう。小倉正恒（号を簡斎）は戦前に住友財閥の総理事、貴族院議員、大蔵大臣などを歴任、戦後は公職追放となったが、道徳の荒廃を憂えて石門心学会会

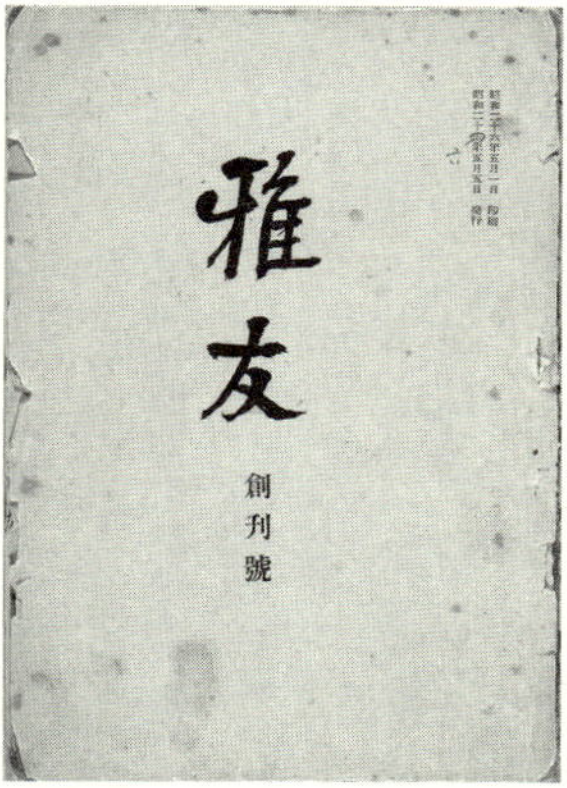

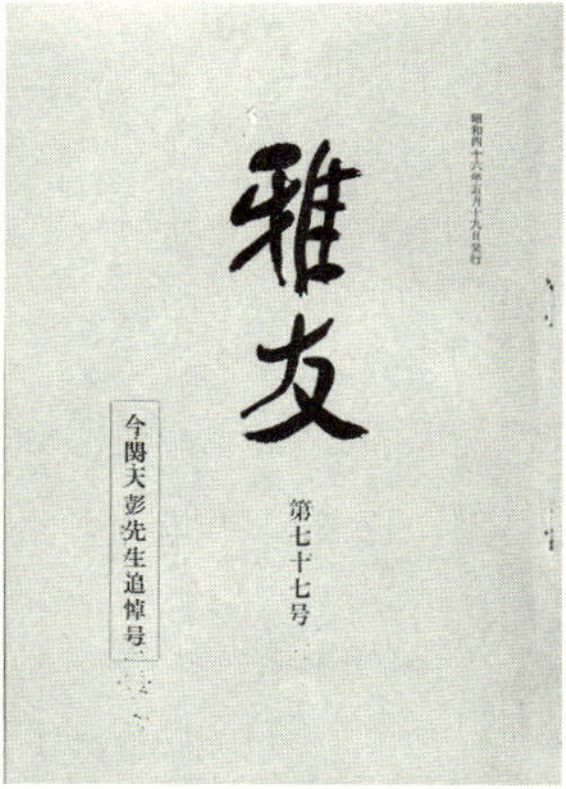

『雅友』創刊号と第77号の表紙

長などを務めた。小倉は『雅友』の常連寄稿者の一人で、第十四号以後「好古庵間話」を連載し、第五十五号のその三十九まで続いた。『雅友』発行の経済的な面での後援者でもあったと思われる。古島一雄は雑誌『日本人』記者や『万朝報』記者などとして活動した戦前のジャーナリストで、後に政界に転じて貴族院議員になり、戦後も政界にあって吉田茂首相の相談役として重きをなした。重光葵と天彭との親密な関係についてはすでに述べたが、重光は戦後A級戦犯として収監され、この創刊号発刊の半年ほど前の昭和二十五年十一月に仮釈放されたばかりであった。重光は以後政治家として復活し、戦後の政界で活躍した。神田喜一郎は東洋史学者・書誌学者として知られ、台北帝国大学教授、大谷大学教授などを歴任、創刊号発刊の翌年昭和二十七年には京都国立博物館館長に就任した。蒔田廉（本名、蒲池歓一）は詩人・中国文学者で『中国現代詩人』のような著作もある。こうした創刊号寄稿者の顔ぶれを見ると、天彭が『雅友』という雑誌を、漢詩人たちだけに向けた、狭い範囲の詩誌として出版しようと考えていたわけではなかったことが窺われる。

創刊号発刊の翌月、昭和二十六年六月に第二号が刊行された。そして、その巻末に初めて「雅友社々規」と「雅友社別規」というものが掲げられた。「雅友社々規」には次のようにある。

一、本社は風雅の宣揚を主旨とする。

一、同好の士を社友とする。

社友には月刊「雅友」を分ける。

社友には毎月絶句二首まで無料添削する。
社友は毎月「雅友」一部を引受ける。
（但一部代金郵税共五十六円）
一、社友の希望あるとき別規により詩文の添削に応ずる。

そして、「雅友社別規」の方には次のように記されている

本社は社友の希望により詩文の添削に応ずる。
絶句一首金三十円
律詩一首金五十円
短古一首金五十円以上
長古一首金百円以上
文章は体裁、長短により報酬を受ける。

こうした規約を掲載して、天彭は『雅友』の会員を募集したのであるが、『雅友』の中に「詩世界　諸家新作」という欄を設けるとともに、漢詩の添削を雅友社の主な事業の一つとして掲げているところに、作詩を奨励・援助することで漢詩の復興を図ろうとした天彭の思いが表れている。

『雅友』の会費を納める社友はどれくらい集まったのか、『雅友』の発行部数はどれほどだったのか、それらの実数についてはよく分からない。多くても数百部（おそらくは三桁の下の方の

数）程度だったのではあるまいか。しかも社友からの会費の納入は滞りがちで、印刷費の捻出に苦慮したということもあって、当初目論《もくろ》んだ月刊を維持することは困難だった。やがて二ヶ月か三ヶ月おきの刊行になり、さらには半年、あるいは一年以上も刊行が途絶えることもあった。それでも天彭の『雅友』にかける思いは強く、会費の値上げを繰り返しつつ（物価の高騰ということもあり、最終的には会費は当初の五倍の二百五十円になった）、天彭の死の直前の昭和四十五年十二月の第七十六号まで刊行は継続された。天彭歿後、追悼号として門人国広壽によって判型を変えて刊行された第七十七号を含めて、約二十年間に七十七冊が発行されたことになる。天彭歿後、門人の国広壽が雅友社の社友に送った挨拶状の中に、『「雅友』発行の御心労をいつも御察ししていた次第ですが、御令室の御話に依りますと、いままでは精々出版費の三分の一乃至は二分の一位の入金しかなかったとのことでございます」という一文が見られる。天彭にとって『雅友』の刊行は、文字通り骨身を削る事業だったのである。

『雅友』を通覧して気付くことは、寄稿者の顔ぶれの多彩さとその内容的なレベルの高さである。そのことは本解説に附録として収めた『雅友』総目次によって窺い知られると思うが、幾つかの特徴について記しておきたい。

戦前の天彭は近代中国の研究者あるいは事情通として、政治家・ジャーナリスト・実業家たちとも広い交遊関係があった。したがって『雅友』の寄稿者の中にはそのような人物の名前が少なからず見られる。すでに紹介した小倉正恒や古島一雄や重光葵。そのほかに戦前のジャーナリズム界の大立者で天彭が二十代の頃から交渉のあった徳富蘇峰。戦前の外交官で諜報活動に従事し、戦後は衆議院議員となった須磨弥吉郎。戦前は男爵で政治家・実業家として商工大臣などを務めた中島久万吉。実業家として明治物産・山地汽船・極洋捕鯨などを設立し社長として活躍、その後は貴族院議員を務めた山地土佐太郎。戦前に検事総長や司法大臣を歴任し、戦後は弁護士として活動した岩村通世。戦前は男爵・貴族議員として肥料配給公団総裁を務めた岩村一木。渋沢栄一の娘婿で帝国銀行の会長を務め、貴族院議員にもなった明石照男。海軍中将として第三航空艦隊司令長官を務め、特攻作戦を指揮した寺岡謹平。戦前の銀行家として朝鮮銀行の理事や日本勧業銀行の総裁を務めた石井光雄。南満州鉄道理事を務め、戦後は愛媛県西条市長に就任、その後日本国有鉄道総裁を務めた十河《そごう》信二。戦前に岩手日報社長や盛岡銀行頭取を務めた銀行家であり東洋史学者であった太田孝太郎。戦前から政治家として活動し、戦後は厚生大臣・農林大臣・文部大臣などを歴任して日中国交回復に尽力した松村謙三等々である。

　もちろん、名だたる中国文学や東洋史学の研究者、漢詩人たちからの寄稿も多く見られる。創刊号に寄稿した神田喜一郎ほか、小川環樹、諸橋轍次、青木正児《まさる》（号を迷陽）、吉川幸次郎、近藤杢《もく》、斎藤晌《しょう》（号を荊園）、鈴木虎雄（号を豹軒）、伊藤武雄、さねとうけいしゅう、安岡正篤（号を瓠堂《こどう》）、太刀掛呂山《たちかけろざん》、塩谷温（号を節山）、宇野哲人、小島祐馬、橋川時雄、那波利貞などである。

そのほか、中国文化・文学や漢詩文に親近した知識人や文学者たちの名前も寄稿者の中に少なからず見出される。臨済宗円覚寺派の管長を務めた禅僧朝比奈宗源、英文学者で詩人の日夏《ひなつ》耿之介《こうのすけ》、子規門下の俳人寒川鼠骨《さむかわそこつ》、詩人の白鳥省吾、正宗白鳥の弟で画家の正宗得三郎、俳人・随筆家の柴田宵曲《しょうきょく》、言語学者・国語学者の新村出《しんむらいずる》、近世・近代学芸研究家の森銑三《せんぞう》、日本画家で美術史研究家の人見少華などである。

『雅友』の記事の中でも、今日読んで興味を惹かれることが多いのは、諸家からの書信を摘録して掲載する「風月往来」欄である。上記のような『雅友』寄稿者からの私信のほか、寄稿者以外にも、会津八一、安倍能成《よししげ》、三田村鳶魚《えんぎょ》、緒方竹虎、松林桂月、土岐善麿、長谷川如是《にょぜ》閑《かん》、永井荷風、秋庭太郎、阿藤伯海などの書信も掲載されており、天彭の交遊関係の広さが窺われる。

このように見てくると、『雅友』寄稿者は天彭と戦前から交遊関係のあった人物が多く、『雅友』社友の年齢層もかなり高かったと思われるが、例外的な年少寄稿者の一人を紹介しておきたい。後に近世日本漢文学研究でめざましい成果を挙げることになる日野龍夫である。『雅友』第六十号（昭和三十八年九月刊）の「風月往来」欄に掲載される、日野から天彭に宛てた書信によれば、京都大学大学院に進学したばかりの二十三歳の日野は、この年昭和三十八年に初めて天彭宅を訪問し、江戸漢詩における山本北山の位置についての所説を天彭に述べ、天彭の意見を質したらしい。その後、日野は『雅友』第六十三号（昭和三十九年十二月刊）、第六十四号（昭和四十年五月刊）、第七十号（昭和四十一年十二月刊）に論考を寄稿し、第六十二号と第六十七号の「詩世界」欄には自詠の漢詩を寄せている。日野と『雅友』とのこうした関わりは、日野が後に近世日本漢文学研究を大きく進展させたことを考えれば、「東方文化の精粋」たる漢詩の伝統を後世に繋いでいくために『雅友』を刊行し続けた天彭の志が、一粒の実を結んだことを意味していると言ってよいであろう。

3　今関天彭の江戸漢詩研究

漢学塾を開いていた祖父琴美の薫陶を幼少期から受けた天彭が、江戸時代の儒学・漢文学に興味を抱くようになるのは自然の成り行きだった。国広壽「先師片影（二）」によれば、天彭少年は当時博文館から出版されていた『少年必読日本文庫』（明治二十四・二十五年刊）十二冊を耽読して、江戸時代の三人の儒者熊沢蕃山・荻生徂徠・新井白石に傾倒し、「熊沢蕃山と荻生徂徠の学を根幹とし、新井白石を参考としながら学問を進める」という勉学方針を樹てたという。三十二歳の大正二年に出版した天彭の初めての著書が、東京にある江戸時代の儒者たちの墓碑の調査報告『東京市内先儒墓田録』（大正二年刊）だったというのも、少年期以来の学問的な関心の然らしむるところだった。この『東京市内先儒墓田録』出版後まもない大正三・四年頃に渋沢栄一と面談する機会のあった天彭は、渋沢に対して「予《か》ねて考へてゐた徳川時代の漢学者の著述・文章を編纂して一大叢書としたい」という志望を打ち明けたことがあったという（『雅友』第六十五号「一楽居詩話」）。

しかし、第1節「今関天彭の生涯と学芸」に記したように、東京で中国人留学生と交遊するようになった天彭は、やがて清国の現況に強い関心を持つようになった。天彭はそれまで日本人があまり関心を示さなかった近代中国の学芸・文化の研究を志すようになり、みずから中国大陸に渡り実地に調査し見聞を積み重ねることによって、昏迷する中国の改革と日中両国の関係改善に役立ちたいと強く考えるようになった。そして、三十七歳の大正七年（一九一八）北京に今関研究室を設置し、中国各地の調査旅行に赴くようになった天彭の関心は、おのずから江戸時代の儒学・漢文学から離れていくことになったのである。

ところが、中国の状況に幻滅し挫折感を抱くようになった天彭は、満州事変の勃発を機に、五十歳の昭和六年（一九三一）十月に北京から帰国した。北京からの帰国を決断させた幻滅と挫折感が、帰国後の天彭の関心を再び江戸時代の漢文学に向かわせるようになったと考えられる。こうした天彭の学問的関心の軌道修正について、天彭はみずから「山梨稲川《とうせん》と其の先輩交游（一）」（『大日』三十八号、昭和七年九月）において、次のように記している。

昨年十月、北平の草庵から帰国して見ると、戦雲暗澹として日支の間を立て籠めた。そこで舌を結んで語らず、徳川初期より明治に至る各詩家の詩集を大約一百部ほど買入れ、大体徂徠派の詩集を読了り、この派の事に就いて起稿せんとしつゝある。稲川はこの派の殿役《しんがりやく》を勤めた人であるから、更らに読み直し、またその師豊洲《ほうしゅう》や南山禅師の詩集を参考とし、彼の先輩と交游に就いて、猶ほ筆硯を費すべきもの丶あるを思ひ、この一篇を草して見た。

ここにいう江戸時代の漢詩集「大約一百部」についての読書の跡のおおよそは、『天彭詩集』に収められるこの時期の詩によって窺い知ることができる。この時期に天彭が読んだ江戸漢詩の詩集は次のようなものであった。

昭和十年

「題駿遠諸家詩集後」（『天彭詩集』巻七）によれば

山梨稲川『稲川詩草』・曾我耐軒『耐軒詩草』・石野雲嶺『雲嶺樵響』・村松晩村『晩村詩鈔』・太田岫雲『後身詩録』・横田華外『玉玲瓏山房詩集』

「題白石詩草」（同右）から新井白石『白石詩草』

昭和十二年

「題寛政以後各家詩集後」（『天彭詩集』巻八）によれば

市河寛斎『寛斎遺稿』・大窪詩仏『詩聖堂詩集』・菊池五山『五山百絶』・柏木如亭『如亭山人藁』

「読近人詩集題其巻末」（同右）によれば

広瀬淡窓『遠思楼集』・広瀬旭荘『梅墩詩鈔』・長梅外『梅外詩鈔』・長三洲『三

洲居士集』
「読昌平黌諸博士詩集題其巻末」（同右）によれば
柴野栗山『栗山堂詩集』・尾藤二洲『静寄軒詩集』・古賀精里『精里詩抄』・古賀侗庵『古心堂詩集』・野村篁園『静宜堂集』・友野霞舟『霞舟詩集』

昭和十三年
「読寛政以後洛西諸家詩集題其巻末」（『天彭詩集』巻九）によれば
頼春水『春水遺稿』・頼杏坪『春草堂詩鈔』・頼山陽『山陽詩鈔』・西山拙斎『拙斎詩鈔』・菅茶山『黄葉夕陽村舎詩』
「読詩題後」（同右）によれば
武元登登庵『行庵詩草』・武元北林『北林遺稿』・沢田東江『来禽堂詩草』・五味釜川『釜川遺稿』
「読近代名僧詩集」（同右）によれば
万庵『江陵集』・大潮『松浦詩集』・大典『小雲棲稿』

昭和十四年
「読近代詩集題其巻末」（『天彭詩集』巻九）によれば
大沼枕山『枕山詩鈔』・小野湖山『湖山楼詩鈔』・鱸松塘『房山楼詩鈔』・遠山雲如『雲如山人集』

このように、北京から帰国後数年の間、天彭は江戸時代の漢詩集を読むことに集中した。そして、こうした江戸漢詩研究の結果としてこの時期に発表されたのが、次のような単行本であり評伝的な論稿群であった。

昭和七年
　九月　「山梨稲川と其の先輩交游（一）」（『大日』三十八号）
　九月　「山梨稲川と其の先輩交游（二）」（『大日』三十九号）
　十月　「山梨稲川と其の先輩交游（三）」（『大日』四十号）
　十月　「山梨稲川と其の先輩交游（四）」（『大日』四十一号）
昭和八年
　五月　『北島雪山と細井広沢』刊
昭和九年
　十月　『駿河と臨済禅』刊
昭和十年
　十月　『所蔵本朝詩集解題　第1』刊
　　　　『駿遠之詩界』刊
昭和十一年
　一月　「詩人新井白石」（『大日』百十八号）

一月　「新井白石の自慢」（『木堂雑誌』十三巻一号）
三月　「祇園南海」（『大日』百二十二号）
昭和十二年
五月　「山県大弐の遺詩」（『大日』百五十号）
六月　「山梨稲川年譜」（『大日』百五十二号）
八月　「柏如亭」（『伝記』四巻六号）
八月　「遠山雲如」（『書道』六巻八号）
昭和十三年
一月　「韓天寿（上）」（『日本美術協会報告』四十七輯）
五月　「韓天寿（下）」（『日本美術協会報告』四十八輯）
五月　「大窪詩仏」（『書苑』二巻五号）
八月　「菊池五山」（『書苑』二巻八号）
九月　「尾藤二洲」（『書苑』二巻九号）
十二月　「柴野栗山」（『書苑』二巻十二号）
十二月　「山本北山の詩論」（『大日』百八十九号）
昭和十四年
一月　「北島雪山」（『書苑』三巻一号）

二月　「沢田東江」（『書苑』三巻二号）
五月　「市河寛斎」（『書苑』三巻五号）
六月　「井上金峨」（『書苑』三巻六号）
十一月「大沼枕山」（『書苑』三巻十一号）
十二月「小野湖山」（『書苑』三巻十二号）
昭和十五年
一月　「詩家としての室鳩巣」（『書苑』四巻一号）
二月　「細井広沢」（『書苑』四巻二号）
三月　「梁田蛻巌」（『書苑』四巻三号）
七月　「山梨了徹」（『書苑』四巻七号）
十月　「浦上玉堂」（『書苑』四巻十号）
昭和十六年
十一月「柳湾と菱湖」（『書苑』五巻十一号）

これら天彭によって戦前に執筆された江戸詩人評伝稿のうち、本書に収録した『雅友』掲載稿と重なるのは、新井白石・室鳩巣・祇園南海・梁田蛻巌・柴野栗山・尾藤二洲・市河寛斎・柏木如亭・大窪詩仏・菊池五山・遠山雲如・小野湖山・大沼枕山の十三人であるのに対し、本書に収録した『雅友』掲載稿のうち、戦前の雑誌に発表稿を確認できないのは、六如上人・頼春水・菅茶山・古賀精里・頼杏坪・宮沢雲山・広瀬淡窓・古賀侗庵・梁川星巌・広瀬旭荘・森春濤の十一人である。これら十一人の評伝すべてが戦後になって『雅友』掲載のために新たに起稿されたものかどうかは、未だ調査が行き届かず不明であるが、おそらくその多くは、戦中から戦後にかけての時期、あるいは『雅友』の刊行と並行して執筆されたのではないかと推測される。

『雅友』掲載稿のうち、右に示した戦前発表稿と重なるものについて両者を比較してみると、内容上それほどの違いは見られず、おおむね戦前発表稿の再録になっている。江戸時代の詩人たちに対する天彭の評価は、戦前稿と戦後の『雅友』掲載稿との間においてほとんど変化することがなかったということが言えそうである。しかし、まったく小異がないというわけではない。稿中の引用詩の数を比べてみると、『雅友』掲載稿では元の戦前稿よりも節略されている。また、引用漢詩文の形も、戦前稿では原文のままの引用であるのに対し、『雅友』掲載稿では書き下しになっているものがままあるほか、原文の引用ではなく、その主意を地の文で説明する形に変えられているものも少なくない。戦前に比べて漢文読解力が衰えた戦後読者に対する配慮があったのかもしれないし、また『雅友』の頁数が毎号四十頁と限られていたため、編者として天彭は自分の原稿で分量調整をする必要があったからかもしれない。そのような配慮から、旧稿の再録とはいえ、微調整が施される結果になったものと推測される。

しかし、簡略化ばかりではなく、逆に『雅友』掲載稿の方に内容的な増補が見られる場合もごく僅かではあるが指摘することができる。例えば「柏木如亭」では、『雅友』掲載稿の方には如亭の第一詩集『木工集』からの詩の引用紹介があるが、これらの詩の引用は戦前稿には見られない。『木工集』は稀覯書《きこうしょ》であったため、戦前に執筆した時点ではおそらく天彭は『木工集』を見ておらず、その後見る機会を得て、如亭青春期の詩として『木工集』所収詩を『雅友』掲載稿において改めて増補したものと思われる。また、「菊池五山」においても、『雅友』掲載稿の方には『湖山楼詩屛風』第一集から五山の詩が引用紹介されているが、これらの詩は戦前稿には紹介されていない。これもまた戦前稿の「菊池五山」を『雅友』に再録するに際して改めて増補したのではないかと推測される。なお精査すれば、このような例は他にも見出せるかもしれない。

天彭による江戸漢詩人の評伝対象は、江戸時代中期の新井白石以後、幕末・明治維新期に及ぶものに限定されている。江戸時代前期には、林羅山に始まる林家一門や石川丈山・元政上人などその時代を代表する漢詩人たちの活動があり、彼らの詩集も多く出版されているが、天彭は彼らの作品については未熟で取るに足りないとして、評伝の対象にすることはなかった。

天彭はかつて門人の米沢秀夫に、「学問とは政治をよくするためのもので、理想として白石や徂徠や蕃山のようになることをこころがけよ」と語ったというように（国広壽「先師片影（二）」）、天彭は儒者であることを自任し、専門の詩人であることを屑《いさぎよ》しとしなかった。もちろん、もともと儒学と漢詩とは不可分の関係にあり、儒者にとって詩を詠むことは風雅の趣きを自得するためには不可欠なことであった。したがって天彭も生涯にわたって詩を多作し、それらは整理されて『天彭詩集』十五巻七冊にまとめられていることは已に述べた通りである。しかし、『天彭詩集』には、日常的な瑣事や時代風俗を主題とするような詩は少なく、詩的表現の巧緻さを追求するような作も見られない。『天彭詩集』が「所謂詩人の集とは趣を異にしている」（同右）と評される所以であるが、同時に天彭自身は常々「天彭詩集はわたしの自叙伝です」（同右）とも語っていた。つまり、天彭はあくまでも儒者としてその思いを詩に詠み続けようとしていたのであり、日常生活の瑣事やそれに纏わる感慨を、詩人として巧みに表現しようとはしなかったということであろう。

したがって、江戸時代の詩と詩人に関しても、天彭の評価は全体的に経世済民《けいせいさいみん》の志を失わない儒者の詩に対しては好意的であり、評伝の対象として取り上げたのも、新井白石・室鳩巣・柴野栗山・頼春水・尾藤二洲・古賀精里・頼杏坪・梁川星巌・小野湖山など儒者的な詩人の占める割合が大きい。その反面、十八世紀後半に登場して江戸漢詩の大衆化を推進した、詩を専門とする清新派の詩人たちについての天彭の評価は全体的に厳しいものがある。例えば、江湖詩社を結成して江戸の詩壇に清新派の詩を流行させるのに大きな役割を果たした市河寛斎の詩について、「楊誠斎を倣ったのであらうが、全く読むに堪へぬ」、「寛斎の詩は実は平俗で風趣のないものである」などと記しているように、ほとんど否定的な評価しか与えていない。中唐の白居易や南宋三大家（陸放翁・楊誠斎・范石湖）の詩から大きな影響を受けて詠まれた寛斎の詩は、初唐・盛唐の詩の格調と風趣を基準とする天彭の詩観とは相容れなかったのである。

しかし、同じ清新派の詩人で寛斎の門人でもあった柏木如亭の詩については「彼の詩は全く彼の人柄から来るもので、一言で掩《おお》ふときは、彼の声音そのままである。江戸気前が余りにはつきり現れる。皮肉もあり、情熱もあり、意気もあつて一読一笑の興がある」と評し、同じく大窪詩仏の詩については「詩仏の詩は平易清淡で、さながらその人となりのやうである。……初編は力を極めて作つたものであるから清新にして綺麗、……二編は清淡の間に逸宕《いっとう》の趣があり、一片の老気が動くのを見る。三編となると、自由に自分の胸中を披瀝して何等の拘束を受けぬが、浩然の気、超脱の風、やはりその人柄を表はしてをる」と評したように、必ずしもその依拠した詩観や詩風によって一面的に裁断を下すような偏狭さは天彭にはなく、それぞれの詩人の個性から生まれる詩表現の特徴を、正当に評価しようとする公平な視点を天彭は失わなかった。そしてまた、それを可能にする実作者としての高い読解力が天彭にはあった。

以上のような、儒者の詩に対する積極的な評価、初唐・盛唐詩の格調と風趣を基準として宋詩にはあまり高い評価を与えないという詩観、個々の詩人の詩表現の特徴を感知できるだけの実作者としての高い読解力などが、天彭の江戸漢詩評価の根底にあるものとして指摘できるのではないかと思う。

顧れば、戦後の江戸漢詩再評価の大きなきっかけの一つに、富士川英郎の『江戸後期の詩人たち』（初版は昭和四十一年刊）があったように思われるが、この書物に取り上げられた江戸の漢詩人たちの多くは、清新派によって漢詩が大衆化して以後の専門的な詩人たちであり、儒者的な詩人の占める比重は比較的小さかった。そうした『江戸後期の詩人たち』の江戸漢詩に対する評価の基準になっていたのは、初唐・盛唐詩的な古雅悲壮な表現よりも、宋詩とくに南宋詩的な日常的情景の写実的な表現を高く評価しようとする、性霊説的な詩観であった。そして、『江戸後期の詩人たち』の著者富士川英郎はもともとはドイツ文学研究者であり、とくにリルケ詩の研究家であって、漢詩の実作者ではなかった。

そういう点で、本書に集成した今関天彭の江戸詩人の評伝と、富士川英郎の『江戸後期の詩人たち』とは、対照的な江戸漢詩研究の様相を示していると言ってよい。富士川英郎は旧套《きゆうとう》に捉われない清新な視点と、西洋詩の研究によって培われた自由な鑑賞力に拠って、江戸漢詩の新たな魅力を発掘したのに対し、今関天彭は伝統的な漢学者の視点に拠りながら、実作者としての高い読解力を駆使して、より実態に添った江戸漢詩研究を成し遂げた。今関天彭の江戸詩人評伝と富士川英郎の『江戸後期の詩人たち』との間には、お互いに欠けているものを補い合ういわば相補的な関係がある。江戸漢詩の世界の広がりと深さ、そしてその埋もれがちな魅力を、両者を総合することによって、我々は十全に感知することができるのである。

ところで、今関天彭の江戸漢詩研究について、実は私には一点の疑問がある。儒者を以て任じた天彭が、若い頃から江戸時代の三人の儒者熊沢蕃山・荻生徂徠・新井白石に傾倒し、自己の目標として常々それを口にしていたことはすでに述べた。そして、また詩人としての天彭が初唐・盛唐詩の格調と風趣を詩の理想とし、それを江戸時代において体現した詩人として、「正徳の詩界は、白石を主役として鳩巣及び南海と梁田蛻巌が勝れて居る。白石の主張するところは唐詩―盛唐・初唐―であるが、その唐詩を学ぶには、明の復古派の説を取入れたのである。……鳩巣は盛唐―杜少陵を窺うて未だ得ず、南海は初唐・盛唐を学び、作品は前七才子《ぜんしちさいし》の徐昌穀《じよしようこく》に近い。星巌は一時復古派から離れて、その反対に立つ徐文長や袁中郎に走つたが、やはり唐でなくてはと再び唐詩を奉ずるに至つた。これ等の人々は、江戸前期の詩界に於て大立者たるのみならず、実に我国古今を通じる詩人として最上なる地位を有するものである」（「明清詩風の影響」上）と概評し、これらの詩人については本書にも収録したようにそれぞれ評伝を書いている。そこまでは良い。

しかし、彼らに続き、明代に古文辞の運動を起こした前・後七才子の影響のもと、盛唐詩を手本とする擬古の詩を江戸の詩壇に流行させた荻生徂徠およびその門下の蘐園《けんえん》の詩について、天彭は「徂徠は李・王（後七才子の李攀龍《りはんりよう》と王弇州《おうえんしゆう》）を押して古文修辞の説を主張し、江戸で興つた学界の最大なる運動を展開した。門下から服部南郭、高野蘭亭、経学文章に精深なる太宰春台が出て、その学風は京阪に溢れ、全国に流れる未曾有の盛観を呈するに至つた。徂徠及び南郭が白石・蛻巌等と共に我国詩人の最上地位を有するのは無論である」（同右）と述べて高く評価しているにもかかわらず、白石・蛻巌と併称されて「我国詩人の最上地位を有する」とする荻生徂徠と服部南郭の評伝を、実は天彭は書いていない。徂徠派すなわち蘐園の門流の詩人として、わずかに天彭が評伝の対象に取り上げたのは、徂徠派の「殿役《しんがりやく》」たる山梨稲川のみである。稲川については、天彭は「山梨稲川と其の先輩交游（一）～（四）」（『大日』三十八号～四十一号）、「山梨稲川年譜」（『大日』百五十号）というような稿を発表している。これは稲川の為人と詩や学問とを高く評価したからにほかならないが、同時に駿河に住んだ稲川は天彭にとっては地縁のある詩人だったからでもある。

ともあれ、江戸漢詩における最上の地位を有する詩人としてともども高く評価しながら、天彭は白石・鳩巣・南海・蜺巌の評伝は書いても、徂徠・南郭・蘭亭の評伝は書かなかった。この違いは何によるものだったのであろうか。徂徠・南郭・蘭亭にはいずれも詩文集が出版されており、伝記も不明というわけではない。天彭は彼らの評伝を書こうと思えば書けたはずである、にもかかわらず天彭は書かなかった、それはなぜか。これが天彭の江戸漢詩研究について、私の抱いている疑問である。

この疑問について明確な解答が用意できているわけではないが、やはりここには天彭の選択があったのではないかという気がする。白石・鳩巣・南海は木下順庵門下、蜺巌は林家の門下として、いずれも個人の道徳的な完成と経世済民の志とを直結させることを希求する朱子学系の儒者であったが、徂徠・南郭・蘭亭については、そもそも徂徠以外は儒者とは言いがたく、また徂徠自身も個人の道徳的な完成と経世済民の事業とを直接的には結びつけない、朱子学否定の新たな儒学説を提唱していた。儒者としては朱子学的な立場にあった天彭としては、以上のような思想的な立場の相違からも、徂徠及びその一門の評伝を、あえて積極的に書こうという気にはならなかったのかもしれない。

また、最晩年の天彭は、「詩の価値は人物によつて決まるものだ。前後七才子、李空同など、明の詩がよい」という話をしていたという（国広壽「先師片影（二）」）。蘐園の詩人たちは明詩から大きな影響を受けたが、道徳的な完成を儒学の目的の埒外《らちがい》に置いたため、眉を顰《ひそ》めるような非行に奔りがちな人物も少なくなかったとされている。人格的に問題のある詩人に対しては、天彭の評伝執筆の食指は動かなかったということがあったのかもしれない。本書にも収録されているように、天彭は頼春水とその弟杏坪の評伝は書いているが、江戸漢詩の代表的な詩人の一人と目される、春水の息子にして杏坪の甥である頼山陽の評伝は書いていない。明治以後、山陽についての研究は汗牛充棟《かんぎゅうじゅうとう》もただならぬものがあり、天彭はあえて屋上屋《おくじょうおく》を架する必要を感じなかったのかもしれないが、山陽の詩才については高く評価しながらも、その人間性については、「山陽の才気に走り傲慢な態度」（「江戸時代京都中心の詩界」）、「驕傲なる山陽」（「大窪詩仏」）などと天彭は厳しい見方をしていた。そうした山陽の人間性についての否定的な見方が、あるいは天彭に山陽の評伝を書かせなかった要因であったのかもしれず、これと同じような判断が、天彭が蘐園の詩人たちの評伝を書かなかった理由としてあったのかもしれない。

しかし、江戸漢詩評価におけるもっとも難しい問題の一つは、徂徠・南郭・蘭亭など蘐園の詩人たちの擬古的な詩を、文学の問題としてどう分析し、どう評価するかという点にあることは間違いない。その難問について、天彭がどのような見解を有していたのか、天彭の蘐園の詩人たちの詩に対する総合的で本格的な評価を知ることができないのは、甚だ残念なことだと言わねばならないのである。

さて、天彭の江戸詩人の評伝は、『雅友』連載中から好評を以て迎えられた。『雅友』の「風月往来」欄には、これらの評伝を高く評価し期待を寄せる読者たちからの書信が、しばしば掲載されている。例えば「雅友誌上に毎号近世詩人の評伝を御執筆下され、しかも精細を極め、人物詩風性情その他当時活躍された足跡や交友等遺憾なく伝えられ、まことに貴重の御研究として感佩しつゝ拝読いたしております」（『雅友』五十三号掲載の森田雪荘からの書信）などはその代表的なものであるが、なかには「雅友四十一号所載菊池五山有益に面白く拝読致しました。前号までに御発表になつた白石・南海・茶山・旭荘・春水・蛻巌・侗庵・星巌・春濤の伝記は実に得難き文献なるを以て一冊に製作致しました。長く保存するためにです。猶続々御発表なされんことを希望します」（『雅友』四十三号掲載の宮崎澹州からの書信）というように、わざわざ既発表分を一冊に装幀して保存する読者もいたほどだったのである。

こうした読者の声があったからだろうか、天彭歿後すぐに、『雅友』掲載の江戸詩人の評伝をまとめて一書として出版しようという動きがあったようである。追悼号である『雅友』第七十七号に、「今関天彭著　江戸漢詩の名家たち（光風社書店からいずれ発行される）」という「出版予告」が掲載されているからである。しかし、この出版は何故か実現しなかった。国広壽の談によれば、その後も神田喜一郎や近藤啓吾などからも天彭の江戸詩人評伝出版の打診があったが、当時存命中だった天彭夫人によれば、『近代支那の学藝』と『天彭詩集』だけ残し、後は焼却せよ」と夫天彭が遺言したということで、出版許可がおりなかったらしい。実は編者自身も二十年以前に、ある版元を介して天彭の江戸詩人評伝出版の許可を得ようとしたが、話が進まなかったという経験をしている。

ところが、このたび平凡社東洋文庫編集部の直井祐二氏のご尽力で、天彭の五女今関治子氏と連絡を取ることができ、直井氏の熱意ある説得のお蔭でご許可がいただけ、出版の運びとなった。念願の書物の出版がようやく叶ったということでいささかの感慨もあり、以上、巻末にその顚末を付記させていただくことにした。

『雅友』総目次（「風月往来」欄掲載書信の筆者名は、目次にない場合もすべて注記した）

創刊号（昭和二十六年〈一九五一〉五月五日）

巻頭言
一、李義山の人物と無題詩浅釈　小倉正恒
二、国分青厓の事　古島一雄
三、牡丹（巣鴨牢詠集の一節）　重光　葵
四、有余閒館漫筆　神田喜一郎
五、詩世界　諸家新作
六、野口寧斎　蒔田　廉
七、一楽居詩話　今関天彭
八、風月往来　諸家尺牘
渡貫香雲　西村琴村　木下周南　川村驥山
九、川田雪山翁逝く（渡貫香雲輓詞、松本洪略歴）

第二号（昭和二十六年〈一九五一〉六月五日）

一、晩晴草堂時言　徳富蘇峰
二、蘇東坡の心境　小倉正恒
三、勇翁坐談　渡貫香雲
四、江戸時代京都中心の詩界　今関天彭
五、服部担風先生　近藤　杢
六、古名硯の祭　板東貫山
七、一楽居詩話　天彭山人
八、詩世界　諸家新作
九、風月往来　諸家尺牘
服部担風　西村琴村　上館嶺雨　新村出　三田村鳶魚　小池筧　山本実彦　斎藤晌　吉川幸次郎　塩谷温　古沢幸吉　津金哲　正宗敦夫　荒浪烟厓　西川寧　内田旭　曹覚庵　郭夷民　佐

久間東山
外に近畿大詩会及び鈴木豹軒の対詩将来観

第三号（昭和二十六年〈一九五一〉九月五日）

一、蘇東坡の心境　小倉正恒
二、母湘烟女史　中島久万吉
三、永坂石埭先生　渡貫香雲
四、有余間館漫筆　神田喜一郎
五、江戸時代京都中心の詩界　今関天彭
六、七生村雑記　斎藤　晌
七、一楽居詩話　天彭山人
八、詩世界　諸家新作
九、風月往来　諸家尺牘
渡貫香雲　林市蔵　白水敬山　服部杏園　中山優　三浦英蘭　石崎麓堂　会津八一　阿部暢太郎　納明浦　茅原華山　三谷象雲　岡田鶴皐　森田雪荘　飯田香浦　鈴木豹軒
十、奥無声翁逝く　西村文則

第四号（昭和二十六年〈一九五一〉十月五日）

一、蘇東坡の心境　小倉正恒
二、蔆園讌集図　須磨弥吉郎
三、江戸時代京都中心の詩界　今関天彭
四、桐陰画談　古川北華
五、木蘇岐山翁を繞る追憶　片口江東
六、一楽居詩話　天彭山人
七、詩世界　諸家新作
八、風月往来　諸家尺牘
中村第三　青木正児　加藤天淵　片口江東　土屋竹雨　石崎麓堂　牧雲坰　小野鍾山　国分三亥　田中豊山　西村琴村　加藤浩堂　服部杏園　人見少華
外に雪山存稿出づ

第五号（昭和二十六年〈一九五一〉十二月五日）

一、日本に於ける唐詩の影響　今関天彭
二、宗演老師鑽仰　朝比奈宗源
三、茶前酒後　渡貫香雲

四、聞人の座　日夏耿之介
五、漢詩雑筆　西村琴村
六、長安寺追悼会
仁賀保香城先生のおもひ出　松本芳翠
服部空谷師　太刀掛呂山
七、一楽居詩話　天彭山人
八、詩世界　諸家新作
九、風月往来　諸家尺牘
山田済斎　塚越鶯亭　白鳥省吾　森長次郎　竹内清斎　前川研堂　塩谷節山　三田村鳶魚　秋場市蔵　笠井南村　小池曼洞　安岡瓠堂　熊谷恒子　納明浦　井上源太　田中豊山　富長蝶如　中村一葦　西谷桑村　大高楓郷　東船山
外に吟社一覧、詩偈作法大要の出版

第六号（昭和二十七年〈一九五二〉二月五日）

一、韓退之の話　小倉正恒
二、日本に於ける唐詩の影響　今関天彭
三、有余間館漫筆　神田喜一郎
四、晩香庵詞話　塩谷節山
五、野生画漫記　和田一路
六、漢字雑記　富長蝶如
七、詩世界　諸家新作
八、風月往来　諸家尺牘
石崎又蔵　権藤四郎介　太刀掛呂山　伊達梧川　徳永陵東　安倍能成　三田村鳶魚　長井綆軒　熊谷恒子　大高楓郷　納明浦　新村出　緒方竹虎　松林桂月　小池筧　土岐善磨　山田済斎　三谷象雲　太田夢庵　水原琴窓　朝倉騎堂　郭夷民　田村位岳　神田喜一郎　伏見冲敬　片口江東　田中忠夫　斎藤荊園　月江寺明　渡辺木公

第七号（昭和二十七年〈一九五二〉五月五日）

一、晩晴草堂書信　徳富蘇峰
二、韓退之の話　小倉正恒
三、海南の賢哲　山地土佐太郎
四、南画の二潮流　古川北華
五、正岡子規と漢詩　西村琴村

六、方谷全集と済斎師　芳原一男
七、担風翁門下の二鬼才　近藤　杢
八、余が作詩の経過　太刀掛呂山
九、古島一雄翁米寿賀筵　藤本尚則
十、詩世界　諸家新作
十一、風月往来　諸家尺牘
松本洪　人見少華　富永蝶如　川村驥山　石崎
麓堂　水原琴窓　西村琴村　近藤克堂　牧雲坰
徳永陵東　大石驪堂
外に原古処、白圭、采蘋小伝及び詩鈔

第八号（昭和二十七年〈一九五二〉六月五日）

一、韓退之の話　小倉正恒
二、原古処の詩鈔題言　鈴木豹軒
三、五山文学　今関天彭
四、南画の二潮流　古川北華
五、茶前酒後　渡貫香雲
六、剪燈書談　松田江畔
七、課児詩に就いて　伊藤竹東
八、霞湖風月記　望月　茂
九、詩世界　諸家新作
十、風月往来　諸家尺牘
中村第三　高島槐安　石崎麓堂　塚越鶯亭　納
明浦　鈴木豹軒　太田南風　服部担風　笠井南
村　徳永陵東　小池曼洞　渡辺木公

第九号（昭和二十七年〈一九五二〉九月五日）

一、杜甫の「秦州雑詩二十首」　中島久万吉
二、五山文学（承前）　今関天彭
三、南画の二潮流（承前）　古川北華
四、晩香庵詞話　塩谷節山
五、課児詩の二、三　伊藤竹東
六、巫系文学論を読む　近藤　杢
七、近畿大詩会　宮崎東明
八、詩世界　諸家新作
九、風月往来　諸家尺牘
高橋藍川　東船山　小野鍾山　前川敬惚　岡崎
鴻吉　梁次如・呉伯康　神田喜一郎　伊藤竹東

近亮　村上知行　渡辺天姥　犬養健　小池曼洞
劉麟生　児島九皐　長島玉洲　柴田宵曲　大石
驪堂　花崎采琰　長井綆軒

第十号（昭和二十七年〈一九五二〉十二月五日）

一、杜甫の「秦州雑詩二十首」　中島久万吉
二、青厓山人の追憶　寒川鼠骨
三、二本松の戒石銘　岩村通世
四、南画の二潮流　古川北華
五、山下将軍と詩を語る　白鳥省吾
六、晩香庵詞話　塩谷節山
七、鷗社と竹隠　水原琴窓
八、詩世界　諸家新作
九、風月往来　諸家尺牘
　山田済斎　渡貫香雲　国分三亥　横矢重道　館
孤松　熊井一郎　徳永陵東　大高楓郷　東船山
西村琴村　渡辺天姥　藤田一静　柳井寒泉　伊
藤信　平野英一郎　余田魁堂
外に寄贈書目、駝句里行抄、向陽騎堂応酬等

第十一号（昭和二十八年〈一九五三〉四月五日）

一、杜甫の「秦州雑詩二十首」（完）　中島久万吉
二、明清詩風の影響　今関天彭
三、家蔵の詩筐を開きて　岩村一木
四、「新唐詩選」を読む　笠井南邨
五、黄葉亭の記　正宗得三郎
六、詩世界　諸家新作
七、風月往来　諸家尺牘
　張群　塚越鶯亭　結城素明　片口江東　中田駿
郎　生出大璧　中村第三　鈴木大拙　本宮三香
藤松正憲　大石驪堂　太田孝太郎　日夏耿之介
八、山田済斎先生を悼む　芳原一男
九、山田済斎翁追悼詩

第十二号（昭和二十八年〈一九五三〉六月五日）

一、陶淵明の述酒　小倉正恒
二、明清詩風の影響　今関天彭
三、絶海国師隠棲の地　山地土佐太郎

四、酒前茶後　渡貫香雲
五、岩渓裳川翁追憶　納明浦　柳井寒泉　岡田鶴皐
六、作詩の提唱　太刀掛呂山
七、支那筆の話　香月梅外
八、詩世界　諸家新作
九、風月往来　諸家尺牘
富長蝶夢　胡蘭成　服部杏園　伊藤武雄　花崎采琰　西村琴村

第十三号（昭和二十八年〈一九五三〉八月五日）
一、原采蘋女史　鈴木豹軒
二、南画の二大潮流（完）　古川北華
三、詩人追憶
1　森鷗外博士　今関天彭
2　川田雪山翁　伊藤康安
四、担風先生の詩　富長蝶如
五、小松庵随筆　馬場一路
六、詩世界　諸家新作
七、風月往来　諸家尺牘
永井荷風　塚越鶯亭　権藤九洲　岩沢杉香　古内古嵓　宮崎澹洲　荒木武行　小野氷川　余田魁堂　寒川鼠骨　米山寅太郎　太刀掛呂山　杉本胆峰　本宮三香
八、桃花源記　小倉正恒

第十四号（昭和二十八年〈一九五三〉十月五日）
一、日支文化交流の主要人物（上）　今関天彭
二、支那の陶器　久志卓真
三、詩人追憶
1　野口寧斎先生　本宮三香
2　森川竹磎氏　今関天彭
四、現代書道管見　松田江畔
五、斉白石のこと　伊藤武雄
六、詩世界　諸家新作
七、風月往来　諸家尺牘
村上知行　矢橋紅亭　荒浪煙厓　藤本尚則　石崎麓堂　細野燕台　徳永陵東　竹内夜雨

八、好古庵間話　小倉正恒

第十五号（昭和二十八年〈一九五三〉十二月五日）

一、宮僚雅集杯　青木正児
二、日支文化交流の主要人物（下）　今関天彭
三、鉄斎翁の南画論　正宗得三郎
四、晩香庵詞話　塩谷節山
五、維新四詩人の扁額　宮崎濬洲
六、詩世界　諸家新作
七、風月往来　諸家尺牘
　服部担風　伊藤竹東　塚越鶯亭　岡崎鴻吉　神田喜一郎　鵜野霞軒　荒木武行　余田魁堂
八、渡貫香雲翁追悼詩文録　西村文則並諸家
九、好古庵間話（二）　小倉正恒

第十六号（昭和二十九年〈一九五四〉五月五日）

一、閑谷学校　明石照男
二、和臭と洋臭　斎藤　晌
三、詩人追憶（真軒先生と岐山翁）　加藤虎之亮
四、朝鮮詩家短評　今関天彭
五、詩世界　諸家新作
六、風月往来　諸家尺牘
　重政黄山　納明浦　富長蝶如　郭則生　月江寺明　寒川鼠骨　細野燕台　水原琴窓　太刀掛呂山　塚越鶯亭　神田喜一郎
七、好古庵間話（三）　小倉正恒

第十七号（昭和二十九年〈一九五四〉六月五日）

一、近畿旅行　塩谷　温
二、蘇東坡の海南島流謫　寺岡謹平
三、武元君立（上）　花土有鄰
四、詩人追憶（大久保湘南）　今関天彭
五、課題は詩真を殺す　西村琴邨
六、魚呑墨　柴田宵曲
七、詩世界　諸家新作
八、風月往来　諸家尺牘
　児島九皐　山田桃源　太田夢庵　朝倉騎堂　溥心畬　萩原幽庵　花崎采琰　魚返善雄　佐藤水竹

九、水野風外翁追悼詩録　小池曼洞外諸家
十、好古庵間話（四）　小倉正恒

第十八号（昭和二十九年〈一九五四〉八月五日）
一、好古庵間話（五）　小倉正恒
二、武元君立（下）　花土有隣
三、美術生涯四十年間の一齣（上）　古川北華
四、詩人追憶（森槐南先生）　今関天彭
五、紅花　古沢潤一
六、岐阜より富山へ　白鳥省吾
七、詩世界　諸家新作
八、風月往来　諸家尺牘
黒川清雄　館孤松　笠井南邨　清水三州　小郷華仙　岩村一木
九、峰尾大休老師の行履　柳沢翠巌

第十九号（昭和二十九年〈一九五四〉九月五日）
一、好古庵間話（六）　小倉正恒
二、三宅真軒先生（一）　加藤虎之亮
三、美術生涯四十年間の一齣（中）　古川北華
四、諷諭詩に就きて　国分三亥
五、詩人追憶（高野竹隠）　水原琴窓
六、詩世界　諸家新作
七、風月往来　諸家尺牘
神田正雄　梅村江東　秋場市蔵　人見少華　土井聴濤　山中蘭径　片口江東　石崎麓堂　内田旭　神田喜一郎　中村陶庵　服部担風
八、漢詩講座（其一）　遺著　渡貫香雲

第二十号（昭和二十九年〈一九五四〉十一月五日）
一、三宅真軒先生（二）　加藤虎之亮
二、美術生涯四十年間の一齣（下）　古川北華
三、山の味　須磨弥吉郎
四、爽幽庵の招宴　塩谷節山
五、焦桐を撫す　高橋藍川
六、竹隠先生追憶補遺　天彭山人
七、詩世界　諸家新作
八、風月往来　諸家消息

青木迷陽　小池曼洞　和田天民　鈴木豹軒　馬場一路　阿部暢太郎　塚越鶯亭　矢橋紅亭　矢橋春帆　館孤松　渡辺天姥　太田孝太郎　今井通　松本洪

九、好古庵間話（七）　小倉正恒

第二十一号（昭和二十九年〈一九五四〉十二月五日）

一、鈴木豹軒先生の詩学および詩風の一端（上）　小川環樹

二　三宅真軒先生（三）　加藤虎之亮

三、大竹田の芸術　朝倉毎人

四、宋澄泥硯　正宗得三郎

五、一楽居詩話　天彭山人

六、詩世界　諸家新作

七、風月往来　諸家消息

宮崎澹洲　石崎麓堂　市原蒼海　寺島移山　趙家驤　三谷象雲　中山豊　松丸東魚　斎藤晌

八、香雲風外両翁追悼会　西村文則

九、好古庵間話（八）　小倉正恒

第二十二号（昭和三十年〈一九五五〉四月五日）

一、明治年間日支文人の交流　今関天彭

二、鈴木豹軒先生の詩学および詩風の一端（下）　小川環樹

三、三宅真軒先生（四）　加藤虎之亮

四、与今関天彭書　伍俶

五、詩世界　諸家新作

六、風月往来　諸家消息

貝沼春山　平川甬里　田中豊山　塚越鶯亭　古沢潤一　寺島移山　山田五洋　小池竹見子　服部担風

七、荒浪烟厓翁追悼録

清水不白、松田江畔外諸家

八、好古庵間話（九）　小倉正恒

第二十三号（昭和三十年〈一九五五〉六月五日）

一、禹域に於ける絶海　神田喜一郎

二、民国初年の詩界　今関天彭

三、星巌詩集の註解に就いて　伊藤竹東
四、詩世界　諸家新作
五、風月往来　諸家消息
松田江畔　杉下静処　山田桃源　小川環樹　石崎麓堂　花土有鄰　渡辺天姥　平井雅尾　清水真一
六、三谷象雲田森素斎両翁追悼録　三谷正蔵外諸家
七、好古庵間話（十）　小倉正恒
八、漢詩講座（二）　遺著　渡貫香雲

第二十四号（昭和三十年〈一九五五〉九月五日）

一、宋詞　劉麟生
附、清代より現代の詞界　天彭
二、長崎来舶の四画家　今関天彭
三、随筆仙崖　中村渓水
四、詩世界　諸家新作
五、風月往来　諸家消息
市野沢敬堂　川村雨香　小川環樹　葛巻良昌
吉川幸次郎　川島清堂　児島九皐　米沢秀夫
市原蒼海　神田喜一郎　古沢潤一　矢橋春帆
六、好古庵間話（十一）　小倉正恒
七、漢詩講座（三）　遺著　渡貫香雲
小倉正恒談叢の出版

第二十五号（昭和三十年〈一九五五〉十一月五日）

一、詩人としての新井白石（上）　今関天彭
二、禅（上）　朝比奈宗源
三、談芸二則　青木迷陽
四、伊勢の詞壇と矢土錦山翁　近藤克堂
五、詩世界　諸家新作
六、風月往来　諸家消息
山田五洋　塚越鶯亭　杉下静処　余田魁堂　松本洪　近藤克堂　小川環樹　水原渭江　高橋藍川　工藤北嶺　川北禎一　佐久間東山
柴田篁圃翁追悼録
七、好古庵間話（十二）　小倉正恒
今関天彭著支那戯曲物語の出版

第二十六号（昭和三十年〈一九五五〉十二月五日）

一、詩人としての新井白石（下）　今関天彭
二、禅（下）　朝比奈宗源
三、加藤天淵翁喜寿賀筵　上野賢知　松本洪
四、仙山唱酬　溥心畬　前川研堂
五、広瀬淡窓先生百年祭　朝倉騎堂
六、詩世界　諸家新作
七、風月往来　諸家消息
伊藤誠哉　国分漸庵　佐伯好郎　石崎麓堂　上野不先斎　黒川清雄　土屋竹雨　水原渭江　服部杏園　安藤古香
小倉正恒談叢の再版
今関天彭著中国文化入門の出版

第二十七号（昭和三十一年〈一九五六〉二月五日）

一、祇園南海（上）　今関天彭
二、元・明・清の戯曲　劉麟生
三、徳川光圀と詩余　西村琴邨
四、法隆寺・奈良・京都の旅　山田桃源
五、詩世界　諸家新作
六、風月往来　諸家消息
塚越鶯亭　清水不白　三浦英蘭　松田江畔　葛巻良昌　西村琴邨　蔭山香于　加藤虎之亮　太田夢庵　青木迷陽　服部杏園
七、好古庵間話（十三）　小倉正恒

第二十八号（昭和三十一年〈一九五六〉四月五日）

一、晩学余志（上）　新村出
二、祇園南海（下）　今関天彭
三、寒絃哀韻録　中島筑水
四、新居　白鳥省吾
五、一楽居詩話　天彭山人
六、詩世界　諸家新作
七、風月往来　諸家消息
結城素明　余田魁堂　渡辺天姥　松田江畔　武内紀寿　青木迷陽　安藤古香　人見少華　柳井寒泉　中村陶庵　月江寺明

花土有鄰翁追悼録　窪田貪泉外諸家
八、好古庵間話（十四）　小倉正恒

第二十九号（昭和三十一年〈一九五六〉七月五日）

一、梁田蛻巌　今関天彭
二、豹軒退間集について　小川環樹
三、雪舟と中国　米沢秀夫
四、詞寮の酒前茶後　水原琴窓
五、一楽居詩話　天彭山人
六、詩世界　諸家新作
七、風月往来　諸家消息
塚越鶯亭　今井通　黒川清雄　青木迷陽　安藤
古香　大谷南軒　磯部草丘　白鳥省吾　柳井寒
泉　渡辺天姥　近藤克堂　岩村一木
八、好古庵間話（十五）　小倉正恒

第三十号（昭和三十一年〈一九五六〉九月五日）

一、菅茶山（上）　今関天彭
二、天龍漁史詩稿　森　銑三
三、女詩人呂美蓀先生のこと　林　昭道
四、詩世界　諸家新作
五、風月往来　諸家消息
矢橋紅亭　小池曼洞　飯田東籬　宮崎澹洲　大
石驪堂　水原渭江　猪口観濤　服部靖　江崎梅
渓　井上仰山　多気檗山　服部杏園　朝倉騎堂
塚越鶯亭
六、好古庵間話（十六）　小倉正恒

第三十一号（昭和三十一年〈一九五六〉十二月五日）

一、菅茶山（下）　今関天彭
二、曾游集　鈴木豹軒
三、一楽居詩話　天彭山人
前川研堂翁の和陶詩
四、詩世界　諸家新作
鶉南荘看花集　猪口観濤外諸家
五、風月往来　諸家消息
田中忠夫　水原渭江　林蘇陽　柴田宵曲　花崎
采琰　井上仰山　平川甬里　塚越鶯亭

明石清風翁追悼録　安武政敏外諸家
六、好古庵間話（十七）　小倉正恒

第三十二号（昭和三十二年〈一九五七〉三月五日）
一、清代及び民国初期の学術界　今関天彭
二、安井息軒の遺文集に就きて　吉川幸次郎
三、前川研堂翁喜寿賀筵記　小池曼洞
四、詩世界　諸家新作
五、風月往来　諸家消息
服部玄堂　石崎麓堂　古内古嵒　塚越鶯亭　西村琴村　江崎梅渓　松尾志呂生　児島九皐　正宗敦夫　和田天民　磯部草丘　近藤杢
六、好古庵間話（十八）　小倉正恒

第三十三号（昭和三十二年〈一九五七〉七月五日）
一、晩学書誌（二）　新村　出
二、広瀬旭荘（上）　今関天彭
三、水絵園の修禊　青木正児
四、池大雅　郭　彝民
五、前川研堂喜寿唱酬詩
六、詩世界　諸家新作
七、風月往来　諸家消息
新村出　塚越鶯亭　猪口観濤　中村徳三郎　水原琴窓　松田江畔　余田魁堂　磯部草丘　小竹文夫
八、好古庵間話（十九）　小倉正恒

第三十四号（昭和三十二年〈一九五七〉十一月五日）
一、東洋の心　小倉正恒
二、広瀬旭荘（下）　今関天彭
三、結城素明先生　望月春江
四、塩谷節山先生杖朝賀筵に列して　小池　重
五、東京人海　郭　彝民
六、一楽居詩話　天彭山人
七、詩世界　諸家新作
八、風月往来　諸家消息
魚返善雄　服部玄堂　安藤古香　猪口観濤　石井双石　小池曼洞　柏木純一　清水不白　渡辺

天姥　新村出　西村琴村　青木正児　児島九皐
鈴木豹軒　古沢潤一　三浦英蘭　山田正平　権
藤九洲

第三十五号（昭和三十三年〈一九五八〉二月十日）

一、懐徳堂随想　小倉正恒
二、周礼経注疏音義校勘記の上梓　宇野哲人
三、大雅堂霞彩嵐光巻の出現　人見少華
四、詩世界　諸家新作
五、風月往来　諸家消息
和田三造　中山豊　秋場市蔵　安藤古香　塚越
鶯亭　館孤松　石井双石　中村水月　清水不白
柏木純一　太田夢庵　片口江東　市野沢敬堂
渡辺楳雄　太刀掛呂山　花崎采琰　余田魁堂
江崎梅渓
香草吟社初集
会田英蘭女史追悼録
六、森春濤（上）　今関天彭

第三十六号（昭和三十三年〈一九五八〉四月十日）

一、森春濤（下）　今関天彭
二、川合槃山先生の学風　松本　洪
三、詩世界　諸家新作
四、風月往来　諸家消息
安藤古香　小池曼洞
五、好古庵間話（二十）　小倉正恒

第三十七号（昭和三十三年〈一九五八〉十月五日）

一、梁川星巌の学風　今関天彭
二、前川研堂翁追悼録
前川文夫、小池曼洞、高田陶軒等々の詩文
三、詩世界　諸家新作
四、風月往来　諸家消息
塚越鶯亭　安藤古香　水原琴窓　大石驪堂　石
崎麓堂　川村雨香　館孤松　小堀四郎・杏奴
広幡修二　大谷白川　米沢秀夫
五、好古庵間話（二十二（ママ））　小倉正恒

第三十八号（昭和三十三年〈一九五八〉十一月五日）
一、頼春水　今関天彭
二、唐詩韻目の実際　斎藤荊園
　小川環樹氏著唐詩概説を読む
三、詩世界　諸家新作
四、風月往来　諸家消息
　余田魁堂　会田範治　松丸東魚　鈴木豹軒　石井双石　賀集福海　青木正児　塚越鶯亭　川北禎一　高島槐安居
五、好古庵間話（二十三）　小倉正恒

第三十九号（昭和三十三年〈一九五八〉十二月五日）
一、古賀侗庵　今関天彭
二、正中版寒山詩集の影印　石井光雄
三、杉浦梅潭と岩村貫堂　塚越鶯亭
四、詩世界　諸家新作
五、風月往来　諸家消息
　人見少華　松尾良平　稲津孫會　会田範治　花崎采琰　渡辺天姥　矢尾太華　太田孝太郎
六、好古庵間話（二十四）　小倉正恒

第四十号（昭和三十四年〈一九五九〉三月五日）
一、古賀精里　今関天彭
二、浦上玉堂詩画の事　人見少華
三、戊戌学詩稿　吉川幸次郎
四、詩世界　諸家新作
五、風月往来　諸家消息
　新村出　清水不白　高田陶軒　太田孝太郎　柏木純一　石崎麓堂　水原渭江　市野沢敬堂　太刀掛呂山　永井一夫　江崎梅渓　古川北華
六、好古庵間話（二十五）　小倉正恒

第四十一号（昭和三十四年〈一九五九〉五月二十日）
一、菊池五山　今関天彭
二、詩文雑誌から見た詞壇の推移　近藤杢
三、金華山行　白鳥省吾
四、一楽居詩話　天彭山人
五、戊戌学詩稿（続）　吉川幸次郎

六、詩世界　諸家新作
七、風月往来　諸家消息
遠藤青水　山田桃源　内田隆　会田範治　尼子
正子
八、好古庵閒話（二十六）　小倉正恒

第四十二号（昭和三十四年〈一九五九〉七月二十日）
一、大沼枕山（上）　今関天彭
二、唐詩の押韻その他　小川環樹
斎藤荊園氏の批評に答えて
三、夢香論楽詩　水原琴窓
四、一楽居詩話　天彭山人
五、毖庵蔵書絶句　神田喜一郎
六、詩世界　諸家新作
七、風月往来　諸家消息
古川北華　塚越鶯亭　安保白袍　久志卓真　石
井一作　今井通　国広清渓
八、好古庵閒話（二十七）　小倉正恒

第四十三号（昭和三十四年〈一九五九〉九月二十日）
一、大沼枕山（下）　今関天彭
二、小泉盗泉　太田孝太郎
三、詩世界　諸家新作
四、風月往来　諸家消息
須磨弥吉郎　水原渭江　内田扁風　宮崎澹州
塚越鶯亭　石崎麓堂　佐藤水竹　斎藤荊園　川
北禎一
五、好古庵閒話（二十八）　小倉正恒

第四十四号（昭和三十四年〈一九五九〉十一月二十日）
一、小野湖山（上）　今関天彭
二、小泉盗泉後記―市村蔵雪　太田孝太郎
三、風格の人・佐田弘治郎君　十河信二
四、続蔵書絶句　神田喜一郎
五、己亥学詩稿（其一）　吉川幸次郎
六、詩世界　諸家新作
七、風月往来　諸家消息
服部担風　江崎梅渓　近藤克堂　塚越鶯亭　花

崎采琰　西村琴村　中山豊　渡辺天姥　富永節堂　茶原義雄

八、好古庵間話（二十九）　小倉正恒

第四十五号（昭和三十五年〈一九六〇〉二月二十日）

一、副島蒼海伯の詩　鈴木豹軒

二、小野湖山（下）　今関天彭

三、孔徳成公を迎へて　塩谷節山

四、己亥学詩稿（其二）　吉川幸次郎

五、詩世界　諸家新作

六、風月往来　諸家消息

人見少華　安保白袍　矢尾太華　橘善守　黒川清雄

七、好古庵間話（三十）　小倉正恒

第四十六号（昭和三十五年〈一九六〇〉四月二十日）

一、大窪詩仏（上）　今関天彭

二、勅勒の歌　小川環樹

三、柏葉児歌　塩谷節山

四、詩世界　諸家新作

五、風月往来　諸家消息

塚越鶯亭　杉本胆峯　古川北華　俣野通斎

六、好古庵間話（三十一）　小倉正恒

第四十七号（昭和三十五年〈一九六〇〉六月二十日）

一、大窪詩仏（下）　今関天彭

二、長尾雨山　復斎居士

三、北華詩興　古川北華

四、詩世界　諸家新作

五、風月往来　諸家消息

柳井寒泉　石川謙　磯部草丘　横田実　中山優　小川虚明　花崎采琰　高橋寅次郎　清水不白　山県一雄

六、好古庵間話（三十二）　小倉正恒

第四十八号（昭和三十五年〈一九六〇〉八月二十日）

一、市河寛斎　今関天彭

二、曲水宴流觴記　倉田宕山

三、詩世界　諸家新作
四、風月往来　諸家消息
江崎梅渓　宮崎澹洲　山田桃源　塚越鶯亭　三井峡江　俣野太郎
五、好古庵間話（三十三）　小倉正恒

第四十九号（昭和三十五年〈一九六〇〉十月二十日）
一、柏木如亭　今関天彭
二、那須のゴルフと詩趣　七海閑谷
三、遭災襍詩　服部担風
四、詩世界　諸家新作
五、風月往来　諸家消息
服部杏園　川俣鷗洲　神田罾庵　児島九皐　近藤春雄　山県一雄　佐藤水竹　矢尾太華　秋庭太郎　山田桃源　市原蒼海　鈴木豹軒　花崎采琰
六、好古庵間話（三十四）　小倉正恒

第五十号（昭和三十五年〈一九六〇〉十二月二十日）
一、奉送皇太子殿下訪米　幷沖縄殉国日本学徒隊歌　塩谷　温
二、玉山雅集　青木正児
三、柴野栗山（上）　今関天彭
四、詩世界　諸家新作
五、風月往来　諸家消息
江崎梅渓　俣野太郎　斎藤荊園　樽見未酔
六、好古庵間話（三十五）　小倉正恒

第五十一号（昭和三十六年〈一九六一〉二月二十八日）
一、武元登登菴同君立両先生遺徳顕彰碑　鈴木虎雄
二、柴野栗山（下）　今関天彭
三、江木欣々女史　会田範治
四、詩世界　諸家新作
五、風月往来　諸家消息
俣野太郎　山田正平　山田桃源　館孤松　塚越鶯亭　橋川時雄　石川梅次郎
六、好古庵間話（三十六）　小倉正恒

第五十二号（昭和三十六年〈一九六一〉四月二十八日）

一、教育勅語渙発七十年記念会と大正天皇御製謹解　塩谷節山
二、尾藤二洲（上）　今関天彭
三、西遊紀程　猪口観濤
四、詩世界　諸家新作
五、風月往来　諸家消息
川北禎一　塚越鶯亭　米沢秀夫
六、好古庵間話（三十七）　小倉正恒

第五十三号（昭和三十六年〈一九六一〉八月二十八日）

一、世界史上の大転換とアジア文化（上）　小倉正恒
二、尾藤二洲（下）　今関天彭
三、節山留音盤祝宴記　塩谷節山
四、西遊紀程（承前）　猪口観濤
五、阿屋亭清集
六、詩世界　諸家新作
七、風月往来　諸家消息
江崎梅渓　新名石嶺　山田桃源　森田雪荘　矢尾太華　橋川酔軒　川村雨香　今井通

第五十四号（昭和三十六年〈一九六一〉九月二十八日）

一、世界史上の大転換とアジア文化（下）　小倉正恒
二、遠山雲如　今関天彭
三、わが適を適とす　城戸元亮
四、釈義札記　鎌田義勝
五、詩世界　諸家新作
六、風月往来　諸家消息
塚越鶯亭　浜青洲　山田政一　石崎麓堂　郭彜民

第五十五号（昭和三十六年〈一九六一〉十二月二十八日）

一、広瀬淡窓　今関天彭
二、乾山の習静堂　鈴木半茶
三、黄木詩集成る　小島祐馬
四、三雲集を読みて　橋川酔軒

五、詩世界　諸家新作
六、風月往来　諸家消息
塚越鶯亭　安藤古香　市野沢敬　呉鳴皐　山田
桃源　嵯峨寛　矢尾太華　中島及
七、好古庵問話（三十九（ママ））　小倉正恒

第五十六号（昭和三十七年〈一九六二〉三月二十八日）
一、頼杏坪　今関天彭
二、乾山の過凹凸寮記　鈴木半茶
三、豹軒老博叙勲賀詩
四、小倉簡斎先生長逝
五、詩世界　諸家新作
六、風月往来　諸家消息
呉鳴皐　嵯峨寛　石田秀人　江崎梅渓　今井通

第五十七号（昭和三十七年〈一九六二〉六月十五日）
一、唐詩選の註解について　斎藤　晌
二、頼杏坪（下）　今関天彭
三、立体書道　山田桃源
四、柚子と橙　米沢秀夫
五、詩世界　諸家新作
六、風月往来　諸家消息
塚越鶯亭　花崎采琰　嵯峨山濤　水原渭江
七、宮沢雲山の生涯　天彭山人

第五十八号（昭和三十七年〈一九六二〉十一月十五日）
一、梁川星巌評伝（一）　今関天彭
二、赤木格堂　塚越鶯亭
三、国分漸庵塩谷節山両先生追悼詩録
四、詩世界　諸家新作
五、風月往来　諸家消息
青木迷陽　相見香雨　内田隆　山田桃源　水原
渭江　田辺斉廬　前川文夫　花崎采琰　江崎梅渓
六、一楽居詩話　天彭山人
近代シナの詩人たち　龔定庵、王湘綺、康南海

第五十九号（昭和三十八年〈一九六三〉六月十五日）
一、梁川星巌評伝（二）　今関天彭

二、古詩古文の数字分析　鎌田義勝
三、方柿山房随筆　中山豊山
書画の真贋
四、鈴木豹軒先生長逝
五、詩世界　諸家新作
六、風月往来　諸家消息
白水敬山　塚越鶯亭　服部杏園　今津榭山　水原渭江　余田魁堂　米沢秀夫　さねとうけいしゆう　松沢林石
七、天彭詩集の刊行了る
高田陶軒　青木正児　斎藤荊園　近藤克堂　東船山　吉川幸次郎　片口江東　阿藤伯海　安岡正篤　佐久間東山　児島九皐　余田魁堂　川村雨香　渡辺天姥　寺沢硃山

第六十号（昭和三十八年〈一九六三〉九月十五日）
一、撃壌集を読む　諸橋轍次
二、伝説と史実　斎藤荊園
三、詩世界　諸家新作
吉川幸次郎教授寄詩
四、風月往来　諸家消息
塚越鶯亭　石井双石　鈴木乾堂　水原渭江　山梨柏魚　花崎采琰　長谷川宕陽　日野龍夫　今井通
五、梁川星巌評伝（三）　今関天彭

第六十一号（昭和三十八年〈一九六三〉十二月十五日）
一、高青邱に就いて　高橋琢二
二、六如上人評伝　今関天彭
三、紀州通信　田辺斉盧
四、詩世界　諸家新作
五、風月往来　諸家消息
田辺星雅　白鳥省吾　鈴木乾堂　佐藤助庵　下園佐吉　余田魁堂　松本芳翠　渡辺天姥　花崎采琰
六、一楽居詩話　天彭山人
半生の回顧

第六十二号（昭和三十九年〈一九六四〉六月十五日）

一、内藤湖南　太田孝太郎
二、大河内文書発見のいきさつ　さねとうけいしゅう
三、一楽居詩話　天彭山人
　永井荷風の追憶
四、詩世界　諸家新作
五、風月往来　諸家消息
　浜青洲　中島及翁　阿藤伯海　米沢秀夫　日野龍夫　萱沼明　館孤松　塚越鶯亭　松沢林石
六、梁川星巌評伝　今関天彭

第六十三号（昭和三十九年〈一九六四〉十二月十五日）

一、梁川星巌評伝　今関天彭
二、哀些担風先生、薤露余滴　近藤克堂
三、井上金峨のわが漢詩史上に於ける位置（上）　日野龍夫
四、詩世界　諸家新作
五、風月往来　諸家消息
　朝比奈宗源　塚越鶯亭　山県一雄　片口江東　下園佐吉　川俣鷗洲　花崎采琰　梅川馥堂　阿藤伯海　磯部草丘　橋川時雄　楠田邦雄　田辺星雅
六、一楽居詩話　天彭山人
　石川鴻斎翁の事

第六十四号（昭和四十年〈一九六五〉五月十五日）

一、現今の漢詩界　今関天彭
二、鈴木豹軒先生と清社　倉田宕山
三、井上金峨のわが漢詩史上に於ける位置（下）　日野龍夫
四、詩世界　諸家新作
五、風月往来　諸家消息
　古川渙一郎　山田沢水　近藤克堂　菅谷香城　内田紀山　服部杏園　武田松吟　花崎采琰　矢尾太華　七海閑谷
六、一楽居詩話　天彭山人
　詩吟に就いて一二の感想

第六十五号（昭和四十年〈一九六五〉七月五日）

一、梁川星巌評伝　今関天彭

二、服部担風先生を憶ふ（上）　川島清堂

三、緑陰詩話　岸沢惟安

四、阿藤伯海氏と吉備公詩碑

五、詩世界　諸家新作

六、風月往来　諸家消息

高橋瑳軒　花崎采琰　小坂清斎　服部杏園

七、一楽居詩話　天彭山人

青木正児氏の李白について　渋沢青淵翁の追憶

第六十六号（昭和四十年〈一九六五〉十一月三十日）

一、新生中国をたづねて——壮大な四川の三峡下り　松村謙三

二、朱舜水並張非文　今関天彭

三、服部担風先生を憶ふ（下）　川島清堂

四、詩世界　諸家新作

五、風月往来　諸家消息

田辺星雅　小田龍太　渋沢信一　館孤松　丸山良策　花崎采琰　柳井寒泉　塚越鷲亭

六、一楽居詩話　天彭山人

山県大弐の遺詩

第六十七号（昭和四十一年〈一九六六〉四月三十日）

一、新生中国をたづねて　松村謙三

二、黄山谷及び江西詩派　今関天彭

三、杉山三郊と松平天行　塚越鷲亭

四、詩世界　諸家新作

五、風月往来　諸家消息

新名石嶺　宮地佐一郎　織田毅斎　茶原義雄

山田桃源　服部杏園　今井通　松尾良平

六、一楽居詩話　天彭山人

梅花無尽蔵

第六十八号（昭和四十一年〈一九六六〉六月三十日）

一、室鳩巣評伝（上）　今関天彭

二、操觚界の一奇才総生寛　城戸元亮

三、シナ考古学界　梅心道士
四、詩世界　諸家新作
五、風月往来　諸家消息
樋口光俊　嵯峨山濤　今井通　花崎采琰
六、一楽居詩話　天彭山人
梅花無尽蔵（下）杜牧と著者市野沢敬堂君

第六十九号（昭和四十一年〈一九六六〉九月三十日）

一、室鳩巣評伝（下）　今関天彭
二、ツンベルク日本紀行　塚越鶯亭
三、環翠亭句帖から二題　橋川時雄
四、詩世界　諸家新作
五、風月往来　諸家消息
石坂繁　永井一夫　高橋瑳軒　七海又三郎　下田誠治　花崎采琰　服部杏園
六、一楽居詩話　天彭山人
鈴木大拙老の追懐　伊藤介夫翁　杉浦梅窓翁と田中右馬三郎

第七十号（昭和四十一年〈一九六六〉十二月五日）

一、梁川星巌の学風（上）　今関天彭
二、シナ考古学界（下）　梅心道士
三、折楊柳と落梅花　日野龍夫
四、詩世界　諸家新作
五、風月往来　諸家消息
朝比奈宗源　嵯峨寛　那波利貞　寺島移山　猪口観濤　花崎采琰　高橋瑳軒
六、一楽居詩話　天彭山人
国分青厓の四天王に就いて

第七十一号（昭和四十二年〈一九六七〉五月三十一日）

一、梁川星巌の学風（下）　今関天彭
二、芸苑感旧録　近藤克堂
三、牛久沼遊記　嵯峨　寛
四、詩世界　諸家新作
五、風月往来　諸家消息
丸山芥亭　服部杏園　倉井真楠　尼子正子
六、一楽居詩話　天彭山人

清朝全史の学風詩人絵画及び戯曲小説の変遷に就いて
佐藤助庵　余田魁堂　岩渓文子
六、一楽居詩話　天彭山人
山岸徳平氏の「五山文学集、江戸漢詩集」、東野州

第七十二号（昭和四十二年〈一九六七〉九月三十日）
一、五山文学と千葉一族　今関天彭
二、詩世界　諸家新作
三、風月往来　諸家消息
岩渓文子　小林斗庵　丸山芥亭　矢尾勝海　山田政一　武田松吟　岩沢杉香　片山哲　下田誠治　朝比奈宗源

第七十三号（昭和四十二年〈一九六七〉十二月二十日）
一、朝鮮修好使団と我国学者文人の応酬唱和　那波利貞
二、呻吟語　石阪　繁
三、銭痩鉄を懐ふ　老彭
四、詩世界　諸家新作
五、風月往来　諸家消息
長谷川宕陽　花崎采琰　伊藤晩翠　千葉中堂

第七十四号（昭和四十三年〈一九六八〉八月二十五日）
一、朝鮮修好使団と我国学者文人の応酬唱和（続）　那波利貞
二、リヒテンスタイン公国に就て　元吉光大
三、詩世界　諸家新作
四、風月往来　諸家消息
会田範治　さねとうけいしゅう　佐久間峻斎
五、一楽居詩話　天彭山人
梁川星巌の総房足跡

第七十五号（昭和四十四年〈一九六九〉六月二十五日）
一、朝鮮修好使団と我国学者文人の応酬唱和（承前）　那波利貞
二、美術随想　久志卓真

三、詩世界　諸家新作
四、風月往来　諸家消息
渡辺楳雄　秋庭太郎　前川文雄　日野龍夫　岩谷文子　元吉光大　さねとうけいしゅう　斎藤荊園　織田毅斎　渋沢信一　山田桃源　山県一雄　花崎采琰　松岡政義
五、一楽居詩話　天彭山人
一、倉田宕山の黄山谷
二、上村売剣の追憶

第七十六号（昭和四十五年〈一九七〇〉十二月二十五日）
一、朝鮮修好使団と我国学者文人の応酬唱和（承前）　那波利貞
二、詩世界　諸家新作
三、風月往来　諸家消息
神田鬯庵　川島桂山　今井通　佐藤助庵　前川文夫　余田魁堂　笠井南村　杉本胆峰
四、今関天彭翁の八十八歳寿詩
五、一楽居詩話　天彭山人
伊藤左千夫の家族関係
六、今関天彭先生の御逝去　千葉中堂

第七十七号（昭和四十六年〈一九七一〉五月十九日）
一、今関天彭先生　遺影　遺墨
二、一楽居詩話　天彭山人
・仁科白谷
・曲淵伊賀守の事
・生我楼物語
・「聯珠詩格」に就いて
三、昭和四十五年庚戌詩稿　今関天彭
四、今関天彭翁の八十八歳の寿詩
五、今関天彭先生追悼録
六、附録
・朝鮮修好使団と我国学者文人の応酬唱和（完）
・天彭山人自伝

今関天彭《いまぜきてんぽう》

1882年生まれ。1970年歿。漢学者・漢詩人・近代中国研究者。本名、寿麿（ひさまろ）。朝鮮総督府嘱託を経て、1918年、北京に今関研究室を設け、中国の調査・研究に従事。1951年、漢詩雑誌『雅友』を創刊。著書に、『東京市内先儒墓田録』、『東洋画論集成』、『支那戯曲集』（改訂版、『支那戯曲物語』）、『近代支那の学藝』、『中国文化入門』、『天彭詩集』など。

揖斐《いび》　高《たかし》

1946年生まれ。近世日本文学研究者。成蹊大学名誉教授。著書に、『江戸詩歌論』（汲古書院）、『近世文学の境界』（岩波書店）、『遊人の抒情――柏木如亭』（岩波書店）、『江戸の詩壇ジャーナリズム――「五山堂詩話」の世界』（角川叢書）、『江戸の文人サロン』（吉川弘文館）、『江戸幕府と儒学者』（中公新書）、『頼山陽詩選』（訳注、岩波文庫）など。

江戸詩人評伝集 2 ――詩誌『雅友』抄　　東洋文庫866

2015年11月18日　初版第1刷発行

著　者　今関天彭
編　者　揖斐　高
発行者　西田裕一
印　刷　創栄図書印刷株式会社
製　本　大口製本印刷株式会社

発行所　電話編集 03-3230-6579　〒101-0051
営業 03-3230-6572　東京都千代田区神田神保町3-29
振替 00180-0-29639　株式会社　平凡社

平凡社ホームページ　http://www.heibonsha.co.jp/

ISBN 978-4-582-80866-7
NDC 分類番号911.152　全書判（17.5 cm）　総ページ448

乱丁・落丁本は直接読者サービス係でお取替えします（送料小社負担）